FIRST

Titolo originale: *The Perfect Daughter*

First published worldwide in English by Boldwood Books Ltd
Translation rights arranged through Vicki Satlow of The Agency srl.

Traduzione dalla lingua inglese di Elisa Navetta Mason
Prima edizione: luglio 2022

ISBN 978-88-227-7032-5

www.newtoncompton.com

Realizzazione a cura di The Bookmakers studio editoriale srls
Stampato nel luglio 2022 presso Puntoweb s.r.l., Ariccia (Roma)

Alex Stone

Una figlia perfetta

Newton Compton editori

A tutti coloro che mi hanno incoraggiata a seguire i miei sogni.

1

Ora

Mentii.

Non avevo mai mentito prima. Non avevo mai fatto nulla che mia madre potesse disapprovare. Ero una brava ragazza. Una brava figlia. Una figlia perfetta. O perlomeno, avevo provato a esserlo.

Ma la perfezione, in realtà, non esiste.

«Lo amo», esitai. Le parole faticavano a uscirmi di bocca. «Lo amavo». Era impressionante la differenza che poteva fare aggiungere poche lettere alla fine di una parola. Cambiava tutto quanto. Per colpa di quella desinenza, il nostro futuro era diventato il nostro passato. E al tempo stesso, tale aggiunta faceva anche sì che quella non fosse più una bugia. Lo avevo amato. Prima.

L'agente di polizia, seduto nella poltrona di fronte, si mosse leggermente. Sentivo che stava provando pietà. E questo mi metteva a disagio. Non ero abituata alla pietà.

Avevo imparato alla perfezione a fingere di stare sempre bene. Sempre solo bene. Era una questione di equilibri. Uno spettacolo che mettevo in scena per il mondo esterno indipendentemente dal modo in cui mi sentivo dentro, come il sorriso che mi dipingevo ogni giorno con il rossetto rosa. Sempre della stessa tonalità, tenue e discreta, niente di troppo acceso. Mai un rosso intenso. Sarebbe sembrato troppo falso, quasi ci avessi prestato troppa attenzione. Doveva sembrare naturale. Credibile.

A eccezione di quel giorno. Quel giorno non era ammesso sembrare di stare bene. Dovevo essere triste, disperata e addolorata. Unii le mani in grembo. Sentii Mamma che tirava su con il naso accanto a me. Allungò la mano e la mise sopra la mia, stringendola appena. Era un gesto gentile. Incoraggiante. Materno. Voleva che sapessi che lei era lì per me. Ma nei suoi occhi non c'erano lacrime, non per Adam. Per lui, mai.

Lo odiava. Lo aveva lasciato intendere sin dall'inizio. Non aveva fatto nulla per nasconderlo. Lei non era una persona che mascherava i propri sentimenti. Diceva che altrimenti sarebbe stata un'ipocrisia. Una falsità. Una bugia.

Mamma disprezzava le bugie. Per lei non c'era niente di peggio. Era un peccato imperdonabile. Non importava il tipo di menzogna. Che fosse grande o piccola, non faceva differenza. Una bugia era una bugia. Punto e basta.

Aveva come un sesto senso per le falsità. Era come un rilevatore umano di menzogne. Le individuava ogni volta. Forse era perché sembravo colpevole e la mia paura mi tradiva. O forse dipendeva dal fatto che lei era fin troppo sospettosa.

Mamma vedeva inganni ovunque. Non si fidava di nessuno. Nemmeno di me. Nemmeno quando ero innocente. Forse notava qualcosa che avevo dentro. Sospirai in modo nervoso. Cosa scorgeva in me in quel momento?

Il poliziotto si schiarì la voce. Mi sforzai di leggerne il nome cercando di distinguere le lettere sul distintivo, ma lui si trovava dall'altra parte del soggiorno di Mamma. Ero certa che al suo arrivo si fosse presentato. Erano trascorsi solo pochi minuti, eppure il suo nome mi era già passato di mente. Davvero paradossale. C'erano così tante cose che invece avrei voluto dimenticare e che non mi abbandonavano. Che situazione ridicola.

E poi ce n'erano altre. Cose che sembravano impossibili, cose di cui non ricordavo nulla, ma che erano riuscite a cambiare tutto quanto.

«Signorina Harper, mi dispiace doverglielo chiedere, ma avevate qualche problema nella vostra relazione?».

Chiusi gli occhi. Attesi un attimo, indecisa su come rispondere. «Esistono relazioni che non abbiano dei problemi?».

Lui mi studiò con attenzione e io cercai di non trasalire mentre mi fissava. Forse la mia risposta era stata troppo ragionata. Troppo formale.

«Perciò *avevate* dei problemi?».

Mi morsi il labbro. «Di tanto in tanto». Scrollai le spalle. «Ma nulla di davvero importante». Un'altra menzogna.

«Da quanto tempo conosceva Adam?»

«Ci siamo conosciuti a maggio». Al ricordo, accennai un sorriso. Tutto era così diverso allora. Le nostre vite erano cariche di prospettive. Le nuove relazioni sono sempre così: ricche di prime volte. Il primo appuntamento. Il primo bacio. Il primo inganno. Il primo tradimento.

Nove mesi. Tanto era il tempo che avevamo trascorso insieme. Non sembrava molto. Nove è un numero davvero piccolo, dopotutto. Ma quando eravamo insieme, sembrava un'eternità.

2

Prima

«Ciao Mamma», dissi mentre giravo la chiave e aprivo la porta d'ingresso di casa sua.

«Oh, eccoti qui».

Mi irrigidii e richiusi dietro di me la pesante porta di legno. L'espressione non detta «alla fine» aleggiava chiaramente nell'aria.

Diedi un'occhiata all'orologio: le 18:08. Trasalii.

«Mi dispiace, il traffico per uscire dal centro di Bournemouth era…».

Mamma borbottò e interruppe le mie scuse. «Il traffico non sarebbe un problema se tu uscissi dal lavoro in tempo, Jessica».

Il mio sguardo incrociò i suoi penetranti occhi azzurri e mi sforzai di non tremare. «Lo so, ma la riunione è durata più del previsto. Solo qualche minuto in più, ma…».

Lei alzò gli occhi al cielo, esasperata. «Sanno benissimo a che ora finisci, dovresti dirgli che devi uscire. Ti sfruttano così. Non ti pagano per lavorare dopo le 17:30».

Tossii e non risposi. Cosa potevo ribadire? Aveva ragione. Non ero mai stata capace di mollare tutto e uscire allo scoccare dell'ora precisa. Solo che non era così facile. Succedeva di fare tardi. Certe volte mi capitava di dover finire delle cose a cui stavo lavorando, oppure una riunione si protraeva più del dovuto. Non che io pianificassi di ritardare, ma non era nemmeno fondamentale per me uscire esattamente in orario. Oppure lo era?

La maggior parte dei miei colleghi aveva i bambini da andare a prendere. Dovevano accompagnarli agli allenamenti di football o alle lezioni di danza. E, nonostante ciò, talvolta anche loro si fermavano più a lungo. Mentre io… Come potevo spiegare che dovevo essere a tutti i costi da mia madre alle 18:00 in punto?

Mamma era in piedi sulla porta della cucina e mi fissava. Sembrava molto triste e sola. Per il senso di colpa mi si strinse lo stomaco. Quei pochi minuti per me non erano affatto importanti, invece per lei sì.

«Domani farò in modo di uscire in tempo».

Mamma sorrise e io sentii le mie spalle rilassarsi mentre mi sfilavo la giacca.

«Quando l'hai comprata?».

Mi bloccai per la durezza del suo tono. Provai a capire la piega che stava prendendo quella conversazione e mi innervosii un po'.

Notai il suo sguardo rivolto alla mia maglia rossa.

«Sei andata a fare shopping senza di me».

Non era una domanda, era un'accusa.

«No, cioè, sì, ma...». Scossi la testa e mi uscì una risatina nervosa. «Non è andata proprio così. Lo scorso weekend sono andata a bere un caffè con Karen in città e poi ho dovuto aspettare qualche minuto che arrivasse l'autobus per tornare a casa».

«Sarei potuta venire con te». La voce di Mamma era diventata flebile, afflitta.

Sentii la giacca che avevo in mano diventare pesante. Stavo facendo soffrire Mamma.

«Avevo solo pochi minuti a disposizione». Provai a giustificarmi per la mia mancanza di tatto.

«Potevamo incontrarci dopo che ti eri vista con la tua amica. Io non mi sarei impicciata. Noi due avremmo potuto pranzare insieme, passare il resto della giornata tu e io». Mamma abbassò lo sguardo e fissò il pavimento. «O forse tu non mi volevi lì...».

«Certo che avrei voluto. Sarebbe stata una cosa carina da fare. Anzi, molto bella. Infatti, la dovremmo fare». Stavo farfugliando. Me ne rendevo conto, ma non riuscivo a smettere.

Era stata l'espressione sul suo viso che mi aveva spinto a farlo: era addolorata e sofferente. Dalla sua postura afflitta si capiva che ci era rimasta male e così curva sembrava persino più piccola e vulnerabile. Mi lacerava il cuore vedere che l'avevo fatta sentire rifiutata, indesiderata.

«Questo sabato?». Mamma mi fissò con occhi spalancati e carichi di speranza per cogliere miei eventuali segni di esitazione.

Sorrisi. «Sì, certo». Le confermai senza esitazione, ma intanto mi sforzai di ragionare. Avevo in programma di uscire a pranzo con le colleghe quel sabato. Ora avrei dovuto annullare tutto. Ma comunque sarebbe bastato dire a loro che c'era stato un imprevisto. Non avrebbero chiesto spiegazioni.

«Sei una brava figlia».

Sorrisi mentre mi sentivo avvolgere da una sensazione di benessere. Ero stata perdonata. La mia mancanza di tatto di poco prima era già dimenticata.

«Non so che farei senza di te».

Il mio sorriso divenne più incerto. Lei era contenta di me. Mi voleva ancora bene. Eppure, le sue parole nascondevano qualcosa, una sorta di disperazione. Sentivo che, nonostante il complimento, c'era qualcosa di sottinteso.

Non potrai mai andartene.

Mi vennero i brividi e mi strofinai le braccia per scaldarmi. Probabilmente, il freddo della sera che cominciava a scendere mi aveva seguito fin dentro casa.

Mamma annuì, un gesto di approvazione secco e rapido, e poi sparì in cucina. La seguii con lo sguardo e provai una strana inquietudine. Non è che volessi davvero uscire con le colleghe dell'ufficio, comunque. O forse sì?

Scrollai le spalle, poi appesi la giacca all'appendiabiti. Certo che no. Una giornata madre e figlia era una cosa molto più adatta a me.

Quando entrai in cucina, Mamma era già seduta a tavola. Guardai fuori dalla finestra dietro di lei e sorrisi appena. La vista dell'oceano mi aveva sempre dato conforto. Era una delle cose che amavo di quella vecchia casa.

Mi voltai accigliata. A dire il vero, probabilmente era l'unica cosa che amavo della casa.

«Ho comprato della carne macinata. Ho pensato che potremmo preparare degli spaghetti alla bolognese per stasera», disse Mamma.

Sorrisi soffocando un gemito. Così saltava il mio piano di scaldare nel microonde quello che restava del pollo in casseruola che avevo fatto il giorno prima, in modo da non dover cucinare.

«Certo, perché no?», risposi e alzai di nuovo le spalle.

Presi una padella dal cassetto sotto il piano cottura e rovistai nel frigorifero per trovare la confezione di manzo tritato. Lo versai nella padella per soffriggerlo e sospirai profondamente. Né la serata, né il mio fine settimana sarebbero andati come avevo pianificato, ma almeno mi rimaneva ancora il venerdì sera. Un sorriso mi si dipinse sul viso. Solo un altro giorno e poi…

«Sorridi parecchio stasera».

La voce di Mamma mi sembrò sospettosa.

«Ho un appuntamento». Misi a bollire l'acqua in una pentola. Mi sentivo di nuovo un'adolescente, tutta emozionata e contenta come quella volta che un ragazzo carino della mia classe mi aveva rivolto la parola.

Mamma mi fissò a bocca aperta. «Un appuntamento?».

Mi pose la domanda come se non avesse capito il senso delle parole.

«Con chi?».

Mi uscì una risata nervosa e tentai di guadagnare tempo mentre aprivo un barattolo di pomodori e lo svuotavo in padella insieme a una manciata di erbe aromatiche. Sapevo che la mia risposta avrebbe suscitato una sua reazione. Dubitavo che sarebbe stata buona. Non era possibile trovare una risposta corretta a quel tipo di domanda. Chiunque fosse, Mamma gli avrebbe trovato un qualche difetto.

Inspirai a pieni polmoni. «L'idraulico».

Mamma scosse la testa. «Scusa, mi è sembrato di sentirti dire che è l'idraulico».

Deglutii. «Sì, infatti».

Lei si rabbuiò. Non avrei dovuto dirglielo. Non aveva bisogno di conoscere ogni dettaglio della mia vita. Eppure, in un modo o nell'altro, lei ci riusciva ogni volta. Sapeva sempre come tirarmi fuori le informazioni, anche cose che mi ero ripromessa di non dirle.

Non aveva dovuto nemmeno faticare troppo per farmi parlare questa volta. Ero così abituata a quella condizione: il suo bisogno di sapere qualcosa era diventato il mio bisogno di dirglielo. Lei non voleva che ci fossero segreti. Me lo diceva continuamente.

Noi non abbiamo segreti, Jessica. Non tra di noi.

Ma ormai era troppo tardi. Avevo già vuotato il sacco, l'avevo autorizzata a esprimere il suo giudizio.

«È venuto a riparare la perdita che avevo sotto il lavello della cucina e abbiamo iniziato a chiacchierare». Richiusi la bocca. Perché mai sentivo sempre il bisogno di trovare delle giustificazioni con lei?

Gli occhi di Mamma si strinsero. «E perché mai dovrebbe interessarsi a te?».

Mi bloccai. Una parte del mio cervello mi stava dicendo che avrei dovuto sentirmi offesa e insultata da quella domanda. Ma in realtà, più che altro, mi sentivo inerme.

Mi stavo sforzando di trovare una risposta, ma mi sembrava di nuotare controcorrente perché la mia capacità di ragionare era stata completamente annullata da una terribile constatazione. Mamma aveva ragione. Mamma aveva sempre ragione. Cosa aveva visto Adam in me?

«Be', non credo proprio che abbiate qualcosa in comune», Mamma continuò, facendo pesare la sua domanda.

«Abbiamo molte cose in comune». Afferrai l'ancora di salvezza che lei mi aveva inavvertitamente lanciato e sentii un piccolo sprazzo di soddisfazione. «Abbiamo parlato di musica, libri e...».

«Non basta avere gli stessi gusti musicali per far durare una relazione».

Scossi la testa, non volevo che liquidasse in quel modo la sintonia che avevo sentito con Adam. «Mica deve per forza essere una relazione. È solo un appuntamento. Ci conosceremo meglio un po' alla volta».

Mamma mi fissò con il sopracciglio sinistro inarcato verso l'alto.

«È solo un appuntamento», ripetei. Ma mi resi conto che la mia voce stava vacillando.

«Sai che tu attiri sempre il tipo sbagliato di uomini. Sei troppo ingenua. Finisce sempre male».

Il mio bagliore di felicità di poco prima venne spento dalla brusca realtà. Mamma aveva di nuovo ragione. Ero una calamita per le relazioni disastrose. All'inizio, i ragazzi sembravano sempre essere delle persone a posto, ma poi... Rigirai i pomodori in pentola con molta più forza del necessario.

Forse non era colpa loro. Forse ero io. Poteva essere che qualcosa in me li spingeva a farlo? Ero io che li cambiavo?

Mi scostai bruscamente mentre il sugo dei pomodori schizzava fuori e mi scottava la mano.

«E allora quand'è questo *appuntamento*?»

«Venerdì sera». Lanciai un'occhiata all'orologio appeso sopra la porta della cucina. Mancavano poco più di quarantotto ore. Il ticchettio dei secondi che passavano riempiva il silenzio. Il conto alla rovescia era iniziato.

Deglutii. C'era ancora tempo. Potevo chiamarlo e disdire. Probabilmente mi sarebbe stato persino grato.

«Perciò devo immaginare che non sarai a casa per cena venerdì, giusto?».

Casa.

Erano passati anni da quando mi ero trasferita e non stavo più lì, ma in qualche modo quella era ancora considerata casa mia. Mamma non voleva ammettere che me ne fossi andata, ma forse non me ne ero mai andata per davvero. Non concretamente. Sembrava che io passassi più tempo lì che nel mio appartamento.

Misi gli spaghetti nella pentola di acqua bollente. E se non avessi annullato l'appuntamento? Sarebbe stato bello avere un pasto cucinato per me in cambio. Probabilmente non ne sarebbe venuto fuori qualcosa, solo una serata trascorsa fuori.

«Allora, ci sarai?», mi chiese Mamma.

Mescolai ancora una volta il sugo di pomodoro. «No». Sorrisi per la sicurezza della mia voce. «Non verrò qui venerdì».

3

Ora

«Erano molto felici insieme», disse Mamma. «Avevano una relazione stretta». Mi diede un'occhiata di traverso e capii cosa sarebbe seguito. «Se proprio vogliamo trovare qualche difetto, è che era anche troppo chiusa».

L'agente assunse un'espressione perplessa. «In che senso?».

Guardai fuori dalla finestra per osservare la nebbia che si depositava sulle Old Harry Rocks in lontananza. Uno strillo richiamò la mia attenzione. I gabbiani stavano volteggiando al di sopra delle onde che si infrangevano sotto di loro. È questo che provano? Guardano il mondo sotto di loro, lo osservano, pur senza partecipare?

«Erano inseparabili. Jessica faceva sempre tutto quello che lui voleva e andava dove lui le diceva di andare. Naturalmente, era troppo presa da lui per preoccuparsi di passare del tempo con sua madre».

«Questo non è vero!». Fui colta da un impeto di rabbia mentre la mia attenzione tornava su Mamma. Avevo comunque trascorso del tempo con lei. Non tanto quanto prima, ma le cose erano cambiate. Avevo un fidanzato. Avevo… una vita.

Mi lasciai andare contro lo schienale del divano di Mamma e cominciai a pensare a quanto avevo perso. Non solo Adam, ma la nostra vita insieme. Una vita con qualcuno al mio fianco. Una vita in cui non ero sola.

Lei si girò a guardarmi e mi diede un buffetto sulla mano. «Tu eri ossessionata da lui, tesoro». Si rivolse nuovamente all'agente. «Viveva solo per lui. Non so come farà ora a sopravvivere senza di lui».

Sentivo lo sguardo del poliziotto fisso su di me. Mi stava studiando e analizzando sulla base della descrizione fatta da Mamma. Sembravo la ragazza dal cuore spezzato che non sarebbe sopravvissuta senza l'amore della sua vita?

Mi contorsi sulla sedia. Forse no.

Ero triste. Certo che ero triste. A un certo punto avevo anche cominciato a pensare che io e Adam avremmo potuto avere un futuro insieme. Ma avevo imparato molto tempo prima che le persone finivano sempre per deludermi. E Adam non aveva fatto eccezione. Solo ci aveva messo più tempo.

Avevamo avuto così tanti buoni propositi all'inizio. Io avevo davvero pensato che lui fosse diverso, fosse speciale.

Mi sbagliavo.

Ma era giusto incolparlo per questo? Forse se ci fossimo incontrati prima, prima che la mia vita si fosse corrosa per le bugie e i tradimenti, le cose sarebbero potute andare diversamente per noi. Forse io sarei stata diversa.

Lasciai uscire un lungo sospiro e presi a giocherellare con un filo allentato del mio maglione blu. Probabilmente non aveva importanza. Forse ero destinata a diventare quello che ero e cambiare il passato non l'avrebbe certo impedito. Poteva darsi che l'oscurità fosse stata sempre lì, attorno a me, in attesa…

4

Prima

Lanciai un'occhiata al bar affollato e il mio sguardo passò disperatamente in rassegna i volti sconosciuti. L'avrei riconosciuto? Lui mi avrebbe riconosciuta? O, per lo meno, mi avrebbe mai notata a questo tavolo così nascosto in un angolo?

Mi sporsi in avanti sperando di individuare un altro tavolo, uno più visibile. Ma non ce n'erano. In quel momento, era possibile solo stare in piedi, e poteva andare bene solamente se si era disposti a stare tutti pressati gli uni accanto agli altri.

Tornai a sedere sulla sedia. Era meglio lì.

Da un gruppo di persone vicino al bancone si alzò una risata improvvisa. Stavano brindando e facevano tintinnare i loro bicchieri mentre la birra e il vino cadevano sul pavimento. Sembrava che non fosse proprio un problema per loro. O forse non ci facevano nemmeno caso. Erano solo contenti di aver terminato la settimana lavorativa e ora potevano finalmente rilassarsi tra amici con un drink in mano. Cos'altro importava?

Rigirai il mio bicchiere di succo d'arancia poggiato sul tavolo di legno davanti a me, e cercai di non far caso ai segni appiccicosi di birra che lo circondavano. Sia io che il mio succo d'arancia sembravamo fuori posto in quel locale.

Un altro brindisi irruppe nel chiasso andando ad alzare ulteriormente il frastuono. Fissare il primo appuntamento di venerdì sera non era stata una buona idea. Avremmo avuto difficoltà anche a distinguere le nostre parole lì dentro. Fissai la sedia vuota di fronte a me. Non che avesse importanza. Probabilmente non sarebbe nemmeno venuto. Stavo solo occupando un tavolo inutilmente.

Controllai l'ora per la sesta volta. Era ancora presto. Troppo presto. Sospirai. Il mio disperato bisogno di non essere mai in ritardo mi aveva portato ad arrivare assurdamente in anticipo. Mi accigliai e affondai sempre di più nella sedia. Dovevo aspettare almeno fino alle 19:00, nella remota possibilità che effettivamente lui fosse arrivato puntuale; non potevo fargli credere che gli avessi dato buca.

«Jess?».

Saltai letteralmente sulla sedia e lo fissai così, piegata in avanti e mezza sollevata, vagamente consapevole che avrei dovuto dire qualcosa, ma il mio cervello era troppo in fermento. Lui era lì. Alla fine, era arrivato.

«Mi dispiace se ti ho fatto aspettare troppo».

Io scossi la testa mentre cercavo di tornare a sedermi con grazia sulla mia sedia. «No», aggiunsi, «Per niente».

Lui rivolse lo sguardo al mio succo d'arancia già mezzo bevuto e assunse un'espressione perplessa.

Alzai le spalle con noncuranza. «Be', forse solo un paio di minuti».

Lui sollevò un angolo della bocca e io scoppiai a ridere.

«Sì, è vero. Allora, potrei essere arrivata con un anticipo esagerato». Alzai le mani in alto in segno di sconfitta. «Odio arrivare in ritardo».

Adam annuì. «La puntualità è sicuramente una qualità ammirevole, se non che...».

Mi ritrassi leggermente e deglutii aspettando la critica. «Se non che...?»

«Se non che, se una ragazza arriva in anticipo a un appuntamento e va a prendersi da sola il suo drink, è più difficile per un ragazzo fare una buona impressione».

Scoppiai di nuovo a ridere, mentre un po' di tensione se ne andava. «Cosa posso dire? Sono una donna indipendente».

La spensieratezza stava svanendo dal mio sorriso man mano che parlavo. Ero indipendente o semplicemente sola?

«È giusto». Adam annuì. «Ma questa donna indipendente gradirebbe un po' di compagnia?».

Mi morsi un labbro e feci un gesto verso la sedia libera, non avendo il coraggio di aggiungere altro.

Lui si tolse il giubbotto e lo appese allo schienale della sedia. «Prima prendo da bere però. Posso offrirti qualcosa?».

Scossi la testa e sollevai il bicchiere con una risata nervosa. «Pare che abbia già da bere, grazie».

Adam lanciò uno sguardo al cielo e scoppiò a ridere prima di dirigersi verso il bancone. Lo vidi muoversi tra la folla con facilità. Lo stavo invidiando. Lui non rimaneva bloccato nel tentativo di infilarsi tra una persona e l'altra nella moltitudine ignara della sua presenza. Un "mi scusi", un cenno e un sorriso gli bastavano e la ressa sembrava espandersi un po' per assorbirlo. Lo lasciavano passare come se quel luogo fosse il suo ambiente naturale.

Adam ricomparve con una birra bionda in mano impiegandoci la metà del tempo che era servito a me per prendermi da bere, nonostante il fatto che in quel momento il pub era persino più affollato di prima. Non che fossi invidiosa, ovviamente.

«Allora, Jess, cosa fai?», chiese Adam sedendosi.

«Lavoro in ambito giuridico».

«Wow». Sul volto di Adam comparve un'espressione stupita mentre si appoggiava allo schienale della sua sedia per studiarmi. «Sono impressionato».

Feci cenno di no con la testa. «Probabilmente è meno impressionante di quanto pensi.

Sono una consulente per la contrattualistica».

Lui aggrottò la fronte nel tentativo di capire meglio.

«Passo tutto il giorno immersa nella lettura di bozze di contratti commerciali, anziché controbattere in un'aula di tribunale».

«Ah, capisco». Adam scrollò le spalle. «È impressionante anche così, comunque. Solo che sembra un po' più dietro le quinte, tutto qui».

Sorrisi. Mi piaceva quel modo di considerare le cose. Di solito, lo sguardo della gente si spegneva non appena mi sentivano pronunciare le parole "diritto contrattuale". La mia occupazione perdeva di interesse all'istante e sia io che il mio lavoro diventavamo improvvisamente noiosi e scialbi.

«È un sacco di burocrazia, davvero, e…». Mi bloccai. Perché lo stavo facendo sembrare peggiore di quanto non fosse?

«È importante, però».

Sbattei le palpebre e annuii lentamente. «Sì, lo è». Raddrizzai leggermente la schiena. «Una clausola che manca o una parola mal posizionata e l'azienda potrebbe correre tutta una serie di rischi».

Adam si appoggiò in avanti sul tavolo appiccicoso, i suoi occhi castano scuro fissi sui miei. «Sembra una grande responsabilità».

«Lo è, ma mi piace». Scossi la testa. «Non proprio il lavoro in sé, a essere onesti, che è incredibilmente noioso, ma mi piace l'idea di fare qualcosa di importante, che il mio lavoro ha un peso per l'azienda per cui lavoro. Sto proteggendo i loro interessi. Mi fa credere che quello che faccio è importante».

Mi tappai la bocca, trattenendo le parole che minacciavano di sfuggire.

Mi fa sentire come se fossi importante.

Deglutii e mi sforzai di sorridere.

«Non sono sicuro che potrei fare il tuo lavoro... stare seduto a una scrivania tutto il giorno mi farebbe impazzire. È così...», Adam si accigliò. «Limitante».

«Davvero?» Sollevai un sopracciglio. «Non l'avevo mai considerato in questo modo». Studiai il mio bicchiere di succo d'arancia mentre lo spostavo sul tavolo che ci separava. C'era qualcosa di confortante nella routine, nel fatto di andare in ufficio cinque giorni alla settimana. Sapevo cosa dovevo fare. Come mi dovevo comportare. Come dovevo essere.

Era una certezza che mi dava uno scopo.

Inclinai la testa di lato. O forse era perché la routine non mi costringeva a dover essere io a decidere qualcosa.

Rivolsi lo sguardo verso Adam. «Il tuo lavoro mi sembra così imprevedibile. Non so come fai a pianificare qualcosa se devi includere nella tua giornata anche gli spostamenti e gli interventi urgenti».

«Mi piace così. Sempre diverso. Mai la stessa cosa».

Rabbrividii. La sola idea mi terrorizzava. Adam assunse un'espressione perplessa e io trasalii. Aveva visto la mia reazione, probabilmente pensava che fossi sprezzante e dura riguardo al suo lavoro.

Intrecciai le mani in grembo. Dovevo dire qualcosa di positivo. Qualcosa per smorzare il mio commento sdegnoso. «Deve essere interessante, però, incontrare ogni giorno persone nuove, dare un'occhiata alle loro case, alle loro vite». Non era un granché, ma almeno era una constatazione sincera. Ero sempre stata curiosa riguardo alle altre persone, il modo in cui vivevano, chi erano.

Adam sorrise. «Può essere, ma la maggior parte delle volte finisco per dimenarmi in spazi stretti cercando di non dare un giudizio sui loro bagni, se sono puliti o meno».

«Ah». Arricciai il naso. «Quindi non è esattamente il momento più esaltante della tua giornata, allora».

Adam scosse la testa. «Non direi proprio». Mi fece l'occhiolino. «A volte però, mentre si aggiusta un lavello della cucina, può capitare di incontrare una persona affascinante».

Scoppiai a ridere. «Non credo proprio di essere una persona affascinante».

Adam inclinò la testa di lato e prese a studiarmi. «Non so, ho la sensazione che, dietro quella facciata seria, tu abbia dei lati nascosti».

Sentii le mie guance andare a fuoco. «E io ho la sensazione che potrei non essere la sola cliente a cui hai chiesto di uscire», dissi stizzita. Non avevo intenzione di rivelargli la mia paura, ma Mamma aveva ragione, perché avrebbe dovuto interessarsi a me? Incontrava così tante persone interessanti, donne interessanti, perché allora proprio io in particolare? Non ero bella o sexy, non ero nemmeno così attraente o divertente. Ero tranquilla e insignificante. L'elemento che più mi distingueva era la mia capacità di mimetizzarmi. Ero come un camaleonte che poteva nascondersi in piena vista. Solo che non avevo mai voluto nascondermi di proposito. Non era il mio obiettivo, almeno non consapevolmente. Non ero nemmeno sicura di come io ci riuscissi. In qualche modo ero semplicemente invisibile.

Eppure, Adam mi aveva notato.

«Tu sei la prima», disse Adam, mentre alzava la mano facendo il giuramento da scout.

Strinsi gli occhi e lo osservai dubbiosa.

«Seriamente», aggiunse. «Il più delle volte la gente cerca di ignorare la mia presenza. Può capitare che mi offrano una tazza di tè, talvolta senza che io glielo chieda, ma questo è tutto. Sono lì solo per fare un lavoro. Sono un fastidio, un'interruzione della loro routine. Cerco di non stare tra i piedi e di finire il lavoro il più velocemente possibile in modo da poter passare a quello successivo». Fece una pausa e cercò il mio sguardo. «Fino a quando non ho incontrato te».

Scossi la testa e mi uscì una risata nervosa.

«Sei adorabile».

Avrei voluto che continuasse, ma lui sorrideva e basta.

Non c'era alcun dubbio, niente da chiarire, neppure qualche cosa da migliorare. Semplicemente adorabile.

Mi mossi sentendomi a disagio. Volevo che lui continuasse a parlare e portasse avanti la conversazione, invece il suo commento rimase così, sospeso tra noi due. Mi schiarii la voce. «Ma ti piace fare l'idraulico?».

Adam fece una smorfia vedendo che volevo ignorare il suo commento. Scrollò le spalle. «È come tutti i lavori, credo. Alcuni giorni sono meglio di altri. Ma sì, in generale, non è male. Però mi piacciono i lavori che sono un po' diversi, non le solite normali riparazioni che non serve nemmeno pensarci».

Inclinai il capo e lo fissai. «Tu ami le sfide».

Adam ridacchiò. «Credo di sì. Così la vita è più interessante».

Annuii lentamente e resistetti all'impulso di dirgli di essere prudente. Sapevo meglio di chiunque altro che le sfide interessanti non sempre erano come potevano sembrare. Quindi, forse, lui era proprio il genere di ragazzo di cui avevo bisogno. Il genere di ragazzo che non scappava quando le cose diventavano un po' complicate.

Sorseggiai il mio succo d'arancia. Forse Mamma si sbagliava. Forse questa volta avevo davvero trovato il tipo di uomo giusto. Ora tutto quello che dovevo fare era convincerlo che io ero il tipo di ragazza giusta per lui.

5

Ora

«Come…?». La mia voce si incrinò e inspirai. «Come è successo?» Non era la domanda che volevo fare, ma l'agente di polizia la stava aspettando, non è vero?

«Il suo furgone è uscito fuori strada a Anvil Point».

Trasalii sentendo quel nome. Mi fece sobbalzare. Era un posto che conoscevo bene. Un luogo bello e tranquillo. O, almeno, lo era stato.

«Ma non avete trovato il suo…» Deglutii. «Il suo corpo. Pensate che possa non essere morto. C'è una possibilità…». Le mie parole si esaurirono così. Una possibilità per cosa? Per lui? Per noi? Le mie spalle si incurvarono. Non avevamo mai avuto una vera occasione. Non l'avevamo avuta prima, e certamente non ora.

«La scogliera è…». L'agente si mosse sulla poltrona e si schiarì la gola. «Il furgone è seriamente danneggiato. È improbabile che qualcuno possa sopravvivere a un incidente del genere».

«Ma non l'avete trovato», continuai. Stavo cercando un appiglio, anche adesso. Nonostante tutto, una parte di me non poteva ancora lasciarlo andare. Non completamente. Non ancora. Ma allora era quello il problema, giusto? Non ero mai riuscita a lasciarlo andare, anche quando avrei dovuto.

«Stiamo cercando, ma quando la marea cambia è probabile che, be'…».

Il silenzio riempì la stanza.

«Che verrà ritrovato a riva».

Mi spaventai per la crudezza di Mamma e chiusi gli occhi, cercando di trattenere le lacrime. Ma poi nel buio comparvero le immagini del corpo senza vita di Adam, malconcio e livido, mentre veniva sballottato con noncuranza dal mare impetuoso. Si sarebbe meritato di meglio. Meglio di questo. Meglio di me.

«Sa perché Adam si trovava a Anvil Point?».

Spalancai gli occhi, catapultata di nuovo nel tempo presente.

«Là stava ristrutturando i bagni dei cottage per le vacanze».

L'agente fece di sì con la testa e l'annotò sul suo taccuino.

«Quindi non era strano per lui trovarsi lì la mattina presto, di sabato?».

Scossi la testa in segno di diniego. «Era un progetto impegnativo, ma lui non voleva rifiutarlo, erano suoi clienti abituali. Aveva lavorato lì quasi tutti i fine settimana, per un po'».

O, a dire il vero, era solito andarci.

Trattenni le parole che mi erano balenate in testa.

Un ricordo si era insinuato nei recessi della mia mente. Il fine settimana prima Adam aveva festeggiato il completamento di un lavoro. Era così felice di avere di nuovo i fine settimana liberi.

«Pensavo che facesse surf nei fine settimana?».

La domanda di Mamma mi fece trasalire. Non sembrava aver mai prestato troppa attenzione agli interessi o alle abitudini di Adam.

«Sì, lo faceva. Odiava non poterlo fare. Le ultime settimane erano state una tortura per lui. Stare lontano dal mare lo faceva impazzire. Era la cosa che amava di più».

Più di quanto mi avesse mai amato.

Tossii. «Una volta ha provato a insegnarmi, ma...» Scrollai le spalle e cercai di scacciare il ricordo. «Non faceva per me».

L'agente piegò la testa con un'espressione incuriosita. Voleva chiedere di più, si capiva. Voleva sapere di Adam, di noi. Che tipo di uomo era Adam? Che tipo di relazione avevamo? Le nostre storie erano la nostra vita, la nostra storia, la nostra rovina.

Per un po' ci avevamo provato. Avevamo provato a mettere insieme i singoli pezzi del nostro personale puzzle. Ma non era bastato.

Io non ero abbastanza.

Ci avevo provato. Sapevo di averci provato. Ma come era accaduto con i miei tentativi di fare surf, avevo fallito.

«Adam aveva problemi con l'alcol?».

La domanda era così inappropriata che mi fece arrabbiare e mi corrucciai. Adam non avrebbe sopportato di essere messo così in discussione. La sua vita passata al setaccio. Le sue abitudini sottoposte a indagine. Scossi la testa. «Gli piaceva bersi una birra, ma senza esagerare».

«Birra?».

Mi irritai. C'era qualcosa nel modo in cui l'agente aveva ripetuto quella parola. Qualcosa di ambiguo e inquietante.

«Abbiamo trovato una bottiglia di whisky vuota nel suo furgone».

Whisky.

La parola mi colpì. Era strano, sbagliato. Stavo per aprire la bocca per controbattere, ma mi bloccai. Non era certo un qualcosa che l'agente di polizia doveva sapere. Sarebbero seguite troppe domande. Poi lui avrebbe chiesto perché Adam doveva aver bevuto qualcosa che nemmeno gli piaceva.

Adam non era il tipo di persona che faceva qualcosa se non gli andava. Non senza una ragione precisa. Per ogni cosa, doveva avere uno scopo, un motivo, un vantaggio.

Perché mai avrebbe dovuto bere qualcosa che odiava, mentre guidava su strade a strapiombo, in un luogo in cui non doveva nemmeno essere? Cosa aveva da guadagnarci?

Nulla.

Ma, proprio come me, aveva tutto da perdere.

6

Prima

Il mio stomaco si contorceva mentre scendevo dall'autobus nella piazza di Bournemouth. Era solo maggio ma il centro della città era già caotico, con i visitatori del fine settimana che vagavano senza meta. Scrutai in direzione del pub, appena visibile sopra le teste della folla davanti a me. Non era poi così lontano. Strinsi forte la tracolla della mia borsetta, che mi pendeva dalla spalla, e abbassai lo sguardo sul marciapiede davanti a me. Mi spinsi in avanti cercando di evitare i piedi che si muovevano in direzione contraria alla mia. Potevo farcela.

Aprii la porta del pub ed entrai. Era comunque pieno di gente ma, per qualche ragione, sembrava un po' meno spaventoso quel giorno. Indugiai sulla porta, cercando di decidere dove sedermi, quando un movimento attirò la mia attenzione. Adam mi stava salutando dal tavolo d'angolo dove ci eravamo incontrati il giorno prima.

Mi diressi verso di lui sfilandomi la giacca intanto che camminavo, sentendomi improvvisamente agitata e accalorata. «Sei bellissima», mi disse Adam mentre il suo sguardo mi scrutava da capo a piedi.

Scoppiai a ridere e, imbarazzata, spostai il peso prima su un piede e poi sull'altro. «Grazie», bofonchiai e mi accorsi di arrossire. Non ero una persona abituata a sentire spesso certi apprezzamenti.

Lui si accigliò. «Perché ridi? È vero».

Scrollai le spalle. Ero più avvezza alle critiche che ai complimenti. Non sapevo come rispondere. Peggio ancora, non ci credevo. Ero sempre scettica. Erano parole che si dicevano solo perché bisognava dirle, perché l'usanza lo imponeva, non perché erano davvero sentite.

«Grazie», risposi di nuovo. Cos'altro potevo dire?

«Non c'è niente di cui ringraziarmi. Ti sto solo dicendo la verità».

«Sei in anticipo», dissi cambiando argomento.

«Anche più in anticipo di te, vuoi dire». Diede un colpetto all'orologio e scoppiò a ridere. «Qualcosa mi dice che nessuno dei due arriverà mai in ritardo in questa relazione». Un rossore improvviso gli coprì le guance. «Cioè, non che questa sia…».

Mi morsi il labbro cercando di non sorridere sfacciatamente.

Questa relazione.

È così che la vede? Nostra?

Eravamo solo al secondo appuntamento e lui stava già pensando in termini di una relazione. Era stato un lapsus. Non l'aveva detto apposta, naturalmente. Era troppo presto per parlare di relazione. Ma il solo fatto di accennarvi, implicava una possibilità. Un futuro.

«Inoltre, sono arrivato abbastanza presto per prendere il nostro tavolo, prima che fosse troppo affollato», continuò Adam.

Il nostro tavolo.

Sorrisi di nuovo mentre mi lasciavo cadere sulla sedia di fronte a lui. Avevamo qualcosa che era "nostro". Mi piaceva.

«Ti ho ordinato un succo d'arancia, spero che vada bene».

«Benissimo, grazie». Feci un cenno al secondo bicchiere di succo d'arancia che si trovava sul tavolo. «Oggi niente birra?».

Adam fece cenno di no con la testa. «Forse dopo». Fece spallucce. «A dire il vero non è che bevo molto e i superalcolici non li tocco nemmeno. Non ci vado giù pesante».

Sollevai il bicchiere. «Sei in buona compagnia, allora».

Si mise a ridere, sollevò il suo bicchiere e brindò colpendo il mio. «Non potrei essere più contento».

Scendemmo le scale dell'Odeon e uscimmo nell'aria mite della sera. All'ingresso, ci fermammo. Stavo aspettando che mi salutasse. Mi avrebbe abbracciato? Baciato? Oppure mi avrebbe fatto solo un cenno con la mano girandosi e dicendomi un allegro "buonanotte" come la sera prima?

«È ancora presto. Ti va di fare una passeggiata lungo il molo?», chiese Adam.

Sorrisi. «Bella idea!»

Bella? Lo era davvero? Cercai di non esultare mentre il cuore mi palpitava per l'emozione. Lo sentiva battere? Riusciva a sentire il sollievo nella mia voce? La speranza?

Camminammo in silenzio lungo il sentiero accanto ai giardini. C'erano ancora i turisti ma, per qualche ragione, la loro presenza ora non mi infastidiva più di tanto. La folla si apriva man mano che ci avvicinavamo e sembrava che Adam, in qualche modo, riuscisse a tenerla lontana dal nostro cammino.

Pensai a qualcosa da dire. Qualcosa che fosse interessante. Qualcosa di divertente.

Non mi veniva in mente nulla.

«Che programmi hai per lunedì?», mi chiese lui.

Esitai. Voleva vedermi di nuovo? Potevo dirgli che non avevo programmi. Non dovevo avere appuntamenti per forza. Potevo cancellarli. Per lui.

«Ho una cena con mia madre». La verità mi uscì di bocca. Non potevo di nuovo annullare con lei. Non così presto.

«E martedì sera?».

Stessa cosa.

Non fiatai. Non serviva che lui sapesse che io e Mamma cenavamo insieme ogni sera. Non doveva sapere che non avevo altri programmi. «Niente che non possa cancellare».

Adam sorrise. «Sono contento».

Cercò la mia mano, le sue dita si intrecciarono alle mie.

«I tuoi genitori sono separati?».

Sentii ogni muscolo del mio corpo irrigidirsi.

«È solo che hai detto che cenerai con tua madre, non con i tuoi genitori».

«Oh». Mi uscì un lungo e profondo sospiro. «Giusto, sì, siamo solo Mamma e io. È così da molto tempo».

«E tuo padre?»

«Se ne è andato».

Adam sbatté le palpebre per la brutalità del mio tono. «Mi dispiace».

Sentii una fitta allo stomaco. Non volevo la pietà di Adam. Non la meritavo. Scrollai le spalle mentre cercavo di liberarmi da quel peso improvviso che mi era sceso addosso. «Come ho detto, è stato molto tempo fa».

«Ma tu e tua madre siete molto legate?».

Fui colpita dalla sua domanda. Non perché non sapessi cosa rispondere, ma perché si trattava di una cosa scontata. Era solo una constatazione. Era così per tutti, no?

«Tu non sei legato ai tuoi?»

«Sì, certo. Ma...», scrollò le spalle. «È solo diverso, credo».

Mi girai verso di lui. «In che senso?».

Sollevò le spalle e fece un respiro profondo. «I miei genitori non hanno sempre approvato le mie scelte».

«Oh», mi sentii dispiaciuta per lui. Era davvero triste per un bambino essere una delusione per i propri genitori.

Come lo ero io per Papà.

Nonostante la serata calda, tremavo. Non volevo pensare a Papà. Non in quel momento, né mai. Lui se ne era andato per la sua strada e anch'io avevo dovuto fare lo stesso. O almeno ci avevo provato.

Ma questo non riguardava noi. Questo riguardava Adam.

«Non ce l'ho con loro», continuò Adam. «Non ho preso sempre le decisioni migliori», aggiunse subito dopo, come se non volesse che io pensassi male di loro. «Ci ho provato, e ci sono anche riuscito. Ma a volte, be', credo che a volte sapere che qualcosa è sbagliato lo renda molto più interessante».

Mi sforzai di capire il suo ragionamento. «Come può essere che una cosa sbagliata sia interessante?» Non aveva alcun senso. Se qualcosa era sbagliato, allora non andava fatto. Non c'erano dubbi al riguardo. Nessuna tentazione. Nessun desiderio. Nemmeno la possibilità di scelta. Solo un dovere. Un'obbedienza istintiva.

«È difficile da spiegare». Adam scrollò le spalle. «Non ha importanza ora. È una cosa che appartiene al passato». Sorrise facendo l'occhiolino. «Il futuro è molto più interessante».

Si piegò verso di me lentamente, come per darmi il tempo di allontanarmi. Ma non arretrai. Non potevo. I miei piedi erano radicati per terra. In attesa.

Le sue labbra, morbide e calde, toccarono le mie. Mille pensieri mi passavano per la testa, ma non riuscivo a fissarne nessuno. Non volevo. Tutto quello che volevo era quello. Tutto quello che volevo era lui.

«Sono ore che provo a chiamarti».

Allontanai il telefono dall'orecchio per abbassare il volume.

Mamma parlava come se non mi avesse visto per giorni interi. Il fatto che avevo passato la mattina con lei, passando da negozio a negozio alla ricerca di qualcosa che le piacesse, sembrava se lo fosse già dimenticato.

La mia carta di credito era sopravvissuta indenne all'uscita con lei. La sola cosa per la quale avevo speso era stato il nostro pranzo in un cafè prima della nostra resa. Non spendevamo mai troppo per fare shopping. A quanto pareva, in nessun caso riuscivamo a trovare qualcosa che mi andasse bene.

«Scusa, Mamma, avevo spento il telefono al cinema e poi mi sono dimenticata di riaccenderlo».

«Al *cinema*?».

Mi sentii male. Era meglio se non sapeva dove ero stata. In questo modo lasciavo spazio alle domande che sarebbero inevitabilmente seguite.

«Con chi sei andata al cinema?».

Lanciai uno sguardo al cielo, ecco che iniziava.

Esitai. Potevo mentire. Potevo dirle che ero andata da sola. Il problema era che non ci avrebbe mai creduto. Non lei.

«Con Adam».

Ci fu una pausa prolungata e mi chiesi se avesse sentito.

«L'idraulico?».

Feci un respiro profondo. «Sì».

«Vi siete visti di nuovo? *Di già*?».

Percepivo il disprezzo nella sua voce.

Scossi la testa. Era solo preoccupazione materna, tutto qui.

«È troppo presto», continuò, ritenendo che non le servisse avere la mia risposta. «Penserà che sei disperata».

Lo penserà.

Ecco come lei mi vedeva. Disperata. L'aveva detto come se fosse una constatazione. Che ero così. Proprio così.

«Siamo andati a vedere un film insieme. Non credo che per questo io possa essere definita disperata, Mamma».

Deglutii. O forse sì?

Mamma iniziò a sghignazzare. Odiavo quel verso, era carico di condanna e disapprovazione. Il suo modo di dirmi che stavo sbagliando, che mi stavo comportando da stupida. Di nuovo.

«Perciò devo pensare che si tratti di una cosa seria, vero?».

Questa relazione.

Le parole di Adam mi giravano in testa e sentivo come una strana carica di elettricità che mi attraversava.

Lo speravo proprio.

Mi accorsi che stavo sorridendo e provai a contenere le mie emozioni. Era troppo presto per pensare in quel modo, ma comunque… l'idea mi piaceva. C'era qualcosa in lui, qualcosa che mi faceva desiderare che i nostri appuntamenti non finissero mai. Lui era diverso. Non aveva difetti. Non come gli altri.

«Allora, sarà meglio che mi compri un cappellino, giusto?».

C'era una nota di derisione nella voce di Mamma. Non era una domanda vera e propria. Era piuttosto una provocazione. Non credeva di aver bisogno di un cappello, perché non credeva che ci sarebbe mai stato un matrimonio. Nessun matrimonio. Non per me. La sola idea era ridicola.

Volevo urlarle contro. Volevo dirle quanto il suo sarcasmo mi facesse male. Ma soprattutto volevo chiederle perché trovasse la cosa così divertente.

Io ero ridicola per mia madre. Nemmeno lei credeva che avrei mai potuto trovare qualcuno che potesse amarmi.

7

Ora

L'agente si sollevò in piedi. «Le faremo sapere quando avremo altre notizie».

Quando il corpo di Adam verrà ritrovato.

Il mio cervello tradusse silenziosamente il significato di quelle parole e io annuii. Mi chiedevo come l'agente di polizia avesse imparato a usare tanto tatto. Gli era stato insegnato o era merito dell'esperienza? Quante volte aveva dato notizie del genere?

«Lei rimarrà qui…».

«Sì», Mamma rispose al posto mio. «Resterà qui, a casa, dove io posso badare a lei».

Ecco di nuovo quella parola. *Casa.*

Avevo una casa.

La mia casa.

Una che avevo condiviso con Adam.

Era ancora mia. Lui aveva ancora il suo appartamento in affitto. Continuava a tenerlo. Ma avevamo dei progetti. Li *avevamo.*

L'agente sorrise appena. «Be', sappiamo dove trovarla allora».

Feci di sì con il capo.

Sapeva già dove trovarmi. Era venuto lì per darmi quelle notizie. Mi aveva rintracciato davvero facilmente. D'altronde in quale altro posto potevo essere?

All'inizio era andato a cercarmi al mio appartamento, naturalmente. Disse che era stato il mio vicino a indirizzarlo lì. Tutti sapevano dove mi trovavo. Ero prevedibile. Non mi smentivo.

«Ma se le viene in mente qualcosa nel frattempo», tirò fuori dalla tasca un biglietto da visita e me lo allungò. «Basta che mi chiami».

«La tua camera è pronta, ti sta aspettando», disse Mamma ritornando in salotto dopo aver constatato che l'agente se ne era andato.

«Ti fa bene se ti metti un po' distesa, intanto che io preparo il pranzo».

Annuii di nuovo, sembrava che sapessi fare solo quello. Non serviva che parlassi e nemmeno che pensassi. Solo un movimento istintivo della mia testa. Un segno del fatto che ero d'accordo. Ero sempre d'accordo, io.

Mi alzai e mi diressi verso le scale. Non ero stanca. Non avevo fame. Non volevo sdraiarmi. Non volevo mangiare. Volevo solo una cosa: Adam. Ma era l'unica cosa che non potevo proprio avere.

Mi distesi sul mio letto e fissai il soffitto. Potevo sentire Mamma muoversi al piano di sotto. Il rumore di piatti e i colpi aumentavano ogni minuto che passava. Forse era per questo che di solito lasciava che fossi io a cucinare.

«Jess?».

La ignorai. Poteva fare a meno di me, almeno questa volta.

«Jess!», la sua voce era diventata più forte, il suo tono più urgente.

Portai le gambe sul bordo del letto e mi misi a sedere. «Arrivo!»

Arrivai sul pianerottolo e diedi un'occhiata giù lungo le scale.

Lei sembrava angosciata. I suoi capelli, di solito perfettamente pettinati, erano tutti in disordine, scompigliati. «Hai visto il mio quaderno?».

Sbattei le palpebre. «Eh?»

«Il mio quaderno», ripeté, allungando le parole come se fossi un bambino che non capisce bene i vocaboli.

Scossi la testa. «Non è nella tua borsa?».

Lei sospirò. «Se fosse nella mia borsa, ti chiederei se l'hai visto?».

La fissai, le sue parole mi scivolarono addosso senza colpirmi. Non indietreggiai nemmeno per il suo tono. Mi sembrò strano. Di solito le sue parole mi infastidivano, ma quel giorno… Mi accigliai, cercando di capire i miei sentimenti, provando a comprendere che cosa stessi provando.

Nulla.

Proprio così: non provavo nulla. Solo vuoto e torpore.

«Jess, concentrati. Ho bisogno che mi aiuti a trovarlo».

«Un quaderno?» Io avevo perso tutto e lei si preoccupava per un quaderno?

«È importante».

«Anche Adam lo era!» Girai i tacchi facendo ritorno nella mia stanza. Per la prima volta nella mia vita avevo sbattuto la porta dietro di me. Era una bella sensazione. Mi sentivo ribelle. Un gesto piccolo e insignificante e tuttavia... Mi venne da sorridere e pensai che Adam sarebbe stato orgoglioso di me.

8

Prima

«Questa sì che è una casa», disse Adam mentre accostavo l'auto lungo il vialetto dell'imponente villa bianca, con sei camere da letto, che si trovava davanti a noi.

Annuii ma non dissi nulla. Aveva ragione, era spettacolare.

«Sei cresciuta lì?»

«Ci siamo trasferiti qui quando avevo sei anni. Mamma l'aveva ereditata dai suoi genitori. Morirono in un incidente stradale». Sospirai profondamente. «Per colpa di un ubriaco al volante. La polizia lo arrestò. Finì in prigione, ma…».

«Purtroppo non è servito a farli tornare».

Feci un cenno con la testa.

«Mi dispiace, è così triste».

Scrollai un poco le spalle. «È stato molto tempo fa».

«Ma senti ancora la loro mancanza».

Annuii.

«Me ne sono accorto dalla tua voce». Mi strinse la mano. «C'è un po' di malinconia nel tuo tono. Erano importanti per te».

Feci di sì con la testa, lentamente. «Sì, lo erano e…».

«E?».

Scossi il capo desolata. «Non importa».

Adam si chinò verso di me. «Sì, invece».

Feci un respiro profondo e guardai di nuovo la casa. «È solo che… le cose sono cambiate dopo che loro se ne sono andati».

La casa che una volta era stata un posto eccitante da visitare nel fine settimana o durante le vacanze scolastiche era poi diventata la nostra casa. Nessuno di noi si era mai davvero adattato a vivere lì, per quanto ci avessimo provato. Le nostre vite erano state sconvolte, trasferite lì controvoglia.

Tutti quelli che vedevano la casa, o ne conoscevano la posizione, invidiavano noi e la nuova vita che ci era capitata. Ma le apparenze potevano essere ingannevoli. La realtà era sempre soggettiva.

Scossi di nuovo la testa cercando di scacciare la sensazione di tristezza che minacciava di inghiottirmi. «Andiamo, non possiamo stare seduti qui fuori tutto il pomeriggio».

Aprii lo sportello e scesi. Feci un altro profondo respiro e mi sistemai la mia lunga gonna blu.

«Tutto bene?», mi chiese Adam intanto che ci incamminavamo in direzione della casa.

Cercai di abbozzare un sorriso, ma era troppo forzato per sembrare naturale. «Solo un po' nervosa».

Gli scappò una risatina. «Non dovrei essere io quello nervoso qui? Sono io quello che sta per essere torchiato da tua madre».

Mi accigliai.

«Un attimo». Adam si fermò, mentre nel suo sguardo balenò dell'incertezza. «Stavo solo scherzando. Lei non è poi così male, vero?».

Lo guardai afflitta. Volevo tranquillizzarlo. Rassicurarlo che si trattava solo di un tranquillo pomeriggio informale con mia madre, dirgli che lei era impaziente di incontrare il ragazzo che aveva reso sua figlia così felice nelle ultime settimane. Ma non potevo. Non era vero. Lei, che oltretutto era una critica severa, stava per sottoporlo a un esame. Pochi erano in grado di superarlo.

«Avrei dovuto rifiutare il suo invito. E tu dovevi dirmi che questa era una cattiva idea e che non volevi incontrarla».

«In realtà io la voglio incontrare».

Lo guardai perplessa. «Davvero?» La mia voce tradiva lo stupore. «Perché?».

Adam fece un passo avanti e il suo sguardo incontrò il mio. «Perché lei è importante per te. Fa parte della tua vita. Voglio conoscere tutto di te. Anche tua madre».

«Ma stiamo insieme da poco. Avrei dovuto dirglielo».

Adam mise le sue mani sulle mie spalle. «Allora, perché non glielo hai detto?»

«Perché...» Deglutii. Cosa potevo rispondere? Non ero sicura che ci fosse una ragione, era solo una pretesa. «Lei voleva incontrarti», terminai miseramente. Era stata la questione decisiva. Lei voleva conoscerlo.

Adam annuì. «Allora è meglio non deluderla».

Mi prese la mano, le nostre dita si intrecciarono come i pezzi di un puzzle che si incastrano perfettamente, ciascuno al proprio posto. Sembrava naturale. Normale.

Ci incamminammo di nuovo e io mi sentii più forte. Mi stavo preoccupando inutilmente. Adam aveva capito tutto. La sua gentilezza avrebbe conquistato Mamma. Come poteva essere diversamente? Lui era tutto ciò che una madre potesse desiderare per la propria figlia. Tutto quello che io volevo per me stessa.

Non appena ci avvicinammo, la porta d'ingresso si aprì e mi venne spontaneo allontanare la mano da quella di Adam. Mi sentivo come un bambino sorpreso a fare qualcosa che non andava fatto. Qualcosa di sbagliato.

Vidi l'espressione sbigottita di Adam prima che riprendesse a sorridere mentre porgeva la mano a mia madre. «Signora Harper, è un piacere conoscerla».

Mamma lo studiò con le labbra serrate in una linea retta che la faceva sembrare più anziana. Lei lasciò Adam con la mano tesa davanti a sé per qualche secondo di troppo prima di decidere finalmente di stringergliela. «Sì, bene, ma è meglio se entrate».

Lei gli lasciò la mano, girò i tacchi e scomparve dentro casa. Non osavo guardare Adam. Cosa stava pensando? Certo era difficile definire quello un caldo benvenuto. Non mi sarei stupita se lui si fosse voltato indietro per tornare lungo il viale. Non l'avrei biasimato. Anzi, forse avrei dovuto incoraggiarlo a farlo. Avrei potuto seguirlo anch'io.

Era stata un'idea stupida portarlo lì. Non ero ancora pronta per presentarlo. I momenti che passavamo insieme erano preziosi, una novità. Erano momenti nostri, solo nostri.

«Dopo di te».

Sollevai lo sguardo e mi resi conto che Adam stava tenendo la porta per farmi entrare per prima.

Sorrisi ed entrai. Avrei dovuto sapere che non era il tipo che scappa da qualcosa. Nemmeno da mia madre.

***

«Wow! Avevo già capito che la casa è magnifica, ma questa vista...» la voce di Adam si interruppe mentre osservava fuori dalla finestra della cucina.

Il lungo tratto di prato appena rasato portava a una scogliera rocciosa e, oltre, c'era una vasta distesa di blu. Il cielo incontrava il mare in lontananza, da qualche parte all'orizzonte. Era perfetto.

«Vieni, devi vedere per bene». Aprii la porta del patio, presi la mano di Adam e lo condussi all'esterno. «Adoro qui fuori», gli dissi mentre lo accompagnavo lungo il sentiero tortuoso che portava all'estremità del giardino.

Indicai un punto a destra. «Laggiù puoi vedere le Old Harry Rocks vicino a Swanage». Feci un cenno verso sinistra. «E da quella parte si può vedere l'isola di Wight».

«Wow!» ripeté Adam quando giungemmo al limite del crinale. Guardò a sinistra e a destra prima di sporgersi in avanti per scrutare la ripida scogliera che scendeva a picco verso il lungomare e la spiaggia sottostante. «Pazzesco!»

Guardai le onde che si infrangevano sulla riva. «Papà e io stavamo sempre qui fuori, trascorrevamo tantissimo tempo a guardare le onde e basta».

Adam si voltò per guardarmi. «Non mi avevi mai parlato di tuo padre prima, a parte quando mi hai detto che se n'era andato quando eri piccola».

«Non parlo mai di lui», alzai le spalle. «Mamma non mi ha mai permesso di farlo».

«Non te lo permetteva?»

«Non le piaceva». Scoppiai a ridere. «Volevo dire, non le piaceva. Era...» Cercai le parole giuste.

«Troppo doloroso», Adam finì la frase al posto mio.

Accennai un sì con la testa, ma per qualche ragione non credevo fosse la spiegazione corretta. Era stato troppo doloroso per lei? Non mi era mai sembrata veramente triste che Papà non ci fosse. Non sembrava che le mancasse. Più che altro, era arrabbiata.

Sgranai gli occhi. Certo che era arrabbiata. Lui l'aveva abbandonata e l'aveva lasciata a crescere da sola una bambina.

Se non fosse che lei non sembrava davvero arrabbiata con lui, quanto piuttosto arrabbiata con me.

Chiusi gli occhi e ricacciai indietro le lacrime. Mi sbagliavo. Dovevo essermi sbagliata per forza. Mamma mi amava. Mi aveva sempre amato. Eravamo solo io e lei. Insieme.

«Jess?».

Spalancai gli occhi e il mio sguardo incontrò quello di Adam. Notai che mi stava osservando e mi sentii sprofondare.

«Stai bene?».
Sfoggiai nuovamente il mio sorriso e vidi le sue spalle rilassarsi.
Non eravamo più solo io e Mamma. Ora avevo anche Adam.
«Allora, cosa ne pensi?», gli chiesi, facendo un cenno al panorama davanti a noi.
«Davvero niente male!» disse Adam con una risata. «Sono un po' invidioso… Deve essere stato fantastico crescere qui».
Deglutii. «Sì, credo».
«Si può scendere direttamente alla spiaggia da qui?», chiese Adam schiacciando con il piede un cespuglio troppo cresciuto.
«Non lo consiglio». Mi piegai leggermente in avanti. «La scogliera tende a franare».
Adam si rabbuiò e si spostò un po' più avanti. «È davvero un peccato. Se si riuscisse a scendere qui sotto, avresti il tuo accesso privato alla spiaggia».
«Dovresti stare attento a dove metti i piedi», disse Mamma avvicinandosi e fermandosi accanto a me. Fece un cenno in direzione del precipizio. «Un passo sbagliato e…» Rivolse lo sguardo in direzione della camminata al di sotto della scogliera rocciosa, poi di nuovo verso Adam.
Mi morsi il labbro e presi a osservarla. C'era qualcosa nella sua espressione, mentre fissava Adam, che non riuscivo a interpretare.
Era solo preoccupazione, non poteva essere nient'altro. E questo era il motivo per cui aveva avvisato Adam sul pericolo della scogliera.
«Mamma ha ragione», dissi rivolta a Adam. «Papà e io scherzavamo spesso sul fatto che un giorno avremmo provato a scendere, ma…» mi interruppi e lanciai un'occhiata a Mamma.
Lei aveva un'espressione pietrificata.
Avevo accennato a Papà.
Non parliamo mai di lui.
«Dovremmo tornare in casa», dissi, mentre mi lasciavo alle spalle la spiaggia e il passato.

«È piuttosto…». Adam fece una pausa. Gli stavo porgendo una fragile tazzina e un piattino di porcellana a fiori. «Tradizionale».
Mi morsi il labbro e cercai di non far cadere il tè. Mamma si sarebbe arrabbiata se fosse finito sull'immacolato tappeto beige. Un po' logoro in alcuni punti. Ma immacolato. Come il resto della

casa, tutto perfettamente pulito. Mamma si prendeva sempre molta cura di quella casa.

Mi sedetti sul divano a tre posti accanto a Adam e sospirai mentre la mia mente cominciava a divagare.

«Mamma, Susan può venire qui domani dopo la scuola?».

La mano di Mamma si bloccò, la forchetta sospesa davanti alle labbra mentre il suo sguardo correva per la cucina. «La casa non è abbastanza ordinata per ricevere ospiti».

«Ma se è perfetta! È sempre perfetta».

«Sì, in effetti non è poi così male, ma...».

«Ti prometto che non faremo disordine. Le dirò di togliersi le scarpe e ci chiuderemo nella mia camera. Nessuno saprà che lei è stata qui».

«Ma io sì».

Il mio sguardo si spostò in direzione della foto di noi due appesa sopra il camino. Mamma e io, e nessun altro. Il suo braccio mi cingeva la vita. Il suo volto sorridente.

Era l'unica cosa che aveva aggiunto all'arredamento da quando ci eravamo trasferiti lì. Lei aveva insistito per fare quella foto qualche mese dopo che Papà se ne era andato. Era come se avesse cercato di dimostrare al mondo che io e lei da sole stavamo bene.

«Cos'è successo a tuo padre?», mi chiese Adam. Gli lanciai un'occhiata e capii che stava fissando la foto.

Scrollai le spalle. «A volte le cose non funzionano».

«Vive ancora a Bournemouth?»

«Non lo so». Cambiai posizione sul rigido divano. «Non ho più avuto sue notizie dopo che se n'è andato».

Adam mi guardò a bocca aperta e con gli occhi spalancati. «Ma se eravate così uniti».

«Lo eravamo», scrollai le spalle di nuovo cercando di cancellare via il passato come se per me non avesse più importanza. «O, perlomeno, avevo creduto che lo fossimo».

Il mio sguardo fu catturato da un movimento in cucina e vidi Mamma che stava prendendo una torta al cioccolato.

«Penso che le cose non sono sempre come sembrano», disse piano Adam.

Sussultai e lo fissai chiedendomi cosa intendesse dire. Ma lui stava ancora studiando la foto.

Mi spostai in avanti sul divano e mi chinai verso il tavolino. Allungai una mano per togliere un quaderno appoggiato accanto al vassoio del tè così che ci fosse spazio per la torta. Presi il quaderno e, vedendolo, trasalii. Aveva qualcosa di familiare. La copertina rigida blu scuro. Gli angoli consumati. Non era un quaderno qualsiasi. Era *il* quaderno. Quello che Mamma aveva usato per anni. Sembrava proprio lo stesso. Ci aveva scritto freneticamente quando Papà se n'era andato. Per giorni non se ne era separata e poi tutto d'un colpo il quaderno era sparito.

Per qualche tempo.

Era come una malattia che periodicamente si ripresentava. Lei ci scriveva ossessivamente per un po' e poi per mesi, a volte anche per anni, il quaderno spariva da qualche parte.

Per poi ricomparire di nuovo.

La curiosità mi assillava, ero tentata di aprire la copertina e dare una rapida occhiata all'interno. Feci scorrere le dita frementi lungo il bordo delle pagine. Non ci voleva molto e Mamma non lo avrebbe nemmeno saputo...

Feci un sospiro. Ma io sì.

Quel quaderno non era mio. Non potevo ficcanasare nelle cose personali di Mamma.

Anche se questo non aveva mai impedito a lei di farlo.

Mi bloccai, turbata da quel pensiero orribile. Era vero, ma in fondo si trattava di una cosa diversa. Lei era mia madre. Questo comportava certi diritti e certe responsabilità. Lei si prendeva cura di me, mi proteggeva. Nient'altro.

Rabbrividii, ma era davvero così?

«Sembra deliziosa, signora Harper».

Sobbalzai e in tutta fretta appoggiai il quaderno sul divano, accanto a me.

«Le torte di Mamma sono sempre le migliori», spiegai a Adam orgogliosa.

«Solo perché seguo la ricetta di tua nonna. A volte è meglio rispettare le tradizioni».

Lo sguardo di Mamma si posò su Adam mentre parlava e io rabbrividii. Aveva udito il commento che lui aveva fatto, il suo sgarbo nei confronti della casa, del modo di vivere di Mamma. Eppure, lui non aveva voluto dire una cosa del genere. Probabilmente, intendeva fare solo un'osservazione. Ma secondo Mamma ogni commento sottintendeva qualcosa. Non solo le parole che venivano pronunciate, ma anche ciò che non veniva detto. Lei si vantava di saper leggere nelle menti delle persone.

Era notevole avere un'abilità del genere. Se funzionava. Però, per qualche motivo, con me non aveva mai funzionato. Se davvero ci fosse riuscita, non avrebbe saputo quanto l'amavo? Quanto ci tenevo a lei?

Quanto bisogno avevo che lei ricambiasse il mio amore?

Chiusi gli occhi, spaventata da quel pensiero contorto. Era qualcosa che non aveva fondamento, era sbagliato. Lei mi amava. Mi aveva sempre amato. A modo suo. Solo che non sapeva come dimostrarlo, tutto qui.

Lei mi amava.

Lei era rimasta.

Mamma tagliò la torta, ne mise una fetta in un piatto e lo diede a Adam. Fece lo stesso con un secondo pezzo e si girò per passarmelo. Allungai la mano per prenderlo, ma lei si bloccò.

«Mamma?» Le diedi un'occhiata. Era la mia immaginazione o la sua mano tremava mentre teneva il piatto? «Stai bene?».

Lei ridacchiò. Una risatina contorta che durò solo un momento. «Scusate», disse cacciandomi il piatto in mano. «Ho la testa tra le nuvole».

Feci un cenno di comprensione.

Lasciò cadere il coltello da torta sul tavolino con un tonfo.

«Tu non prendi la torta?»

«Sì, certo, devo solo mettere un attimo in ordine prima». Mi passò accanto, raccolse il quaderno dal divano, si affrettò verso la scrivania di quercia scura vicino alla finestra e infilò il quaderno in un cassetto.

Mi voltai verso Adam e mi resi conto che anche lui stava guardando Mamma. Lui si voltò verso di me con un'espressione perplessa. Scrollai le spalle, ma mi sentivo lo stomaco pesante. Gli era bastato un pomeriggio a casa di Mamma per notarne le strane abitudini.

Mamma tornò e si prese un pezzo di torta prima di sedersi sulla poltrona di fronte a noi.

Adam si spostò in avanti sul divano. «Sono i tuoi nonni?», chiese, accennando a una foto sulla mensola.

«Sì, quella foto è stata scattata nell'hotel dove andavano sempre a Maiorca».

Mamma fece una smorfia. «Era Minorca».

Guardai la foto con più attenzione. «Davvero? Pensavo fosse Maiorca».

«Sai che non hai una buona memoria».

Gli occhi di Adam si spalancarono per lo stupore mentre si girava verso di me. «Non mi ero accorto che avessi una cattiva memoria».

Mamma ridacchiò. «Non cattiva, selettiva».

Rimasi di sasso. Mi sentivo come un animale braccato, in bilico tra l'istinto di combattere e una paura travolgente che mi diceva di scappare.

Adam si voltò verso mia madre. «Se capisco bene, sta dicendo che Jess può scegliere cosa ricordare e cosa dimenticare».

«Non è che sceglie». Mamma mi fissava. Si stava prendendo gioco di me. Ricordandomi chi comandava. Conosceva le mie debolezze, i miei segreti.

Tossii. Avrei dovuto intervenire, farla smettere. Però non ci riuscivo.

«Jessica semplicemente riesce a dimenticare le cose brutte».

Trattenni il respiro aspettando che continuasse, ma Mamma scrollò le spalle come a significare che non aveva altre cose da rivelare. Aveva vinto lei. Non aveva avuto bisogno di aggiungere altro. L'equilibrio di potere era stato ristabilito in suo favore.

Adam mi diede una pacca sul ginocchio. «Sembra una cosa utile».

Mamma annuì. «A volte, sì». Si appoggiò allo schienale e bevve un sorso di tè. «Per fortuna, Jessica ha me che l'aiuto a tenere a mente le cose».

«È stato un piacere conoscerla, signora Harper. Grazie per avermi invitato nella sua bella casa».

Guardai Adam cercando di interpretare la sua espressione, ma il suo sorriso sembrava autentico, proprio come le sue parole. Solo che sembrava una cosa impossibile. Come si poteva definire piacevole una qualsiasi delle cose avvenute in quelle ultime tre ore?

Ritta accanto a me Mamma annuì, e io e lei lo guardammo dirigersi verso la porta. Feci per seguirlo ma Mamma mi prese il braccio. Mi si accostò.

«Hai intenzione di sposarlo?».

La sua voce era poco più di un sussurro e per un momento pensai di aver sentito male. Ma poi vidi la sua espressione, i dubbi e le domande che si nascondevano dietro il suo sguardo penetrante.

La fissai. Mi resi conto di essere rimasta a bocca aperta. «Lo conosco solo da poche settimane».

Lei sbuffò. «Non sembra che questo conti. Non riesci a stare lontano da lui. Se non sei con lui, sei lì che gli mandi messaggi».

La sua voce era sprezzante. Pensava che mi stessi facendo coinvolgere troppo, troppo in fretta. Forse aveva ragione. Forse mi ero fatta prendere dalle emozioni, dalla novità, dalle attenzioni, dalla compagnia.

Una voce dentro la mia testa mi diceva di fare attenzione e di fare con calma. Ma ero stanca di ascoltare quella voce. Una volta tanto non volevo essere cauta e attenta. Volevo essere coraggiosa e spensierata.

Ma c'era anche un'altra ragione: avevo paura di perderlo. Non riuscivo ancora a credere che lui stesse davvero uscendo con me, che fossimo una coppia. Cosa sarebbe accaduto se non avessi risposto ai suoi messaggi a mezzanotte, quando lui voleva chattare e io solo andare a dormire? E se non avessi accettato di andare al ristorante messicano che amava anche se il cibo piccante mi faceva venire il bruciore allo stomaco? Forse avrebbe capito che non ero abbastanza divertente, abbastanza interessante o abbastanza avventurosa. O, semplicemente, poteva essere che si sarebbe accorto che io non andavo abbastanza bene.

Era la conclusione a cui tutti giungevano alla fine. A un certo punto, io non servivo più. Ero sempre stata provvisoria.

«Non è sempre un bene, sai?».

La fissai, senza riuscire a trovare le parole per esprimere il mio choc. Voleva proprio dissuadermi dall'idea dell'amore, del matrimonio, della felicità. Sapevo che la vita non era perfetta. Avevo sofferto abbastanza per saperlo. Ma l'amore e il matrimonio erano il sogno di ogni donna. Erano il mio sogno. Erano quello che lei aveva voluto per se stessa. Ma non per me...

Non c'erano rassicurazioni materne. Nessun incoraggiamento, "Non preoccuparti, troverai la persona giusta", o "vedrai che si risolverà tutto". Lei voleva infrangere il sogno. Il mio sogno.

Era come dire a un bambino che Babbo Natale non esiste.

Solo che io già lo sapevo.

9

Ora

Ero sdraiata sul letto e guardavo il telefono che avevo in mano. Il volto sorridente di Adam mi fissava dallo schermo. Mi mancava quel sorriso. Mi mancava lui. Ma era già da un po' che sentivo la sua mancanza, non solo in quel momento.

Si era allontanato da me. L'avevo capito. Solo che non avevo saputo come evitarlo. E nonostante questo, lo volevo ancora.

Quello che vuoi tu non conta.

Mi girai e mi rannicchiai. Quelle parole mi avevano tormentato per tutta la vita. Ora, erano una verità innegabile, proprio come lo erano state la prima volta che le avevo sentite.

«Quando torna a casa Papà?», chiesi. Io e Mammina eravamo sedute al tavolo della cucina. Di solito, lui tornava dal lavoro prima di cena. Cenavamo sempre insieme.

Mammina non stava mangiando. Non si era nemmeno preparata qualcosa. Lei non faceva altro che scribacchiare su un quaderno come se non riuscisse a completare le parole sulla pagina abbastanza velocemente. Guardai il quaderno. Sembrava nuovo. Aveva scritto solo un paio di pagine fino a quel momento, ma presto sarebbe stato riempito se lei avesse continuato a scrivere a quella velocità.

«Non verrà». La voce di Mamma era strana e vuota.

Ingoiai il boccone mezzo masticato di uova strapazzate e pane tostato. La fissai con occhi confusi mentre un'inquietante nausea mi prendeva lo stomaco. «Cioè?»

«Non tornerà più», disse continuando a scrivere.

«Mai più?» La mia voce era quasi un sussurro.

Mammina fece di no con la testa. «Mai più». Sorrise. Ma era strano quel sorriso. Le sue labbra erano sottili e tese e i suoi occhi erano stretti e spenti. «Siamo solo io e te ora».

Chiusi gli occhi. L'aveva detto come se fosse una cosa buona, divertente, come il weekend che avevamo passato insieme nella vecchia casa, solo noi due, quando Papà doveva andare via per lavoro. Io e Mammina avevamo costruito un castello sotto il tavolo della cucina. Ci avevamo giocato per tutto il fine settimana. Ma quello era diverso. Era speciale. Durava solo il tempo di un fine settimana. Nemmeno per tutto il fine settimana. Papà era tornato a casa la domenica notte, in tempo per rimboccarmi le coperte. Ma non eravamo mai state sole più a lungo di un fine settimana. Non era mai stato un periodo prolungato.

«Dai, mangia la tua cena sennò si raffredda».

Diedi un'occhiata all'uovo giallino e spinsi via il piatto. «Non voglio la cena. Voglio Papà».

Sentii mammina inspirare profondamente e capii che si era arrabbiata.

«Quello che vuoi tu non conta». Si chinò in avanti e mi mise il piatto di nuovo davanti. «Su, mangia».

C'era un'asprezza nella sua voce e una freddezza nei suoi occhi mentre mi fissava, quasi come se mi sfidasse a ribellarmi. Rabbrividii e mi accasciai sulla sedia.

«Subito!»

Trasalii e afferrai il coltello e la forchetta, le mie mani tremavano leggermente mentre tagliavo il toast.

Lasciai cadere il telefono sul letto. Mamma aveva ragione. Non aveva importanza. Io non importavo. Non abbastanza per far sì che Papà non se ne andasse. Non abbastanza per farlo tornare. Non aveva nemmeno mai chiamato.

Io non ero stata abbastanza importante nemmeno per Adam. Volevo che lui mi amasse, che rimanesse con me. Solo con me. Volevo che mi volesse come io volevo lui.

«Jess?» La porta della camera da letto si aprì lentamente e Mamma fece capolino nella stanza. «Ti ho chiamato. La cena è pronta».

Mi voltai e fissai il soffitto. «Non ho fame».

«Devi mantenerti in forze, tesoro».

«Per cosa?» Era inutile. Adam se n'era andato. Io ero di nuovo lì. Ero tornata di nuovo alla vita che avevo avuto prima di incontrarlo. Una vita solitaria. «Non ho nessuno».

Il materasso si abbassò leggermente mentre si sedeva accanto a me. «Hai me».

La fissai. La sua voce era risentita. Lei pensava che quello dovesse bastarmi. Che lei fosse abbastanza.

Ma non lo era.

Sbagliavo a desiderare dalla vita più di così? Qualcosa che non fosse solo lei e basta? Un lavoro estenuante che odiavo e serate passate da sola con mia madre. Lei era importante, naturalmente. L'amavo. Volevo stare con lei. Avevo bisogno di lei. Ma sentivo anche la necessità di qualcosa di più. Era come se il tempo si fosse fermato. La maggior parte dei ragazzi era cresciuta e si era trasferita lontano. Il legame tra genitore e figlio continuava a esistere, ma cambiava, si modificava per permettere loro di crescere. Ma non per noi. Io e Mamma eravamo diverse. Le nostre vite erano ancora intrecciate come lo erano state quando ero piccola, solo che i nostri ruoli si erano invertiti. Non completamente. Non coerentemente. Oscillavo avanti e indietro come un pendolo che continuamente cambiava velocità. Un momento mi prendevo cura di lei, l'attimo dopo lei influenzava le mie decisioni come se fossi ancora una bambina. Tutto era disordinato e caotico. Non poteva più andare avanti così. Forse non era mai andato per niente.

10

Prima

«Nervosa?», mi chiese Adam mentre fermava il furgone nel parcheggio.

Cercai di ridere, ma mi uscì fuori solo uno strillo soffocato.

«Lo prendo come un sì».

Gli diedi un colpetto sul braccio con la mano. «Voglio solo fare una buona impressione».

Lui si chinò sul freno a mano e mi diede un bacio sulla guancia. «Tu fai sempre buona impressione».

Feci una smorfia e mi accorsi di avere lo stomaco sottosopra.

Allungai la mano dietro il suo collo e lo avvicinai di nuovo verso di me. Non appena le nostre labbra si sfiorarono i miei nervi si distesero e, dalla mia testa, tutti i pensieri si dileguarono: non c'era che lui.

Lui arretrò lentamente verso il suo sedile e mi sorrise, un grande sorriso beffardo, mentre i suoi occhi continuavano a fissare i miei.

Mi fece il solletico sotto le ascelle. «Dai, smettila di cercare di distrarmi, stai solo tentando di rimandare l'inevitabile».

Scendemmo e ci trovammo dietro al furgone. La sua mano raggiunse immediatamente la mia.

«E se non gli piaccio?»

«Be'», Adam fece un respiro profondo e scosse lentamente la testa. «Allora dovremo smettere di vederci».

Sussultai. «Non posso credere che tu l'abbia davvero detto».

«Volevo dire, sarebbe una decisione difficile. Li conosco da tanti anni».

Aggrottai la fronte. «Aspetta, intendi dire che smetteresti di vederti con loro?».

Adam sembrò sorpreso. «Naturalmente. Non penserai mica di liberarti di me così facilmente, vero?».

Il suo labbro inferiore tremava, non riuscendo più a recitare quella parte ancora per molto. Scoppiammo a ridere entrambi e ci incamminammo verso la scalinata.

Guardai furtivamente Adam mentre procedevo al suo fianco. Non riuscivo ancora a credere di stare insieme a lui. Com'era possibile che fossi stata così fortunata da trovarlo? Avevo solo richiesto l'intervento di un idraulico. Era stato un caso che avessi digitato proprio il suo numero. E per un colpo di fortuna, lui era entrato nel mio appartamento e nella mia vita.

Era stato così semplice. Eppure, così inaspettato.

Ora dovevo solo riuscire a non rovinare tutto.

«Cosa vuoi da bere, Jess?», mi chiese Steve dopo che Adam aveva finito di fare le presentazioni.

Presi posto al tavolo e diedi un'occhiata ai volti sconosciuti che mi stavano fissando. Josh e Kate, la sua ragazza, erano già seduti con i drink in mano.

«Un bicchiere di vino bianco, per favore», dissi voltandomi verso Steve che stava accanto a Adam.

Lui inarcò un sopracciglio, ma non fece commenti. «Ti do una mano, amico» disse, dando una pacca a Steve sulla schiena, e insieme si diressero verso il bancone del bar.

Lo guardai allontanarsi e maledissi le sue buone maniere. Perché doveva sempre essere così disponibile? Perché non poteva lasciar fare a Steve e restare lì con me?

Vigliacca.

L'accusa mi trafisse il cuore.

Ero patetica. Non avevo bisogno che Adam mi tenesse la mano ogni secondo. Ero perfettamente in grado di fare conversazione con i suoi amici anche da sola.

Oppure no?

«Allora, com'è che conoscete Adam?» Sorrisi a Kate e Josh. Potevo farcela.

«Adam, Steve e io andavamo a scuola insieme», rispose Josh con un'alzata di spalle.

«Ah, Adam aveva detto che eravate amici da tanti anni, ma non avevo capito che vi frequentate da così tanto». Avevamo tutti all'incirca trent'anni e sicuramente era strano aver mantenuto le amicizie dei tempi della scuola così a lungo.

«Tu non sei rimasta in contatto con nessuno dei tuoi amici di scuola?», chiese Kate.

Amici.

Quella parola, al plurale, toccava un nervo scoperto. Dopo il nostro trasferimento a Bournemouth avevo avuto una sola amica.

Mi passò davanti agli occhi un'immagine di Susan. Eravamo state inseparabili durante tutta la nostra infanzia. Lei era stata l'unica costante nella mia vita. Aveva imparato a non farmi domande. Non si arrabbiava se io non le raccontavo nulla. Non si impicciava. Lei c'era e basta.

Finché non se n'era andata.

Scossi la testa. «No, ci siamo persi di vista al college».

Kate assunse un'espressione perplessa. «Al college? Non avete frequentato lo stesso college, perciò?»

«Sì, era lo stesso, ma seguivamo indirizzi diversi». Alzai le spalle. «Frequentavamo circoli diversi. Sai com'è?»

Kate annuì, ma non poteva saperlo. Non esattamente. Nessuno lo sapeva. Solo Susan.

Chissà cosa stava facendo ora? Scacciai via quel pensiero. Era meglio non chiederselo, non pensarci. Mi avrebbe riportato alla memoria troppi ricordi, troppo dolore.

Dimmi la verità, Jess.

Trasalii sentendo la voce di Susan nella mia testa. Non avevo più pensato a lei da anni. Non mi ero mai permessa di farlo.

«Stai bene?» Kate si allungò oltre il tavolo con espressione preoccupata.

Mi sforzai di sorridere di nuovo. «Sto bene».

Kate guardò Josh, nessuno dei due sembrava convinto.

«Mi stavo solo chiedendo dove lei...» Mi inumidii le labbra. «Dove siano loro ora».

«Forse dovresti cercarli», suggerì Josh. «Potrebbe essere divertente recuperare il tempo perduto».

Divertente.

Annuii, ma all'idea di affrontare Susan di nuovo sentii un brivido correre lungo tutto il mio corpo. Di certo non sarebbe stato divertente.

«Josh ha ragione», disse Kate. «Sarà stupendo sapere come le loro vite sono cambiate negli ultimi dodici anni. Avrete tantissimo da raccontarvi».

«Sì, davvero tanto». Ridacchiai pregando che la mia paura non fosse percepibile. Per quanto mi mancasse la mia vecchia amica, non potevo rintracciarla. Non potevo rischiare di riportarla nella mia vita. Non ora.

Vidi Adam che si avvicinava con i drink in mano.

Avevo troppo da perdere.

«Gli piaci».

«Davvero?» sorrisi a Adam. Stavamo camminando mano nella mano verso la spiaggia. Era diventata una consuetudine per noi: ogni volta che andavamo in città facevamo sempre una deviazione in direzione della spiaggia.

«Non te ne sei accorta?».

Sorrisi e annuii. Era andata bene, ne ero sicura, ma... mi mordicchiai il labbro. Poteva bastare?

Studiai il profilo di Adam intanto che camminavamo. Lui li conosceva meglio di me. Sapeva quello che pensavano. Lo avrebbe saputo.

Respirai profondamente e scrollai le spalle. Era sciocco essere così preoccupata di quello che pensavano di me. Erano amici di Adam, non miei.

E se anche non gli andavo a genio, che differenza faceva?

Ma questo non mi tranquillizzava. Averli dalla mia parte era un vantaggio. Un grande vantaggio. Che lo volessi ammettere o no, avevo bisogno della loro approvazione.

«Dev'essere bello avere degli amici da così tanto tempo. Immagino che vi conosciate davvero bene dopo tutti questi anni».

«Sì, quei ragazzi conoscono ogni mio segreto». E anche se Adam scoppiò a ridere, ero certa di averlo visto trasalire per un secondo.

«Hai dei segreti?» Me la presi con me stessa. Era una domanda stupida. Chiunque aveva dei segreti. Persino io.

Raggiungemmo la balaustra e ci sporgemmo verso la spiaggia sotto.

«Sì che li ho», disse con espressione seccata intanto che guardava fisso davanti a sé. «Ma è passato molto tempo».

Aprii bocca. Ero così curiosa che avrei voluto fargli mille domande.

La richiusi.

La curiosità prevedeva un dare e un avere. Era così in una relazione. Se gli avessi fatto una domanda, lo avrei autorizzato a farla a me di rimando.

Solo perché lui aveva dei segreti, non voleva dire che fossero uguali ai miei.

«I tuoi amici piacciono ai tuoi genitori?».

Adam trasalì. Sul suo volto apparve un'espressione confusa. Era a causa del mio improvviso cambiamento di argomento, per il fatto che avevo perso l'opportunità di scoprire qualcosa di più su di lui, o l'apparente casualità della mia domanda?

«Ai miei genitori?» Esitò, come se cercasse di capire che importanza potesse avere se ai suoi genitori piacevano o meno i suoi amici. «Sì, gli piacciono, credo». Ridacchiò. «Anche se probabilmente gli piacciono di più ora rispetto a quando eravamo piccoli».

«Cosa intendi dire?»

«Scherzi?» Adam si mostrò stupito. «Gestire tre ragazzi adolescenti può essere complicato per qualsiasi genitore».

«Eravate problematici?»

«No, non esattamente». Adam mi fece l'occhiolino. «Ma non eravamo neanche degli angeli». Scoppiai a ridere e, per scherzare, gli diedi uno spintone.

«E tu? Com'eravate tu e i tuoi amici?»

«Eravamo...». Deglutii.

Adam alzò gli occhi al cielo. «Fammi indovinare, degli angeli!»

Afferrai la balaustra. «Più o meno».

Adam appoggiò la sua mano sulla mia. «Deve essere stata dura crescere senza tuo padre».

«Io e Mamma ce la siamo cavata. E ci aiutiamo ancora» Guardai le onde infrangersi sulla riva. «Ma a volte mi chiedo...».

«Cosa?».

Esitai. Mi allontanai dalla balaustra sentendo il bisogno improvviso di continuare a muovermi. Non avevo intenzione di dire nulla. Dovevo solo scrollarmi di dosso tutto quanto e dire che non aveva importanza. Ma mi assillava un pensiero inespresso. Voleva essere ascoltato. Io volevo essere ascoltata. Riprendemmo a camminare sul lungomare. «Dopo che Papà se ne è andato, Mamma mi ha detto che eravamo rimaste solo noi due e che questo poteva bastare. Ma non so se lei ci ha mai davvero creduto. Mi sembrava sempre che lei si fosse allontanata, anche da me. È successo dopo che ha perso i suoi genitori. Ha alzato un muro tutto intorno a sé. Si è isolata nel suo dolore».

Raggiungemmo una panchina e ci sedemmo fissando il mare. «Non riuscivo a raggiungerla. Nemmeno Papà ci riusciva. Ci ha provato, so che ci ha provato. Ma credo che non bastasse». Mi strinsi nelle spalle. «Dopo che lui se n'è andato lei era diversa. Ancora distante, ma...».

Mi morsi il labbro. Mi sembrava sbagliato parlare di Mamma in questo modo. Si sarebbe così arrabbiata se mi avesse sentito. Arrabbiata e ferita.

«Nessuno deve sapere di Papà, hai capito?», mi disse Mammina mentre indossavo la mia uniforme scolastica.

Vidi il mio riflesso nello specchio. I miei occhi erano tutti gonfi e rossi. La sera prima avevo pianto fino ad addormentarmi. Avevo cacciato la testa sotto il cuscino per non farmi sentire da Mammina. Non sarebbe stata contenta altrimenti.

«Non parliamo di lui, Jess. Non diciamo che lui ieri se ne è andato. Non parliamo proprio di lui».

«Perché no?» La fissai, la mia mente si affollava di pensieri mentre cercavo di dare un senso alle sue istruzioni. Perché non potevo dirlo a nessuno? Perché non potevo dirlo nemmeno a Susan? Almeno non le sarebbe dispiaciuto se avessi pianto. Mi avrebbe abbracciato e mi avrebbe detto che sarebbe andato tutto bene. Era quello che facevamo sempre quando una di noi due cadeva e si sbucciava un ginocchio. Era quello che facevano gli adulti. Era quello che faceva Mammina.

Il volto di Mammina si addolcì e allungò la mano verso di me. Il suo tocco era caldo sulla mia pelle. La mia mano sembrava così piccola chiusa nella sua. Mi sentivo al sicuro. Mi sentivo speciale. Non riuscivo a ricordare l'ultima volta che mi aveva tenuto la mano. Una volta lo faceva sempre. Mi ricordavo. Mi teneva sempre la mano. Mi abbracciava sempre.

E poi non l'aveva più fatto.

«Perché ci chiederanno il motivo, Jess». Mammina mi venne più vicina. «Vorranno sapere perché se n'è andato. Ci chiederanno cosa hai fatto di sbagliato».

Sentii un nodo alla gola. «Ho fatto qualcosa di sbagliato?» Le mie parole erano appena un sussurro.

La mamma mi accarezzò la guancia. «Non l'hai fatto apposta, lo so».

La fissai con gli occhi spalancati mentre le lacrime scendevano giù a terra. «Cosa ho fatto?»

«È che hai...» Mammina tirò su con il naso e si asciugò le lacrime con la mano.

«È che sei fatta così».

Cercavo di soffocare i singhiozzi senza riuscirci. Tremavo con tutto il corpo mentre le sue parole mi giravano in testa.

Era colpa mia se Papà ci aveva lasciato.

Ma peggio ancora, era colpa mia se la mamma stava male. Io l'avevo fatta piangere. Lei non piangeva mai. Nemmeno al funerale della nonna e del nonno. Ma ora le lacrime le scorrevano sul viso.

L'avevo delusa.

L'avevo resa triste.

Per qualche motivo ero stata io a causare tutto questo. Avevo qualcosa di sbagliato. O forse ero io sbagliata. Proprio io. Non ero abbastanza.

«Certe cose è meglio dimenticarle e andare avanti. Capisci?».

Annuii. «Mi comporterò meglio, Mammina», sussurrai tra i singhiozzi. «Te lo prometto».

Mi strinse la mano con forza. «Lo so, Jess. Lo so».

«Ma cosa, Jess?».

Scossi la testa mentre combattevo le lacrime che minacciavano di scendere.

«Hai detto che tua madre era diversa dopo che tuo padre se n'è andato. Distante ma...».

«Appiccicosa».

Scoppiai a ridere per lo sconcerto di Adam. Non potevo biasimarlo per la sua espressione confusa. Come era possibile che qualcuno fosse distante e appiccicoso allo stesso tempo? Le due cose erano così opposte. Era impossibile. Eppure, era vero.

«Sembrava che mi tenesse a distanza. Non ci siamo mai abbracciate o parlate per davvero, o perlomeno non dei nostri sentimenti. Era come se le nostre emozioni non esistessero. Non erano permesse».

Intrecciai le mani sul grembo. «Ma eravamo sempre insieme. Proprio inseparabili. Sembrava così triste e sola ogni mattina quando uscivo per andare a scuola, avevo il cuore spezzato perché volevo stare a casa con lei. Sembrava che lei volesse avermi lì. Non per qualche motivo preciso, solo avermi lì. E anche adesso è così».

«Ma tu hai la tua vita. Non puoi stare sempre lì con lei».
«Lo so, e non sono sempre lì. Ma mi sento comunque in colpa perché non sto con lei. Io glielo devo, Adam».
«Che significa che glielo devi?».
Scoppiai di nuovo a ridere e feci per alzarmi come nel tentativo di mettere una distanza tra me e la mia confessione. «Non puoi capire».
Adam mi prese il braccio e mi tirò indietro per riportarmi a sedere sulla panchina.
«Prova a spiegarmi!»
Fissai la sua mano calda ancora appoggiata sul mio braccio. Potevo dirglielo? Ero tentata. Come sarebbe stato aprirsi, confidarsi con qualcuno, rivelare finalmente i miei segreti?
«Ne abbiamo passate tante insieme». La mia risposta era stata una scappatoia. Debole e vaga.
Adam mi studiò, aspettando pazientemente che io elaborassi.
«Lei c'è sempre per me. Quando tutti gli altri se ne vanno, lei rimane».
«Tutti chi?».
Il mio corpo si irrigidì per il mio lapsus. «Mio padre».
«E?».
Scossi la testa. «Non importa. Non ora. È una vecchia storia».
Sorrisi e passai la punta di un dito lungo la sua mascella. «Mi interessa di più il futuro».
Adam si chinò verso di me. «Il nostro futuro», sussurrò prima che le sue labbra incontrassero le mie.

Mi lasciai cadere sul letto e spensi l'interruttore della luce facendomi avvolgere dall'oscurità. Era stata una buona giornata. Un'ottima giornata.
Adam era stato contento. Era l'unica cosa che contava davvero. Non l'avevo messo in imbarazzo davanti ai suoi amici. Non l'avevo deluso o spaventato. A voler essere onesti, era stato un enorme successo.
Sistemai il cuscino cercando una posizione comoda. Se era stata davvero una giornata così riuscita, perché allora mi sentivo così agitata e nervosa?
Dovevo sentirmi felice e soddisfatta di me stessa. Dovevo chiudere gli occhi e basta e pensare a cose meravigliose mentre mi addormentavo.

Fissai il soffitto attraverso l'oscurità. Non avevo nemmeno minimamente sonno. La mia mente galoppava. Un pensiero continuava a girarmi in testa.

Susan.

Vedere Adam con tutti i suoi vecchi amici di scuola mi aveva fatto pensare al vecchio gioco di "E se". E se Susan non avesse litigato con me? E se fossimo andate insieme all'università come previsto? E se ci fossimo fatte nuovi amici lì? E se io avessi studiato materie diverse? E se avessi avuto una carriera diversa? E se avessi avuto una vita diversa?

Tutto era cambiato perché la nostra amicizia si era sgretolata. Era stata la mia ancora di salvezza nel mondo reale e senza di lei quel legame si era spezzato. Ero comunque andata all'università, ma ero rimasta a Bournemouth. Avevo vissuto a casa.

Con Mamma.

L'università non aveva cambiato nulla. Era stata solo una continuazione di quello che era la mia vita precedente. L'unica differenza era che io prendevo l'autobus per scendere a una fermata diversa. Una in cui ero molto sola.

Presi il mio telefono dal comodino e strizzai gli occhi mentre lo schermo si illuminava. Aprii Facebook e digitai il suo nome. Il profilo di Susan era in cima alla lista. Non eravamo amiche, né nella vita reale, né su Facebook, ma avevo visitato la sua pagina così spesso che era rimasta nella memoria del mio telefono, proprio come nella mia.

Dissi a me stessa che era solo curiosità. Ma sapevo che era più di quello. Stavo vivendo indirettamente attraverso lei. Le feste, le vacanze, i fidanzati e alla fine il marito. La sua era la vita che avrei potuto avere.

Se non avessi distrutto tutto.

11

Ora

«Jess, che ci fai qui?» Karen si precipitò verso di me, la sua sedia continuava a girare dietro la scrivania per la velocità con cui l'aveva spostata per alzarsi.

Mi bloccai nel corridoio dell'ufficio open space, sentendomi allo scoperto. Era martedì. Avevo preso solo un giorno di riposo. Non avevo esagerato, giusto?

«Lavoro qui». La mia voce era vacillante e incerta. Mi volevano ancora, giusto? Da qualche parte c'era ancora il mio posto.

«Ma è ancora troppo presto». Mi gettò le braccia attorno al collo soffocandomi in un abbraccio da cui non potevo scappare.

Lanciai un'occhiata ai volti che mi scrutavano da dietro gli schermi dei loro computer. Tutti mi guardavano in silenzio. Mi giudicavano. Si facevano domande.

Stacey si affrettò a raggiungerla. «Karen ha ragione, devi darti del tempo».

Karen fece un passo indietro e io la studiai. Sembrava che trasudasse preoccupazione. Era una cosa quasi tangibile.

Mi rivolsi a Stacey. «E il tempo cosa può cambiare?».

Stacey trasalì per l'asprezza del mio tono e guardò Karen. Il senso di colpa mi diede un calcio allo stomaco. Non avevo intenzione di essere dura. Ma io sapevo benissimo che non era vero che il tempo può guarire tutte le ferite, era un'idea ridicola. Non aveva guarito nulla. Non a me. Non l'aveva mai fatto.

Stacey mi toccò il braccio.

«Ci sono novità?».

Sapevo cosa voleva dire. Era la stessa domanda che mi facevo ogni volta che il mio telefono squillava o il campanello suonava.

Hanno trovato il corpo di Adam?

Scossi la testa.
La sua mano si allontanò. «Mi dispiace».
«Immagino che questo renda tutto molto più difficile», aggiunse Karen.
Piegai la testa da un lato. «Perché?»
Karen sbatté le palpebre. «Se lo trovano, se tu sai con certezza che…».
«E poi cosa? Potrei andare avanti?».
La sua bocca si contorse. «Sarebbe meglio, no? Almeno non saresti sempre lì in attesa, a chiederti…».
«A chiedermi cosa? Adam non c'è più».
Si scambiarono uno sguardo che non riuscii a interpretare completamente. Poteva essere a metà tra stupore e paura.
Avevano paura per me, o forse di me? Affondai le mani nelle tasche del cappotto perché sentivo freddo.
Forse Karen aveva ragione. Era troppo presto perché io fossi lì. Non per me, ma per loro.
Non capivano che stavo bene. Che me la cavavo. Sembrava impossibile che potessi continuare anche senza Adam, senza sapere dove fosse, senza sapere esattamente cosa gli fosse successo.
Non sapevano che continuare era possibile. Che le domande erano inutili se le risposte erano peggiori del fatto di non sapere.
«Andiamo, ti accompagno alla macchina». Karen mi prese a braccetto.
«Ma non posso andarmene così».
«Sì, alla direzione non importerà».
Il mio corpo si irrigidì.
«Volevo dire, capiranno», corresse rapidamente Karen. «Non preoccuparti così tanto. Non si aspettano che tu sia già qui».
Mi prese per un braccio. Lasciai che mi riportasse indietro, attraverso l'ufficio, verso le scale. Che scelta avevo? Non potevo rimanere lì. Non con lo sguardo di tutti fisso su di me. Mi sentivo come un animale allo zoo. Un animale esotico e strano.
Pensavo di aver finalmente trovato il mio posto lì. Di essere diventata una di loro. Ma invece ero ancora esclusa.
Sbuffai e Karen mi lanciò un'occhiata di traverso.

«Allora, com'è andato il tuo fine settimana?», mi chiese Karen mentre si contorceva per togliersi il piumino bianco.

«Bene, grazie», sorrisi, mentre lei appendeva il piumino allo schienale della sedia prima di lasciarcisi cadere sopra.

Spostò la sua sedia per venirmi più vicino attraversando lo spazio dove le nostre scrivanie si univano. «Dai, Jess. Dici sempre così», disse roteando gli occhi. «Voglio i dettagli».

Le mie mani si irrigidirono mentre le sollevavo dalla tastiera e mi sforzavo di non allontanare la mia sedia da lei.

«Non c'è niente da dire. È stato solo un fine settimana tranquillo».

Le parole mi uscirono facilmente di bocca. Era vero. Era stato un fine settimana tranquillo. Tutti i miei fine settimana lo erano.

«Devi aver fatto qualcosa di bello, anche solo un po'». Mi diede una gomitata sul braccio. «O almeno, hai visto qualcosa di bello in TV*?».*

La fissai.

Devi mentire.

Il comando scattò nella mia testa. Volevo eseguire quell'ordine. Dovevo farlo. Cercavo freneticamente qualcosa di plausibile da dire. Ma la mia mente era vuota.

Cosa faceva la gente nei fine settimana? Le altre persone. Le persone normali.

Tossii. Mi piacevano le cose come erano prima che Karen iniziasse a lavorare lì. Lei era diversa. Allegra. Loquace. Curiosa.

Troppo curiosa.

Prima del suo arrivo potevo trascorrere la giornata di lavoro in maniera tranquilla, con relativamente poca interazione. Tutti erano cortesi e educati. Ci scambiavamo il «buongiorno» e il «come stai?», ma nessuno prestava davvero attenzione alle mie risposte, o alla loro assenza. Procedevamo in maniera meccanica. Così funzionava bene.

Così io andavo bene.

Ma Karen…

«Bene, allora basta!». Karen fece un applauso e io sussultai. «Prenderemo un caffè insieme il prossimo fine settimana».

La fissai e mi ritrassi. «Cosa?»

«Caf-fè», disse lentamente come se non avessi capito la parola.

Non era con la parola che avevo dei problemi, ma con il contesto. «Noi?»

«Sì».

«Perché?».

Lei si mise a ridere. «Perché così almeno avremo qualcosa di cui parlare lunedì prossimo».

Karen riportò la sedia alla sua scrivania. Rimasi con la bocca aperta a fissare la sua nuca.

Dovevo dirle che avevo da fare. Che non volevo andare.

Ma non potevo.

Nessuna delle due cose era vera.

«Riesci a guidare fino a casa?», mi chiese Karen non appena raggiunta la mia auto.

«Certo», annuii. «Sto bene».

Lei scosse la testa. «L'ho già sentita questa!». Mi diede un altro abbraccio. «Sei sempre una pessima bugiarda».

La osservai mentre si girava per tornare indietro. Una parte di me voleva correggerla. Era sorprendente quanto fossi diventata brava a mentire negli ultimi tempi. Ma mi morsi la lingua. Non aveva bisogno di conoscere quel lato di me. Nessuno doveva. Specialmente qualcuno a cui sembravo piacere anche se non riuscivo ancora a capire il perché.

«E se passo da te stasera? Porto una bottiglia di vino. Parliamo un po'».

Mi si strinse il petto. Scossi la testa. «Non voglio parlare di questo. Di lui». La proposta di Karen mi fece salire la nausea, ma allo stesso tempo non potevo fare a meno di sentirmi un po' invidiosa. Ammiravo la sua sicurezza, la sua capacità di fare una proposta e di invitarsi a casa di qualcun altro, nella vita di qualcun altro.

«Hai detto così ogni volta che ti ho chiamato o ti ho mandato un messaggio negli ultimi tre giorni da quando…».

Dalla morte di Adam.

Ecco perché non volevo parlare. Non per via delle parole. Ma per i silenzi. Le pause in cui le parole non venivano dette ma io le sentivo urlare così forte.

«Ti farebbe bene parlare di lui».

Scossi di nuovo la testa. «Non ancora».

Karen fece un respiro profondo ma annuì.

Mi ero sbagliata così tanto su di lei quando l'avevo conosciuta. Sembrava insistente e decisa. Lo era, infatti, ma sapeva anche quando tirarsi indietro e lasciarmi i miei spazi. La abbracciai. Le ero grata per questo.

12

Prima

«Sei diversa», disse Stacey mentre si risciacquava le mani nel bagno del club.

Mi fermai un secondo e poi ripresi a mettermi il rossetto. «Davvero?»

Karen fece un cenno di assenso con il capo. «Molto».

La guardai perplessa. «In che senso?».

Lei mi fissò incredula. «Non lo vedi?».

Feci un passo indietro per esaminare il mio riflesso. Mi sistemai la stretta gonna nera e mi aggiustai il top rosso acceso. «Sono solo i vestiti nuovi».

«No, non sono solo i vestiti. È tutto. Sei tu», disse Karen mentre mi metteva un braccio attorno alle spalle.

Osservai attentamente la donna che mi stava fissando nello specchio. Era davvero così diversa?

I suoi vestiti erano più alla moda, i suoi capelli più stilosi e il suo trucco più sfacciato. Ma erano solo trasformazioni esteriori. Sotto sotto lei era sempre la stessa. Aveva solo una mimetizzazione più efficace.

«Non è solo l'aspetto che è cambiato», spiegò Karen. «È come sei tu».

«Adam ha una buona influenza su di te», aggiunse Stacey. «Ti ha migliorato molto».

Migliorato.

Mi irritai. «Cosa c'era di sbagliato nel modo in cui ero prima?»

«No, non c'era niente di sbagliato. E tu non eri sbagliata». Stacey lanciò un'occhiata a Karen. «Almeno non per noi. Dico solo che tu...» Si morse il labbro e mi guardò dritto negli occhi. «Non sembravi piacere molto a te stessa».

Sentii scendermi dentro una profonda tristezza e un peso improvviso allo stomaco. Avrei voluto riderci sopra, replicare, dire che invece mi piacevo.

Ma non riuscii a mentire.

«Sembravi solo un po' sulle tue», aggiunse Karen. Ma avevo l'impressione che stesse solo cercando di tranquillizzarmi per coprire la verità di quanto affermato da Stacey.

«Non uscivi quasi mai con noi e di sera neanche una volta. Ci tiravi dei pacchi e raccontavi delle scuse patetiche, tipo che dovevi far visita a tua madre».

Stacey si mise a ridere. «Sì, cioè, quante volte andavi da lei? Almeno potevi essere un po' più fantasiosa se volevi scaricarci».

«Non erano…», chiusi la bocca. Forse era meglio se le avessero considerate delle scuse.

Non potevano capire. Io e Mamma avevamo un rapporto diverso da quello che le legava alle loro madri. Noi eravamo molto più unite. Mentre loro non capivano come dovevano comportarsi. Non sapevano cosa significasse essere una buona figlia. Non nel modo corretto.

Karen e Stacey erano proprio come le compagne che avevo quando andavo a scuola che si lamentavano delle loro madri se queste gli dicevano di non truccarsi troppo o che dovevano riordinare le camere da letto. Non capivano che quelle mamme non facevano altro che prendersi cura di loro e che, in cambio, le figlie avevano il dovere di essere rispettose e servizievoli.

«Ma ora sembri davvero contenta, anzi entusiasta, se ti proponiamo di uscire a pranzo o per un aperitivo dopo il lavoro», continuò a dire Stacey.

«È come se Adam ti avesse riportato in vita», aggiunse Karen, dandomi una stretta sulla spalla, prima di allontanarsi.

Lei aprì la porta del bagno del club e io la seguii. Il ritmo martellante non riusciva a scacciare i pensieri dalla mia testa.

Davvero Adam mi aveva riportato in vita? E, se sì, quand'è che avevo smesso di vivere?

Non appena mi avvicinai Adam sorrise. Karen e Stacey andarono direttamente sulla pista da ballo con i loro partner, mentre Adam mi fece un cenno in direzione del bancone del bar. Ci avviammo e lui mi prese per mano. Mi piaceva la sensazione della mia mano stretta nella sua. Mi piaceva il modo in cui lui mi veniva vicino senza esitazione. Mi piaceva il fatto che camminava sempre nella parte più esterna del marciapiede, quella lungo la strada, quando eravamo insieme. Non era pianificato, era naturale, protettivo.

Come lui.

«Sembra che tu abbia bisogno di un drink», mi sussurrò Adam all'orecchio, il suo alito caldo soffiava sui miei lunghi capelli.

«Davvero?».

Lui annuì. «Sì, davvero, sembri un po' pallida. Stai bene?».

Sorrisi. «Sì, sto bene».

Mi guardò attentamente con un'espressione di incertezza che gli faceva aggrottare la fronte.

«Ti assicuro!» Annuii con entusiasmo, determinata a convincerlo.

Stavo bene. Ero solo preoccupata. In ogni caso, non volevo spiegarglielo in quel momento. Non ero nemmeno sicura di riuscire a spiegarlo.

Karen e Stacey con i loro commenti avevano toccato un nervo scoperto. Erano riuscite a vedere attraverso la mia facciata. Questo mi inquietava e mi sconvolgeva. Pensavo di essere riuscita a tenerlo nascosto così bene. Pensavo di *essermi* nascosta così bene.

Mi ero sempre sentita un po' fuori posto. Mi pareva che tutti gli altri sapessero come inserirsi e integrarsi, mentre io rimanevo estranea, mi sentivo esclusa.

Non era che non volessi partecipare. Mi sarebbe piaciuto uscire insieme a Karen e Stacey, ma per qualche ragione non ci riuscivo. Una parte di me non lo permetteva.

C'era una voce nella mia testa che mi diceva che quello che era successo in passato, si sarebbe ripetuto anche con loro. Quello non era il mio posto. In qualche modo, sarei stata sempre un po' estranea alla loro realtà, anche se avessimo fatto cose insieme. Potevo uscire con loro, sorridere e ridere, ma la falsità si sarebbe ingigantita ogni volta di più. Mi avrebbe divorato da dentro.

Avrebbero fatto domande a cui non avrei risposto. O più precisamente, a cui io non potevo rispondere. Non senza mandare in frantumi l'illusione che avevo creato.

Ci ero già passata.

Avrebbero chiesto perché ero single. Mi avrebbero domandato cos'era successo con il mio precedente ragazzo e perché avevamo rotto. Si sarebbe parlato di appuntamenti e di posti in cui erano state. Avrebbero voluto sapere di me, della mia vita.

Funzionava così con le amiche, com'era giusto che fosse. Raccontavi cose di te e ascoltavi mentre loro facevano lo stesso. La parte dell'ascolto l'avevo imparata a gestire alla perfezione, ero brava ad ascoltare. Sapevo essere simpatica e comprensiva ogni volta che erano giù di morale. Ma era una cosa sempre a senso unico.

D'altra parte, non è che fossimo davvero amiche. Anche in quel momento, Karen e Stacey non erano altro che colleghe di lavoro che mi invitavano fuori qualche volta. Andavo con loro. Mi univo a loro. Ma ero comunque un'estranea. Sempre un po' fuori posto. Non volevano essere annoiate dalle mie storie.

Mi morsi il labbro. Naturalmente, c'era un'altra ragione per cui rimanevo in silenzio. Non potevo permettermi di dirglielo. Non potevo dirlo a nessuno. Nemmeno a Adam.

Nessuno deve saperlo.

Digrignai i denti mentre la voce di Mamma mi penetrava in testa.

Ti chiederanno cosa hai fatto di sbagliato.

Adam mi passò un bicchiere di vino bianco e ne bevvi un lungo sorso.

«Avevo ragione». Adam si mise a ridere. «Ne avevi proprio bisogno».

Arrossii. «Mi conosci bene».

Lui pensa di conoscermi.

Scossi la testa.

«Ehi, seriamente, sei sicura di stare bene? Hai bisogno di un po' d'aria, di qualcos'altro?».

Esitai. Mi stava dando una via d'uscita. Potevo dirgli che non mi sentivo bene e lui mi avrebbe riaccompagnato a casa. La vecchia *me* glielo avrebbe chiesto.

Ma forse le ragazze avevano ragione. Non ero più quella persona. Ora facevo parte di quel mondo. Ero inserita. Non volevo scivolare di nuovo nell'oblio, isolata. Non volevo più essere anonima.

Mandai giù un altro sorso di vino.

«In realtà, quello di cui ho bisogno è di ballare». Lo presi per mano e lo trascinai fino alla pista da ballo, ridendo per l'espressione stupita che nel frattempo era apparsa sul suo volto.

13

Ora

Spinsi la porta, entrai nel pub e mi sforzai di vedere qualcosa mentre gli occhi si adattavano alla luce debole. L'odore di fritto della colazione mi fece arricciare il naso. Non ero mai andata lì di mattina. Era diverso. Sbagliato.

Ordinai un succo d'arancia al bancone e poi mi incamminai istintivamente verso il solito tavolo all'angolo.

Il nostro tavolo.

Sospirai profondamente, allontanai una sedia e mi lasciai cadere sopra. Posai il succo d'arancia e le mie dita presero a tracciare automaticamente un cerchio sulla vernice consumata del tavolo di legno.

Chiusi gli occhi e li tenni così, serrati. Se fossi riuscita a non annusare l'odore di pancetta unta e a escludere il vociare dei bambini che facevano colazione con i loro genitori e ridevano, avrei potuto quasi fingere che fosse ancora nove mesi prima, mentre aspettavo Adam per il nostro primo appuntamento.

Avevo il ricordo netto di come l'avevo atteso impaziente, la paura all'idea che non si presentasse e la disperata speranza di non vederlo comparire affatto.

Ma non era reale. Lasciai uscire un respiro profondo e aprii gli occhi. Non avevo più nessuna speranza, solo il peso della rassegnazione, perché le cose non sarebbero più state le stesse.

Non ero mai stata una che si aggrappa a fantasie malinconiche. Ero troppo pratica. Troppo sensibile. O forse solo troppo disincantata.

Con Adam era stato diverso. Lui era stato qualcosa in cui sperare. Qualcuno in cui riporre la mia fiducia. Almeno per un po'. Mi ero sforzata di far funzionare la relazione. Di far funzionare noi.

Ma avevo fallito. Avevo fallito ogni volta. Avevo fallito nel tentativo di rendere felice Adam, proprio come avevo fallito...

Bevvi un sorso di succo d'arancia, dovevo evitare che la mia mente completasse quel pensiero, ma era troppo forte, era impossibile continuare a negare la verità.

Proprio come avevo fallito nel rendere felici tutti gli altri nella mia vita. La lista dei miei fallimenti era lunga: i miei fidanzati precedenti, Susan, i miei genitori...

«Da come parli, sembra che prima per noi fosse meglio».

Stavo andando in cucina, sentii la voce di Mammina e mi fermai. C'era qualcosa nel suo tono che mi tratteneva dall'entrare.

«Sì, era meglio, Abigail».

«Eravamo messi male».

Papà ridacchiò. «Non eravamo al verde. I soldi erano pochi, ma ce la cavavamo lo stesso. Eravamo felici».

«Perché, ora non lo sei più?».

Posai lo zaino nel corridoio e mi avvicinai in silenzio alla porta della cucina.

«No».

Sentii Mammina che respirava affannosamente.

«Nessuno è felice. Non qui. Non ora. Come possiamo esserlo quando sei così...».

«Cosa?» La voce di Mammina era aspra. Aveva un tono a cui mi stavo abituando sempre di più. «Arrabbiata? Sconvolta?»

«Sì», rispose Papà dolcemente, come se non volesse davvero ammetterlo. «Capisco perché ti senti così. Lo capisco davvero. Ma non è facile sopportarlo lo stesso».

«Perciò il problema sono io. Non i soldi. Non la casa. Io».

«Sai che non è quello che voglio dire».

«Tu e Jess mi sembrate abbastanza felici qui insieme. Ma poi se ci sono io di mezzo, ecco che non state più così bene».

«No, Abigail». Papà scosse la testa.

«Vi vedo sempre, voi due seduti in fondo al giardino che mi date le spalle. Che mi escludete».

«Sai che non è così. Jess ama guardare le onde dell'oceano».

«Ama guardarle con te».

«Le piacerebbe sedersi e guardarle anche con te».

Mammina sbuffò.

«Perché non vieni a sederti lì con noi?»
«È una cosa vostra. Qualcosa che è solo vostra».
Papà le prese la mano. «Potrebbe essere di noi tre».
Mamma tirò via la mano. «Noi tre. Devo sempre dividerti con lei».
«Abigail...».
«Per avere la tua attenzione non voglio competere con una bambina di sette anni».
«Di che diavolo stai parlando?».
Trasalii. Non avevo mai sentito papà dire «diavolo» prima. Era una brutta parola. Mammina me lo diceva ogni volta che, dal giardino, si sentiva il vicino di casa urlare quella parola.
«Lei è il centro del tuo mondo».
«È mia figlia. Nostra figlia».
Mammina lo derise. «Nostra? Non si direbbe. A malapena mi parla».
«Perché non sa cosa dirti che non ti faccia arrabbiare o innervosire».
Spostai il peso del corpo da un piede all'altro e urtai la porta, che ondeggiò sui cardini e cigolò.
Papà si voltò e il suo sguardo incontrò il mio.
Feci qualche passo all'indietro aspettando che mi rimproverasse. Non mi ero comportata bene. Non dovevo ascoltare le conversazioni degli adulti.
«Da quanto tempo sei lì, Jess?» Fissai il volto di papà mentre camminava verso di me. Non sembrava arrabbiato. Solo preoccupato.
«N-non da molto», balbettai. «Non volevo fare tardi».
Lui guardò l'orologio e sgranò gli occhi. «Bene, andiamo allora, ti porto a scuola».
Papà prese il mio zaino e andammo in garage.
Stavamo per salire in auto. «Hai dimenticato la tua valigetta», mi resi conto. «Vado a prendertela».
Mi voltai per tornare indietro, ma Papà mi fermò. «No, Jessie. Lascia stare. La prendo più tardi».
Papà aprì lo sportello dell'auto e io salii accigliata. «Non vai a lavorare oggi?» Dopo avermi lasciato a scuola, Papà andava sempre al lavoro.
«Non subito. Io e Mammina dobbiamo sistemare alcune cose prima». Prese posto sul sedile del conducente e avviò il motore.
«Ma non è un problema se arrivi in ritardo?».

Papà ridacchiò. «No, non credo che sarà un problema, se è solo per questa volta». Mi afflosciai sul sedile. Tutto sembrava strano quella mattina. Papà non faceva mai tardi, mai. Mammina non voleva.

«Possiamo lo stesso andare in biblioteca sabato?».

Nello specchietto retrovisore vidi Papà che mi faceva l'occhiolino. «Certo, abbiamo un progetto su un vulcano da finire, giusto?».

Sorrisi. Almeno qualcosa non era cambiato.

Feci una piccola smorfia e mi venne un'idea. «Pensi che a Mammina piacerebbe venire con noi?».

Il riflesso di Papà impallidì e mi fissò in silenzio per un momento. «Sai che ti dico?», disse infine. «Perché non lo chiedi tu a Mammina stasera?».

Mi mordicchiai il labbro inferiore.

«Andrà tutto bene, Jess. Te lo prometto».

Sorrisi e annuii.

Noi tre.

Il mio sorriso sparì. Per qualche motivo, non ero sicura che Mammina volesse venire con noi.

14

Prima

Mi aggrappai al braccio di Adam e lo strinsi più forte. Il pub era pieno di gente. La musica risuonava da altoparlanti metallici, le coppie ridevano e ballavano, c'erano gruppi di persone con bicchieri mezzi vuoti in mano che gridavano per riuscire a parlarsi al di sopra del frastuono crescente.

Ero di nuovo al punto di partenza.

Deglutii. Potevo farcela. Ora ci riuscivo meglio. Io e Adam eravamo stati insieme in pub e club e io ero stata bene. Ero sopravvissuta. Mi ero divertita, persino. Che poi era la stessa cosa.

Aggrottai la fronte. Solo che questa volta non si trattava semplicemente di una folla di estranei, la cui opinione su di me non mi interessava. Questi erano tutte persone che Adam conosceva. Persone a cui lui era legato.

E io ne conoscevo a malapena qualcuno.

I loro sguardi curiosi mi fissavano. Mi stavano giudicando. I miei vestiti. Il modo in cui mi muovevo. Il modo in cui parlavo. Tutto ciò che mi riguardava veniva esaminato. Era come se fossi entrata in una stanza piena di microscopi, tutti puntati direttamente su di me. Chi ero io per uscire con il loro Adam?

Lanciai un'occhiata alla porta. Quel posto non faceva per me. Erano due mesi che mi vedevo con Adam, ma ero ancora ai margini della sua vita. Tutti gli altri si conoscevano già tra loro, e dal modo in cui lo salutavano, sembrava che si frequentassero da anni. Come potevo mai essere all'altezza? Forse nessun luogo era adatto a me. Ero ancora la stessa persona disadattata che ero stata da bambina.

«Sei qui! Non ci posso credere che sei venuta per davvero».
Susan si precipitò verso di me e mi strinse forte in un abbraccio.

Guardai il mare di vestiti multicolori tra le luci da discoteca che sembravano fuori posto nel salone della scuola. «Non ci credo nemmeno io».

«Ma perché stai quaggiù?».

Mi stavo spostando da un piede all'altro in imbarazzo, gli occhi fissi sulle mie scarpe nere della divisa della scuola. Nemmeno i miei piedi erano a loro agio. Tutte le altre ragazze indossavano dei bei sandali o delle scarpe lucide.

«È una discoteca, dovremmo essere là a ballare come tutti gli altri».

Scossi la testa. «Nessuno ballerà con me. Tutti pensano che io sia strana. I ragazzi a scuola nemmeno mi parlano, perché stasera dovrebbe essere diverso?».

Susan alzò le spalle. «Chi se ne frega di loro? Non abbiamo mica bisogno di un partner per andare lì a ballare, possiamo andarci e basta, e chiacchierare come facciamo a casa».

Ma lì non era come a casa.

«Non posso credere di essermi lasciata trascinare fin qui. Mi hai anche fatto convincere Mamma a lasciarmi venire».

Susan mi guardò stupita. «Ancora non capisco come hai fatto a convincerla». Mi venne ancora più vicino. «Ma come ci sei riuscita?»

«L'ho implorata».

«E ha funzionato?».

Sembrava sbalordita come lo ero stata io quando Mamma aveva finalmente ceduto. Mamma non cedeva mai. La sua parola era definitiva. Non cambiava mai idea. Non importava quanto ragionevole o convincente fosse il mio argomento, la sua risposta era sempre no. Fino a quella sera.

La cosa più strana era che non avevo nemmeno dovuto supplicarla più di tanto. Era stato facile. Troppo facile…

«Forse ha deciso di lasciarti un po' in pace».

«Forse», dissi mentre il mio sguardo incontrava quello di Susan e sapevo che nessuna delle due ci credeva veramente.

Mi strinsi nelle spalle e iniziammo a muoverci verso il centro del salone. Non importava perché Mamma avesse cambiato idea, l'unica cosa che contava era che l'aveva fatto. E io ero lì. Finalmente insieme agli altri.

Un gruppo di ragazze iniziò a ridacchiare accanto a noi.

«Avete visto cosa indossa?».

«Ignorale, Jess», sentii la voce rassicurante di Susan accanto a me.

Annuii. Aveva ragione. Dovevo semplicemente ignorarle e non lasciare che rovinassero la mia serata.

«Ha le scarpe dell'uniforme?».

La risata divenne più sfacciata.

«È così patetica».

Mi guardai intorno. In quel momento, tutti mi stavano fissando. Mi indicavano e ridevano di me e io incominciai ad agitarmi.

Stavano rovinando tutto. Tremavo con tutto il corpo e cercavo di ricacciare indietro le lacrime. Quella era la mia serata. L'unica sera in cui finalmente potevo essere una ragazzina normale e divertirmi. Dopotutto me lo meritavo, no? Ero una brava ragazza. Perché non mi permettevano di essere felice almeno per una volta? Proprio quando neanche Mamma me lo aveva impedito.

Corsi verso la porta facendomi largo tra la folla mentre sentivo le risate riecheggiare nella mia testa.

«Jess!».

La voce di Susan sovrastò la musica, ma non mi voltai. Ero stata proprio una stupida a pensare di poterci riuscire. Forse non era mai stata Mamma a trattenermi. Forse il problema ero sempre stata io.

Mi fiondai sul sedile del passeggero accanto a Mamma. Avrei dovuto ringraziarla per essere corsa a prendermi subito dopo averla chiamata in lacrime, ma non ci riuscivo.

Ero troppo arrabbiata.

«Perché hai lasciato che ci andassi?».

Lei sospirò, attivò la freccia e partì. «A volte le cose vanno scoperte da soli. Io non posso sempre proteggerti da tutto».

«Perché no?».

Mamma mi guardò. «Perché non me lo permetti».

Mi accigliai.

«Cos'ho risposto quando mi hai chiesto di lasciarti andare alla festa della scuola?»

«Che non era una cosa adatta a me. Che mi sarei sentita a disagio in quel posto».

«E tu cosa hai replicato?».

Abbassai il capo. «Ho detto che eri ingiusta e ti ho pregato di lasciarmi andare».

«Pensavi di saperne più di me. Pensavi che io sono cattiva e che ti impedisco di divertirti».

Mi contorsi sul sedile.
«Perciò ti ho lasciato andare e cos'è successo?»
«Mi sono sentita a disagio».
Mamma annuì, un cenno del capo fermo e deciso. «Vedi, non è perché sono crudele che ti impedisco di fare le cose. Lo faccio per proteggerti. Sono tua madre. È il mio compito».

Mamma aveva avuto ragione allora e aveva ragione anche adesso. Adam e io eravamo troppo diversi. Questo era il suo mondo e in un posto del genere io non mi sarei mai sentita a mio agio. Non avevo nemmeno Susan lì per aiutarmi a sopportare tutto quanto.
«Jess, ci sono delle persone che vorrei farti conoscere». Adam si mosse in avanti. Avevo ancora la mia mano aggrappata al suo braccio; non avevo altra scelta che seguirlo.
Lui si fermò davanti a una coppia. «Buon compleanno, figlio mio», disse la donna mentre baciava la guancia di Adam.
«Jess, ti presento i miei genitori».
Fissai le persone che mi erano di fronte. I loro sorrisi apparivano amabili e cordiali, ma gli sguardi mi stavano sezionando, e percepivo chiaramente il tentativo che facevano per scoprire i miei segreti e stabilire se fossi degna delle attenzioni del loro figlio.
«Jess, siamo molto felici di conoscerti». La madre di Adam si allungò in avanti e mi diede una stretta al braccio. «Io sono Helen e lui è Graham».
Tirai fuori uno dei miei sorrisi di circostanza.
«Eravamo così curiosi di conoscere questa misteriosa donna che Adam ci stava nascondendo», aggiunse Graham.
«Misteriosa?» La gola mi si strinse. Adam si era accorto che gli stavo nascondendo qualcosa? Si era reso conto che cercavo di tenermi in disparte?
«Non ve l'ho tenuta nascosta». Adam alzò gli occhi al cielo. «L'ho solo tenuta tutta per me».
Tutti e tre scoppiarono a ridere.
Mi sforzai di ridere anche io con loro, ma non ci riuscivo. Ero troppo nervosa per riuscire a ridere di qualche cosa.
«Adam ci ha detto che sei un avvocato?».
Deglutii. «Be', non esattamente…».
«È così interessante», continuò Helen ignorando completamente la mia obiezione. «Bisogna davvero lavorare sodo e impegnarsi

duramente per avere una carriera del genere. Siamo così felici che Adam si sia trovato una ragazza decente questa volta». Lei mi fece l'occhiolino, poi guardò in direzione del bancone del bar.

Seguii il suo sguardo, ma c'era così tanta gente che non potevo capire chi stesse guardando.

Sentii il braccio di Adam irrigidirsi sotto la mia mano e mi voltai verso di lui. Era pallido e teso. La sua attenzione era stata catturata dalla stessa cosa che anche la madre stava fissando.

«Adam, cosa c'è che non va?».

Lui scosse la testa. «Niente, solo una persona che non era stata invitata». Si voltò verso i suoi genitori. «Devo andare e...» Mi tolse la mano dal braccio e si diresse a grandi passi verso il bancone.

«Di chi parli?» Cercai di capire verso chi si stesse dirigendo Adam, ma c'era la folla a fare da schermo.

«Nessuno di importante», disse Graham facendomi girare in direzione di un tavolo. «Sediamoci e chiacchieriamo finché Adam è occupato».

«Ma...» Mi voltai e ruotai il capo per riuscire a individuare Adam.

«Non preoccuparti, sono sicuro che non ci metterà molto».

«Questo vestito ti dona proprio», disse Helen. «Vorrei avere ancora un fisico come il tuo».

Sentii le guance avvampare e quasi certamente presero la stessa tonalità del mio vestito rosso. «Grazie, è...», mi morsi la lingua. Non dovevano per forza sapere che era stato Adam a sceglierlo, così come, del resto, la maggior parte del mio guardaroba. «È nuovo».

Una volta regolate le sottili bretelline e sistemato l'orlo, il vestito era risultato perfetto, un successo. I vestiti che Adam sceglieva per me riscuotevano sempre commenti entusiastici, anche se erano un po' più stretti e più corti di quello che avrei voluto per sentirmi a mio agio.

Ma erano solo vestiti. E nemmeno quelli potevano rendere il momento meno stressante.

Sorrisi ai genitori di Adam e mi sforzai di pensare a qualcosa da dire. Avrei potuto ricambiare i complimenti. O sarebbe sembrata una cosa forzata? Oppure chiedergli qualcosa su di loro. Ma poi avrebbero potuto pensare che Adam non mi avesse raccontato nulla di loro o che, se l'avesse fatto, io non gli avessi prestato attenzione.

Cominciava a farmi male il viso. Mi stavo stancando di sorridere ma era ancora presto per smettere. Come avrei fatto a passare il resto della serata?

Nonostante il mio bel vestito, nonostante i complimenti, ancora non mi sentivo a mio agio lì. Forse Adam non mi aveva cambiato così tanto come Karen e Stacey pensavano. Forse la sua presenza e le sue attenzioni mi avevano dato più sicurezza per un po'. Lui mi aveva reso un'attrice migliore.

Il problema non era quello che indossavo. Ero proprio io che non andavo bene.

Era sempre stato così.

«Quindi, un avvocato, eh?», disse Graham.

Dovevo correggerlo. Dovevo spiegare che non ero davvero un avvocato. Ma forse era quello che Adam voleva che loro pensassero. Forse lui desiderava che fossi un po' più di quello che in effetti ero.

«Sei contenta?».

Rimasi bloccata come un animale terrorizzato. Ero in pericolo e non avevo nessun posto dove correre al riparo. «No, non proprio». La confessione mi uscì di bocca. Era la risposta sbagliata. Onesta, ma sbagliata.

«Allora perché lo fai?»

«Perché…». Lo fissai mentre le mie spiegazioni svanivano prima di raggiungere la bocca. Perché facevo quel lavoro? Era una buona occupazione, uno stipendio ragionevole, una carriera solida, affidabile e rispettabile. Ma era un motivo sufficiente?

«Dovresti fare qualcosa che ti piace».

Annuii istintivamente, ma senza convinzione. La sua filosofia semplicistica era sbagliata. La vita non era così facile.

L'attenzione di Graham si spostò al di sopra della mia spalla. «Tutto a posto?».

Mi girai e vidi Adam avvicinarsi dietro di me. Lui annuì, ma sembrava serio.

«Chi era?», gli chiesi.

«Allora, chi vuole un drink?» Adam evitò il mio sguardo.

Lo fissai mentre i suoi genitori ordinavano da bere. Forse non mi aveva sentito. C'era tanto frastuono lì dentro. Non mi aveva voluto ignorare apposta.

Oppure sì?

15

Ora

Girai la chiave e spinsi la porta. Mi fermai sull'uscio per sentire se c'erano rumori che provenivano da dentro.

«Adam?», la mia voce era appena un sussurro. Avrei voluto che rispondesse, che facesse capolino dalla porta del soggiorno e che mi salutasse con quel suo grande sorriso.

Ma non lo fece.

Non mi aspettavo davvero che l'avrebbe fatto e, nonostante ciò, rimasi così delusa che le mie spalle si incurvarono.

Mi tolsi le scarpe e andai verso la camera da letto.

I vestiti di Adam erano ammucchiati in una pila dove erano stati lasciati venerdì sera. Mi sembrava sbagliato vederli così. Gettati via. Inutili.

Erano stati lavati e dovevano essere piegati, così avevo detto all'agente Davidson quando lui e i suoi colleghi avevano chiesto di dare un'occhiata all'appartamento. Voleva farsi un'idea di come fosse la vita di Adam, della sua mentalità. Questo almeno era quello che mi aveva detto. Ma la sensazione che ci fosse dell'altro non mi abbandonava.

Mi chinai, presi i vestiti tra le braccia e li lasciai cadere sul letto. Tirai fuori una maglia dalla pila, rigirai le maniche, la infilai in una gruccia, la appesi al suo posto nell'armadio e poi continuai a ripetere l'operazione.

Era terapeutico. Stavo facendo qualcosa.

Così occupata, non permettevo a me stessa di pensare ad altro, mi concentravo solo sul compito. Non potevo lasciare che la mia mente si distraesse. Non potevo ricordare l'ultima volta che aveva indossato il suo maglione preferito, o quanto stava bene con quei jeans neri.

Fissai il letto. Non c'erano più vestiti.

Senza un lavoro da fare mi sentii persa. Impotente.

Tirai fuori il telefono dalla tasca e lo schermo si accese: le 9:42. Mi uscì un profondo sospiro. La giornata era ancora lunga.

La data sotto l'ora attirò la mia attenzione.

Sentii una stretta al petto. Con tutto quello che era successo non avevo nemmeno pensato a che giorno era. Fui sovrastata dal senso di colpa. Avrei dovuto pensarci. Avrei dovuto ricordare.

Mi misi in ginocchio, aprii il cassetto sotto il letto e tirai fuori le lenzuola di ricambio. Poi mi allungai verso il fondo e con le dita toccai il bordo di una vecchia scatola di biscotti. La presi e la appoggiai accanto a me.

Prima di togliere il coperchio, la fissai per un momento. Da dentro estrassi un vecchio biglietto di auguri disegnato a mano. L'avevo fatto quando avevo sette anni. Era il primo biglietto che non ero riuscita a dargli.

Io e Susan salimmo le scale ridacchiando. Una volta raggiunta la sua stanza, lasciammo cadere gli zaini sul pavimento. Susan chiuse la porta dietro di noi.

«Vuoi guardare la TV?», mi chiese e intanto prendeva il telecomando.

Feci cenno di no e guardai in direzione della porta chiusa.

«Te l'ho detto che non è un problema». Susan scrollò le spalle. «Se prima faccio tutti i compiti, la mamma non si arrabbia se guardiamo la TV».

«Sì, lo so, ma è comunque una cosa che non si fa».

«Macché, è solo tua madre che è così severa».

Mi uscì una risata nervosa. «È solo che lei si preoccupa per me. Dice che troppa TV mi fa male agli occhi».

Susan assunse un'espressione esasperata, ma poi lasciò cadere il telecomando sul letto. «Quindi, cosa vuoi fare?».

In preda all'ansia mi rigirai un po' su me stessa.

Susan si accigliò. «Jess?»

«È febbraio».

«Sì, e allora?».

Mi mordicchiai il labbro inferiore e fissai il morbido tappeto rosa.

Susan spalancò gli occhi. «Certo, in questo mese c'è il compleanno del tuo papà». Poi aprì un cassetto sotto la piccola scrivania bianca nell'angolo della stanza e tirò fuori dei fogli. «Allora, i pastelli lo sai dove sono».

Esitai. «Sei sicura che non ti dispiace?»

«Stai scherzando?», disse Susan incredula. «È la nostra tradizione, noi facciamo sempre biglietti d'auguri per i nostri genitori».

«Sì, ma il mio papà nemmeno c'è».

«Allora lo terrai tu per lui».

«Proprio come quello dell'anno scorso». Sospirai mentre mi buttavo ai piedi del letto di Susan. «E l'anno prima ancora».

Scrollò di nuovo le spalle. «Quindi, stai facendo una fantastica collezione di biglietti di compleanno. Questo dimostra quanto bene gli vuoi».

«Quanto mi è mancato».

Susan si sedette accanto a me. «Sì, anche quello».

«E se Mamma ha ragione? Se Papà non ritorna più?» La mia voce si incrinò mentre giocavo con l'orlo della gonna grigia dell'uniforme scolastica. «Cioè, lei è Mamma. Ha sempre ragione».

Susan era perplessa. «Perciò non vuoi fargli un biglietto quest'anno?».

Stavo fissando i fogli bianchi che lei teneva in mano. Era inutile. Papà probabilmente non lo avrebbe mai letto. Eppure...

«Se non gli faccio i biglietti, vuol dire che rinuncio a lui. Forse se smetto di farglieli, se smetto di sperare, se smetto di credere, allora...».

Deglutii, incapace di tradurre la mia paura in parole.

Susan annuì una volta. Un cenno breve e sicuro. «Allora è deciso. Noi facciamo un biglietto anche quest'anno».

«Ogni anno», aggiunsi con voce calma.

«Ogni anno», ripeté Susan con sicurezza. La guardai e i nostri occhi si incontrarono. «Andrà tutto bene, lo sai».

Annuii, ma in modo debole, esitante. Non ci credevo più con la stessa certezza incrollabile. Speravo che tornasse. Avrei continuato sempre a farlo. Ma sperare in qualcosa non sempre bastava a renderlo reale.

«Buon compleanno, Papà», mormorai dolcemente. «Mi manchi».

Quella era diventata la mia tradizione. Non facevo più un biglietto d'auguri ogni anno, ma gli auguravo ancora un buon compleanno.

Un altro senza poterlo vedere.
Esaminai i biglietti, uno alla volta. Di ciascuno, mi ricordavo come l'avessi fatto. Susan mi aveva sempre aiutato. Mi aveva sempre incoraggiato. Mi aveva sempre consolato quando piangevo.
Susan.
C'erano momenti in cui sentivo la mancanza di Susan tanto forte quanto il giorno in cui lei si era allontanata da me. Il compleanno di Papà era sempre il momento peggiore.
Con la sua accusa, Susan aveva tradito la nostra amicizia. Aveva scosso tutto ciò in cui credevo. Avevo pensato che lei fosse l'unica persona che si sarebbe sempre fidata di me, a prescindere dalle circostanze.
Mamma mi considerava un fallimento, sbagliata, ma Susan...
Presi il mio telefono e andai direttamente al suo profilo Facebook. Oltre a Mamma, Susan era la persona che mi conosceva meglio di chiunque altro. Conosceva il mio passato. Conosceva il mio dolore.
Eppure, mi aveva voltato le spalle lo stesso. Come aveva potuto farlo? Ero davvero così cattiva?
Guardai i suoi ultimi post. Cosa stava facendo? Aveva mai pensato a me?
Mi morsi il labbro mentre un'idea andava formandosi nella mia testa.
C'era un modo per scoprirlo...

Ero ferma sulla soglia di una porta sconosciuta e cercavo il coraggio di suonare il campanello. Non avevo mai pensato di poter andare lì. Era stata una cattiva idea, i nodi allo stomaco e il groppo in gola me lo stavano confermando. Eppure, ci ero andata.
Suonai il campanello con mano tremante. Trasalii per il suono forte che ne uscì. Forse era meglio andarmene. Diedi un'occhiata dietro di me, alla mia macchina parcheggiata lungo il marciapiede. Quella era la mia via di fuga. Mi stava aspettando. Dovevo solo allontanarmi e sarei potuta tornare a...
Esitai. Tornare a cosa?
Deglutii. Questo era il problema. Non potevo più tornare da Adam. Tutto quello che mi rimaneva erano delle domande senza risposta. Forse Susan aveva la soluzione. Forse lei aveva le risposte che potevano aiutarmi a scoprire ciò che era reale.

La serratura scattò sbloccando la porta.

Ma sarebbero state le risposte che volevo effettivamente sentire?

La porta si aprì e una donna che aveva la mia stessa età mi sorrise appena mentre si sforzava di capire chi fossi. «Sì?».

Le mie labbra si aprirono senza che ne uscissero parole. Lei era più alta rispetto all'ultima volta che l'avevo vista, ma per il resto aveva quasi lo stesso aspetto. Più adulta, naturalmente, ma i suoi occhi azzurri avevano la stessa vivacità di sempre.

La fronte di Susan si corrugò mentre mi studiava. Ma poi l'incertezza si trasformò in sorpresa e i suoi occhi si allargarono per lo stupore non appena capì chi fossi. Forse lei non era l'unica a essere rimasta sempre uguale.

«Jess?» Susan indietreggiò.

Rabbrividii. La sua reazione era dovuta a choc o a paura?

«Ciao, Susan. È passato un po' di tempo». Maledissi la mia voce incerta. Davo l'impressione di essere debole e spaventata. E, in effetti, era proprio così che mi sentivo. Temevo che lei mi sbattesse la porta in faccia senza ascoltarmi, senza darmi le risposte di cui avevo bisogno. Ma allo stesso tempo, avevo anche paura che non lo facesse e allora, molto probabilmente, le sue risposte non mi sarebbero piaciute.

Speravo che non mi chiedesse come ero riuscita a trovarla. Non potevo dirle la verità. Non potevo ammettere che avevo seguito la sua vita da vicino come se fossimo state ancora amiche. Avevo seguito il suo profilo Facebook, oltre che i suoi account Instagram e Twitter. Attraverso i suoi post pubblici, avevo scoperto tutti i dettagli della sua vita.

Non so perché lo facevo: guardare la sua vita dall'esterno non mi faceva sentire meglio con la mia.

Eppure, non mi bastava mai.

Ogni volta che vedevo Adam con i suoi amici mi si accendeva prepotente il ricordo di ciò che avevo perso. Se le cose fossero andate diversamente, quelle persone avremmo potuto essere io e Susan.

Non era stato così difficile trovarla. Lei non aveva fatto nulla per nascondersi da me. Avrebbe potuto rendere privato il suo profilo Facebook se non avesse voluto farmi sapere della sua vita. Io non avrei visto le foto del suo matrimonio. Non avrei scoperto il suo nome da sposata. Non avrei nemmeno saputo di doverla cercare ancora a Bournemouth.

Forse una parte di lei desiderava che un giorno io la rintracciassi, così da poterci lasciare il passato alle spalle.

Ma ancora non ero convinta.

Per quanto volessi ritrovarla, sapevo che lei poteva rappresentare una minaccia per tutto quello che avevo costruito con Adam. Mamma manteneva i miei segreti per lealtà e amore. Ma Susan...

Ora, comunque, non avevo più niente da perdere. Adam non c'era più. Susan non poteva più farmi del male. Almeno non da quel punto di vista.

«Non posso crederci, sei qui!»

Corrugai la fronte cercando di giudicare il suo tono. Era solo sorpresa di vedermi, o forse non era ancora arrivato «quel giorno».

Si sporse in avanti e mi afferrò il braccio. Il mio corpo si irrigidì.

«Su», mi tirò dentro. «Entriamo, qui fuori si gela. Abbiamo tanto di cui parlare».

Mi lasciai trascinare all'interno, nel caldo corridoio, troppo stordita per dire qualcosa.

Quella era la donna che aveva giurato che non mi avrebbe parlato mai più. E ora voleva recuperare il tempo perduto come se fossimo ancora amiche. Era quasi come se gli ultimi tredici anni non fossero nemmeno passati.

Appese il mio cappotto a una gruccia e mi condusse in cucina. «Caffè?», chiese con un sorriso raggiante.

Annuii in silenzio e la guardai mentre preparava il caffè.

«Allora, cosa ti porta qui dopo tutti questi anni, Jess?»

«Voglio parlare di quello che è successo tra noi, Susan». Sospirai. «Ho bisogno di sapere se...» trattenni le parole. Non potevo esprimere i miei dubbi. Non ora. Né mai. Avevo avuto ragione allora. Doveva essere così per forza.

Profonde pieghe le scavarono la fronte mentre mi fissava. «Che cosa è successo?» Scosse la testa. «Abbiamo frequentato università diverse, Jess. Succede». Scrollò le spalle. «Ognuno per la propria strada».

«Te ne sei andata senza di me».

Susan sbuffò e prese a cercare qualcosa nella credenza. «Intendi dire che non sei venuta con me».

«No. Tu non mi hai voluto con te».

Susan si bloccò con una tazza in ogni mano. «È vero. Ce l'avevo con te». Inarcò un sopracciglio. «Ti ricordi perché?»

«Tim».

Susan annuì. «Sono felice che tu abbia superato i tuoi problemi, Jess». Sorrise calorosamente. «Sono contenta che finalmente ti ricordi la verità».

Rabbrividii. «La verità?»

«Riguardo a Tim. Ci hai provato con lui. Era il mio ragazzo e tu l'hai baciato».

«Non l'ho fatto. Devi credermi». Le parole mi uscirono di bocca. «Qualsiasi cosa Tim ti abbia detto, è una bugia. Non è andata così».

Il sorriso di Susan svanì all'istante. «Pensavo che ti ricordassi».

«Tim ha raccontato tutto il contrario. È stato lui che ha cercato di baciarmi. L'ho rifiutato. Gli ho detto di no». Mi allungai in avanti mentre imploravo che Susan mi credesse. «Ho cercato di dirtelo allora, ma tu eri così arrabbiata che non mi ascoltavi. Non volevi credermi».

«Oh, Jess». La sua voce era piena di delusione.

La fissai incredula. Non avevo mai capito come lei avesse potuto credere alla parola di un ragazzo piuttosto che a quella della sua migliore amica. Forse perché era infuriata, mi ero detta, ma poi avrebbe compreso chi raccontava la verità e implorato il mio perdono. Ma non era mai successo.

E adesso non eravamo più delle ragazzine. Lei non stava più con Tim. Ora aveva un marito. Tim non era altro che un lontano ricordo. Una cotta adolescenziale. Era venuto il momento che lei riconoscesse i propri sbagli.

«Susan, lui ti ha mentito».

«Jess, ormai è una cosa superata...».

Aveva ragione. Faceva parte del passato e io ero stata una sciocca ad andare lì a rievocarlo. Sapevo cosa avrebbe detto, sapevo a cosa credeva. Ma non potevo fare a meno di sperare che dopo tutto quel tempo lei sarebbe stata più disposta ad ascoltarmi, più disposta a capire che io non ero quella persona, che non ero capace di farle del male in quel modo. Perché se fossi riuscita a farmi credere da lei, allora forse avrei potuto finalmente crederci anch'io.

«Dovevo insistere. Dovevo farmi ascoltare quella volta, ma ero così ferita. So che era il tuo ragazzo, ma io ero la tua migliore amica. Come hai potuto fidarti di lui invece che di me?».

Era la domanda che mi aveva tormentato per anni. Dopo tutto

quello che avevamo passato, considerato quanto eravamo unite, visto che sapeva che avevo bisogno di lei, come aveva potuto dare retta a un ragazzo invece che a me?

«Non mi sono fidata di lui».

La fissai perplessa. «Cosa?»

«Non me lo ha riferito Tim. Lui non ha fatto altro che confermare quello che tu avevi fatto, quando l'ho affrontato qualche tempo dopo, ma all'inizio non è stato lui a dirmelo».

«Non capisco. Se non è stato Tim a dirti che l'avevo baciato, chi è stato?».

Susan trasalì. «Tua madre».

«Mia ma-dre…?», ripetei lentamente. La parola mi sembrava strana e sconosciuta mentre formavo le sillabe. Non poteva essere vero. Dovevo aver sentito male. C'era un errore. Uno strano errore privo di senso.

Ma Susan non mi corresse. Mi fissava e basta.

«Perché mia madre avrebbe dovuto dirti una cosa del genere?». Era incredibile. Mamma non mi avrebbe mai accusato. Mi conosceva bene. Lei sapeva la verità. Lei sapeva cos'era accaduto.

Sbattei la porta d'ingresso e lasciai cadere il mio zaino per terra.

«I maschi sono stupidi».

«Jessica!».

Mi girai e i miei occhi incontrarono quelli di Mamma che mi guardavano con sguardo accigliato.

«Non è il modo di entrare in casa».

«Mi dispiace, Mamma». Abbassai il capo. «Ma sono così arrabbiata. Ha rovinato tutto».

«Chi?»

«Tim».

L'espressione di Mamma si indurì. «Chi è Tim?»

«Il ragazzo di Susan».

«Di Susan?» Mamma fece un passo verso di me. «Non il tuo?»

«No, non il mio. Non uscirei mai con lui». Rabbrividii.

«E poi non voglio uscire con nessuno, non dopo Matt». Cercai di allontanare la tristezza che mi era calata addosso al pensiero di lui. Faceva così male perché mi mancava ancora, o per il modo in cui era finita, come se io non avessi mai contato nulla?

Come se noi due non avessimo mai contato nulla?

Mamma annuì, un breve e secco cenno di approvazione.

Mi accigliai. C'era della soddisfazione nella sua espressione? Non le era mai piaciuto Matt, lo sapevo, ma era stata tanto comprensiva con me quando lui mi aveva scaricato. Mamma sembrava triste per me. Nonostante i suoi sentimenti verso Matt, io ero sua figlia e l'ultima cosa che lei desiderava era vedermi soffrire.

«Allora, perché sei così agitata per il ragazzo di qualcun'altra?»

«Non è il ragazzo di un'altra qualsiasi. È il ragazzo di Susan. E ha cercato di baciarmi».

Mamma mi guardò stupita.

Iniziai a camminare per il corridoio in modo frenetico. «Perché l'ha fatto? Come ha potuto? Susan è pazza di lui».

«Cosa hai fatto tu per incoraggiarlo?».

Mi fermai di colpo e fissai Mamma con la bocca aperta per l'incredulità. «Niente. Non ho fatto nulla».

«Devi aver fatto qualcosa, Jessica. Un ragazzo non ti bacia senza una ragione, specialmente quando ha una bella ragazza come Susan».

«Ma io non ho fatto niente. Stavamo solo parlando. Tutto qui».

«Stavi parlando con il ragazzo di Susan? E lei non c'era?». Mamma, perplessa, alzò un sopracciglio.

«Stavamo aspettando Susan. Noi tre ci incontriamo sempre dopo la scuola e andiamo insieme alla fermata dell'autobus».

«Perciò lo vedi tutti i giorni?»

«Eh, sì, con Susan». Avevo l'inquietante sospetto che Mamma pensasse che avessi fatto qualcosa di sbagliato.

«Una vera amica li lascerebbe da soli».

«Ma Susan vuole che facciamo la strada insieme. Facciamo sempre così».

«Mmmhh».

Deglutii. Non mi piaceva quel mugolio di Mamma. Era il verso che lei faceva quando disapprovava qualcosa ma si tratteneva dal commentare. Stava esprimendo un giudizio, manifestava la sua disapprovazione, pur senza pronunciare a voce alta i suoi pensieri. In un certo senso, era perfino peggio, non c'erano parole da cui potevo cercare di difendermi. Contro quel mugolio, non c'era possibilità di discutere.

«Non so cosa fare adesso».

«Non c'è niente da fare». Mamma scrollò le spalle. «Stai lontano da quel ragazzo». Si voltò e tornò verso la cucina.

La seguii con lo sguardo. «Ma devo dirlo a Susan. Non posso lasciare che continui a frequentare un idiota come quello».

Mamma si fermò e si voltò, i suoi occhi erano una fessura, il suo sguardo accusatorio. «Tu vuoi distruggere il loro rapporto. Vuoi spezzare il cuore della tua amica».

«No, certo che no». Scossi la testa freneticamente. Questa era l'ultima cosa che desideravo fare. «Ma non può continuare a pensare che Tim la ami, non posso permetterlo. Susan deve sapere la verità. Si merita di saperla».

«E a chi pensi che crederà?».

Mi corrucciai. «Che cosa intendi?»

«Supponendo che lei ti ascolti, che voglia crederti anche solo per un momento, cosa pensi che le dirà Tim quando lei vorrà una risposta da lui?»

«Perché Susan non dovrebbe credermi?».

«Negherà, naturalmente. Dirà che te lo sei inventato tu, o che l'hai incoraggiato a farlo o forse anche che sei stata tu a volerlo baciare».

«Ma non l'ho fatto. Susan sa che non lo farei mai».

«Lo sa? Sei proprio sicura?»

«Sì», risposi, ma nella mia voce c'era un leggero tremolio.

«Sei così sicura da rischiare la vostra amicizia?».

Mi appoggiai al corrimano delle scale mentre Mamma si allontanava. E se lei avesse avuto ragione? E se avessi perso Susan per questo?

«Ma se fosse stato Tim a baciarti, perché non me lo avresti detto subito?» Susan si appoggiò alla credenza.

«Non potevo rischiare la nostra amicizia, non per un ragazzo». Mi piegai in avanti, i miei occhi la stavano implorando di credermi. «Tim non aveva nemmeno fatto domanda per andare alla nostra stessa università. Avevo pensato che in autunno sarebbe stato comunque fuori dalla tua vita». Mi era sembrato così logico. La soluzione ideale. Non avevo bisogno di privare Susan di qualche altro mese di felicità con lui. Il tempo e la distanza avrebbero risolto il problema nel modo migliore. Non avevo bisogno di fare nulla.

Lei sghignazzò. «Facile così, Jess».

«È la verità».

«È per questo che sei venuta qui? Per rivangare il passato riguardo a un ragazzo con cui sono uscita per qualche mese tredici anni fa? Seriamente?»

«Lui è la ragione per cui tutto è andato in pezzi. È lui il motivo per cui tu te ne sei andata senza di me. Il motivo per cui io sono stata costretta a rimanere qui».

«Oh, Jess. È davvero questo il motivo per cui non sei andata all'università a Londra?»

«Come potevo andarci? Senza di te sarei stata completamente sola».

«Potevi farti dei nuovi amici. Questa è la ragione per cui bisogna andare all'università fuori, Jess. Si ricomincia tutto da capo. E, alla fine, io ho dimenticato te e Tim».

«Non c'è mai stato un "io e Tim"». Scossi la testa. «Tu ancora non mi credi, vero?»

«Jess, sai che la tua memoria non funziona bene».

Deglutii, ma avevo la bocca asciutta. «Perché dici così?» Una cosa era che lo dicesse Mamma, un'altra che me lo rinfacciasse Susan in quel momento...

«C'erano sempre delle cose che non quadravano, delle cose che sembravano non essere successe nel modo in cui tu dicevi. All'inizio non riuscivo a capire, ma poi tua madre me l'ha spiegato. Proprio come mi ha spiegato cosa era successo veramente con Tim».

Scossi la testa. «Ma non capisco perché avrebbe dovuto farmi questo. Forse hai capito male. Mamma sapeva cos'era successo. Mamma sapeva che non era colpa mia».

«Lei sapeva tutto, Jess. Lei pensava che anch'io sapessi. Tua madre credeva che tu mi avessi raccontato. Mi aveva detto che era contenta che avessimo risolto le cose, che ti avessi perdonato, era convinta così».

La fissai. Avevo sentito le parole, riconoscevo i termini, eppure era come se quella fosse una lingua straniera per me. Niente di ciò che Susan stava dicendo aveva un senso.

«Si è anche scusata per te». Susan scrollò di nuovo le spalle. «Mentre tu non l'hai mai fatto».

«Perché non me l'hai mai detto?»

«Allora non volevo parlare con te. Non volevo sentire le tue bugie o le tue scuse. Volevo solo che mi dicessi la verità. Ti avrei perdonato all'istante se me ne avessi parlato tu stessa».

Cercai il muro dietro di me per appoggiarmi. Tutto sembrava buio e confuso. Mi girava la testa, le ginocchia non mi reggevano. «Perché Mamma mi ha fatto questo? Lei di sicuro sapeva che avrebbe distrutto il nostro rapporto».

«Susan mi odia, Mamma». Le lacrime mi scorrevano sul viso, era trascorso un giorno. Ero in cucina e avevo ancora lo zaino in spalla, ma non facevo nemmeno caso al suo peso. Non aveva importanza. Tutto ciò che mi importava era che la mia migliore amica mi odiava.

«Gliene hai parlato?».

Scossi la testa. «No, deve essere stato Tim a farlo. Ma non poteva dirle la verità? Susan pensa che sia stata io». Mi sfuggì un singhiozzo che impedì alle parole di uscire. «Lei dà la colpa a me. Non vuole nemmeno più parlarmi adesso».

Non può essere stata Mamma. Lei non mi avrebbe mai fatto una cosa del genere. Susan si sbagliava. Proprio come si sbagliava riguardo alla mia memoria. Sapevo bene cosa avesse fatto Tim. Lo sapevo benissimo ora, come lo sapevo anche allora. Era stata Susan a permettergli di rovinare tutto.

«Avevamo così tanti progetti», la guardai, gli occhi mi si stavano riempiendo di lacrime. «Dovevamo andare all'università a Londra insieme. Saremmo diventate delle londinesi. Potevamo fare le turiste insieme tra una lezione e l'altra. Avremmo avuto un'occasione. Una vita».

«Abbiamo avuto delle possibilità lo stesso, ma non nel modo che avevamo pianificato».

«Tu hai avuto delle possibilità lo stesso». Sentivo una strana sensazione crescermi dentro. Ero arrabbiata con lei. Arrabbiata perché Susan aveva pensato le cose peggiori su di me. Arrabbiata perché mi aveva abbandonato. «Senza di te sono rimasta a casa, sono andata all'università di Bournemouth. Non avevo bisogno di vivere nel campus. Sei partita senza di me e il mio mondo si è chiuso qui».

«Sei stata tu la causa di tutto, Jess. Non io».

«Ma... ma...». Cercai di protestare, ma non riuscivo a pensare a qualcosa per controbattere.

Se quello che lei diceva era vero, allora avevo sacrificato tutto per niente. Avremmo potuto salvare la nostra amicizia. Sarei potuta andare all'università a Londra ed essere libera.

Avevo lasciato che la reazione di Susan definisse la mia vita.

Senza di lei ero troppo spaventata per rischiare, per seguire i miei sogni da sola. Avevo Mamma a ricordarmi le mie debolezze, ma nessuno che mi ricordasse più i miei punti di forza.

Forse non mi sarebbe piaciuto per niente. Forse avrei dovuto lottare. Ma comunque avrei dovuto provarci.

«Jess, mi dispiace, se quello che ti ho detto allora...».

Uscii dalla cucina e mi ritrovai nell'ingresso. Per tutto quel tempo avevo incolpato Susan per avermi deluso, ma forse la verità era un'altra: ero stata io a deludere me stessa. Avevo rinunciato ai miei piani, alle mie speranze. Avevo rinunciato alla mia vita.

«Non andartene. Non così».

Presi il cappotto e aprii la porta d'ingresso.

«Continui a non credermi, vero?», le chiesi voltandomi di nuovo verso di lei. «Pensi ancora che ti abbia tradito».

«Ti perdono, Jess».

Le sue parole mi trafissero il cuore. Gli anni avevano spento la sua rabbia, ma non avevano cambiato la sua idea su di me.

Cosa avrebbe pensato Adam se avesse saputo? A chi avrebbe creduto? A Susan, che per lui era una completa estranea, o a me? La risposta avrebbe dovuto essere semplice e ovvia. Lui mi conosceva, mi amava e si fidava di me. Ma anche altre persone lo avevano fatto in passato: Mamma, Papà, Susan, i ragazzi che avevo avuto prima di Adam. In qualche modo nulla di tutto ciò aveva importanza. Qualunque fosse la situazione, loro non mi avevano mai creduto, non avevano mai scelto la mia versione.

Non ero una persona degna di fiducia o importante per loro. Era come se la mia presenza nelle loro vite avesse una data di scadenza. A un certo punto smettevo di essere utile, smettevo di essere importante.

Sceglievano di pensare sempre il peggio su di me. Forse vedevano qualcosa che io non riuscivo a vedere. O forse io non volevo vederlo. Io non volevo accettarlo. Non volevo essere la persona che tutti, prima o poi, vedevano in me.

Sai che la tua memoria non funziona bene.

Forse Mamma aveva ragione. Forse era più facile ignorarla, dimenticarla, quella parte di me, la parte cattiva. La parte che prendeva decisioni sbagliate. La parte che faceva del male alle persone. Persone che amavo. Persone come Susan.

Ma le accuse mi scuotevano. Per certi versi non le ritenevo mai vere. Non importava quante prove ci fossero per dimostrare il contrario, qualcosa dentro di me continuava a proclamare la mia innocenza. Era una voce che non c'era modo di far tacere, ma era anche una voce a cui nemmeno io ero sicura di poter credere.

«Non posso averlo fatto. Non io. Non noi. Me lo ricorderei...».

Tim aveva confermato.

Non era solo l'accusa di Tim. Lui aveva confermato ciò che Mamma aveva raccontato.

Ero in minoranza, due contro una.

E se avessero avuto ragione?

Mi voltai indietro e corsi lungo il sentiero fino alla mia macchina. Era stato un errore andare lì. Il passato era troppo lontano per essere cambiato e, tuttavia, aveva ancora la forza di farmi del male.

16

Prima

Ero ferma di fronte all'oceano, con le onde ghiacciate che mi lambivano i piedi.

«Dai, Jess», Adam mi stava chiamando da lontano. L'acqua gli arrivava alla vita, ma lui non sembrava preoccuparsene. La tavola da surf blu e bianca galleggiava davanti a lui come se aspettasse con impazienza di prendere il largo. «Provaci e basta».

Mi morsi il labbro e avanzai di altri due passi. Ora l'acqua mi arrivava alle caviglie.

Lui sospirò e vidi il suo petto abbronzato sollevarsi. Stavo mettendo alla prova la sua pazienza. Non lo facevo apposta, eppure era così.

Mi mancava il nostro solito rituale domenicale. Lui andava a fare surf la mattina presto mentre io mi riposavo. Era il mio unico lusso, una concessione, un po' di relax. La possibilità di svegliarsi alle 8 del mattino almeno un giorno alla settimana. Quando poi lui arrivava a casa, trovava il caffè caldo ad aspettarlo e facevamo colazione insieme.

Non mi dispiaceva che uscisse presto. Non ce l'avevo con lui perché aveva un hobby che non condivideva con me. Potevamo funzionare come coppia anche se ognuno aveva la propria vita.

Vero?

Evidentemente Adam non la pensava allo stesso modo.

Lui voleva coinvolgermi. Voleva che fossimo entrambi entusiasti di fare le stesse cose: pagaiare verso il mare e issarsi in modo precario su una tavola da surf con le onde che le sbattono contro. Voleva che mi piacesse quello che piaceva a lui. *Voleva cambiarmi.*

Scossi la testa, no, lui voleva solo condividere il suo mondo con me. Tutto il suo mondo.

Strinsi i pugni e mi piantai le unghie nel palmo delle mani. Potevo farlo. Era solo una tavola da surf. Niente di cui aver paura.

Sulla sabbia, quando lui mi insegnava come fare, sembrava tutto molto semplice. Mi ero esercitata a lungo. Mi sdraiavo a pancia in giù sulla tavola da surf che appoggiava piatta sulla spiaggia. Mi alzavo su comando di Adam e mi mettevo in piedi come mi aveva mostrato. Era davvero facile. Ma sulla spiaggia non c'erano onde, non c'era imprevedibilità e non c'era nemmeno l'abisso blu in agguato sotto i miei piedi…

Guardai l'oceano che si estendeva davanti a me. Era enorme. Feroce. Implacabile. E se avessi perso il controllo? Mi sarei resa ridicola. In quel modo, avrei rovinato tutto. Non potevo farlo, non davanti a Adam. Avrebbe pensato male di me. Non doveva vedere la vera me. I miei difetti. Le mie debolezze.

Adam si avvicinò, trascinandosi dietro la tavola da surf. «Perché ti fermi sempre? Perché non puoi lasciarti andare e basta, e divertirti un po'?».

Lo fissai con aria assente. «Non lo so».

Lui scosse la testa, trovava la mia risposta troppo vaga.

Non era nemmeno vero, io in realtà sapevo perché. Avevo paura. Non c'era altra ragione. Volevo divertirmi nella mia vita, ma allo stesso tempo ne ero terrorizzata. Quanto era ridicolo tutto ciò? Non sapevo come rilassarmi e godermi il momento. Tutto quello che sapevo fare era esaminare esageratamente le cose e spaventarmi.

Avevo passato una vita intera a essere prudente e responsabile. Erano qualità che odiavo. Volevo essere diversa, essere libera, coraggiosa. E nel momento in cui mi si offriva la possibilità di esserlo, ecco che mi bloccavo.

Quello che vuoi tu non conta.

Chiusi gli occhi stringendoli forte. Volevo disperatamente smentire quelle parole ma, in un certo senso, tutto quello che facevo era trovare ancora altre prove a conferma. Volevo essere diversa, ma il fatto di volerlo non era abbastanza. Non avevo la forza per cambiare ciò che ero.

Dovevo diventare più brava. Dovevo essere perfetta.

La pratica rende perfetti.

La voce di Mamma stava riecheggiando nella mia testa e mi rattristai pensando alla frase che mi aveva perseguitato per tutta la mia infanzia. Non importava quanto avessi fatto, quanto bene l'avessi fatto, non era mai abbastanza.

Espirai lentamente e profondamente mentre le mie mani si posavano sui tasti del piano e si udivano ancora riecheggiare le note finali. Ce l'avevo fatta. Avevo riprodotto l'intera sonata, dall'inizio alla fine, senza un solo errore. Le mie dita avevano volteggiato sui tasti. Non c'era stata nessuna nota fuori posto, nessuna esitazione. Solo una grande precisione.

Orgogliosa di me stessa, mi voltai verso il mio pubblico. Mamma era seduta sul divano dietro di me e annuiva leggermente. «Suonala di nuovo».

Il mio sorriso si spense in un istante. Non c'era stato nemmeno un momento per riconoscere il mio successo, solo la richiesta di ripetere la sonata come per dimostrare che non si era trattato di un colpo di fortuna. Per la paura mi venne un nodo allo stomaco e mi salì la nausea. Sapevo cosa sarebbe successo. La stessa cosa che succedeva sempre. Avrei fallito.

Per il nervoso le dita mi diventavano pesanti e non rispondevano più correttamente. Scattavano rigide sui tasti e facevano uscire note stonate che percuotevano forti i timpani di Mamma. Lei lo avrebbe odiato.

Mamma pretendeva la perfezione. Era la sua misura del successo. Tutto ciò che era anche solo un po' sotto alla perfezione equivaleva a un fallimento. Non era mai abbastanza buono. Ma neanche il successo andava bene. Doveva essere ripetibile. Dovevo dimostrare che non era stata una coincidenza.

Da allora, era così che vedevo tutto quanto. Ogni conquista veniva sempre sminuita. Piuttosto che una vittoria e il risultato del mio duro lavoro, il successo era considerato un colpo di fortuna, una casualità, qualcosa di irripetibile.

«Forse è meglio se lascio perdere».

Adam mi fissò. «Siamo venuti con il mio furgone».

Annuii. «Ah, sì, è vero». Dovevo per forza tornare a casa con Adam. Potevo andarmene solo se lo faceva anche lui.

Finsi di sorridere. «Vorrà dire che ti guardo dalla spiaggia così mi fai vedere come si fa».

L'espressione di Adam si addolcì. «No, sennò ti annoi. È meglio se ti accompagno a casa».

Sentii un tuffo al cuore. Gli importava.

«Non preoccuparti». Sorrisi di nuovo, questa volta più convinta. Lui sembrava perplesso.

«Davvero». Appoggiai la mano sul suo braccio. «Voglio restare».

Esitò ancora un momento. Il suo sguardo si spostò di nuovo in direzione delle onde. Potevo vedere la malinconia nella sua espressione. «Be', se sei sicura...».

Non rimase in attesa di altre conferme. Lo vidi guardare di nuovo verso l'orizzonte e salire sulla tavola da surf. Mi sedetti sulla sabbia morbida e calda mentre lui remava sempre più lontano dalla riva. Lontano da me.

Sprofondai le dita nella sabbia liscia accanto a me. Ero di nuovo seduta in disparte. Era dove mi sentivo a mio agio.

Il mio posto.

«Ci sarà un concerto a scuola alla fine del trimestre». Sorrisi e allungai il volantino a Mamma. «La mia insegnante di musica vuole che io scelga un pezzo da suonare al pianoforte».

«Vuole che suoni al concerto?» Mamma mi fissò con un'espressione di incredulità dipinta in faccia.

«Ss-ì», risposi con voce esitante.

«E tu pensi che sia una buona idea?».

Mi corrucciai mentre riflettevo su come rispondere. Mamma chiaramente pensava che la risposta fosse no, ma perché? «Mi piacerebbe. Potrebbe essere divertente».

«Divertente?» Mamma scosse la testa. «Suonare davanti a tutti gli altri studenti e ai genitori? Noteranno il tuo più piccolo errore. Non è come suonare solo per me».

«Mi eserciterò tantissimo, te lo prometto».

«Devi essere realista, Jessica. Fai solo le cose che sai fare, le cose in cui sei brava». Mamma accartocciò il volantino che aveva tra le mani. «Non esporti al fallimento e all'imbarazzo».

Annuii leggermente ai consigli di Mamma che mi echeggiavano in testa. Era più prudente stare in disparte. Era sciocco correre dei rischi.

17

Ora

«Sei tornata a casa, perciò».

Appesi il cappotto all'ingresso e lanciai un'occhiata a Mamma. Non potevo rispondere. Se le avessi risposto, avrei ammesso che casa mia era davvero quella, che era lì che abitavo.

Mi accigliai mentre mi voltavo. Dov'è che stavo? Avevo mai avuto un posto tutto mio?

Guardai la porta. Tornavo sempre qui. Era come una calamita che mi attirava continuamente indietro.

Questa volta però era diverso. Ero lì per un motivo.

Avevo bisogno di un chiarimento.

Le affermazioni di Susan non avevano senso. Mamma non poteva averle detto che avevo baciato Tim. Mamma sapeva la verità. Mamma non mentiva mai.

Eppure, Susan sembrava estremamente convinta.

Mi morsi il labbro. Avevo bisogno di sentire la spiegazione di Mamma. Ce ne doveva per forza essere una. Una ragione perfettamente logica, una che non riuscivo a trovare da sola.

«Dai, ti preparo una tazza di tè, sembra che tu ne abbia proprio bisogno».

Annuii e seguii Mamma in cucina. È buffo come la gente pensi subito al tè come prima cosa, come se si tratti di un rimedio di magia per tutti i malanni.

«Stamattina, quando mi sono svegliata, mi sono chiesta dov'eri andata. Non mi avevi detto che saresti uscita».

Mi sedetti al tavolo della cucina e appoggiai le mani in grembo. Era lo stesso posto in cui mi sedevo sempre da bambina. Era il mio posto.

«Ero preoccupata», aggiunse Mamma.

Il bollitore sul fuoco borbottava e gorgogliava in sottofondo, riempiendo così lo spazio vuoto tra di noi.

«Scusa».

Lei annuì. Le mie scuse la tranquillizzarono. Ne ero certa. La sua fronte aggrottata si distese e il suo umore migliorò.

E tuttavia, ero davvero dispiaciuta? Inclinai il capo, perplessa. Non volevo farla preoccupare. Non volevo mai farlo. Ma se mi scusavo, voleva dire che avevo fatto qualcosa di sbagliato. L'avevo fatto davvero?

Mi strofinai gli occhi. In quel periodo, stava diventando sempre più difficile distinguere la verità. Fino a poco tempo prima, tutto sembrava molto semplice. Ultimamente stavo mettendo in discussione ogni cosa, anche quello che prima accettavo senza problemi.

Mi accigliai.

Era vero che accettavo sempre tutto? Oppure era solo che preferivo non pensarci proprio?

Alzai gli occhi al cielo. Lo stavo facendo di nuovo. Altre domande. Ancora più dubbi.

Sentii Mamma prendere le tazze dietro di me. «Allora, dove sei andata?».

Quella era la mia occasione. Potevo dirle dove ero stata, dirle cosa mi aveva raccontato Susan. Potevo chiedere a Mamma perché mi avesse tradito.

Esitai.

Volevo saperlo davvero?

Valeva proprio la pena mettere a rischio il mio rapporto con Mamma per una mia curiosità legata a qualcosa che era successo tanto tempo prima? Se Susan avesse avuto ragione riguardo a Mamma, allora significava che Mamma aveva mentito a Susan. Che lei aveva distrutto la mia unica amicizia. E l'aveva fatto intenzionalmente.

O forse Mamma non mi aveva tradito. Forse aveva davvero creduto che avessi già confessato.

Noi non abbiamo segreti, Jess. Non tra di noi.

E se non fosse stata Mamma a nascondermi qualcosa? E se ero io che non riuscivo a ricordarmi la verità?

Ero pronta ad affrontarla? Non erano più solo le teorie di Mamma, anche Susan mi aveva fatto le stesse accuse sul fatto che la mia memoria non funzionava bene. E se avessero avuto ragione? E se…?

Strinsi le mani e le unghie mi si conficcarono nella pelle.
A questo punto, a cosa sarebbe servito scoprire la verità? Il passato non sarebbe cambiato. Io non avrei avuto comunque una seconda possibilità per la vita che avevo perso, per le opportunità che mi ero lasciata sfuggire. L'unica cosa che poteva succedere era mettere in pericolo il mio presente.
Era sciocco correre dei rischi. Era pericoloso. Il mio posto era in disparte, dove ero sempre stata.
«Ho fatto solo un giro in auto».
Fui sorpresa io stessa dalla mia risposta vaga. Non era una bugia. Ma non era nemmeno tutta la verità.
Era una mezza verità. Non sbagliata. Ma neppure del tutto giusta.
«Immagino che avessi solo bisogno di schiarirti un po' le idee».
Annuii, ma il mio stomaco si contorse. In qualche modo, il fatto che Mamma accettasse così la mia spiegazione mi faceva sembrare la mia falsità ancora peggiore. Lei era sempre sospettosa, eppure, per una volta, non aveva messo in dubbio la mia risposta.
«Tutta questa situazione è molto inquietante». Mamma mise le tazze di tè sul tavolo e si sedette di fronte a me.
«Questa situazione», ripetei le sue parole fissandola. Ecco cos'era Adam per lei. Una situazione.
«Sai cosa intendo». Mamma scrollò le spalle.
La sua scrollata di spalle era un altro segno di rifiuto.
«L'intera faccenda è un po' sgradevole». Prese il suo tè, ne bevve un sorso e trasalì perché era troppo caldo.
«È più che sgradevole. È...». Mi sforzai di pensare qualcosa che riassumesse il senso di tutto quello che stavo provando. Ma ogni parola che mi passava per la testa mi sembrava comunque riduttiva.
«Sì, è vero», ammise Mamma risparmiandomi così la fatica di continuare a pensare a come terminare il discorso.
«Non capisco proprio come si sia arrivati a questo». Sentii un gemito nella mia voce e mi preparai ad affrontare la sua disapprovazione.
Lei chiuse gli occhi. «Davvero non lo sai?».
La sua voce stupita mi fece innervosire. Sembrava quasi che lei pensasse che era un qualcosa che avrei dovuto prevedere, che dovevo aspettarmelo.

«Non riesci proprio a tenerteli, vero?».

La guardai sbigottita. «Adam è *morto*». La sua insensibilità era tale che faticavo a crederci.

«Lui comunque se n'è andato, giusto?». E fece di sì con la testa come per rispondere alla domanda che si era posta da sola. «Proprio come gli altri».

Mi vennero le lacrime agli occhi e le cacciai indietro prepotentemente mentre il passato riaffiorava nella mia mente.

«Sì, ecco, Jess, mi dispiace. Siamo stati bene, ma…».

«Ma cosa?».

Matthew guardava fisso per terra mentre calciava una pietra con la sua scarpa da ginnastica infangata. «Non ho potuto fare finta di niente».

«Non capisco, fare finta di niente?» Mi passai da un braccio all'altro i pesanti libri di scuola.

«Mi dispiace».

«L'hai già detto».

Matthew si strinse nelle spalle «È tutto quello che posso dirti».

«E questo cosa significa?»

«È vero, Jess. Mi dispiace davvero». Si caricò lo zaino in spalla. «Mi tocca andare. Se qualcuno mi vede che parlo con te…». Matthew continuava a guardare in direzione della strada con fare nervoso.

Diedi un'occhiata agli altri studenti lì attorno, che sembravano non fare caso alla nostra presenza. «Di chi parli, Matt?».

Lui tirò fuori dalla tasca la chiave di un'auto. Si stava aggrappando al portachiavi come se fosse la sua ancora di salvezza. Guardai la chiave e i miei occhi si spalancarono per la sorpresa. «Alla fine, tua madre ti ha prestato la sua macchina?».

Subito il suo volto sbiancò. «No, eh, è… la mia».

«La tua?» Ero incredula. «Hai una macchina tutta tua?».

Matthew rimise la chiave in tasca come se volesse nasconderla alla mia vista. Ma perché? Non aveva senso. Niente di tutto quello aveva un senso.

«Jess, stammi alla larga. Ti meriti di meglio, dico sul serio».

Lo vidi allontanarsi verso una Golf rossa nuova fiammante. «Non voglio di meglio, io voglio solo te».

«Non è la stessa cosa. Adam non ha avuto scelta».

Mamma sollevò un sopracciglio. «Lo credi davvero?».
Mi mossi sulla sedia e cambiai posizione. «Lui non voleva andarsene. È stato un incidente».
Mamma si chinò per venirmi più vicina. «Allora perché stava guidando in stato di ebbrezza?».
Il mio cuore iniziò a battere all'impazzata.
«Io...» Non mi venivano le parole. Non trovavo una spiegazione. Non c'era niente che potessi dire ad alta voce. Non a lei. Non a qualcun altro.
«Aveva problemi di alcol?»
«No!» La mia risposta fu istintiva. La sua domanda mi sembrava un'accusa, non solo nei confronti di Adam, ma anche miei, nostri. Adam non beveva, non sul serio. Non aveva bisogno di cercare una consolazione, era felice, noi eravamo felici. O almeno lo eravamo stati.
«Forse prima no, ma magari ultimamente?» Mamma insisteva. Immaginavo che non avrebbe lasciato cadere il discorso così facilmente. Faceva sempre così. «Era successo qualcosa? Avevate avuto delle discussioni?».
Ero impietrita. Faticavo a respirare. Come lo sapeva? Era riuscita a captarlo da me? Riusciva a capirlo dai miei modi, dal mio tono, che non avevo il cuore spezzato come avrei dovuto?
«Certo che no». Pronunciai queste parole con facilità. Con troppa facilità.
Il senso di colpa si stava insinuando dentro me. Non avrei dovuto mentirle, non a mia madre. Lei meritava di meglio. Mi passai la lingua sulle labbra asciutte e cercai il coraggio per confessare.
Era sbagliato mentirle. Volevo ritrattare. Volevo dirle la verità. Ma se l'avessi fatto, avrei ammesso di averle mentito.
La menzogna ormai era stata detta. Il peccato era stato commesso. Anche confessando, non avrei più potuto aggiustare le cose, solo rendere ancora più evidente il mio inganno. Tutto quello che avrei detto da quel momento in poi sarebbe stato messo in discussione ancora di più. Ero riuscita a mentirle. Ero riuscita a ingannare Mamma e lei mi aveva creduto. La mia confessione non avrebbe portato alla mia redenzione, ma alla mia distruzione.
Non avevo mai mentito. Non a lei. Le avevo sempre detto tutto. La mettevo al corrente di ogni cosa. Forse anche troppo. Ciò non

significava che lei si fidasse di me. Rimaneva sempre sospettosa e dubbiosa, anche quando non aveva motivo di esserlo.

In quel momento le stavo nascondendo qualcosa. Ma, a voler essere veramente onesti con se stessi, le stavo mentendo da mesi. Le avevo tenuto nascosti alcuni aspetti, fingevo che tutto andasse bene, che io stessi bene. Avevo sbagliato. Ero stata falsa e cattiva. Ma forse non ero completamente da biasimare. Probabilmente se lei non fosse stata così coinvolta, non avrei dovuto mentirle. Lei non avrebbe dovuto pretendere di conoscere ogni più piccolo dettaglio della mia vita. Non avrebbe dovuto mettere in discussione ogni mia scelta. Dare dei consigli, sì, certo. Ma con Mamma questo non era possibile, bisognava fare sempre a modo suo.

«Davvero?».

La fissai. C'era qualcosa nel suo tono, una sorta di incredulità, e il modo in cui mi fissava, come mi osservava attentamente, sembrava che cercasse una falla nella mia corazza. Sentii che l'indignazione si stava impossessando di me. Era quasi come se lei desiderasse che dei problemi ci fossero stati per davvero. Voleva dimostrare di aver ragione. Voleva la conferma che Adam era sbagliato per me, che la nostra relazione non funzionava.

La confessione morì sulle mie labbra. Il mio orgoglio, che rifiutava di ammettere che lei aveva ragione, aveva prevalso sul mio desiderio di essere onesta nei suoi confronti.

Strinsi i denti. Ero furibonda. Non solo per causa sua, ma anche per colpa di Adam. Lui mi aveva messo in quella posizione. Lui mi aveva deluso. Aveva fatto avverare le previsioni di Mamma. Aveva fatto in modo che lei avesse ragione riguardo a lui.

Mi raddrizzai. Adam mi aveva deluso, ma questo non significava che avrei mai permesso a Mamma di togliersi la soddisfazione di dire «te l'avevo detto».

18

Prima

Il mio telefono mi notificò l'arrivo di un messaggio.
«Tua madre?», mi chiese Adam mentre appoggiava un bicchiere di Vanilla Latte sul tavolo di fronte a me.
Annuii, sentendomi improvvisamente contenta. Adam aveva deciso di portarmi proprio in quel caffè perché amavo i loro tipi di latte e lui se l'era ricordato. Uscivamo insieme solo da pochi mesi e già sapeva parecchio di me. Gli importava così tanto di me che faceva caso ai piccoli dettagli della mia vita. Teneva a mente cose che io non ricordavo nemmeno di avergli detto. Sapeva quello che mi piaceva o meno. Forse questa volta avevo trovato un ragazzo degno di questo nome.
Diedi un'occhiata allo schermo. «Controllo solo una cosa».
Lui sbuffò. «Controlli di nuovo, vuoi dire».
Stavo scrivendo ma le mie dita si bloccarono all'istante, lasciai a metà il messaggio di risposta e lo fissai, sbalordita. Non mi aveva mai risposto in quel modo in precedenza. E la sua voce non era mai stata così cinica prima di allora.
«Cosa intendi dire?». Maledissi la mia voce che tradiva la mia sofferenza e mi faceva sembrare piccola e debole.
Adam trasalì, ma non disse nulla e andò a sedersi sulla sedia di fronte alla mia.
«Adam?»
«Ti manda messaggi in continuazione, Jess».
Scrollai le spalle.
«Certo, è mia madre. Ci sentiamo sempre».
«Ma è proprio questo il punto». Sospirò profondamente. «Non dovreste».
Lo guardai sorpresa. «Non dovrei parlare con mia madre?». Pro-

babilmente avevo capito male. Non poteva essere quello che lui intendeva dirmi.
«No, non in continuazione».
«Perché no?».
Mi guardò come se non potesse credere che avessi fatto proprio quella domanda. «Perché non è normale».
Sentii affiorare la pelle d'oca e, d'improvviso, il locale e quello che mi circondava mi parvero offuscati.
Sta succedendo di nuovo.
Lottai per tenere sotto controllo il respiro e ignorare le voci nella mia testa che mi stavano tormentando. Voci di un altro tempo. Sprezzanti. Dolorose. Spaventose…
«Sei pazza, Jess».
«Stai lontano da me».
«Non ti voglio vicina».
Adam scosse la testa. «Il tuo rapporto con tua madre, come ti tiene in pugno, non è corretto». Sospirò. «Devi trovare la tua strada, non continuare a correre tutto il tempo dietro a tua madre».
Lo guardai male. «Non corro dietro a lei, la aiuto. Lei è mia madre e ha bisogno di me».
Sorrise in modo beffardo. «Non tanto quanto lei vuole farti credere, e non quanto sei tu in realtà ad aver bisogno di lei».
Mi spostai indietro, le sue parole avevano fatto centro.
Mi voleva far passare per una bambina spaventata che aveva ancora bisogno di sua madre. Era davvero così che mi vedeva? E io ero davvero così?
Mi accigliai. La maggior parte delle persone ha bisogno della propria madre, no? Non come quando si è piccoli, ovviamente. Ma quella connessione, quel legame, non scompare nel nulla. O almeno non dovrebbe.
«È mia madre e le voglio bene, naturalmente. È logico che tenga in considerazione i suoi pensieri e le sue opinioni».
Lui mi fissò con sguardo incredulo.
«Non te ne accorgi nemmeno, vero?».
Mi sentii disorientata per l'improvviso cambiamento nella sua voce. L'aspra e crudele critica era sparita, e al suo posto c'era una tenerezza che mi fece trattenere il respiro in gola.
«Dai più peso alle sue opinioni che alle tue». Lui allungò la mano e percepii la pietà che provava per me tramite il suo tocco. «Ci

tieni così tanto a essere una brava figlia che nemmeno ti accorgi di quello a cui hai rinunciato».

Scossi la testa cercando di cacciare via la confusione. Le sue parole non avevano senso. Non avevo rinunciato a nulla. Oppure lo avevo fatto?

Volevo protestare, controbattere le sue accuse, ma le parole non mi uscivano. Avevo la bocca secca e intanto il dubbio si stava conficcando nella mia testa fino al punto che non riuscivo a pensare ad altro. Adam aveva torto. Doveva aver torto per forza. Eppure, dentro di me, sentivo che c'era un fondo di verità.

Avevo sempre avuto la sensazione di aver sprecato il mio tempo aspettando che la mia vita iniziasse. In attesa di avere le cose che desideravo: un marito, dei figli, un lavoro che mi piacesse. Aspettavo di essere felice.

Il caffè sembrava più rumoroso ora. C'era così tanta gente. La macchina per l'espresso ronzava e scoppiettava, le tazze tintinnavano, un incessante chiacchiericcio copriva gli altri rumori. Avevo l'impressione di essere schiacciata da tutto quanto: il rumore, la gente, il caldo…

Allontanai la mano da quella di Adam e afferrai la borsa. «Ho bisogno di…» non finii la frase, spostai la mia sedia all'indietro e mi sollevai in piedi.

Ma poi mi bloccai non appena capii che era un percorso a ostacoli, fatto di persone e tavoli, quello che mi separava dalla porta. Il mio respiro accelerò. Dovevo uscire.

Sentii la mano di Adam premere delicatamente contro la mia schiena.

«Va tutto bene», mi sussurrò intanto che mi spingeva in avanti, guidandomi attraverso il labirinto.

Lui aprì la porta e l'aria calda dell'estate mi abbracciò mentre uscivo all'esterno. Mi appoggiai al muro, chiusi gli occhi e iniziai a fare dei respiri lunghi e profondi.

Sentii la presenza di Adam accanto a me. Non parlava, ma sapevo che mi stava guardando. Aprii gli occhi e vidi che la sua fronte era aggrottata per la preoccupazione.

Arrossii. Non per il panico, ma per l'imbarazzo.

«Scusa», dissi mormorando.

L'angolo della sua bocca si curvò verso l'alto in un mezzo sorriso asimmetrico. «Non hai bisogno di scusarti, Jess».

Mi prese di nuovo la mano e questa volta il gesto mi sembrò confortante e protettivo.

«Dovrei essere io a scusarmi», disse, abbassando lo sguardo. «Non avrei dovuto dire quelle cose».

Mi aspettavo che ammettesse di avere torto. Che confessasse di non capire il rapporto tra me e mia madre. Forse anche che riconoscesse che era geloso.

Era cresciuto in una famiglia numerosa. Non sapeva cosa significasse essere figlio unico o avere un solo genitore. La sua famiglia si riuniva solo nelle occasioni speciali, mentre io e Mamma eravamo sempre insieme, tutto l'anno. Ogni giorno.

Ma lui non disse niente. Si limitò a guardarmi con i suoi occhi castano scuro e malinconici e sapevo che era convinto di ogni parola che aveva pronunciato. Non ritrattava perché non poteva. Era assolutamente certo di avere ragione su Mamma, su di me.

«Andiamo. Facciamo una passeggiata sulla spiaggia».

Annuii e mi incamminai al suo fianco, la mia mano ancora stretta nella sua. In silenzio attraversammo la strada e passammo nei giardini sottostanti. Delle risate riecheggiavano nell'aria. Quando faceva caldo, i giardini erano sempre pieni di gente. Erano sul percorso che conduceva al lungomare, un'oasi verde che separava la città dall'oceano.

Dopo una vita vissuta lì, non mi ero ancora stancata di ammirarli, continuavo ad apprezzarne la bellezza, mi piaceva la loro vivacità.

Ma quel giorno li notai a malapena. Stavo seguendo alla cieca Adam che mi guidava lungo il sentiero ormai familiare. Lui stava cercando di farsi perdonare, voleva calmarmi con una passeggiata sulla spiaggia. Sapeva che quello era il mio posto preferito. Il posto dove riuscivo a dimenticarmi di me stessa e dei miei problemi. Ma non avrebbe funzionato. Non quel giorno. Le sue parole avevano scavato troppo in profondità e nemmeno il mare poteva trascinarle via.

D'altra parte, le sue accuse erano false. Non potevo dare la colpa dei miei problemi, dei miei fallimenti, a Mamma. Non era stata lei ad allontanare i miei fidanzati, non era stata lei a farmi sentire stanca e insoddisfatta della mia carriera. Ero io. Ero sempre stata io.

C'era qualcosa in me, qualcosa di sbagliato, che non riuscivo a sistemare. Qualcosa che mi faceva sentire vuota, indipendentemente da quanto la mia vita fosse piena.

Perché non ero felice? Perché mi sentivo così fuori posto?

Adam mi stava dando una via d'uscita. Un modo per dare la colpa dei miei problemi a qualcun altro, ma non potevo accettarlo. Era sbagliato. Non ero certo perfetta, ma una cosa che non avevo mai fatto era sottrarmi alle mie responsabilità.

Vedemmo il molo davanti noi e svoltammo a sinistra verso il lungomare. Era la nostra solita passeggiata. Ormai, era come se a guidarci fosse il pilota automatico. In pochi mesi quello era diventato un percorso abituale. Scendemmo sulla sabbia evitando un gruppo di ragazzi che giocava a calcio e ci dirigemmo dritti verso la riva. Ci fermammo sul bordo della sabbia asciutta a guardare le onde che ci venivano incontro e che ci lambivano appena le dita dei piedi. Era un gioco. Il nostro gioco. A volte capitava che sbagliassimo a giudicare l'arrivo delle onde e allora facevamo dei salti all'indietro, ridendo, nel tentativo di non farci bagnare le scarpe.

Quel giorno, però, la marea si stava abbassando. Non ci sarebbero stati risate o scherzi. Solo Adam e io, e un abisso tra di noi.

«Non chiamarla. Non rispondere ai suoi messaggi. Stai qui con me e basta».

«Cosa?» Lo fissai. «Non posso farlo, non posso tagliarla fuori».

«Non per sempre. Solo per una settimana».

Feci un cenno di no con la testa.

«Un paio di giorni, almeno».

«Sarebbe decisamente crudele, davvero offensivo».

«Lei ha la tua attenzione ogni singolo giorno di ogni singolo anno, Jess. Quello che ti sto chiedendo è solo una minima parte del tuo tempo».

La sua voce suonava così disperata, così smarrita, che la mia rabbia svanì. Lui mi voleva. Nonostante la sua disapprovazione, ci teneva ancora a me, mi amava ancora.

«Hai il mio tempo e la mia attenzione. Sono qui con te». Con le braccia lo abbracciai all'altezza della vita. «Solo tu e io».

Lui scosse la testa e allontanò le mie braccia. «Non ho tutta la tua attenzione. Non ce l'ho mai. Sei sempre lì che controlli il telefono, che rispondi alle sue domande».

«Rispondo velocemente ai suoi messaggi, tutto qui. Ci vogliono solo pochi minuti della mia giornata, se è per questo».

Adam alzò le sopracciglia perplesso. «Non te ne rendi ancora conto, vero? Jess, se non stai parlando con lei, le stai mandando un messaggio oppure stai pensando a lei».

«Non è vero».

«Quando vai a fare shopping, scegli cose che sai che lei approverebbe invece di scegliere ciò che piace a te. Se andiamo in un nuovo ristorante, tu mi dici quanto piacerebbe o non piacerebbe a tua madre. C'è sempre lei di mezzo, anche quando non dovrebbe essere coinvolta affatto».

Indietreggiai e mi voltai a guardare il mare.

«Non hai bisogno della sua approvazione per vivere la tua vita».

«Lo so». Ero arrabbiata e indignata. Non sopportavo il modo in cui lui pensava di conoscermi. Non mi conosceva. D'altronde, come poteva? Stavamo insieme soltanto da pochi mesi, mentre Mamma mi conosceva da tutta la vita.

Ero bloccata. Quel pensiero mi stava girando in testa.

Oh, mio Dio!

Aveva ragione lui? Non avevo appena fatto proprio la cosa di cui mi aveva accusato?

Non è che avessi davvero bisogno dell'approvazione di Mamma. Anche se mi faceva comunque piacere averla. Ma se lei confermava le mie decisioni, mi sentivo più sicura e tranquilla. Tenevo in considerazione le sue idee. Ma non sempre le seguivo.

Socchiusi gli occhi e iniziai a rimuginare per farmi venire in mente un'occasione in cui non avevo seguito le sue indicazioni. Mi sforzai di pensare. Doveva esserci qualcosa. Molte cose, persino. O forse no?

Mi venivano in mente dei pensieri casuali, ma nessuno era quello giusto. L'avevo ascoltata ogni volta.

Scossi la testa. Non significava nulla. Solo perché non trovavo nessun esempio in quel momento, non significava che non mi fossi mai scontrata con le sue idee. Sarebbe stato impossibile per me andare d'accordo con lei in ogni occasione.

A meno che Adam non abbia ragione.

Avvertii un senso di nausea salirmi dallo stomaco. Aveva ragione lui? Era possibile che non me ne fossi accorta? La mia vita si basava sul controllo, ogni momento era pianificato, ogni scelta era ponderata. Ma quale piano stavo seguendo? Il mio o quello di Mamma?

Pensavo di essere brava a valutare le cose, a cercare difetti e problemi. Tutta la mia carriera era incentrata sulla revisione di documenti in bella copia dove io cercavo le parti che non erano corrette. Come avevo fatto a non accorgermi della parte sbagliata proprio nella mia esistenza?

«Cosa vuoi dalla vita, Jess?»

«Non lo so». Non presi sul serio la sua domanda. Non contava nulla. «Sono troppo occupata a fare quello che ci si aspetta da me per saperlo».

«Ti rendi conto di quello che hai appena detto? Dovresti fare solo quello che Jess si aspetta che tu faccia. È la tua vita, è l'unica cosa che conta».

Aveva ragione, ovviamente. La mia risposta non era altro che una scappatoia. Stavo solo evitando la domanda. Quello che volevo contava eccome. O forse no?

«Voglio…» Mi fermai per un momento. «Io…» Mi sentivo la bocca asciutta. Era pazzesco, perché non potevo dirgli cosa volevo?

Perché non lo so.

Scossi la testa. «Lo so. Devo saperlo». Ma mi rendevo conto che il dubbio si stava insinuando nella mia voce. «Sarebbe stupido non saperlo».

«Perché?».

Abbassai lo sguardo. «Tutti sanno cosa vogliono. Devono saperlo. Io devo saperlo».

Adam mi prese la mano. «No, se nessuno te lo ha mai chiesto. No, se non ti è mai stato permesso di volere qualcosa di tuo. Qualcosa di totalmente tuo. Qualcosa tipo te stessa».

Mi allontanai. Non volevo più pensarci. «Sono solo molto confusa».

«Naturalmente. Finora non hai mai preso una decisione tutta da sola. Ecco perché sei confusa. Sei talmente preoccupata delle conseguenze di quello che fai e dell'effetto che possono avere sulle altre persone che rimani lì a dar retta a chiunque altro».

«Ma in fondo non è quello che vuoi anche tu? Tu vuoi che io ti ascolti. Che tagli fuori Mamma. Che faccia quello che vuoi tu».

Adam appoggiò le mani sulle mie spalle e mi fece girare perché potessi vederlo in faccia. «No, Jess. Non sto cercando di farti fare quello che voglio io. Sto solo cercando di farti capire che hai la possibilità di scegliere».

Lo guardai e mi accigliai. Stava cercando di aiutarmi o di controllarmi?
«Tua madre ti sta ostacolando».
«Lei mi sta proteggendo».
«Da cosa? Dalla vita?».
Alzai gli occhi al cielo. «Non essere ridicolo».
«Allora che c'è, Jess? Perché hai bisogno che ti protegga? Da cosa?»
«Lei mi protegge da me stessa».
Mi paralizzai. Una voce nella mia testa iniziò a urlare, ma ormai era troppo tardi, le parole erano uscite. Adam le aveva sentite.
Lo fissai e vidi come la sua espressione passava dalla sorpresa alla confusione.
«Da te stessa? Perché hai bisogno che lei ti protegga da te stessa?»
«Io...» deglutii. «Rovino sempre tutto».
«Tutto cosa?».
Scrollai le spalle. «Tutto».
«Puoi farmi un esempio?»
«Mamma si prende cura di me». Evitai di rispondere alla sua domanda. Adam non doveva conoscere i dettagli dei miei fallimenti e io certamente non volevo raccontarglieli. Era già abbastanza brutto che fossero accaduti, ma parlarne...
Sarebbe come ammettere la loro esistenza. Segretamente, una parte del mio cervello negava ancora che fossero effettivamente avvenuti, proclamava ancora la mia innocenza nonostante tutto dimostrasse il contrario.
Qualcosa dentro di me si aggrappava ancora alla speranza infantile che io fossi una brava persona. Che ero meglio di così. Che non ero capace di...
Scossi la testa. Era proprio questo il problema, che io ero capace. Mamma lo sapeva. L'aveva sempre saputo. Con lei non dovevo nascondere chi ero. Non dovevo fingere di essere normale.
Ma era una ragione sufficiente per restare soggiogata? Perché non mi ero liberata? Ci avevo mai provato per davvero? Avevo avuto delle speranze, dei progetti, persino. Ma la loro riuscita dipendeva sempre da qualcun altro. Non avevo mai cercato di farcela da sola. Non avevo mai creduto di potercela fare.
Questo cosa mi aveva fatto diventare? Stupida? Debole? Troppo

spaventata da mia madre per prendere una posizione, per vivere la mia vita?

Questo era quello che credeva Adam.

Ma per qualche motivo non mi sembrava corretto. Rispettavo Mamma, le obbedivo, ma non avevo paura di lei.

Stavo respirando in modo affannoso. La verità era che avevo paura di chi ero io senza di lei.

Questo era quello che Adam non doveva mai scoprire.

19

Ora

«Si sieda, torno subito», mi disse l'agente Davidson, facendomi segno di entrare in una saletta quadrata. La porta si chiuse alle mie spalle e sembrò come se l'ossigeno si fosse improvvisamente esaurito. Feci un debole sospiro e iniziai a camminare avanti e indietro vicino alla porta. Sapevo che avrei dovuto fare come mi aveva detto e sedermi al tavolo ad aspettare, ma non volevo. Mi sentivo troppo agitata. Lo ero fin da quando avevo ricevuto la sua telefonata.

«Vorremmo che lei venisse qui alla centrale di polizia, abbiamo qualche altra domanda da farle». La sua richiesta era sembrata piuttosto innocua.

Era ovvio che avessero delle domande da fare. Tutti le avevano. Era logico che volessero porle a me, ero la ragazza di Adam. Lo conoscevo meglio di chiunque altro. O, perlomeno, avrei dovuto conoscerlo bene.

Anche sua madre mi aveva fatto delle domande. Aveva telefonato quasi ogni giorno. Avevamo parlato più da quando Adam se n'era andato che in tutto il tempo in cui io e lui ci eravamo frequentati.

«Come è potuto succedere, Jess?». La voce di Helen tentennò e io avvicinai il telefono all'orecchio. «Ma perché è accaduto a Adam? Perché a lui? Perché ora?».

Scossi la testa, in quel momento non stavo pensando che lei non poteva vedermi.

«Adam è troppo giovane, troppo buono, peeché la sua vita venga strappata via in questo modo».

«Lo so». La mia voce si incrinò.

Ma lo sapevo veramente? Adam era mai stato buono? O semplicemente non era abbastanza buono secondo me?

Per Helen, Adam era perfetto. Era suo figlio.

Anche le sue imperfezioni per lei non contavano. Non le notava nemmeno. Lo amava incondizionatamente.

Cosa si provava?

Smisi di camminare. Probabilmente avrei dovuto saper rispondere a questa domanda.

Ma non sapevo la risposta.

L'amore incondizionato era solo un concetto vago. Estraneo e sconosciuto. L'amore aveva sempre avuto delle condizioni. Aveva dei limiti che non dovevano essere superati.

La porta si aprì dietro di me, mi girai e mi trovai di fronte l'agente Davidson e un altro uomo.

«Lui è il detective Fisher», disse Davidson.

Feci un cenno all'uomo che indossava un vestito sbiadito e sgualcito e l'agente Davidson fece un gesto verso una delle sedie.

A malincuore, mi sedetti e loro presero posto di fronte a me, con in mezzo il tavolo che ci separava.

Per tutto il tragitto avevo cercato di immaginare le domande che mi avrebbero potuto fare. Avevo provato le mie risposte. Brevi e semplici. Trasparenti e oneste. Avevo bisogno che si fidassero di me. Che mi credessero.

Questa volta.

Ti chiederanno cosa hai fatto di sbagliato.

Deglutii sforzandomi di non fare caso alla nausea, mentre cercavo disperatamente di mettere a tacere la voce nella mia testa. Quello non era il momento giusto per ascoltarla. Avevo bisogno di concentrarmi sulla situazione presente. Avevo bisogno di comportarmi normalmente, di essere normale.

E comunque, tenere conversazioni con me stessa era del tutto normale. Per lo meno lo era per me. Andava avanti da anni. Senza Susan con cui parlare, mi ero chiusa nella mia testa. C'erano cose di cui non potevo parlare con nessuno, tranne che con me stessa. Dentro di me imperversava un costante dibattito. Tutto era messo continuamente in discussione, analizzato, ripetuto. Ininterrottamente e instancabilmente passavo in rassegna la mia vita per cercare indizi, prove della mia innocenza o di colpevolezza, ricordi di cose che potevo aver dimenticato. Non lo avrei ammesso mai con nessun altro…

«Sapeva che Adam aveva difficoltà economiche?».

Aggrottai la fronte. «Cosa?» La domanda dell'agente Davidson mi colse impreparata. «No, non credo sia corretto. Ha avuto qualche problema di liquidità alcuni mesi fa, ma era solo una questione temporanea».

«Stiamo giusto controllando la sua situazione finanziaria, ma così, a grandi linee, sembrerebbe che fosse quasi al verde».

«Adam si infurierebbe».

L'agente Davidson alzò il sopracciglio.

«Adam era un uomo molto riservato. Non sopporterebbe che degli estranei frughino tra le sue cose curiosando nella sua vita».

«Non le ha mai parlato dei suoi problemi?»

«Non c'è niente di cui preoccuparsi», mormorai la frase di Adam sottovoce.

«Prego?».

Chiusi gli occhi. «È quello che Adam diceva sempre quando gli chiedevo se c'era qualcosa che non andava».

«Quindi non ne ha mai parlato? Non si è mai confidato con lei?».

Lasciai uscire un respiro lento e profondo. «Adam riusciva a essere evasivo».

«Anche su altre faccende oltre che sui soldi?».

Mantenni la mia espressione neutra. Mi stavo muovendo verso un terreno infido. Non dovevano sapere di quali argomenti lui non voleva parlarmi. Non avevano bisogno di conoscere i segreti di Adam. O i miei.

«Era molto orgoglioso. Era sempre lui a offrire la cena quando uscivamo fuori. Gli piaceva viziarmi. Coccolarmi. Mi comprava continuamente cose: vestiti, fiori…».

«Fiori? Così senza motivo?», mi chiese Fisher.

Mi accorsi che avevano un'espressione scettica. Probabilmente, loro erano il tipo di uomo che comprava fiori solo in occasione di qualche ricorrenza speciale, o per farsi perdonare, per mettere a tacere la propria coscienza e fare la pace. Ma Adam non era così. «Mi comprava quelle cose per farmi contenta».

«Solo per questo motivo?»

«È una ragione sufficiente, no? Fare qualcosa per qualcun altro solo perché sai che così sarà felice?».

O per alleviare il proprio senso di colpa.

Allontanai quel pensiero. Non era vero. Adam mi aveva comprato fiori molto prima di avere qualcosa per cui sentirsi in colpa.

Per quanto ne sapevo…

«Signorina Harper?».

Rimasi paralizzata. Davidson aveva notato il mio dubbio. Cercai una spiegazione, ma non riuscivo a trovarne una. Un solo pensiero mi vagava in testa.

«Mi manca».

Davidson annuì leggermente come se accettasse la mia risposta, ma nel suo sguardo erano presenti altre domande.

Conoscevo bene quell'espressione. L'avevo vista riflessa nello specchio per mesi.

Quel dubbio fastidioso che aleggiava sotto la superficie, sempre presente, ma non abbastanza forte per manifestarsi. Solo una sensazione. Un istinto. Ciò nonostante, era reale.

All'inizio, avevo pensato che fosse l'influenza di Mamma. I suoi dubbi e le sue insicurezze che mi avevano contagiato. Forse la sua scarsa considerazione di Adam mi aveva reso paranoica. Adam non era perfetto. Nessuno lo era. Ma lui era abbastanza vicino alla perfezione. E soprattutto era mio.

Solo che non lo era. Non completamente. Non ero sicura nemmeno che lo fosse mai stato davvero.

20

Prima

«Che cosa ti sei messa?».

Seguii lo sguardo di Mamma in direzione dei jeans skinny che indossavo. Presi istintivamente l'orlo della mia maglietta e la tirai verso il basso nel tentativo di allungare il tessuto e cercare di coprirmi. «Sono solo dei jeans».

«Ma sono così attillati!».

Cercai di fare l'indifferente e ignorare la sua disapprovazione. «Sono come devono essere. Vanno di moda così».

Lo sguardo di Mamma non mutò espressione. «Non sono adatti a *te*».

Mi accigliai. Stavo così male? Mi misi davanti al lungo specchio appeso nel corridoio. Mi piaceva quello che vedevo. Ero diversa. Più slanciata, più giovane, più piena di vita. Perché non erano adatti a *me*?

«Hai un aspetto volgare».

Mi allontanai dallo specchio. Mi ero sentita così bene. Alla moda. Di tendenza. Proprio come tutti gli altri. Ma ora…

«Perché li hai comprati?»

«Non li ho comprati». Mi morsi il labbro, ma era troppo tardi. Le parole mi erano già uscite di bocca.

«Te li ha comprati Adam, vero?», aveva pronunciato ogni parola in modo sprezzante.

Annuii. «Sì, non poteva crederci che non ne avessi già…».

«Per forza non ne hai». Il suo sguardo era esasperato. «Tu ci tieni al decoro e hai troppo buon gusto per sfilare in abiti attillati che lasciano poco spazio all'immaginazione. Non so perché dai retta a quell'uomo».

Quell'uomo.

Mi irritai. «È il mio ragazzo».

«Prima quelle ridicole scarpe rosse con i tacchi alti, ora questi».

Mi vennero in mente le immagini del mio guardaroba che andava via via ampliandosi. Avevo perso il conto di quanti vestiti mi aveva comprato Adam. Vestiti dai colori vivaci. Più stretti. Più corti. Non eccessivi. Solo più carini. Più giovanili. Più... normali.

«Sta provando a cambiarti. Ti vuole trasformare in qualcun'altra». Mamma mi guardò carica di sdegno. «Qualcuna che non sei tu».

Guardai di nuovo il mio riflesso. Perché non potevo esserlo? Adam pensava che potessi. Aveva visto qualcosa in me. Un potenziale. Della bellezza. Qualcosa di più di quello che effettivamente ero.

«Domani mattina portali alla raccolta di beneficenza».

La fissai con sguardo incendiario. Voleva che me ne liberassi. Erano un regalo di Adam, e lei voleva che li buttassi via come se non avessero alcuna importanza. Come se lui non contasse.

«Tua madre ti ha mai fatto portare le tue minigonne alla raccolta di beneficenza?». Avevo visto le foto di quando lei e Papà uscivano insieme. Erano gli anni Ottanta e le minigonne erano tornate di moda, mi aveva detto lei, quando l'avevo presa in giro per questo.

Mamma mi fissò con la bocca aperta.

Mi accorsi che stavo tremando. Era lo choc? L'euforia? O forse la paura? Non avevo mai affrontato Mamma prima di allora. Non ero mai stata irrispettosa. Non le avevo mai risposto.

Cercai di aprire la bocca. Avevo bisogno di scusarmi, di sistemare le cose. Ma le parole non mi uscivano. Per quale motivo? Perché non potevo ritirare tutto quello che avevo detto?

Perché non ero dispiaciuta.

Questa constatazione mi colpì come una sferzata di aria fresca. Non ero dispiaciuta.

Non volevo rimangiarmi tutto. Mi piacevano i miei jeans. Mi piaceva come mi facevano sembrare. Mi piaceva come mi facevano sentire. E, una volta tanto, Mamma non poteva fare nulla per impedirmelo.

21

Ora

Mamma mi stava aspettando nel parcheggio. Aveva insistito per accompagnarmi alla centrale di polizia. Ci sarei potuta andare da sola con la mia auto, ma aveva ritenuto che non fosse una buona idea. Secondo lei, sarei stata troppo agitata per guidare.

Inspirai profondamente l'aria calda del pomeriggio cercando di rallentare il ritmo della respirazione.

Forse aveva ragione.

La vidi dirigere la macchina verso di me e feci un altro respiro. Comunque, continuavo a credere che andare fino a lì da sola sarebbe stata la scelta migliore.

Anche se, in realtà, quella non era stata affatto un'opzione possibile. Altrimenti, ciò avrebbe voluto dire che avevo la possibilità di scegliere.

Sto solo cercando di farti capire che tu hai la possibilità di scegliere.

Mi tornarono in mente le parole di Adam. Non le avevo ancora accettate. Continuavo a adeguarmi alle aspettative di qualcun altro.

Come al solito.

Mamma si accostò con la sua Ford argentata e io tirai la maniglia della portiera.

«Cosa volevano da te?» La domanda le era uscita di bocca prima ancora che io avessi avuto il tempo di aprire completamente la portiera.

Salii in auto in silenzio, prendendo tempo, pensando a come rispondere. Dirle della situazione finanziaria di Adam non mi sembrava per niente saggio. Avrebbe solo rafforzato la sua convinzione che tutto ciò che lui aveva visto in me fosse solo un conto bancario.

«E allora?».

Mi stava fissando. Le sue mani erano in attesa sul volante, ma io sapevo che non saremmo andate da nessuna parte finché lei non avesse avuto una risposta. E non una risposta qualsiasi. Ma una risposta soddisfacente.

«Volevano solo sapere qualcos'altro su Adam. Che tipo era. Questo genere di cose». Ero stata evasiva. Lo sapevo, e dallo sguardo teso di Mamma, lo sapeva anche lei.

«E cioè?»

«Eh, non so. Cose di poco conto». Stavo tenendo la testa bassa e mi concentravo sull'azione di allacciarmi la cintura di sicurezza. «Del tipo che lui mi comprava dei fiori».

«Perché mai dovrebbero essere interessati a questo genere di cose?».

Scrollai le spalle. Non osavo incontrare i suoi occhi. La polizia l'aveva trovato molto interessante. Si erano interessati fin troppo, in effetti.

«A meno che non abbiano capito che stava cercando di comprare il tuo affetto».

Continuai a guardare dritto davanti a me e piantai le unghie nel sedile dell'auto. «Lui non comprava nulla. Solo fiori».

«E vestiti».

Mi strinsi di nuovo nelle spalle. «Gli piaceva farmi dei regali. Gli piaceva viziarmi».

«Gli piaceva cambiarti. Modificare il tuo modo di essere. Compreso il modo in cui ti vesti».

Percepivo distintamente il suo sguardo fisso su di me. Anche in quel momento stava mettendo in discussione il mio abbigliamento. I miei jeans skinny erano diventati il suo nemico. Un ricordo tangibile di Adam; anche se lui non c'era più, la sua influenza comunque resisteva.

Forse Mamma aveva creduto che, senza di lui, io sarei regredita. Sarei tornata alla mia modesta vita tranquilla di vestiti decorosi e serate a casa con lei. Anche una parte di me aveva pensato di farlo, ma poi non era accaduto.

Non ancora.

Scossi la testa cercando di cacciare i dubbi che continuavano a essere una presenza costante.

Una delle cose che nemmeno Adam era riuscito a cambiare.

«Hanno sospetti su di te?».

La sua domanda mi fece irritare. «Perché dovrebbero sospettare di me?»

«Eri la ragazza di Adam».

«E allora?» Scrollai le spalle che cominciavo a sentire pesanti.

«Allora, la polizia non indaga sempre sulle persone più vicine alla vittima in questo tipo di casi?»

«Vittima? Questo tipo di casi?» La fissai. «Da come ne parli, sembrerebbe che è successo qualcosa di misterioso a Adam. È stato un incidente».

«Ne sei proprio sicura?».

Chiusi gli occhi. «Be', no, non sono proprio sicura. Cioè, il whisky...».

I superalcolici non li tocco nemmeno. Non ci vado giù pesante.

La voce di Adam risuonò nella mia testa. Il ritratto che la polizia aveva fatto di Adam strideva con tutto quello che sapevo di lui. Infatti, Adam non si sarebbe mai presentato al lavoro ubriaco. Non avrebbe nemmeno guidato in stato di ebbrezza. Era una persona responsabile e attenta.

Ma se non fosse stato davvero un incidente, questo cosa avrebbe comportato?

«Non sto parlando del fatto che Adam beveva».

Mi passai una mano tra i capelli, mi sentivo agitata e confusa. «Allora di cosa parli?»

«Dov'eri quella mattina, Jessica?».

La mia mano si bloccò e i miei capelli rimasero aggrovigliati intorno alle dita. «Cosa?» Tirai via la mano e mi spinsi in avanti, ma la cintura di sicurezza mi trattenne con forza. «Non posso crederci che tu mi abbia chiesto una cosa del genere».

«E quindi?»

«Ero a casa».

«Intendi nel tuo appartamento?».

Strinsi i denti. «È quello che ho detto. A casa. Casa mia».

«Sei proprio certa?».

La fissai.

«Tu scegli di dimenticare le cose brutte, Jessica».

«Con questo cosa vorresti dire?»

«Solo che forse sei convinta di essere sempre rimasta nel tuo appartamento».

«Solamente convinta? E dove pensi che io mi trovassi, allora?».

Dentro di me mi stavo sentendo male. Perché avevo fatto quella domanda? Non volevo sapere la risposta, era già chiaro dove Mamma pensava che io fossi andata.

Ma lei cambiò discorso. «A un certo punto, gli uomini della tua vita, quando le cose non vanno bene nella vostra relazione, incontrano delle difficoltà».

«Te l'ho già detto, non ho niente a che fare con tutto questo».

«Tu *non ricordi* di aver qualcosa a che fare con tutto questo».

Il mio corpo si irrigidì.

«Tu elimini sempre le cose brutte, le cose a cui non vuoi pensare, le cose che non vuoi affrontare. Fai così da quando Papà se n'è andato».

Papà.

Al suo ricordo, mi sentii soffocare.

«Forse è stata colpa mia: ti ho incoraggiata a dimenticare».

Certe cose è meglio dimenticarle.

Le parole di Mamma, pronunciate il giorno dopo la partenza di Papà, mi risuonarono nella mente.

«Pensavo di aiutarti, di proteggerti», continuò Mamma. «Non volevo che ti portassi dentro quel dolore, quella responsabilità, per il resto della tua vita».

«Responsabilità?» La bile mi salì in gola. «Cos'ho fatto?» La mia voce tremava, ma continuai. «Non mi hai nemmeno mai detto il vero motivo per cui lui se ne è andato».

Mamma scosse la testa. «A cosa servirebbe riaprire vecchie ferite ora? È una cosa che appartiene al passato. Hai già abbastanza demoni da affrontare nel presente».

«Ma io voglio sapere», insistetti. «Ho bisogno di sapere».

«Davvero?» Mamma alzò le sopracciglia. «Lo vuoi proprio sapere?»

«Io...». La mia voce svanì insieme alla mia convinzione. In realtà, non ne ero del tutto sicura. Se lo fossi stata, non avrei dovuto chiederlo prima? Non avevamo mai parlato del perché Papà se ne fosse andato, non da quella mattina. La domanda era rimasta incisa nella mia mente e mi aveva tormentato costantemente.

Ti chiederanno cosa hai fatto di sbagliato.

Avrei voluto chiedere cosa avessi fatto. Avevo avuto anni per farlo. Ma qualcosa mi fermava ogni volta. Forse era un desiderio infantile di aggrapparmi a ciò che restava dell'immagine frammentata che avevo ancora di lui. Forse volevo conservare l'idea del padre amorevole che mi amava, quello che adoravo, quello che non avrebbe mai fatto nulla per ferirmi. O forse era stata l'espressione che avevo notato sul viso di Mamma quel giorno, quando i suoi occhi si erano rifiutati di incontrare i miei...

«Visto quello che è successo», Mamma interruppe i miei pensieri. «Dobbiamo considerare la possibilità che tu possa avere qualcosa a che fare con...».

«Pensi che io abbia ucciso Adam?» L'avevo detto chiaro e tondo dato che non sopportavo più quel suo giro di parole. La stavo costringendo a rispondere a quella domanda diretta. La stavo provocando. La mettevo alla prova. Stavo sfidando le sue convinzioni, la sua lealtà. Volevo sentirla negare. Volevo che mi rassicurasse, che mi dicesse che non aveva nemmeno preso in considerazione, anche solo per un secondo, che io potessi essere coinvolta. Volevo che lo dicesse, perché avevo bisogno di sentirmelo dire. Avevo bisogno che lei mi convincesse che non ero capace di uccidere il mio ragazzo. Che nonostante tutto quello che avevo fatto in precedenza, non ero caduta così in basso.

«L'ultima volta sono stata io a salvarti, Jessica, e anche la volta prima di quella». Mamma fece un respiro profondo. «Ma questo caso è diverso. Questo è più grande. Non sono sicura di riuscire a proteggerti stavolta».

Mi lasciai sprofondare di nuovo nel sedile. Lei pensava davvero che l'avessi fatto, mia madre credeva che avessi ucciso il mio ragazzo.

Mi sforzai di ricacciare indietro le lacrime che già mi sgorgavano dagli occhi. Mi sentivo tradita. Mi aveva deluso. Aveva pensato il peggio di me.

Eppure, una parte di me non poteva fare a meno di chiedersi se lei non avesse ragione.

Era possibile che io avessi una doppia personalità? Quella che conoscevo, quella che vedevo ogni giorno nello specchio. Silenziosa. Compiacente. E un'altra... Ribelle. Vendicativa. Ma la sua esistenza rimaneva un mistero. Non l'avevo mai vista. Non l'avevo mai sentita. L'unica traccia di lei erano le conseguenze che lasciava dopo il suo passaggio.

Ero sempre io a dovermi occupare delle conseguenze.

22

Prima

«Lui è convinto che tu sia ricca».

Passai il telefono da un orecchio all'altro mentre mi dirigevo verso la mia macchina. «Allora rimarrà molto deluso, Mamma».

«Ha visto il tuo appartamento».

Alzai gli occhi al cielo felice che lei non fosse in grado di vedere la mia reazione irrispettosa. «Ma non è mio, giusto? O perlomeno, non del tutto mio». Scoppiai in una risata. «Infatti, io possiedo la quota più piccola. Tu e la banca ne possedete la maggior parte».

«Ma lui non lo sa».

Mi fermai accanto alla mia auto e, con una sola mano, cominciai a rovistare nella borsa per trovare le chiavi. Era stata una lunga giornata di lavoro, tutto quello che volevo fare era andare a casa, accendere un po' di musica, infilarmi in un bagno caldo e rilassarmi. Discutere i doppi fini del mio ragazzo con mia madre non faceva parte del mio piano.

Il mio ragazzo.

Sorrisi ripetendo quelle tre piccole parole nella mia testa. Mi piaceva sentirne il suono. Erano speciali. E lui era mio.

Almeno fino a quel momento, ma poteva esserci presto un cambiamento se Mamma avesse avuto la meglio.

Trovai le chiavi e aprii con il telecomando. «Perché non puoi dargli una possibilità?»

«Cos'ha fatto lui per dimostrare che merita una possibilità?».

Aprii la portiera del conducente e gettai la mia borsa sul sedile del passeggero, prima di salire a bordo. «Cos'ha fatto per dimostrare che non la merita?».

Silenzio dall'altra parte del telefono.

Chiusi gli occhi. L'avevo messa in difficoltà. Per la prima volta nella mia vita avevo detto qualcosa a cui lei non riusciva a controbattere. All'angolo della bocca mi comparve un sorriso appena accennato. Io avevo ragione e lei aveva torto. Era una sensazione grandiosa. Soddisfacente. Confortante, persino. E poteva succedere. Di tanto in tanto, potevo fidarmi del mio istinto. Delle mie scelte.

«Solo perché non l'abbiamo ancora colto sul fatto, non significa che non ci sia niente di cui accusarlo».

Il mio sorriso scomparve all'istante. Il suo cinismo non aveva mai fine. Ma non era il suo atteggiamento scettico a darmi fastidio. Ci ero abituata. Me lo aspettavo. Erano state le sue parole a farmi sentire un improvviso vuoto allo stomaco.

Noi.

Era come se lei considerasse quella come una nuova strana attività madre-figlia per far uscire di scena il mio ragazzo, per smascherarlo, per distruggere la nostra relazione.

Per lei era una sfida; o peggio ancora, un gioco. Uno che lei pensava che giocassimo insieme.

23

Ora

Mamma accostò l'auto al lato del marciapiede davanti al palazzo dove vivevo. «Non so perché tu voglia restare in quell'appartamento vuoto, quando hai una stanza pronta che ti aspetta a casa».

«È questa casa mia, Mamma».

Sentii il suo respiro diventare affannoso. «Casa tua è dove abitiamo insieme, proprio come è sempre stato».

Scossi lentamente la testa. Era inutile discutere con lei. Non avrebbe mai accettato il mio punto di vista. La mia opinione non contava. A meno che non fosse uguale alla sua.

«Non avrei mai dovuto farti un prestito per comprare questo appartamento».

Prestito.

Deglutii.

Quella parola non era mai stata menzionata prima di allora. L'appartamento era mio, o almeno così aveva detto Mamma in precedenza. Lei stava solo aiutando sua figlia. Come facevano tutte le madri. Era quello che anche lei aveva fatto.

Non aveva mai capito perché l'avessi voluto. Era l'unica cosa su cui non eravamo mai state d'accordo. Prima di Adam, naturalmente.

«A cosa ti serve un appartamento?»

«Voglio i miei spazi, Mamma».

«Hai i tuoi spazi qui. Hai la tua stanza. Puoi prendere anche una delle stanze libere se hai bisogno di allargarti di più. Potresti trasformarla nel tuo salotto. Potremmo metterci una TV…».

«Non è la stessa cosa, Mamma. Questa casa è tua».

«È nostra. I tuoi nonni volevano che avessimo noi questa casa. È l'eredità che ci hanno lasciato».

«Volevano che l'avessi tu, Mamma».

Mamma scosse la testa. «Volevano che noi la avessimo. Volevano che fosse la nostra casa, che fossimo felici qui come lo erano stati loro. L'hanno lasciata a me e io un giorno la lascerò a te».

«Mamma», gemetti. Non mi piaceva pensare alla sua eredità.

Era morboso e deprimente. Significava che lei non ci sarebbe più stata. Io sarei rimasta sola.

Lei alzò gli occhi al cielo. «Non essere troppo sensibile, Jess. Sono solo pragmatica. Io non sarò qui per sempre ma, grazie ai tuoi nonni, tu non dovrai preoccuparti. Avrai sempre una casa qui. Una vita qui».

Mi venne la pelle d'oca e un brivido mi attraversò tutto il corpo. Il mio destino era legato a quella casa. Il mio passato. Il mio futuro. La mia vita.

Dovevo dare una svolta a quella situazione. Dovevo rompere l'ingranaggio prima di finirci incastrata per sempre.

«Ma io voglio qualcosa di mio. Lavoro ogni giorno. Mi siedo a quella scrivania, passo in rassegna un documento dopo l'altro, e per che cosa?»

«È un buon lavoro».

«È un lavoro noioso».

«Stai solo facendo carriera. Verrai promossa e poi le cose andranno meglio. Diventerà più interessante».

«Ma comunque è inutile. Lavoro per guadagnare del denaro e raramente ne spendo un po'. Li metto in banca e li lascio lì. Che senso ha?»

«Stai risparmiando. È un investimento».

«Un appartamento sarebbe un investimento. Sarebbe anche un obiettivo. Una ragione per lavorare».

«Sarebbe uno spreco. Spenderesti soldi in bollette e spese di manutenzione. Poi ti pentiresti di non essere rimasta qui. Con me».

«Ho trovato un piccolo appartamento, davvero delizioso, con una camera da letto. È moderno ed efficiente dal punto di vista energetico. Non costerà troppo di manutenzione».

«Non vuoi proprio stare qui, vero?».

Espirai lentamente. Cosa potevo rispondere? «Non è che non voglio stare qui. È che voglio qualcosa di più».

«Ma io non ti basto?»

«Io...».

«Sono davvero così male?»

«No, Mamma. Assolutamente». Il mio stomaco si stava contorcendo e agitando perché mi sentivo in colpa. Come mai la ferivo sempre? Non lo facevo apposta, eppure la facevo soffrire ogni volta. Chiedere qualcosa per me stessa significava sempre procurarle un motivo di insoddisfazione.

Lei si avvicinò e prese la mia mano tra le sue. «Allora resta qui. Con me».

Sentii una stretta al petto e la bocca divenne improvvisamente asciutta. La mia coscienza mi stava ordinando di dirle che ero d'accordo a restare. Avrei potuto scusarmi e non pensare più a quell'idea. La faceva soffrire troppo. Ero stata troppo insensibile.

E tuttavia…

Mi passai la lingua sulle labbra. Non riuscivo a dirle che accettavo di rimanere lì.

Ero terrorizzata dall'idea di farle del male. Ma, ancora di più, mi spaventava da morire quello che sarebbe potuto accadere se avessi ceduto. Qualcosa mi diceva che, se fossi rimasta lì in quel momento, non me ne sarei mai più andata.

Non era che non fossi felice in quella casa. Non si trattava di voler lasciare lei. In effetti, non riguardava affatto lei. Ero io che avevo bisogno di trovare la mia strada. E qualcosa mi diceva che dovevo andarmene per riuscirci. Proprio come ogni altro figlio o figlia a un certo punto facevano. Più a lungo rimanevo lì, più il mio sogno di creare una famiglia mia sembrava allontanarsi.

Le strinsi forte la mano. «Devo farlo».

Per fare pace, si era offerta di prestarmi il denaro. O, almeno, questo era quello che avevo pensato io. Era il suo modo di dirmi che finalmente aveva accettato la mia decisione. Anche se, a quel punto, non era più stata una decisione completamente mia. Il mio piccolo e accogliente appartamento con una camera da letto, che potevo permettermi con i miei risparmi, le era sembrato inadeguato.

Era troppo piccolo. Troppo modesto. La zona non era abbastanza buona. O abbastanza sicura. Non c'era modo di mettere in discussione i suoi ragionamenti. Ma sarebbe stato comunque il mio appartamento.

Solo mio.

Così il mio progetto iniziale di bilocale fu soppiantato da un sontuoso appartamento con tre camere da letto e dotato di servizio di portineria. Era incredibilmente bello e lussuoso. E tuttavia, non lo sentivo veramente mio.

24

Prima

Aprii la porta dell'ingresso e, all'istante, il mio sorriso si paralizzò. «Mamma». Mi aggrappai alla maniglia della porta. «Cosa ci fai qui?».

Veniva lì di rado. Avevo smesso di invitarla già mesi prima. Lei rifiutava sempre l'invito. Forse pensava che venirmi a trovare nel mio appartamento sarebbe stata una forma di accettazione della mia decisione di trasferirmici.

«Sono venuta a far visita a mia figlia. O non è permesso?».

Trasalii per il suo tono. «No. Sì». Mi scappò una risatina nervosa. «Volevo dire, certo che è permesso».

C'era stato un periodo in cui la sua presenza lì mi avrebbe riempito di gioia, ora, invece, mi rendeva solo nervosa. Perché era venuta? Perché proprio adesso?

Lei annuì, ma la sua espressione non si ammorbidì. «Hai intenzione di invitarmi a entrare o vuoi continuare a lasciarmi qui sul pianerottolo?».

Ridacchiai di nuovo. «Sì, certo. Entra».

Esitai un momento prima di fare un passo indietro per lasciarla passare. Mi affrettai verso il soggiorno mentre lei si toglieva le scarpe all'ingresso.

Il mio sguardo percorse in lungo e in largo la stanza alla ricerca di oggetti compromettenti che sapevo esserci. La maglia di Adam era abbandonata sullo schienale del divano. La afferrai e la trasformai in una palla tra le mie mani, prima che il mio sguardo cadesse sulla pila dei suoi DVD accanto alla TV. Imprecai in silenzio. Non sarei mai stata in grado di spostarli in tempo. Dovevano per forza rimanere lì dov'erano e io sperai con tutto il cuore che lei non li notasse, perché non erano certo tipi di film

che avrei comprato, o che avrei anche solo guardato se avessi avuto voce in capitolo.
«Di chi sono quelle scarpe nella scarpiera?», mi chiese Mamma entrando dietro di me.
Non potevo rispondere, potevo solo aggrapparmi alla maglia e desiderare che Adam fosse lì con me, invece di accontentarmi solo della presenza delle sue cose.
«Sono di Adam?».
Non resistetti e mi girai lentamente verso di lei. Sapeva già la risposta. Non aveva senso cercare di negare. «Sì», risposi sforzandomi di mantenere la voce calma e ferma.
«E perché sono qui?».
Scrollai le spalle. «Immagino che sia perché le ha lasciate qui».
Mi venne vicino a grandi passi. «Quindi, se capisco bene, mi stai dicendo che è uscito da qui a piedi nudi?»
«Certo che no».
«Allora forse le sue scarpe gli servivano, no?» Il suo sguardo cadde sulla maglia tra le mie braccia. «E quello è un suo indumento?».
Mi stava mettendo alla prova. Sapeva già la risposta. Era ovvio. Voleva solo farmi arrabbiare. Farmi sapere che ero nel torto. Farmi sentire in colpa.
«Ha lasciato qui alcune delle sue cose». Mi girai per passarle davanti, ma Mamma si mise di traverso davanti a me.
«E perché?».
Sollevai il mento e incontrai il suo sguardo. «Perché certe volte si ferma qui».
I suoi occhi si strinsero. Anche se già sapeva come stavano effettivamente le cose, era come se sentirmelo confessare le avesse fatto ulteriormente sminuire la sua opinione su di me.
«Ti facevo più sensata».
Nell'udire la sua frase offensiva la mia nuca avvampò. «Io ho buon senso».
«Ovviamente no. Altrimenti non avresti lasciato che quell'idraulico si trasferisse qui».
«Lui non è quell'idraulico». La guardai male. «Lui è il mio idraulico». Sentii un formicolio di calore attraversarmi, ma non era imbarazzo, era orgoglio.
Lei ridacchiò.
Un verso di scherno che mi fece infuriare.

«E il suo nome è Adam», aggiunsi sprezzante.
I suoi occhi si allargarono leggermente. Sembrava sorpresa dal mio tono, come d'altronde lo ero anch'io. Ero stata irrispettosa. Affrontandola. Rispondendole in quel modo. Non era certo una cosa da me.
«Lo conosci solo da cinque minuti».
«Lo conosco da quattro mesi».
«È pochissimo».
«È tutto». Il tono determinato della mia voce mi stupì. All'inizio, ero stata titubante nel vedere Adam che lasciava le sue cose nel mio appartamento. Non che fossero tante, in effetti. Solo uno spazzolino da denti e un cambio di vestiti. Poche cose. Ma in qualche modo, sembravano comunque fuori posto nel mio bagno e nel mio guardaroba.
Era una strana via di mezzo. Non viveva qui. Eppure, in un certo senso ci viveva. A volte.
Non che non lo volessi lì con me. Anzi. Ma era nella mia natura essere inquieta e dubbiosa. Una metà di me era terrorizzata che fosse troppo e troppo presto. Ma l'altra lo desiderava lì per tutto il tempo. Volevo che la mia casa fosse la nostra casa, che vivessimo insieme.
Cercavo certezza. Stabilità.
Ne avevo *bisogno*.
Vidi le spalle di Mamma incurvarsi. «Non voglio che tu ti faccia del male. Non di nuovo».
Il senso di colpa mi trafisse il cuore. Lei si stava solo preoccupando per me. Ci teneva che io stessi bene. Mamma c'era sempre stata, lì per me, in ogni situazione. L'unica costante nella mia vita. Non importava quanto male andassero le cose. Lei era rimasta.
Quando tutti gli altri se ne erano andati. Lei era rimasta.
Le presi la mano e gliela strinsi. «Adam è diverso, Mamma. Io sono diversa».
«A causa sua».
Annuii. «Sì». Raddrizzai la schiena. «Lui mi aiuta, vuole che io mi accorga che sono meglio di quello che penso di essere. Sono più forte. Più felice».
«Sono contenta, Jess. Lo sono davvero». Mamma fece un respiro profondo. «Ma se ti sbagli?»
«Non posso continuare a vivere la mia vita con tutti questi "e

se", Mamma. Non posso continuare a mettere in discussione ogni decisione, solo nell'eventualità in cui io prenda di nuovo quella sbagliata. Stavo diventando pazza». Scoppiai a ridere, un suono debole e vuoto. «O meglio, ancora più pazza».

«Oh, Jess». Allungò le braccia e mi strinse in un abbraccio.

Rimasi lì, paralizzata, senza sapere bene come rispondere. Lei non era il tipo di madre che abbraccia. Non lo era più da quando ero piccola. Il ricordo dei suoi abbracci era sbiadito, e spesso mi chiedevo se mi avesse davvero mai tenuto in quel modo. Non riuscivo nemmeno a rammentare la sensazione che si provava. Avevo creduto fosse qualcosa di estremamente affettuoso e confortante. Ma in realtà si trattava di un qualcosa di sconcertante e strano.

Mamma si tirò indietro e studiò il mio viso. «Non mi fido di lui».

Annuii. Lo sapevo. Non si fidava di nessuno. Non poteva. Sorrisi leggermente mentre la osservavo. Non era colpa sua. La vita era stata crudele con lei. Perdere i suoi genitori, poi Papà. Il passato l'aveva erosa. E, a rimetterci per prima, era stata la sua capacità di fidarsi del prossimo.

Era una pena che conoscevo bene. Avevo subìto il suo stesso destino. Circostanze diverse, ma identico risultato. La mia capacità di fidarmi, di amare, era del tutto svanita.

Papà era stato l'unica costante nella mia vita. L'unica persona su cui potevo contare. Eravamo stati sempre insieme e dopo la morte dei genitori di Mamma, lui era stato la mia salvezza. Poi se n'era andato.

Senza spiegazioni, senza salutare, nemmeno una telefonata. Solo un vuoto che mi aveva consumato.

Era stato proprio il non sapere a tormentarmi. Tutti i perché. Il chiedermi costantemente cosa avessi fatto io di sbagliato, o cosa avrei potuto fare diversamente. Ma soprattutto era l'infinita attesa del suo ritorno... Quella fragile speranza che si affievoliva ogni giorno un po' di più, pur senza svanire mai del tutto.

Se fosse stata Mamma ad andarsene sarei stata meno sorpresa. Mi sarei comunque sentita ferita. Mi sarebbe mancata lo stesso. Sicuramente, mi sarei posta delle domande. Ma per molti versi, lei non c'era già più da molto tempo. La sua partenza era stata lenta. Si era allontanata gradualmente, fino a un punto in cui la mamma che avevo conosciuto era del tutto scomparsa. Fisicamente lei c'era ancora, continuava a vivere, a essere presente, ma non era veramente lì. La partenza di Papà era stata un colpo davvero forte. La repentinità della sua scomparsa mi aveva sconvolto. Aveva scosso le fondamenta di tutto ciò in cui credevo. Se proprio lui aveva potuto lasciarmi, allora chi mai avrebbe potuto amarmi abbastanza da restare?

Ma poi avevo incontrato Adam.

Lui mi aveva trasformato. Non mi ero nemmeno resa conto subito che stava succedendo. Ma ora mi fidavo di nuovo. Avevo fiducia in lui. Avevo fiducia in noi. Forse non completamente. Non ancora. Ci stavo lavorando. Ma potevo farcela. Ora lo sapevo.

Mentre Mamma...

«Non voglio che lui si prenda i miei soldi quando non ci sarò più».

Trasalii nell'udire quelle parole. Non c'era alcuna possibilità che Adam fosse sincero, per lei, solo la convinzione che non lo sarebbe stato. Che non sarebbe durata. Non poteva durare. Non aveva alcuna importanza chi fosse il ragazzo di turno. Il problema in effetti non riguardava lui in particolare.

«Si ferma solo ogni tanto, Mamma. Non credo che si possa intendere come fregare l'eredità».

«È solo il primo passo. Oggi ci sono solo alcune cose sue qui, domani porterà gli scatoloni con le altre cose, poi ci sarà un anello al tuo dito».

Il mio pollice sinistro andò a toccare l'anulare privo di gioielli. Se solo...

«Fa parte del suo piano».

«Forse. Se mi ama abbastanza».

Lei sbuffò di nuovo. «Se sei abbastanza credulona, più che altro».

Mi irritai. «Cosa intendi dire?»

«Sei troppo gentile. Ti lasci calpestare dalle persone. Gli dai un dito, si prendono la mano».

Quel vecchio proverbio mi fece venire i brividi. Lei non si stancava mai di dirlo. Era il suo mantra di vita. Dava sempre per scontato che ciascuno pensasse sempre e solo a se stesso.

«Hai lasciato che tutti si approfittassero di te».

Suonava strano sentirlo dire proprio da lei, la persona che più mi aveva incoraggiato a rendermi utile. Era lei che me lo aveva insegnato fin da bambina. Ed era ciò che si aspettava da me anche in quel preciso momento. E, in fin dei conti, non era poi così contraddittoria. Infatti, non era tanto la mia personalità e la mia volontà di essere servizievole che lei voleva cambiare, quanto piuttosto l'oggetto delle mie attenzioni. Voleva che io fossi più concentrata... su di lei.

Ero sdraiata tra le braccia di Adam e stavo fissando i vestiti che lui aveva gettato con noncuranza sulla sedia di fronte alla cassettiera. Non piegava mai i suoi vestiti. Diceva che sarebbe stato uno spreco di tempo dato che il giorno dopo li avrebbe dovuti prendere per indossarli di nuovo.

Girai il capo per riuscire a guardarlo. «Perché non andiamo mai nel tuo appartamento?»

«Non ti piacerebbe. Non piace nemmeno a me». Mi venne ancora più vicino. «Non è quello a cui sei abituata».

«Come fai a sapere a cosa sono abituata?».

Lui aprì un occhio e mi scrutò per un secondo prima di chiuderlo di nuovo. «Non è come questo».

Io rivolsi lo sguardo al muro. «Non ho sempre avuto tutto questo. Non lo volevo nemmeno. È stata una scelta di Mamma... Con i soldi di Mamma».

Adam si sollevò, si appoggiò su un gomito e mi fissò. «L'ha comprato lei?»

«Quasi tutto. Io non me lo sarei mai potuto permettere da sola. Avrei preferito qualcosa di più piccolo».

«Perché?» Il suo volto assunse un'espressione dubbiosa. «Questo appartamento è fantastico».

«Ma non è il mio. È fin troppo perfetto. È finto, è freddo».

Come la mia vita.

«È stupendo. Credimi, quando non hai i soldi, apprezzi di più cose del genere».

«In realtà, non è che non lo apprezzo». Mi sentivo in colpa. Lui stava pensando che io fossi una viziata e un'ingrata. Non lo ero. Avevo solo sogni più semplici. «E in ogni caso, i soldi non è che li abbiamo sempre avuti».

«Davvero? Voglio dire, ho visto la casa in cui sei cresciuta, Jess».

«Era la casa dei miei nonni. Erano loro ad avere i soldi». Mi rigirai nel letto, e tirai il piumone più su perché stavo sentendo freddo alle spalle. «Prima che loro morissero vivevamo in modo molto diverso».

«Sei stata fortunata».
Sentii il mio corpo irrigidirsi. «Fortunata?».
Adam alzò gli occhi al cielo. «Grazie a loro ora sei sistemata».
Aggrottai la fronte. Era stata davvero una salvezza? O era stata solo una trappola dorata?

25

Ora

Mi appoggiai al lavandino. Presi a osservare la mia cucina immacolata mentre attendevo che l'acqua nel bollitore si scaldasse. Era una cucina impeccabile. Proprio come il resto dell'appartamento. Avevo ereditato da mia madre la mania per la pulizia e l'ordine.

Feci scorrere le dita lungo il bordo del piano di lavoro in granito e lanciai un'occhiata al mio appartamento open space. Era moderno e luminoso, essenziale e minimal.

Rabbrividii e provai a scaldarmi strofinandomi le braccia. Era stata una scelta stilistica o una necessità a definire lo stile dell'appartamento? Il fatto che non l'avessi decorato con oggetti particolari e dettagli personali era dovuto a una preferenza d'arredo oppure a un riflesso della mia identità?

Mi girai e aprii il frigorifero. Afferrai il latte e restai di stucco nel vedere la confezione da sei bottiglie di birra che Adam aveva lasciato lì dentro. Richiusi immediatamente lo sportello. D'improvviso, mi era passata la voglia di una tazza di tè. I pochi ricordi di Adam sembravano essere fuori posto. La sua birra in frigo. Il suo caricabatterie del telefono sul bancone. La sua rivista di automobilismo, ormai datata, era ancora sul poggiolo del divano.

Adam non provava lo stesso mio bisogno ossessivo che ogni cosa fosse al proprio posto. Per lui era del tutto normale lasciare le cose sparse in giro. All'inizio questa cosa mi aveva dato fastidio. Avevo cercato di non commentarla. Mi limitavo a riordinare, senza farmi notare, le cose che non stava usando.

Era un lavoro senza fine. Avevo anche pensato di dirgli che toccava a lui mettere in ordine le sue cose, ma non l'avevo mai fatto. In parte perché non volevo che lui pensasse che ero esigente. Ma soprattutto perché, stranamente, non mi importava più di tanto.

Il mio desiderio di ordine sembrava venir surclassato dalla contentezza che provavo nel vedere i suoi oggetti in casa mia. Era un ricordo fisico di Adam quando lui non era effettivamente lì con me. Era un promemoria che lui era mio, che stavamo insieme, che non ero sola.

Se non fosse che in effetti lo ero.

Mi accigliai e allontanai quel pensiero. Avrei dovuto sbarazzarmi delle sue cose. Avrei dovuto andare avanti. Eppure, per qualche ragione, non ci riuscivo. I miei amici mi dicevano che era troppo presto per pensarci. Senza dubbio, la madre di Adam sarebbe inorridita se avesse saputo che stavo pensando di buttare via le cose di suo figlio prima ancora che ne avessero trovato il corpo. Ma in verità, non era stata la scomparsa di Adam ad aver messo fine alla nostra relazione. La sua morte mi aveva solo consentito di considerarla una storia conclusa. O almeno così sarebbe stato, una volta che l'avessero ritrovato.

E se invece non l'avessero trovato?

Mi balenò in testa un odioso pensiero e mi bloccai di colpo. E se non lo avessero mai più ritrovato? E se il mare avesse trascinato via il suo corpo? O se… Scossi la testa, mentre scacciavo quel ragionamento dal mio cervello. Non volevo assolutamente pensare alle cose raccapriccianti che gli potevano essere accadute. Sarebbe stato trovato. Dovevano trovarlo. Era l'unica cosa che mi avrebbe finalmente permesso di lasciarmi tutto alle spalle e andare avanti.

Andai in soggiorno e accesi la televisione. Comunque, non lo amavo più. Non il vero lui, a essere onesti.

Sentivo ancora la mancanza della sua presenza fisica in casa mia, nella mia vita. Mi mancava sentirmi parte di qualcosa.

Fissavo le immagini che apparivano sullo schermo, ma a malapena le vedevo. Erano solo macchie sfocate senza senso. Proprio come la mia vita.

Adam era riuscito a dargli un senso. Lui mi aveva dato un obiettivo. Anche se per poco tempo.

Presi il telecomando e lo puntai verso lo schermo. Il mio pollice restò in attesa sul pulsante di spegnimento. Non ero in vena di guardare la televisione ma, una volta spenta, sarebbe tornato il silenzio.

Appoggiai di nuovo il telecomando sul tavolino, senza aver premuto il pulsante. Il silenzio non mi aveva mai dato fastidio. Era così da molto tempo. Mi ero abituata.

Mi sedetti sull'erba umida in fondo al giardino, fissando il mare. C'era qualcosa di confortante nel modo in cui le onde salivano e scendevano, un flusso costante che non finiva mai.

«Jessie?» Mi girai sentendo la voce di Papà alle mie spalle. «Che cosa stai facendo qui fuori? Si gela. Ti buscherai un raffreddore».

Alzai le spalle. Non era così male. Se non ci facevo caso. «Stavo guardando le onde».

Papà si chinò verso di me e mi tese la mano. «Andiamo in casa, al caldo».

Guardai la sua mano e poi la casa dietro di lui. «Dobbiamo proprio tornare lì dentro?»

«Ora è la nostra casa, Jessie».

Mi imbronciai. «Non mi piace stare qui. Senza il nonno e la nonna».

Lui piegò la schiena e si inginocchiò accanto a me. «Lo so, tesoro. Tutto sembra un po' strano in questo momento, ma loro volevano che noi venissimo ad abitare qui. Ecco perché hanno lasciato la casa a Mammina, perché così noi possiamo portare avanti il sogno che avevano, visto che loro non possono più farlo. Vogliono che noi siamo felici qui, proprio come lo erano loro».

«Mammina non è felice».

Papà abbassò lo sguardo verso terra e scosse lentamente la testa. «No, non lo è». Poi si voltò di nuovo verso di me. «Ma lo sarà». Sorrise, ma nonostante il tentativo, i suoi occhi sembravano ancora tristi.

«Quando?».

Papà aprì le braccia e mi sollevò. Io mi strinsi contro il suo caldo petto. «Non lo so, Jessie. Non lo so».

Mi prese in braccio e mi portò verso casa. A ogni passo, mi stringevo sempre più a lui.

«Non voglio tornare là dentro», sussurrai all'orecchio di papà. «La casa sembra triste e addormentata, come se stesse aspettando che la nonna e il nonno tornino a casa».

Papà mi strinse tra le braccia senza dire nulla. Aprì la porta del patio ed entrò. Mi mise a sedere sul tappeto di cocco e ci sfilammo le scarpe.

Mammina era in piedi accanto al fornello, la testa piegata in avanti, lo sguardo fisso sulla pentola di fronte a lei mentre mescolava con un cucchiaio di legno. Non alzava mai lo sguardo.

L'intrecciatura ispida del tappeto mi pungeva i piedi. Volevo muovermi, fare qualcosa, ma non sapevo cosa.

Mi sarebbe piaciuto mettere le mie braccia intorno alla vita di Mammina. Lei sembrava così triste, volevo solo abbracciarla finché non avesse sorriso di nuovo.

Ma lei non voleva.

Non aveva mai voluto.

Si limitava ad allontanarmi dicendomi che era impegnata.

Lei era sempre troppo impegnata. Era troppo indaffarata per potermi stringere in un abbraccio anche quando stava seduta sul divano a fissare il muro.

Papà mi diede uno schiaffetto affettuoso. «Perché non vai a giocare nella tua stanza fino all'ora di cena?».

Annuii in silenzio e mi ritirai nel corridoio. Diedi un'occhiata indietro, attraverso la porta aperta, e vidi Papà in piedi accanto a Mammina.

«Tesoro, sono preoccupato per te. Lo siamo entrambi».

«Sto bene».

Io rabbrividii. Quella era diventata la solita risposta di Mammina. Lei stava sempre bene.

Eppure, in qualche modo, non sembrava stare mai bene.

«No, invece, sei in lutto. Stai soffrendo».

Lanciai un'occhiata alle scale. Dovevo salire nella mia stanza come mi era stato detto.

«Allora lasciami in pace e lasciami soffrire».

«Sono passati sei mesi».

«Non pensavo che ci fosse un limite di tempo». Mammina sembrava arrabbiata.

Tornai in corridoio e sbirciai da dietro la cornice della porta.

«Sai che non è quello che intendevo dire. Penso solo che forse è il momento di trovare qualcuno con cui parlare».

«Ho te con cui parlare». Mammina si scostò da lui e si diresse verso la finestra, ma Papà le prese la mano.

«Ma tu non parli con me. Non vuoi».

«Non sono pronta», sussurrò Mammina.

Stavo sbattendo ripetutamente le palpebre nel tentativo di allontanare le lacrime che andavano formandosi nei miei occhi.
Mammina sembrava profondamente triste.
«Lo so». Papà allungò la mano e le accarezzò la guancia. «È questo che mi preoccupa». Fece un respiro profondo. «E preoccupa anche Jess».
Mammina si allontanò da lui. «Jess è troppo piccola per capire».
«No, non è troppo piccola per capire che la sua mamma è triste. Non è troppo piccola per essere ferita dal fatto che la sua mamma non le parla o non la abbraccia».
Mammina si appoggiò al lavandino. «Non ci riesco». La sua voce suonava strana, tutta incrinata e interrotta.
«Non so se abbiamo fatto bene a trasferirci qui». Papà diede un'occhiata alla cucina e io mi nascosi per non farmi vedere da lui. «Questa casa è un costante ricordo di loro, di quello che hai perso».
«I miei genitori volevano che io l'avessi. È stato il loro ultimo desiderio».
«Lo so. Ma forse dovremmo almeno metterci qualcosa di nostro. I nostri mobili sono ancora in magazzino. Forse con il divano che avevamo e…».
«No».
«Tesoro, è come un museo dedicato a loro».
«Ho detto di no!»
Sobbalzai da dietro la porta. Mammina sembrava infuriata. Non l'avevo mai sentita scattare così prima di allora.
Tornai piano piano verso le scale. Non avrei dovuto ascoltare. Non avrei voluto sentirla così.
Salii le scale in punta di piedi pregando che non scricchiolassero. Non volevo che Mammina mi sentisse. Non volevo che si arrabbiasse anche con me.

26

Prima

Mi misi a sedere sul bracciolo del divano e presi a picchiettare il pavimento con l'alluce e intanto fissavo fuori dalla finestra in attesa che il furgone bianco di Adam entrasse nel mio campo visivo. Balzai in piedi non appena lo vidi accedere al parcheggio. Alzai gli occhi al cielo vedendo Adam che camminava sul sentiero verso l'edificio. Era senza speranza.

Andai alla porta d'ingresso, la aprii e la tenni aperta rimanendo ad ascoltare il rumore dei suoi passi mentre saliva le scale. Resistetti all'impulso di gridargli di sbrigarsi. Quella era una serata per festeggiare, non per litigare.

Adam si fermò in cima alle scale e i suoi occhi incontrarono i miei. «Wow, sei bellissima». La sua bocca abbozzò un sorriso malizioso mentre il suo sguardo scendeva lentamente lungo tutto il mio corpo.

Il mio disperato bisogno di fare in fretta era improvvisamente venuto meno. Che problema c'era se eravamo in ritardo? Non aveva alcuna importanza. Non se lui mi guardava in quel modo.

Adam mi venne incontro. «Potrei abituarmi all'idea di tornare a casa e trovarti così».

Scoppiai a ridere. «Allora forse dovresti tornare a casa un po' prima».

Adam trasalì.

«Lo farei, se potessi. Lo sai, vero?».

Imprecai dentro di me. «Certo che lo so. Scusa, non volevo farti sentire in colpa».

Bugiarda.

Quella parola mi risuonò in testa mentre lo accompagnavo dentro casa. In realtà, era esattamente quello che desideravo. Volevo che lui si sentisse in colpa, che provasse rimorso. Volevo che fosse puntuale, che mi dedicasse più attenzioni.

Avevo l'impressione che lui stesse diventando sempre più distratto nelle ultime settimane. La nostra relazione aveva perso il fascino della novità. Lui mi dava per scontato. Non ero più interessante. Adam aveva smesso di cercare di impressionarmi con le sue attenzioni e i suoi doni. Tornava a casa tardi perché sapeva che mi avrebbe trovata sempre lì ad aspettarlo.

«Allora, che cosa si festeggia?», mi chiese mentre si sfilava le scarpe da ginnastica.

Lo fissai sconcertata.

«Devi uscire con le tue amiche stasera?».

Chiusi gli occhi. «No».

Lui si rabbuiò. «Oh, Jess, non è che speri che usciamo, vero? Sono distrutto».

Lo guardai insospettita. «Mi stai prendendo in giro, vero?» Doveva per forza essere così. Era bravo a recitare. Avrei potuto credere che l'avesse dimenticato e basta, ma lo conoscevo molto bene. Adam non si dimenticava mai nulla. Tantomeno le cose importanti.

Lo vidi confuso e sentii un improvviso peso allo stomaco. No, non stava fingendo. Davvero se l'era scordato.

«Dovevamo fare qualcosa?».

Socchiusi gli occhi e provai a ricompormi per non far trasparire la mia delusione. «Abbiamo un tavolo riservato».

«Davvero? E dove?».

Aprii gli occhi e lo fissai. «Al Level Eight». Ne avevamo parlato per settimane. Era un ristorante elegante e un cocktail bar con vista della costa. Un posto speciale per un'occasione altrettanto speciale.

Adam chiuse gli occhi. «Il nostro anniversario per i sei mesi».

«Te ne sei dimenticato». Era un'accusa inutile la mia, visto che ormai lo sapevamo entrambi che le cose stavano così.

«Mi dispiace tanto». Adam mi prese le mani. «Sono proprio un imbecille».

Non risposi. Non riuscivo a pensare a niente da dire. Avrei dovuto dirgli che non importava, fare finta di niente e dirgli che andava bene lo stesso. Ma non era vero che andava bene lo stesso. Aveva importanza, eccome. Almeno per me.

«Sei arrabbiata. Lo vedo nei tuoi occhi. Ce l'hai con me».
«No, non sono arrabbiata».
«Lo capisco, sai? Hai tutto il diritto di essere arrabbiata. Dannazione! Pure io sono arrabbiato con me stesso».
«Te l'ho detto, non sono arrabbiata». La mia voce uscì più forte e tagliente di quanto avessi voluto.
Adam mi studiò dubbioso. A essere onesti, a quel punto sembravo davvero molto arrabbiata. Ma non lo ero, o almeno non lo ero stata fino a quando lui non aveva insistito nel dirmi ripetutamente come mi sentivo. Fino a quel momento, mi ero sentita trascurata e tutto ciò che provavo davvero era solo della delusione.
«Non sono arrabbiata, te lo giuro», gli dissi, grata che la mia voce suonasse più calma questa volta. «Ma dovremmo sbrigarci se non vogliamo che ci cancellino la prenotazione».
Adam si passò la lingua sulle labbra. «Sei sicura di volerci andare? Cioè, potremmo restare qui tranquilli, noi due soli, stasera».
Le mie spalle si incurvarono sotto il peso della delusione. «Stiamo qui tranquilli tutte le sere. Vorrei fare qualcosa di diverso».
«Ma», guardò i suoi jeans sbiaditi. «Dovrei farmi la doccia e vestirmi bene».
Alzai le sopracciglia. «Intendi dire come ho fatto io?».
Lui sospirò. «Tu sei bellissima».
«Grazie». Gli feci un sorriso, il migliore, il più incoraggiante sorriso che potessi fare mentre ruotavo su me stessa per mostrare il mio corto abito da cocktail nero. «Sono un po' troppo elegante per restare a casa, non credi?».
«È solo che...» Adam era in imbarazzo e prese a fissarsi i piedi. «Sono un po' al verde in questo momento».
Sgranai gli occhi. «Ma se stai lavorando senza sosta. Torni a casa tardi quasi ogni sera e sei sempre completamente esausto».
«Sì, è vero». Le sue guance si tinsero di rosso. «Ho molto da fare. Ho parecchio lavoro. Solo che...» aggrottò la fronte. «È una questione temporanea». La sua voce era esitante.
«Una questione temporanea?».
Adam annuì. «Ho un paio di lavori per i quali ho dovuto anticipare delle spese». La sua voce divenne più sicura man mano che parlava. «Sarà tutto risolto non appena mi pagheranno».
Sospirai profondamente e sentii la tensione delle spalle allentarsi. «Dovevi dirmelo».

«È un problema da poco. Non c'è niente di cui preoccuparsi».
«Ma se ti serve del denaro per tirare avanti, per...».
«Così che tua madre pensi che ti scrocco dei soldi? No, assolutamente no!»
«Non scrocchi proprio nulla. Ti aiuto e basta, finché non ti pagano. Voglio aiutarti. E non serve che Mamma lo venga a sapere».
«Lo verrebbe a sapere comunque. Lei sa sempre tutto».
«Non da me».
«Senza che tu te ne accorga».
Fui colpita dall'asprezza delle parole di Adam. «Che cosa intendi dire?»
«Tua madre riesce sempre a estorcerti informazioni e tu nemmeno te ne accorgi».
Mi irritai e lo guardai male. «Da come parli, sembra che io sia debole e ingenua».
«Non volevo dire questo».
Lo studiai attentamente. Le sue parole sembravano sincere, ma la sua scrollata di spalle indicava il contrario.
«È così, Jess. È tua madre. Lei ti tiene in pugno. Sarà così per sempre».
Aprii la bocca, ma poi la richiusi. Adam aveva ragione? Mamma continuava a tenermi in pugno anche in quel momento? Mi ero trasferita, mi stavo facendo una vita con Adam, eppure lei ancora continuava a influenzare le mie decisioni e il mio modo di vedere le cose. Sarebbe rimasto sempre tutto così?
O forse semplicemente avevo interiorizzato i suoi stessi valori. E avevo imparato da lei. Per via del modo in cui ero stata cresciuta. Le nostre idee combaciavano ancora, anche se ora ero indipendente. Era proprio così?
Forse era giunto il momento di capirlo.
«Andiamo», dissi mentre raddrizzavo la schiena, gli mettevo le mani sulle spalle e lo costringevo a girarsi.
«Che fai?», mi chiese Adam girando il capo per guardarmi da sopra la sua spalla.
«Sono affamata». Lo spinsi in direzione della camera da letto.
«V-va bene, ma allora non dovresti portarmi in cucina?»
«Eh no, ora vai a farti una doccia, ti cambi e poi usciamo come da programma».
Adam si arrestò e si voltò a guardarmi. Ero frustrata e il disap-

punto mi si leggeva in faccia. Lui era troppo forte per me e io non riuscivo a spostarlo se lui non collaborava.

«Ti ho detto che non posso permettermelo in questo momento».

Scrollai le spalle. «Ma io sì».

«Jess...».

Lo guardai male. «Voglio solo aiutarti, nient'altro».

Adam batté le palpebre, sembrava confuso.

«Hai solo un piccolo problema di liquidità e mi sono offerta di aiutarti. È così che fanno le coppie. Ma invece di accettare il mio aiuto, tu mi critichi e metti in discussione la mia capacità di gestirmi la vita».

«Non volevo...».

Alzai la mano per zittire le sue obiezioni. «Allora sono io che decido, Adam. Ho fame e voglio uscire a festeggiare il nostro anniversario come avevamo organizzato. E se sei troppo cocciuto per venire con me, allora vorrà dire che ci andrò da sola».

Adam mi guardò sorpreso e la sua bocca accennò un sorriso.

«Hai intenzione di festeggiare il nostro anniversario da sola?».

Sbuffai per l'insensatezza del mio ridicolo piano. «Se proprio devo». La mia voce appariva meno sicura ora, ma ormai avevo imboccato quella strada e non potevo più tornare indietro, altrimenti sarei sembrata debole come aveva accennato lui nel suo discorso di poco prima. Dovevo andare fino in fondo. «Allora, dimmi, devo andarci senza di te?» Volevo che dicesse di no. Seduta tutta sola in un ristorante elegante mi sarei sentita un'idiota. A quel punto, non sarebbe stata più un'occasione per festeggiare, ma solo una spiacevole dimostrazione che forse non eravamo fatti l'uno per l'altra. Che io non ero stata abbastanza brava. Di nuovo.

«No», disse Adam. «Non devi andarci da sola». Mi prese la mano. «Mi dispiace. A volte il mio stupido orgoglio si mette di traverso. Questo problema di soldi non è così serio, in ogni caso. È solo una questione temporanea, te lo giuro».

Annuii e sentii uno slancio nei suoi confronti. «Sì, ho capito».

Ci sorridemmo a vicenda e io mi sentii tranquilla e sollevata. Stavamo andando bene.

Gli diedi una spinta. «Ora vai a prepararti».

Adam si sporse in avanti e mi baciò, un lungo bacio appassionato che mi fece quasi dimenticare di respirare. Sorrisi mentre si allontanava di nuovo. Non mi baciava così da settimane. Se questo era il risultato della mia iniziativa, del fatto che ero stata io a prendere il controllo della situazione, voleva dire che dovevo comportarmi in maniera così decisa più spesso.

«Per che ora hai prenotato?», chiese Adam mentre si dirigeva verso la porta della camera da letto.

«Io?».

Adam si bloccò e si voltò.

«Hai prenotato tu il mese scorso».

Lui non rispose, mi fissava e basta.

Sentii un peso allo stomaco. «Hai prenotato, vero?».

Il volto di Adam era pallido e sofferente. «Io...».

Chiusi gli occhi. «Ti sei dimenticato anche di questo».

«Andiamoci lo stesso, magari hanno posto».

Scossi la testa. «Ormai è tardi, sarà già tutto pieno».

«Non è tardi», disse Adam mentre si sfilava la maglia dalla testa. «Faccio una doccia in fretta e poi andiamo. Non ci vorrà molto. Te lo assicuro».

Gli passai accanto e andai in camera per togliermi la collana. Rimasi girata di schiena. «Restiamo a casa, come volevi tu. Non importa».

«No, Jess, non è vero che non importa». Adam mi abbracciò. Le mie narici furono invase dal suo odore di sudore, ma c'era anche qualcos'altro, un profumo dolciastro che non riuscivo a definire. «Ho rovinato tutto. Mi dispiace tanto».

Scrollai le spalle e mi allontanai da lui. «Non fa nulla».

«Invece è importante. Tu sei importante».

Rimisi la collana nel mio portagioie e chiusi il coperchio. Davvero ero importante?

Una volta ero stata importante per lui. Ne ero certa. Ma recentemente avevo cominciato a farmi delle domande. A dubitare.

«Potremmo andare da un'altra parte. Dove vuoi tu».

Scossi la testa. «Non ho più voglia di uscire».

«Una volta ti ci porto, Jess. Te lo prometto».

Voltai il capo, lo scrutai da sopra la mia spalla e mi sforzai di sorridere lievemente. «Va bene». Ma non era così. Non andava affatto bene. Era da un po' che non stava andando bene. Avevo cercato di far finta di nulla. Di fingere che stesse andando tutto per il verso giusto, ma non era così. Noi eravamo cambiati.

Adam non si mosse. «Ti va bene, allora, sicura?»

«Sì, va bene». Le parole mi morirono in gola. Bene. Di nuovo. Mi accorsi che me lo stavo ripetendo da giorni. Era diventato il mio motto. Era diventato quasi normale. Doveva essere un modo per rassicurarmi, ma in effetti sottintendeva una certa simulazione. Non era una vera risposta. Non stavo per niente bene e non ero felice, ma rispondere così non faceva trasparire la tristezza che sentivo dentro. Era una terra di nessuno collocata da qualche parte, nel limbo. Proprio come me.

Tirai fuori i jeans dall'armadio. «Fatti la doccia. Io vedo che c'è in frigo».

«Mi farò perdonare, Jess. Te lo prometto».

Annuii e lo vidi chiudersi in bagno. Sembrava così sincero, così credibile, eppure qualcosa dentro di me mi diceva che non lo era affatto. Non poteva esserlo.

Mi girai e la mia mano andò ad appoggiarsi nello spazio freddo e vuoto che avevo accanto. Aprii gli occhi e scrutai il cuscino ricamato accanto al mio. Mi sollevai su un gomito e sbattei ripetutamente le palpebre mentre i miei occhi si adattavano alla luce del sole che entrava attraverso la fessura delle tende.

Sentii dei passi nel corridoio e mi voltai verso la porta della camera da letto.

«Benissimo, sei sveglia». Adam mi sorrise da dietro un vassoio pieno. «Siediti e mettiti comoda».

Mi misi seduta sul letto obbediente. «Cosa sono tutte queste cose?»

«La colazione a letto», rispose Adam con orgoglio.

«Mi hai preparato la colazione?» Non riuscivo a non far trasparire l'incredulità dalla mia voce. Adam non mi aveva mai preparato la colazione prima di allora. Ero fortunata se riuscivo a farmi preparare anche solo una tazza di tè.

«Eh sì, uova strapazzate su pane tostato con un bicchiere di succo d'arancia», annunciò mentre posava il vassoio sulle mie ginocchia.

Il mio sguardo cadde sulle uova strapazzate e sentii il bisogno repentino di vomitare.

«Volevo dimostrarti che sono davvero dispiaciuto per l'altra sera».

Io annuii, incapace di staccare gli occhi dalle uova. Avrei dovuto sorridere, ringraziarlo, fare qualcosa del genere. Il suo era un gesto importante. Era stato premuroso e dolce.

Deglutii.
Non doveva saperlo.
«Ti ho detto che mi sarei fatto perdonare».
Alzai di scatto la testa e lo fissai. Questo non era solo il suo modo per scusarsi, era anche la sua soluzione al problema. Pensava che un uovo strapazzato e un toast leggermente bruciacchiato fossero un sostituto adatto alla nostra romantica serata con cocktail e buon cibo.
Adam si avvicinò infilandosi sotto il piumone. «Che aspetti? Mangia».
Lo sguardo mi cadde di nuovo sul piatto che avevo di fronte. Fissai le uova strapazzate. Le odiavo. Anche solo vederle mi riportava alla mente quel momento in cui tutto il mio mondo era cambiato.
Non tornerà più.
Presi il coltello e la forchetta e cercai di scacciare il ricordo. Mi sforzai di non fare una smorfia mentre mi cacciavo in bocca una forchettata di toast e uova strapazzate. Masticai in silenzio. Quella consistenza fredda e gommosa mi faceva scombussolare lo stomaco.
Forse dovevo dire a Adam che non mi piacevano. Ingurgitai.
Avrebbe capito, vero?
Spostai lo sguardo su Adam. Lui mi stava fissando carico di aspettative. Era molto soddisfatto di se stesso. Pensava di aver fatto qualcosa di speciale. Qualcosa di gentile.
Non era colpa sua se aveva scelto un cibo che mi faceva venire da vomitare anche solo a vederlo. Non poteva sapere che poteva bastare una pietanza per suscitare dei ricordi. Non gli avevo mai detto che Mamma mi aveva costretto a mangiare fino all'ultimo boccone e mi aveva fatto pulire il piatto, tutto questo mentre delle lacrime silenziose mi scorrevano lungo le guance dopo aver saputo che mio padre non avrebbe più fatto ritorno a casa.
Afferrai l'uovo con la forchetta. Forse era il caso di dirglielo. Quello era il genere di cose che le persone che stanno insieme si raccontano, vero? Lo amavo. Era il mio ragazzo. Il mio partner. Vivevamo insieme. Eppure, lui sapeva davvero poco di me.
Avevo vissuto una vita di segreti di cui lui non conosceva nemmeno l'esistenza. Questo non poteva certo essere un bene.
Ero ferita dal fatto che lui si era dimenticato del nostro anniversario. Mi aveva fatto star male sapere che io non ero abbastanza

importante per lui, che non si era ricordato di me. Ma forse la mia colpa era ben peggiore. Quanto sarebbe stato ferito lui se avesse saputo che gli nascondevo qualcosa, dei segreti?

Probabilmente a livello inconscio già lo sapeva o lo intuiva. E poteva essere che l'abisso tra noi non fosse colpa sua. Forse era causa mia.

Era ora che cambiassi le cose, per lui, per noi.

«Adam?»

«Sì, Jess?». Lui mi guardò trepidante.

«Devo dirti…». Mi morsi il labbro cercando il coraggio di continuare.

Ti chiederanno cosa hai fatto di sbagliato.

Mi si strinse la gola. E se la verità non ci avesse salvato? E se invece ci avesse distrutti?

Mi sforzai per far apparire un sorriso sulle labbra. «Sei davvero un ottimo cuoco».

27

Ora

Guardai fuori dalla finestra. Era buio. L'angolo della mia bocca si incurvò all'insù. Era la prima volta che ero contenta per le buie serate di febbraio. Mi faceva sembrare più accettabile il fatto che mi ero messa a letto, completamente vestita, alle cinque del pomeriggio. E comunque non avevo molti altri posti dove andare.

Mi sentivo al caldo e protetta, acciambellata sotto il mio piumone. Potevo restare ferma, chiudere gli occhi e fingere che nulla fosse cambiato. Il tempo diventava un'illusione lì.

La suoneria del telefono mi catapultò nuovamente nella realtà. Quel trillo allegro e vivace mi dava sui nervi. Mi girai su un fianco, accesi la luce della camera da letto e guardai il telefono che stava vibrando sul comodino.

Non volevo rispondere. Non volevo nemmeno sapere chi mi stesse chiamando. Non era certo qualcuno con cui desideravo parlare. Probabilmente era Mamma con le sue infinite domande su Adam o sul suo quaderno scomparso. Oppure Karen per chiedermi per la centesima volta se stessi bene, pur sapendo che era l'unica cosa che non potevo fare, stare bene, in quel momento o persino mai più. O forse la polizia con notizie che non volevo sentire, o altre domande a cui non volevo rispondere.

Non ero sicura di quanto potessi ancora sopportare. Le domande. Le accuse. A un certo punto sarei crollata. L'ironia della sorte era che non c'era nemmeno Adam lì ad aiutarmi. Ero sola.

Sospirando presi il telefono e diedi un'occhiata allo schermo. Esasperata, premetti il pulsante verde.

«Ciao, Mamma».

E in effetti, non ero completamente sola. Avevo ancora Mamma.

Lei ti tiene di nuovo in pugno.

La voce di Adam si fece strada nel mio cervello. Scossi il capo cercando di liberarmi di lui e del suo cinismo. Mamma era solo preoccupata.

Lasciai uscire un respiro profondo. Il problema era che con le sue incessanti domande, lei era prepotente quasi quanto la polizia. Sapevo già cosa dovessi aspettarmi, ancora prima che aprisse bocca. Cosa ti hanno chiesto? Come hai risposto? Ti hanno creduto?

«Allora, la polizia ti ha fatto altre domande?».

Sussultai. Forse sarebbe stato meglio non rispondere al telefono.

«No, Mamma. Non da ieri, quando mi hai accompagnato alla centrale di polizia».

«Pensi che abbiano fatto altri progressi nelle indagini?».

«Non ho per niente voglia di parlarne stasera, Mamma».

«Ma io voglio sapere. Sono preoccupata per te».

«Lo so che lo sei. Ma non so…».

«Non tenermi all'oscuro, Jessica».

Mi tornarono alla mente dei ricordi di Adam.

«Devi fare dei cambiamenti».

Annuii. «Lo so. Il problema è che non ho idea di cosa cambiare, però…».

Adam scosse la testa. «Sì che lo sai. Hai solo paura di farlo».

«Questo non è…».

«Tu eviti lo scontro. La assecondi continuamente. Le dici sempre di sì. Lo vedi? Il tuo labbro inferiore sta tremando al solo pensiero di essere in disaccordo con lei. Di deluderla».

«Il fatto è che le discussioni servono per riuscire ad avere ragione oppure per chiarirsi. Mamma si arrabbia così tanto se non sono d'accordo con lei, che poi io mi sento male. Non c'è modo di avere la meglio su di lei, e finisce sempre che mi pento per averci provato. Preferisco fare quello che vuole lei perché comunque mi sento male per meno tempo di come mi sentirei se provassi a fare qualcosa che lei disapprova».

Forse c'era un altro modo, un modo in cui si evitava il confronto ma che mi avrebbe comunque concesso un po' di pace.

«Quando le cose si saranno sistemate, mi prenderò un po' di tempo libero». Avevo bisogno di andarmene da lì per qualche tempo. Mi serviva ripensare la mia vita. «Credo che domani farò un salto all'agenzia di viaggi».

«Vengo con te».
Scossi la testa. «Non serve».
«Ma ti serve il mio aiuto per non fare degli errori».
Ecco, l'avevo sentita. La frase che riassumeva tutta la nostra relazione. Lei voleva scegliere il viaggio al posto mio. Probabilmente voleva anche seguirmi in vacanza. Se fossi partita da sola, lei non avrebbe più potuto dirmi quello che io dovevo pensare.
Fui invasa da una calma profonda.
«Voglio prendere le mie decisioni da sola». La mia voce non suonò ostile, solo tranquilla. Questo mi sorprese. Avrei dovuto essere arrabbiata, vero? Avevo finalmente compreso ciò che Adam mi diceva da sempre. Dipendevo da lei. Le sue idee erano dei fatti incontestabili. Non solo le sue opinioni prevaricavano le mie, ma le sostituivano proprio. Lei era stata la voce nella mia testa per così tanto tempo che ormai le sue opinioni erano diventate le mie.
«Volevo solo aiutarti».
La voce bassa e ferita di Mamma mi strappò il cuore. Non dovevo essere così brusca e sprezzante. Mamma aveva ragione, stava solo cercando di aiutarmi. Forse i suoi metodi erano tutt'altro che perfetti, ma le sue intenzioni erano buone.
«Mi dispiace, Mamma». Avevo bisogno di rimediare al mio errore, di scusarmi per la mia mancanza di rispetto. «Non volevo attaccarti. È solo che è stata una lunga giornata. Be', le cose sono così da diversi giorni, in realtà».
«Certo». Mamma si mostrò subito comprensiva. «Dubito che tu abbia dormito bene da quando è iniziato tutto questo. Devi essere esausta. Forse dovresti andare a letto presto». Lanciai un'occhiata al piumone in cui ero avvolta. «Sì, penso che farò così».
«Bene, ti lascio allora. Domattina presto puoi chiamarmi per qualsiasi cosa».
«Mmm, sì, domani». Un altro giorno, un'altra telefonata, un altro interrogatorio.
«Però, Jess, prima di lasciarti...».
«Sì, Mamma?» Mi feci forza.
«Sei sicura di non aver visto il mio quaderno?».
Alzai gli occhi al cielo indispettita. «No, Mamma, te l'ho detto. Non l'ho visto».
«Può darsi che mi sia caduto l'ultima volta che sono stata lì, nel

tuo appartamento. Forse è caduto sotto il divano, o qualcosa del genere?»

«Darò un'occhiata».

«Stasera?».

Chiusi la bocca. «Certo», mormorai a denti stretti.

Riattaccai e appoggiai il telefono sul comodino. Spinsi via il piumone e mi sedetti sul bordo del letto. Potevo anche andare subito a cercare il quaderno, tanto lei non avrebbe mai smesso di insistere finché non l'avesse trovato.

Il mio sguardo si posò sull'armadio di fronte al letto. L'anta era parzialmente aperta e si intravedeva una fila ordinata di colori all'interno. Feci un passo in avanti, spalancai l'anta e passai la mano sui morbidi tessuti. Le mie dita si soffermarono su una gonna nera, corta e stretta, che Adam aveva insistito che comprassi. La tirai fuori e la appoggiai sul letto insieme al top rosso acceso che amava vedermi addosso.

Tornai all'armadio e questa volta presi un paio di pantaloni grigi larghi e un'elegante camicia blu scuro. Quei capi li aveva scelti Mamma. Appoggiai sul letto anche quelli, accanto alla gonna e al top.

Studiai attentamente i due abbinamenti di vestiti. Era come se io fossi due persone, una vecchia e una nuova. Ma la cosa buffa era che nessuna delle due versioni mi rappresentava veramente. Io ero quella che loro stabilivano dovessi essere.

Presi la gonna corta e la tenni appoggiata contro di me mentre studiavo il mio riflesso nell'armadio a specchio. Mi piaceva, almeno? O avevo solo pensato che mi dovesse piacere perché era quello che ci si aspettava da me? Perché piaceva a Adam? O perché non piaceva a mia madre?

Qual era il mio stile? O, cosa ancora più importante, chi sarei stata io se le altre persone non avessero deciso al posto mio? I gusti di Adam erano più sbarazzini, colorati e di tendenza. I vestiti che aveva scelto lui erano più adatti alla mia età, ma questo significava anche che erano più adatti a me?

Uno dei due stili rispecchiava il mio vero io? Forse non ero né uno stile, né l'altro. Forse mi collocavo da qualche parte nel mezzo, un insieme di influenze contrastanti che formavano qualcosa di unico. Ero tutto e niente.

Avevo rifiutato il look scelto da Mamma per quello proposto da

Adam perché mi aveva fatto sentire diversa: vivace e bella. Ma soprattutto mi aveva fatto sentire a mio agio. Non rimanevo più ai margini di tutto, della moda, delle amicizie, della vita. Ne facevo parte. Inclusa.

Ma forse non erano stati davvero i nuovi vestiti a farmi sentire parte di tutto quello, forse non era stato nemmeno Adam a esserci riuscito, forse io già ne facevo parte, da sempre, ma non lo avevo mai saputo prima di allora. O forse nessuno dei due si era sbagliato. Le loro scelte si erano basate su ciò che credevano fosse meglio per me. Forse il problema era solo che io li avevo assecondati troppo. Non mi ero limitata a seguire solo i loro consigli, a tenerli in considerazione e a farmi un'idea. Avevo seguito le loro opinioni alla lettera. Avevo lasciato che fossero loro a indirizzarmi, che mi guidassero persino. Io ero una loro estensione perché non avevo mai cercato di essere me stessa.

Presi in mano una foto che si trovava accanto al letto e che mi ritraeva insieme a Adam. L'avevamo scattata in estate durante un'escursione nella New Forest.

«Avevi ragione», gli dissi fissando il suo viso abbronzato. «Ho fatto di tutto per essere la persona che pensavo di dover essere. Ma non mi rendevo conto che stavo sacrificando me stessa per riuscirci».

Mi lasciai cadere sul letto fissando ancora la foto. Era quanto di più vicino a Adam mi fosse rimasto.

«Ho lottato tutta la vita per ottenere cose che nemmeno volevo, tutta quella fatica solo per riuscire a dimostrare il mio valore. Ma cosa ho dimostrato? Solo che la vita è dura e quanto mi ha reso infelice?» Le mie parole uscirono come un fiume in piena.

I miei successi non mi avevano fatto sentire meno fallita, perché il successo non si misura in base a ciò che si ottiene, ma in base a come si vive. L'avevo appena capito. Le mie competenze, la mia carriera, era tutto privo di significato. Un certificato non è altro che un pezzo di carta se quello che rappresenta non ha alcun valore per te.

«Stavo cercando un principe azzurro che venisse a salvarmi». Passai il dito sul suo viso. «Volevo che tu fossi il mio eroe e che mi portassi via verso il finale "e vissero per sempre felici e contenti". Ma forse era questo il problema. Non ci sono principi azzurri. Non ci sono favole. Il passato avrebbe dovuto insegnarmelo».

Mi asciugai le lacrime con il dorso della mano. Ora sapevo la verità. Le persone erano inaffidabili. False. Adam era come gli altri, dopo tutto. Una delusione.

Avevo voluto che Adam mi amasse. Ma forse nessuno poteva farlo. Non completamente. Non come si dovrebbe. Forse questa era la vita che avevo costruito per me stessa. Una vita a metà. Mi ero tagliata in due da sola. Come potevo aspettarmi che le persone mi volessero, mi amassero, e che io fossi abbastanza per loro, così da avere la loro piena attenzione? Come poteva qualcuno amarmi completamente quando io stessa non ero davvero completa?

Avevo bisogno di approvazione, da Mamma, da Adam, dal mio capo, persino dai miei colleghi. Era l'unica misura che avevo per la mia autostima. Era un pensiero sbagliato. Ora me ne stavo rendendo conto. Non dovevo aver bisogno dell'approvazione di nessuno, se non di me stessa.

Il problema era che non avevo ancora la mia approvazione.

Non sapevo nemmeno da dove cominciare.

Era come chi odia i broccoli da sempre, e poi a un certo punto si sente dire che deve amarli. I broccoli sono sempre gli stessi. Non hanno cambiato sapore. Potevo cucinarli in modo diverso, camuffarli con sughi e salse, tentare di coprirli con aromi che mi piacevano, ma sotto sotto rimanevano sempre gli stessi broccoli.

28

Prima

Presi un altro sorso di vino e andai a sedermi sul divano. Era quanto di più rilassante mi fosse capitato in tutta la giornata. La cena di Natale era sempre una faticata, ma quest'anno... Diedi un'occhiata a Adam accanto a me e poi a Mamma che sedeva nella poltrona di fronte. Feci un respiro profondo. Avevo dubitato della sensatezza della mia idea, azzardata in effetti, di invitare Mamma lì a casa, con Adam e me, per festeggiare il Natale. Ero stata ancora più sorpresa quando lei aveva accettato.

La giornata era andata sorprendentemente bene fino a quel momento.

Nessuna discussione. Nessun insulto appena velato, be', non troppi, a ogni modo. Dopo aver mangiato abbondantemente, ora tutti erano troppo assonnati per mettersi a bisticciare. Eravamo sopravvissuti.

«Allora, adesso ti sei trasferito qui definitivamente?».

Mi sentii male. Mi ero sbagliata. Era stata solo la calma prima della tempesta.

«No, non in maniera definitiva», rispose Adam.

Mi portai il bicchiere alle labbra. Mi serviva dell'altro vino per affrontare il resto del pomeriggio.

«Presumo che andiate a letto insieme».

Mi uscì un colpo di tosse che mi fece sputare il vino nel bicchiere. «Mamma!»

«Be', visto che vivete insieme».

«Non sono affari suoi, signora Harper».

Fissai Adam in soggezione per il modo in cui era riuscito a trattenersi.

«Voglio solo assicurarmi che tu sappia in cosa ti stai cacciando,

Jess. E se rimani incinta? Che tipo di madre saresti?» Scosse la testa.

Provai a rispondere, a controbattere. Perché lei era così sicura che sarei stata una cattiva madre? Mi piaceva l'idea di avere figli, forse non subito, d'accordo, ma più avanti sicuramente. Potevo farlo, vero? Potevo prendermi cura dei miei bimbi e amarli. Potevo essere una buona madre. Era possibile, vero?

«È solo che non voglio che tu mandi in malora la tua vita ancora più di così».

«In malora ancora di più?» La guardai male. «È in questo modo che vedi la mia vita? È così che mi vedi?»

«Sai benissimo a cosa mi riferisco, Jess».

«Quello che so è che Adam mi ama e vogliamo avere un futuro insieme».

Mamma scoppiò in una risata con l'intenzione di deridermi.

«Perché? È così difficile da credere?» Era possibile, vero? Lui poteva amarmi? Amarmi davvero?

Era come se il mio sogno di avere una relazione, di sposarmi un giorno, fosse in qualche modo un insulto per lei. Perché era così sbagliato per me desiderare che qualcuno mi amasse, che mi volesse? E questo non escludeva il voler bene anche a lei. Era solo una cosa diversa.

«Tempo fa non ti saresti mai permessa di parlare a tua madre con quel tono. Sei cambiata». Mamma guardò di sottecchi Adam. «Lui ti ha cambiato».

«La accompagno alla porta», disse Adam saltando su in piedi.

Mamma mi guardò male. Potevo leggere la sua espressione: i suoi occhi si chiedevano se davvero gli avrei permesso di buttarla fuori di casa.

Non mi mossi. Era evidente che non mi sarei opposta.

Lei mugugnò e raccolse la borsa che aveva appoggiato accanto ai suoi piedi, sul pavimento. La teneva sempre con sé quando veniva a farmi visita, specialmente se Adam era in casa. La portava dietro senza mai perderla di vista, come se avesse paura che lui potesse rubarla. Un altro modo per dimostrarmi che non si fidava affatto di lui.

Mamma andò fino in corridoio. Adam la stava seguendo a ruota. Nemmeno lui si fidava di lei.

Il senso di colpa mi stava assillando. Odiavo essere in cattivi rapporti con Mamma. Era mia madre. Meritava di meglio da me. Con un sospiro, mi incamminai verso il corridoio. Stavo pensando di scusarmi. Avevo bisogno di appianare la situazione. Avevo bisogno di sistemare le cose.

«Non riuscirà a separarci, lo sa?», disse Adam aprendo la porta d'ingresso. «Lei mi ama».

Mamma scrollò le spalle e sorrise. Quel sorriso compiaciuto e gongolante che avevo visto migliaia di volte quando sapeva di aver vinto. «Non esserne troppo sicuro. Mi sbarazzerò di te. Anche se dovessi farlo con le mie stesse mani».

Mamma sgattaiolò attraverso la porta aperta. Le scuse che avevo in mente se ne andarono via con lei. Avevo percepito qualcosa nel suo tono di voce... A farmi venire un brivido lungo tutto il corpo non era stato solo il suo livore, già abbastanza spaventoso di per sé, ma anche il fatto che ne fosse totalmente consapevole.

Adam richiuse la porta. Si voltò, mi guardò e sorrise. «Non le piaccio proprio, vero?».

Scossi la testa. «No, per il semplice fatto che stiamo insieme». Non serviva aggiungere altre spiegazioni.

«Dai, andiamo a guardare Netflix e lasciamo perdere tutta questa faccenda» disse con disinvoltura.

Annuii e ritornammo in soggiorno. Adam accese la TV e io lo guardai mentre scorreva i film alla ricerca di uno che gli piacesse.

Non riuscivo a togliermi dalla testa la loro conversazione. Non erano state solo le parole di Mamma a darmi fastidio, ma anche quelle di Adam.

Lei mi ama.

Sembrava che fosse qualcosa a senso unico. Io lo amavo, ma non era reciproco.

Scossi la testa. Mi stavo comportando da sciocca e stavo dando troppa importanza a tutto quanto. Adam mi amava. Lo osservai di profilo, il suo sguardo era catturato dallo schermo televisivo.

Sicuramente lui mi amava.

Vero?

29

Ora

Sospirai sentendo qualcuno che bussava alla porta. Probabilmente era Mamma. Doveva essere lei per forza. Nessun altro veniva mai lì. Tranne Adam.

Afferrai il bracciolo del divano perché mi sentivo come se il mio corpo fosse stato improvvisamente svuotato dall'aria.

Adam.

L'immagine del suo viso sorridente era diventata una presenza fissa nella mia mente.

Il mio Adam.

Solo che non era mio. Non più. Già da un po'.

Scossi la testa allontanando il suo ricordo, almeno per un momento. Sarebbe comunque tornato. Adam poteva anche essersene andato via, ma in un modo o nell'altro, non si allontanava mai da me. Mi sollevai a sedere sul divano, infilai i piedi nelle pantofole e andai verso il corridoio. Perché Mamma non aveva voluto credermi quando le avevo detto che stavo bene? Preferivo stare da sola. Ne avevo bisogno.

Perché continuava a controllarmi?

Conoscevo già la risposta. Perché non stavo bene. Tutt'altro. Girai la chiave nella serratura. Sospirai di nuovo e aprii la porta.

«Helen». Vidi la madre di Adam in piedi davanti a me. Trattenni il respiro. La sua presenza significava… Mi piantai le unghie nel palmo della mano. Mi rifiutavo di terminare anche solo quel pensiero. «Adam?».

Helen scosse la testa, i riccioli castani si mossero tutto intorno al suo viso pallido. «No, non ci sono novità».

Lasciai uscire un sospiro profondo. Una parte di me si sentiva sollevata. Un'altra, invece, si sentiva delusa. L'assenza di notizie significava che l'attesa si sarebbe ancora prolungata. Si stava solo ritardando l'inevitabile. Forse sarebbe stato meglio farla finita lì.

«Io ho...», la voce di Helen si interruppe. «Ho bisogno di parlare con te».

«Oh», sentii una fitta al petto e cominciò a salirmi la nausea. «Okay».

Indietreggiai di un passo e spalancai la porta per lasciarla entrare.

Parlare.

Sembrava così banale, così semplice.

Helen entrò e io, attraverso la porta aperta, guardai fuori dall'appartamento verso il pianerottolo deserto. Pensai a svignarmela. Dopotutto, non ci voleva molto...

Poi la rassegnazione ebbe la meglio e richiusi la porta: ora eravamo entrambe dentro casa.

Era strano trovarsela lì. L'avevo incontrata insieme al padre di Adam, Graham, solo una volta. Per volere di Adam.

Noi non stiamo tutto il tempo appiccicati, Jess.

Strinsi i denti. Anche in quel momento riudivo il tono critico nella sua voce e la frase "io non sono come te" che era rimasta sospesa, sottintesa.

Lui riteneva che il mio voler stare accanto a mia madre fosse un difetto del carattere, una debolezza.

«Desidera una tazza di tè?», chiesi, mentre mi dirigevo verso la cucina senza nemmeno aspettare la sua risposta.

«Tutto quello che voglio è mio figlio».

Mi bloccai. Le mie gambe sembravano improvvisamente aver dimenticato come camminare. Sentii le ginocchia deboli e instabili. Tutto quello che potevo fare era stare lì, come una statua. In attesa.

Udii Helen spostarsi dietro di me. «Cos'è successo, Jess?».

Lentamente mi girai. Tenevo gli occhi fissi sul pavimento, non potevo sopportare l'idea di guardarla. Avevo paura di vedere l'odio nei suoi occhi, la sua accusa.

«Jess?».

Sollevai lo sguardo e i nostri occhi si incrociarono. I suoi, marroni, umidi, mi fissarono.

Mi venne un groppo in gola. Nella sua espressione vedevo solo strazio e turbamento.

«Non lo so», mi sforzai di dire. Erano parole vere. Almeno in parte.

Lei venne verso di me. «Perché si trovava proprio lì?»
«Stava lavorando in alcuni cottage…».
«No».
Per la durezza di quella risposta sobbalzai.
«Adam aveva finito quell'incarico».
«Forse l'avevano richiamato. Forse c'era qualche problema».
Lei scosse la testa. «Ho telefonato alla società che gestisce i cottage. Non avevano problemi. Nessuno aveva chiamato Adam per farlo tornare lì».
Sentii lo stomaco stringersi. «Quindi non c'era motivo che lui…».
Non riuscii a finire la frase. Non riuscii nemmeno a finire il pensiero. Se non c'era un motivo legato al lavoro, voleva dire che…
«È passato da noi venerdì sera», disse Helen.
«L'ha visto?».
Ero in preda alla nausea. Se lei l'aveva visto quella sera, allora… Deglutii. Adam poteva averle detto che avevamo litigato. Lei poteva sapere cosa io gli avevo detto. Quello che gli avevo rinfacciato. E se lei l'avesse riferito alla polizia?
Hellen annuì. «Sembrava un altro. Era fuori di sé».
Strinsi le mani perché mi stavano tremando. «Che cosa intende dire?»
«Adam si voleva scusare per alcune faccende accadute anni fa. Cose di cui nemmeno avevamo più parlato. Ci ha detto che ci voleva bene, che era dispiaciuto per gli errori che aveva commesso. Sembrava che ci volesse dire…».
«Cosa?».
Helen mosse appena le labbra, ma poi scosse la testa. «Non ha importanza».
Mi piegai in avanti, il cuore mi batteva forte nel petto. «Tu pensi che avrebbe potuto…». Le parole mi si fermarono in gola. Deglutii di nuovo. «Pensi che vi stesse dicendo addio». Feci un passo in avanti. Se stava dicendo addio, allora significava che sapeva che non sarebbe tornato. «È possibile che Adam si sia tolto la vita?».
Era una brutta cosa da desiderare. Certo, non mi piaceva l'idea che lui si fosse sentito così perso, così disperato, ma se quella fosse stata una sua scelta…
Il viso di Helen era sbiancato. «Io…» Aveva lo sguardo perso nel nulla. Si voltò e fissò il muro spoglio davanti a sé. Probabilmente stava rivivendo quel momento, quell'addio. Quante volte aveva

già ricostruito quel ricordo nella sua mente? Quante altre volte sarebbero seguite? Come un vecchio film, sbiadito e consumato, si sarebbe ripetuto senza abbandonarla mai.

Sentivo crescere la pietà dentro di me e desideravo fare un passo in avanti e mostrarle la mia comprensione. Un tocco gentile sul suo braccio, un abbraccio, qualcosa, qualsiasi piccolo gesto che avrebbe fatto sapere a Helen che non era sola.

Ma non ci riuscivo.

Lei era sola.

Non condividevo il suo dolore. Non nel suo stesso modo. La scomparsa di Adam non era una perdita che mi schiacciava. Era... Mi accigliai mentre cercavo una parola capace di definire come mi sentivo. Libertà.

La domanda era: per ottenerla, cos'ero stata disposta a fare?

Scossi la testa. Se Adam era andato a salutarli per l'ultima volta, allora forse non ero stata io a ucciderlo. Il sollievo mi investì come un'onda che mi fece perdere l'equilibrio. Allungai la mano per reggermi al muro.

Lanciai un'occhiata a Helen pregando che non se ne fosse accorta. Dovevo ricompormi. Non potevo farle sapere che in qualche modo io potevo aver preso parte alla sua morte. Nessuno doveva mai saperlo.

Il senso di colpa mi fece rivoltare lo stomaco. Mi sembrava sbagliato essere contenta all'idea che il mio ragazzo si fosse ucciso. Avrei dovuto piangere la sua morte, non festeggiare per il suo gesto disperato.

Forse non ero un'assassina, ma sicuramente ero una cattiva fidanzata. Anche se non l'avevo fisicamente spinto giù da quella scogliera, forse le mie azioni, in qualche modo, lo avevano portato a prendere quella decisione. O, quantomeno, non avevo fatto nulla per fermarlo. Come aveva potuto raggiungere un posto così buio e disperato, dove il suicidio era l'unica via d'uscita, senza che io me ne accorgessi?

«Forse...» Mi aggrappai all'unica possibilità che poteva pienamente redimermi. «Forse Adam sta bene. Forse è sopravvissuto».

Helen si voltò e mi fissò mentre le lacrime le solcavano il viso.

«Non sappiamo se è morto». Chiusi gli occhi desiderando che fosse vero. «Non lo sappiamo per certo».

«Ma potrebbe esserlo».

Il senso di vuoto della voce di Helen mi spinse a riaprire gli occhi.
«Una madre non dovrebbe mai seppellire il proprio figlio».
Il frigorifero ronzava in sottofondo mentre ci fissavamo l'un l'altra in silenzio.
«Quello che non so è il perché». Strinse gli occhi e mi guardò senza spostare lo sguardo. «Ma tu lo sai, Jess».
Non riuscivo a muovermi, non riuscivo a pensare.
«Devi sapere qualcosa. Sei la sua ragazza. Avrà parlato con te, si sarà confidato con te».
Si girò per andare verso il divano in soggiorno. La sua mano si posò sullo schienale come se avesse bisogno di puntellarsi.
«Suo padre e io non sapevamo nemmeno che Adam avesse di nuovo problemi di soldi».
Di nuovo.
«Perché non è venuto a chiederci aiuto, Jess? So che siamo stati duri con lui l'ultima volta. Era stato uno choc per noi. Eravamo delusi. Troppo delusi». Lei chinò il capo. «Forse eravamo stati troppo duri con lui». Si voltò indietro per guardarmi in viso. «Ma lo amavamo ancora. Era comunque nostro figlio».
Annuii come se fossi d'accordo. Ma d'accordo riguardo a cosa?
Avrei dovuto chiederle di cosa stesse parlando. Che cosa era successo in passato? In che modo aveva cambiato Adam?
Ma non ci riuscivo.
Sarebbe stato come ammettere che non lo conoscevo veramente.
«Lei crede che i problemi di soldi di Adam fossero gli stessi che lui aveva avuto in precedenza?», chiesi cautamente.
«No, era tutto finito. Era tutto risolto quando lui ti ha conosciuto». Mi rivolse un sorriso tenero e carico di ammirazione. «È cambiato quando ha incontrato te. Eri la persona giusta per lui, Jess».
Mi spostai goffamente. Lei mi era grata, felice che suo figlio mi avesse incontrato. Mi sembrava sbagliato. Mi sentivo sbagliata.
«In che modo era cambiato?».
Lei piegò la testa di lato, pensierosa. «Non te ne sei accorta?».
Scossi la testa.
«No». Lei annuì lentamente. «Suppongo di no. Adam diceva sempre che tu vedevi solo il buono in lui». Sorrise di nuovo. «Penso che sia questo che lo influenzava. Voleva essere all'altezza dell'idea che tu avevi di lui. Voleva essere l'uomo che tu vedevi in lui…».

Camminai verso il divano in uno stato di stordimento e sprofondai sul sedile di pelle.
«Era buono».
All'inizio.
Non lo era? Mi strofinai la fronte. Da come aveva detto Helen, forse non lo era stato nemmeno prima. Forse si trattava di una grande menzogna. Una recita.
Cercai di scacciare quel pensiero. Avevo bisogno di credere che mi avesse amato per poter riscattare l'immagine che avevo di lui nella mia testa. Quindi, potevo ancora aggrapparmi all'idea che, nonostante i suoi difetti e la consapevolezza che tra noi non poteva funzionare, una volta lui mi aveva amato.
Perché se invece fosse stata tutta una bugia, se lui non mi avesse mai amato veramente, allora, forse, nessuno avrebbe potuto amarmi mai. Forse, nessuno ci sarebbe riuscito mai.
Helen appoggiò una mano sulla mia spalla. «Ecco perché niente di tutto ciò ha senso. Quel poliziotto ha detto che Adam era sul punto di vedersi pignorare il suo furgone. Da mesi nemmeno pagava l'affitto del suo appartamento. Sono stata là e la maggior parte della sua roba è sparita, c'è rimasto a malapena qualcosa».
«Dov'è finito tutto quanto?»
«Non è qui?».
Scossi la testa.
«Vivevate insieme».
«Non proprio. Non ancora. Adam aveva portato qui solo alcune cose. Stavamo pensando a un vero trasferimento, ma poi...» la voce mi tradì.
Ma poi la situazione era cambiata.
«Non avevi notato che delle cose stavano venendo meno dal suo appartamento?».
La fissai con aria assente. «Non sono mai stata nel suo appartamento».
«Mai?».
Scossi la testa. «Lui non voleva che ci andassi».
«Oh».
C'era qualcosa nel modo in cui pronunciò quel suono che la diceva lunga. Lei pensava che fosse una cosa strana.
Era *strano*. Lui aveva un posto suo in cui io non ero mai andata. Un segreto.

«C'erano problemi tra di voi?».

Non le risposi. Non potevo risponderle. Stavo aspettando le accuse. Le domande. Perché Adam beveva? Perché il whisky? Ci doveva essere stato qualche motivo scatenante. Qualcosa tra di noi. Lei sapeva che avevamo litigato? O che le ultime parole che gli avevo urlato contro erano state dettate dalla rabbia e dal dolore?

«Jess, so che non è qualcosa di cui vorresti parlare con me, ma», scrollò le spalle, «la polizia ieri me l'ha chiesto».

«Lei cosa gli ha detto?»

«Ho detto di no, che Adam era così felice come non lo vedevo da molto tempo. Ma...».

Mi venne la pelle d'oca. «Ma cosa?»

«C'era qualcosa che effettivamente non andava, Jess». Helen mi fissò. I suoi occhi marroni mi stavano scavando nell'anima. «Era quasi al verde, il suo appartamento svuotato, la bottiglia di whisky nel suo furgone...».

«Pensi che fosse ubriaco?»

«E tu lo pensi?».

Mi inumidii le labbra asciutte. «Non so cosa pensare».

«Perché il whisky, Jess? Non era da lui». Avanzò un passo verso di me. «Niente di tutto questo è da lui».

Deglutii. «Lo so». Mi salì in gola un conato. «Ho fallito con lui».

Helen sgranò gli occhi.

«Aveva bisogno di aiuto e io l'ho abbandonato. Non ci sono stata per lui. Non ci riuscivo». Scossi la testa. «Altrimenti l'avrei notato, avrei capito che stava succedendo dell'altro. Qualcosa di sbagliato».

Ero stata troppo preoccupata per il suo tradimento da non notare il vero problema?

Era come se Adam mi fosse sfuggito un po' per volta. Avevo iniziato a perderlo settimane prima. Lui mi aveva detto che mi sbagliavo, che ero paranoica.

Come prima.

Ma forse il tradimento era stato un suo grido d'aiuto, una disperata richiesta di attenzioni. L'avevo trascurato così tanto che lui aveva sentito il bisogno di andare altrove per trovare conforto?

«Preparo il tè». Saltai in piedi, mi precipitai in cucina e riempii d'acqua il bollitore. Avevo bisogno di muovermi, di tenermi occupata. Era l'unico modo per evitare che la mia mente vagasse. Avevo finalmente capito tutta quella foga che spingeva Mamma a fare tazze di tè quando c'era qualcosa che non andava. Non si trattava del tè. Quello era solo un modo per tenersi impegnata.

«Jess?».

Mi girai.

«Stai bene?».

Annuii. Non me la sentivo di parlare.

«Mi dispiace».

Le sue scuse mi spiazzarono.

«Non avevo pensato a quanto deve essere difficile per te. Adam deve mancarti tanto».

«Mi manca». Questa presa di coscienza mi fece trasalire. «Più di quanto pensassi». Ma non mi aspettavo di sentire la sua mancanza proprio per niente.

Non puoi continuare a farmi questo, Adam. Non te lo permetterò!

Le parole che gli avevo urlato contro la notte prima della sua scomparsa erano scolpite nella mia testa. In quel momento, l'avevo odiato. Negli ultimi giorni, quell'odio non mi aveva mai abbandonato. Ma se mi fossi sbagliata? Se avessi giudicato Adam troppo duramente? E se le sue azioni fossero state motivate da qualcos'altro? C'era una spiegazione? Una ragione?

Helen mi prese tra le braccia e mi strinse in un abbraccio. Io mi bloccai. Ogni muscolo del mio corpo era teso. Non meritavo la sua comprensione, la sua compassione. Avevo deluso suo figlio. Avevo rinunciato a lui, a noi.

Un singhiozzo mi sfuggì dalle labbra e smisi di trattenere le lacrime. Helen mi abbracciò più forte. «Va tutto bene, Jess. Sfogati».

Dopo che Helen se ne fu andata, mi stesi sul letto. La sua visita era stata estenuante. O forse erano state le mie lacrime. Sembravano non finire mai. Era la prima volta da anni che concedevo a me stessa di piangere come si deve. Avevo pianto per Adam, per noi, ma soprattutto per me stessa.

Essere al centro dell'attenzione di Adam era stato incredibile, così come essere considerata per la prima volta dopo anni. Vista e ammirata. Ma la sua attenzione a un certo punto aveva vacillato. Non ero riuscita a mantenerla viva.

I riflettori si erano spenti e io ero diventata di nuovo invisibile.

Avevo cercato di trattenerlo, di farmi vedere da lui. Ma mi rendevo conto di non riuscirci. Non gli bastavo. Per qualche ragione, avevo fallito. Proprio come tutte le altre volte.

Fissai la foto di noi due appoggiata sul comodino. Avrei dovuto spostarla, metterla da qualche parte in un cassetto, fuori dalla vista. Ma non ci riuscivo. Era un ricordo di quello che avevamo avuto. Era il ricordo perfetto di una vita imperfetta.

«Cos'ho fatto di male, Adam?».

Il silenzio fu l'unica risposta.

Forse era quella la risposta. Niente.

Mi accigliai. Era possibile? Forse i fallimenti nella nostra relazione non erano imputabili a me? O, almeno, non del tutto?

Avevo sempre pensato che fossi io a sbagliare. In qualche modo.

Ma se non fossi stata io? Se fosse stato lui?

Mi stesi sul letto e presi in mano la cornice.

Perché la mia rilevanza, il mio valore erano dipesi da lui?

La mia vita aveva così tante limitazioni. Pensavo che venissero da me, dalle mie paure, dalle mie inadeguatezze. Ma se invece avessero preso origine dalle insicurezze di Mamma? Trasmettendomele, lei aveva minato così tanto la mia fiducia che le sue paure e le sue idee avevano finito per diventare le mie. E io l'avevo lasciata fare.

Non è che io non contassi. Solo che tutto il resto contava più di me. Potevo passare in secondo piano perché tanto era quello che avevo sempre fatto.

Mi consideravo ultima, perché quello era il mio posto. Non ero abbastanza brava per essere prima.

Avevo passato anni a sentirmi intrappolata, come in attesa del momento giusto per iniziare a vivere, aspettando qualcosa di meglio, invece di vivere e basta, e fare ciò che desideravo veramente.

E poi Adam mi aveva visto. Per la prima volta dopo tanto tempo, qualcuno mi aveva notato nella mia invisibilità e gli ero piaciuta per quella che ero.

Ero andata abbastanza bene. Ero andata più che bene, ero bella e desiderata.

Per qualche tempo.

30

Prima

Esaminai il mio riflesso nello specchio del banco della profumeria e sbattei le ciglia cariche di trucco. «Sei sicuro di questo colore?».

La ragazza del make-up aveva il capo chino, intenta a pulire i suoi pennelli dopo avermi applicato un ombretto argento scintillante e l'eyeliner nero.

«Assolutamente sì», rispose Adam accanto a me.

«Ma è così brillante».

«È appariscente». Adam mi baciò la fronte. «Come te».

Lo fissai. Io non ero appariscente. Non lo ero mai stata. Ero sempre stata sobria e discreta. Mi voltai di nuovo verso lo specchio e mi accigliai.

Erano due qualità che questa nuova tonalità di ombretto non poteva assolutamente rispecchiare.

«Ad ogni modo, come fai a conoscere i nomi dei colori degli ombretti?»

«Eh?»

«Hai chiesto alla ragazza del make-up proprio questa particolare tonalità».

«Ah, sì?» Adam scrollò le spalle. «Devo averla notata sull'espositore laggiù». Fece un cenno verso il bancone accanto a noi.

Strano, perché non mi ero nemmeno accorta che lo guardasse. Mossi un passo verso l'espositore.

«Andiamo, Jess». Adam mi prese la mano e mi tirò verso la cassa. «Paghiamo il tuo nuovo trucco e poi andiamo a pranzare in velocità. Non ho molto tempo».

«Che intendi dire?», gli chiesi mentre la cassiera passava allo scanner l'ombretto e l'eyeliner. «Non passeremo tutto il sabato pomeriggio insieme?»

«Mi dispiace». Adam alzò le spalle. «È saltato fuori un altro impegno di lavoro».

Sbuffai. «Oh, Adam. Avevi promesso che non avresti accettato altri lavori nei fine settimana, almeno per un po'».

«Lo so, ma...». Scrollò di nuovo le spalle. Appoggiai la mia carta di credito contro il dispositivo per il pagamento elettronico e cercai di non rabbrividire vedendo l'importo totale. L'insistenza di Adam nell'aggiornare il mio look stava diventando una cosa alquanto costosa. Un tempo, i trucchi li avrebbe pagati lui. Il suo regalo, l'avrebbe chiamato. Ora invece si limitava a fare un passo indietro e aspettare che io strisciassi la mia carta.

Non mi dispiaceva, dopo tutto erano cose per me. Aggrottai la fronte. O forse non lo erano?

Alzai gli occhi al cielo. Certo che lo erano. Solo perché non era un qualcosa che normalmente mi sarei comprata da sola, non voleva dire che c'era dell'altro. Adam mi stava solo aiutando a trovare uno stile migliore, come aveva sempre fatto.

«In questi giorni ci vediamo appena», gli dissi mentre aspettavo lo scontrino.

«Passiamo quasi tutte le notti insieme».

«Vero, ma non è esattamente tempo di qualità, no? Sei così esausto che ti metti davanti alla televisione finché non è ora di andare a dormire».

Adam diede un'occhiata alla cassiera e mi allontanò da lì prima che io riuscissi a prendere lo scontrino che lei mi stava porgendo.

«Ho parecchi incarichi al momento. Nel mio lavoro, si prende quando ce n'è».

«Sono contenta per te, ma...» chiusi la bocca. Stavo passando per lamentosa ed esigente. Non volevo esserlo. Capivo perfettamente che c'erano degli impegni improrogabili. Lui era un lavoratore autonomo. Era naturale che accettasse il lavoro quando gli veniva offerto. Doveva accettarlo subito, non poteva essere certo che l'indomani ci sarebbe stato ancora.

Ma questo non mi faceva sentire meglio. Le spiegazioni razionali non erano sufficienti a scacciare la spiacevole sensazione che provavo: mi sembrava che Adam si stesse allontanando da me. Stavo aspettando l'inevitabile. Il momento in cui avrei smesso di essere utile, quando non sarei più servita. Il punto in cui avrei perso di importanza e sarei ritornata a essere invisibile. Avrei provato di nuovo una terribile solitudine. Come già era accaduto, ma questa volta sarebbe stato persino peggio, perché avevo sperimentato cosa voleva dire essere notata per davvero. Per la prima volta dopo tanto tempo qualcuno mi aveva trattato come se io contassi. Ritornare a essere totalmente priva di importanza sarebbe stato molto più doloroso e difficile.

«Ma cosa?».

Abbozzai una smorfia meditando su come rispondere.

«Jess, dimmi pure a cosa stai pensando. Sai che puoi dirmi qualsiasi cosa».

«Non posso fare a meno di chiedermi se mi ami ancora allo stesso modo».

Avevo rinunciato all'amore molto tempo prima. Era più sicuro non aspettarsi nulla. Non avevo niente, quindi non avevo niente da perdere. E poi avevo incontrato Adam. Ora avevo di nuovo dei sogni. Avevo delle speranze. Avevo l'amore. Ma era fragile e acerbo. Non abbastanza forte per resistere ai rigetti e alle battute d'arresto. Io non ero abbastanza forte.

Adam sollevò gli occhi al cielo esasperato. «Perché sei così? Perché non puoi credere di essere speciale? Perché non puoi accettare che io voglia stare con te? Che ti amo?».

Avevo aperto la bocca, ma le parole non uscivano.

Il viso di Adam sembrava tirato e pallido. «Solo perché altre persone ti hanno abbandonato, ti hanno lasciato, non significa che io sia come loro».

Il suo discorso mi aveva colpito al cuore. «Io non… io non… io…» Ero a corto di parole. Volevo protestare, negare. Volevo rassicurarlo che non pensavo a quello, che non mi riferivo a lui. Ma non ci riuscivo.

Come potevo essere certa che lui non fosse effettivamente come loro?

«Se non sono utile, non sono importante». Provai a spiegargli con quelle parole. «Perciò ogni volta mi chiedo cosa vogliono da me le persone che entrano nella mia vita, perché ci sono entrate».

Perché dovrebbe essere interessato a te?

Chiusi gli occhi ben stretti per cercare di scacciare la voce di Mamma.

«C'è un motivo per cui ci siamo incontrati. Io vedo in te parecchie cose che tu non noti».

«Forse è vero. Ma a me sembra che tu stia parlando di qualcun'altra. Solo che non te ne sei ancora reso conto. Ma quando lo farai...» Alzai le spalle rassegnata. «Allora te ne andrai».

Fece un respiro profondo. «Cos'altro posso fare per convincerti? Non puoi vivere la tua vita così, sempre dubbiosa e cauta. È impossibile».

Impossibile.

La parola continuò a fare un'eco nella mia testa. Era impossibile? Lo era davvero? Io vivevo così. Avevo vissuto in quel modo per anni. Avevo dimostrato che era possibile. «Certo, non è bello, ma è possibile».

Adam agitò il capo. «Ma tu non stai vivendo veramente».

Lo fissai e le sue parole presero a girarmi per la testa. Aveva ragione lui?

«Va tutto bene, Jess. Noi stiamo bene». Mi tirò a sé. «Smettila di cercare problemi dove non ci sono. Prendi le cose come vengono. Siamo felici, no?».

Scossi la testa. «Certo».

La mia risposta era stata automatica. Prevedibile.

Ma era vero? Ero felice? Veramente felice? Lo eravamo stati, un tempo. Lo ammettevo. Adam si era trasferito nel mio appartamento, nella mia vita. Era stata una cosa romantica, all'inizio. Tutto quello che avevo sempre desiderato. E poi...

Qualcosa era cambiato.

Vero?

Mi mordicchiai il labbro inferiore. O forse Adam aveva ragione. Stavo solo trovando problemi dove non ce n'erano.

31

Ora

Mi accomodai sulla sedia che l'agente Davidson mi aveva indicato, mentre lui prendeva posto in quella di fronte. Ero di nuovo alla centrale di polizia. Di nuovo nella stessa stanzetta. Con lui.

Non mi piaceva. Era troppo insistente. Implacabile.

«Questo interrogatorio verrà registrato», disse il detective Fisher premendo un pulsante del registratore posto accanto a lui. Io lo guardai e sobbalzai quando iniziò col dichiarare il luogo, la data, l'ora e i nomi dei presenti. Era così formale.

I suoi occhi incontrarono i miei. «Lei non è in stato di arresto e la informo che è libera di andarsene in qualsiasi momento. Ha il diritto di farsi assistere da un avvocato durante l'interrogatorio, se lo desidera».

Feci cenno di no con la testa. Cosa poteva fare un avvocato per me? Sarebbe stata solo un'altra persona con delle domande a cui non potevo rispondere.

«Non è obbligata a rispondere, ma potrebbe nuocere alla sua difesa il non fornire informazioni, se richieste in sede di procedimento, specie nel caso in cui il tribunale voglia farvi riferimento in seconda istanza. Inoltre, tutto quello che dirà qui di seguito potrà essere presentato come prova a suo carico».

Tossii. Come si era arrivati a questo?

Di nuovo.

«Vedo che ci sono stati dei problemi in passato», disse l'agente Davidson.

Mi girai verso di lui. «Non con Adam».

«Ma con le relazioni precedenti…».

«Ci sono state delle incomprensioni». Cambiai posizione. No, non mi piaceva proprio Davidson. La sua ostinazione era già abbastanza fastidiosa, ma la sua abilità nel riportare a galla il passato era persino peggiore.

«Grazie ancora per essere venuta a prendermi». Mi ero fermata lungo il vialetto e, dal sedile del passeggero, Paul mi sorrise, ma il suo viso sembrava segnato e teso.

«Nessun problema». Tirai il freno a mano e appoggiai la mano sul suo ginocchio. «Lo sai che ci sono sempre per te».

«Lo so, piccola». Paul mise la sua mano sulla mia. «Mi dispiace che le cose siano state un po' difficili tra noi ultimamente».

Rabbrividii. Odiavo essere chiamata così, ma mi sforzai di sorridere. «È una cosa passata, ormai». Scrollai le spalle. «Non dobbiamo pensarci più».

«Be', sono contento che mi dai una mano, specialmente in giorni come questo».

«Sempre». Scossi la testa lentamente. «Non riesco ancora a credere che qualcuno abbia fatto una cosa del genere alla tua macchina».

Gli occhi di Paul si restrinsero. «Non è un qualcuno a caso».

Lo fissai sorpresa. «Sai chi è stato?».

Annuì lentamente. «Mi sono fatto un'idea».

Trattenni il fiato. «L'hai detto alla polizia?»

«Non ancora. Prima voglio esserne certo».

«E come fai?» Deglutii.

Paul si mise a ridere. «Non lo so ancora. Ma ci riuscirò». Mi diede un bacio in fronte. «Non preoccuparti».

Cercai di abbozzare un sorriso.

«Dovremmo muoverci. So che tua madre odia se arriviamo in ritardo».

«Non dobbiamo andarci per forza stasera». Lanciai un'occhiata alla casa di fronte a noi. «Ti accompagno a casa, Mamma capirà».

Paul scosse la testa. «Come? Proprio adesso che mi ha invitato a cena? Te l'avevo detto che non avrebbe resistito al mio fascino, che avrebbe ceduto, prima o poi. Pensi che voglia mandare tutto all'aria non presentandomi?» Mi fece l'occhiolino e mi sorrise in quel suo modo sfacciato.

Scoppiai a ridere.

«Hai ragione, questo è senz'altro un buon segno», gli risposi sottovoce. Avevo paura di dirlo a voce alta per non portarmi sfortuna. Ma Paul aveva ragione. Nel corso delle ultime settimane Mamma

era diventata via via meno restia alla presenza di Paul nella mia vita.

Questa volta il sorriso di Paul andava da orecchio a orecchio. «Andiamo, allora, non roviniamo il mio duro lavoro restando seduti a parlare nel suo vialetto».

Aprii la mia portiera.

«Prendo la spesa dal bagagliaio».

«Ti do una mano».

Paul mi venne incontro sul retro della macchina e mi sorrise. Io aprii il bagagliaio e afferrai un paio di borse.

Lui si allungò per prendere le altre, ma poi si fermò e si accigliò. «E questo cos'è?».

Guardai nella stessa direzione del suo sguardo e scrollai le spalle. «Non lo so. L'ho notato prima e mi sono chiesta anch'io da dove sbucasse».

Paul si sollevò e mi guardò male. «Sei stata tu».

Le borse erano pesanti da tenere in mano, cambiai la presa e lanciai un'occhiata a Paul.

«Sono stata io a fare cosa?»

«Come hai potuto farlo?» Lui si passò una mano tra i capelli.

Chiusi gli occhi, stordita dall'ostilità della sua voce.

«Fare cosa? Non ho fatto niente».

«Hai rovinato la mia auto».

«Cosa?» Lo fissai con la bocca aperta mentre mi sforzavo di capire. Le sue parole non avevano alcun senso.

Paul si chinò e dal bagagliaio estrasse una bomboletta spray. Me la agitò davanti alla faccia. «Hai scritto tu sulla mia macchina».

Scoppiai a ridere nervosamente. «Ma è ridicolo. Ma come ti è venuta in mente una cosa del genere?»

«Hai della vernice spray in macchina».

«Non è mia. Te l'ho detto, non so da dove venga».

«Era nel tuo bagagliaio, Jess».

«Sì, ma...».

«Ma se è anche dello stesso colore di quella usata sulla mia auto».

«Cosa? Avevi detto che la tua auto era stata danneggiata, ma non avevi parlato di vernice».

«Vernice dorata».

Guardai la lattina. «Be', questo non significa...».

Paul si colpì la fronte. «Come ho fatto a non accorgermene? La parola scritta sulla mia macchina... Certo che sei stata tu. È quello di cui mi accusi da una settimana».

«Parola? Quale parola?»

«Pensavo fosse colpa di un ragazzo al lavoro. Mi aveva accusato di averlo truffato in una faccenda. Ho pensato che fosse come la storia della volpe e l'uva. Una vendetta». Scosse la testa. «Come ho potuto essere così stupido?».

«Che parola?»

«Imbroglione, Jess. C'era scritto imbroglione. Tu hai scritto imbroglione».

Lo fissai. Le mie dita, che reggevano le maniglie delle borse, erano intorpidite per il peso.

«Quante volte devo dirti che non ti ho tradita? Non c'è nessun'altra, Jess. Solo tu».

«Paul, io...».

«No!» Paul lanciò la bomboletta nel bagagliaio. «Non voglio ascoltarti».

«Ma...».

«Sei pazza, Jess». Scosse la testa mentre mi fissava. C'era qualcosa nella sua espressione. Non era solo rabbia. Era repulsione.

«È finita».

Paul fece un passo indietro e si voltò.

«Paul!». Afferrai il suo braccio e le borse della spesa mi caddero dalle mani.

Lui si liberò dalla mia presa. «Stai lontano da me. Non voglio vederti mai più».

Si avviò lungo il vialetto. Lo seguii con lo sguardo. Se ne stava andando. Un altro uomo usciva dalla mia vita.

Mi si offuscò la vista. Mi sentivo stordita. Allungai una mano per sorreggermi, ma non c'era nulla contro cui appoggiarmi. Caddi in ginocchio tra le lattine di zuppa ammaccate e poi tutto divenne nero.

«Lei è stata arrestata con l'accusa di danneggiamento».

«Paul sosteneva che gli avessi rovinato l'auto».

«Perché lei sospettava che lui la tradisse».

«Non sono stata io. Lui ha ritirato le accuse».

«Perché sua madre ha pagato le spese per riparare il danno».

«No, perché ero innocente».

«Ma lei ha pagato...».

Scrollai le spalle. «Voleva aiutare. È il suo modo di fare».

«Aiutare Paul o aiutare lei?».

Deglutii. Mamma credeva che il denaro potesse risolvere tutto. Aveva pensato che avrebbe risolto il «problema Paul», come lo chiamava lei. Aveva ragione. Era servito. In un certo senso. Ma aveva pagato per il danno solo per risolvere il problema o perché in realtà mi riteneva colpevole?

Mi ricordavo chiaramente quel giorno. Avevo guidato fino al lavoro, avevo passato in rassegna una serie infinita di email, avevo pranzato da sola alla mia scrivania e dopo mi ero fermata da Sainsbury's lungo la strada di casa. E poi avevo ricevuto la telefonata di Paul che mi chiedeva di dargli un passaggio; la giornata era stata uguale a qualsiasi altra. Tutto normale. La solita routine. Non mi ero fermata per comprare la vernice. Non avevo pedinato il mio ragazzo per scoprire dove avesse parcheggiato. Non avevo danneggiato la sua auto.

Le mie dichiarazioni di innocenza non riguardavano solo le cose che non riuscivo a ricordare, ma anche le cose che riuscivo a ricordare. Mi rammentavo di quel giorno. Tutto quanto.

Eppure, la bomboletta di vernice era stata ritrovata nella mia macchina. Come poteva Mamma non ritenere vera quella prova? Come potevo io metterla in discussione?

«E il divieto di avvicinamento?».

Stai lontano da me, Jess.

Sussultai. Mike mi aveva accusato di stalking.

«Un'altra falsa accusa?»

«Sì».

«Quindi lei non l'ha mai pedinato?».

Mi agitai. «L'ho fatto, una volta».

L'agente Davidson annuì. La sua espressione era compiaciuta, come se mi avesse colto sul fatto.

«Ma una volta sola».

«E quella è stata proprio la volta in cui Mike se n'è accorto?»

«Sì».

«Sembrerebbe una coincidenza, vero?».

Mi accorsi della sua incredulità. Ma non importava. Era la verità. L'avevo pedinato solo quella volta.

Che riesci a ricordare.

Scossi la testa. *Era stata* solo una volta.

«E che mi dice di Adam? Si è sbagliata con lui?»
«Adam era diverso».
«In che modo?»
«Lui è rimasto con me». L'ammissione mi uscì di bocca spontaneamente. Quella era stata la migliore qualità di Adam. La cosa che avevo apprezzato di più nella nostra relazione. Lui era rimasto. Anche quando non avrebbe dovuto. Anche quando sarebbe stato meglio per entrambi che se ne andasse. Lui, comunque, era rimasto.

32

Prima

Mi sfilai le scarpe con il tacco e chiusi la porta d'ingresso alle mie spalle. Era stata una giornata terribile. Il lavoro era stato già parecchio impegnativo di per sé, senza contare la pausa pranzo con Mamma in banca. Di tutti i giorni possibili in cui avrei potuto aiutarla ad aprire un nuovo conto, era capitato proprio nello stesso giorno in cui era fissato il mio colloquio per aspirare alla promozione.

«Non possiamo andare un altro giorno, Mamma?»
«Ho già preso l'appuntamento».
«Sicuramente possono spostarlo se glielo chiedi?»
«Mi fanno un ottimo tasso di interesse, Jessica. Se perdiamo tempo, il tasso potrebbe scendere».
«Ma sicuramente un giorno in più non farà la differenza...».
«Lo sto facendo per te. Sto investendo in un titolo che sarà tuo quando io non ci sarò più».
«Lo so, Mamma, e lo apprezzo».
«Allora non ti dispiacerà venire con me, vero?».
Deglutii. «Certo che no». Mi stavo comportando da egoista. Lei stava facendo qualcosa di importante per il mio futuro e io mi lamentavo per la tempistica che non mi andava bene. Quanto ero meschina!
«Ottimo. Sono contenta che sia tutto a posto. Allora, non dimenticare di portare i tuoi documenti per la procura e un documento d'identità».
«Sì, Mamma».

Sospirai profondamente e lasciai cadere la borsa sul divano, poi mi tolsi la giacca grigia del tailleur. Mi era sembrato strano sostenere un colloquio di lavoro nel posto dove già lavoravo. Il mio responsabile era nella commissione e lui conosceva le mie capacità e la mia esperienza quasi quanto me. Era buffo descrivere situazioni in cui sentivo di aver eccelso mentre lui sedeva lì e mi studiava: certamente stava mettendo in dubbio quello che dicevo e i fatti che riportavo.

Presi il telefono dalla borsa e controllai di nuovo i messaggi.

Niente.

Tempo prima Adam mi avrebbe contattato. Mi avrebbe mandato un messaggio. Magari corto. «Com'è andata?» sarebbe bastato per farmi sentire coccolata e importante. Si sarebbe interessato. Si sarebbe ricordato. Avrebbe chiesto.

Ma questo era quello che accadeva tempo prima.

Sospirai.

Forse era occupato. Forse non aveva notato l'ora. O forse si era dimenticato. Forse l'informazione gli era passata di mente una frazione di secondo dopo che aveva fatto un cenno di assenso stamattina, mentre uscivo con il tailleur più elegante che avevo.

Come eravamo passati da quella situazione a questa? Come aveva potuto dimenticarsi di me con tanta facilità?

Lasciai cadere il telefono sul divano accanto alla mia borsa e la busta con la procura attirò la mia attenzione. La presi e andai verso il portadocumenti accanto alla scrivania.

«Adam non deve saperlo, Jess», aveva detto Mamma quando ci eravamo trovate in centro, fuori dalla banca.

«Pensi che gli importi se stai aprendo un nuovo conto? Mica lo indicherai tra i beneficiari, no?».

Mamma mi fissò. «Certo che no».

«Bene, allora». Con un'espressione esasperata aprii la porta.

«Jess?» Mi voltai e vidi Mamma ancora lì fuori, con la mano appoggiata sull'anca.

Sollevai una mano in segno di resa. «Okay, okay, non dirò nulla».

Sentii la porta d'ingresso aprirsi. La mia mano si bloccò con la busta in bilico sul cassetto aperto mentre giravo la testa verso il corridoio dietro di me. Sentii un tuffo al cuore. «Adam! Sei tornato prima». Gli sorrisi.

«Ehi, Jess». Lui aveva abbandonato la sua cassetta degli attrezzi in corridoio e si era precipitato in soggiorno con ancora addosso le scarpe da ginnastica.

Gli guardai i piedi. Odiavo vederlo indossare le scarpe in casa. Ora avrei dovuto pulire di nuovo il pavimento.

Adam si chinò verso di me e mi baciò la guancia. «Cosa stai facendo?»

«Oh». Sentii le mie guance andare a fuoco mentre seguivo il suo sguardo sulla busta che avevo in mano. «Sto solo facendo un po' di archivio». Inserii la busta in una cartella vuota e richiusi il cassetto. «Che ci fai a casa così presto?».

Non riuscivo a non sorridere. Ovviamente non si era dimenticato del mio colloquio di lavoro, dopo tutto. Voleva solo sentire tutti i dettagli di persona, invece di leggere un messaggio.

Adam scrollò le spalle. «Ho finito presto di lavorare e ho pensato di andare un po' in palestra».

Mi demoralizzai. «Stai andando in palestra? Adesso?»

«Sì, ho fatto solo un salto qui per prendere la borsa».

«Ma…». Desideravo che si ricordasse del mio colloquio.

Lui inarcò un sopracciglio.

Potevo ricordarglielo.

«Non sei… stanco?», chiesi titubante. Non era la stessa cosa se ero io a doverglielo ricordare. Volevo che fosse lui a chiedermi, volevo che si interessasse, perché ci teneva, non perché si sentiva obbligato a farlo.

«No, sto bene. È stato un giorno tranquillo, oggi». Mi diede un altro bacio sulla guancia e si incamminò verso la camera da letto.

Lo fissai. «Adam, le…» sospirai. «Scarpe». Non mi aveva sentito.

Scossi la testa. Be', sembrava proprio che avrei passato la serata da sola.

«Ciao, Jess», urlò Adam dalla porta d'ingresso con la sua borsa da ginnastica sulle spalle.

Raccolsi le sue cuffie dal divano dove lui le aveva abbandonate la sera prima. Potevo mettermi a riordinare, almeno così mi sarei distratta dal dolore che sentivo al petto. Avvolsi il filo intorno alle cuffie e le feci scivolare nell'armadio sotto la televisione. Ogni cosa aveva il proprio posto. O almeno così doveva essere. Ma non ero più sicura su quale dovesse essere il mio di posto.

Mi voltai indietro e mi accigliai. Il maglione di Adam era ammucchiato sul pavimento, accanto al divano. Lo raccolsi esasperata. Lo piegai per bene e lo portai in camera da letto per riporlo al suo posto, in un cassetto.

Avevo l'inquietante impressione che Adam cominciasse a sentirsi più a suo agio a casa mia di quanto non lo fossi io.

Sistemai il suo maglione e afferrai il cesto della biancheria dall'angolo della stanza. Era pesante. Lo portai in cucina. Da quando Adam aveva iniziato a stare lì, il cesto era sempre pieno. Lui non lo svuotava mai. Non aveva nemmeno mai fatto una lavatrice.

Non è il mio appartamento.

Adam era scoppiato a ridere e aveva alzato le spalle, come a lasciare intendere che non gli piaceva usare le cose degli altri. Peccato però che non gli era mai dispiaciuto usare la mia televisione. Sospirai mentre prendevo un paio di sue magliette e le infilavo nella lavatrice. Allungai di nuovo la mano nel cesto e ne tirai fuori un paio di jeans neri. Infilai la mano in una delle tasche: una delle cose che avevo imparato da Mamma. Prima di fare la lavatrice, svuotare sempre le tasche nel caso ci siano delle monetine o dei fazzoletti usati. Controllai l'altra tasca e tirai fuori un bigliettino. Sorrisi debolmente. A seguire i consigli di Mamma non si poteva sbagliare.

Diedi un'occhiata a quel pezzetto di carta. Era uno scontrino. Stavo per appoggiarlo sul piano della lavatrice quando lo sguardo mi cadde sull'intestazione.

Level Eight.

I jeans mi scivolarono dalla mano mentre stringevo più forte lo scontrino.

Un giorno ti ci porterò.

Sentii l'eco della promessa di Adam nella mia testa. Un giorno.

Esaminai attentamente l'intestazione per trovare la data. Sembrava che quel giorno fosse stato proprio… il giorno prima. Ma solo uno di noi ci era andato.

Sgranai gli occhi quando vidi il totale.

Champagne.

Il mio respiro era così agitato che riecheggiava in cucina. Mi appoggiai al bancone. Una bottiglia di champagne non era qualcosa che si compra quando si beve da soli. Non era neppure qualcosa che Adam avrebbe comprato per bere con i suoi amici. Lo champagne era costoso e pregiato. Andava aperto in occasioni importanti. Con persone importanti.

Andai a sedermi sullo sgabello del bancone. Ero abituata a pensare che tutto si sarebbe risolto, alla fine. La vita era brutta in quel momento, ma dovevo solo andare avanti e poi sarebbe andata meglio.

Adam era il mio "meglio".

Misi lo scontrino stropicciato sul piano e ci passai sopra la mano per provare a raddrizzare le pieghe.

Mi ero sbagliata. Non era il meglio. Era il peggio. Un nuovo tipo di sofferenza stava arrivando senza che io me ne fossi neppure accorta. Forse avrei dovuto farci caso prima. Forse ero stata distratta. Pigra. Non ero mai stata brava a custodire le cose che amavo, o più precisamente le persone che amavo.

Un minuto prima erano tutto il mio mondo e quello dopo... Chiusi gli occhi e feci un respiro profondo. No, non devo pensare a loro. Non ora. Mai più.

Era il passato. Ero andata avanti. Avevo continuato ad andare avanti. Cos'altro potevo fare?

E questa volta?

Riaprii gli occhi e guardai lo scontrino.

Adam mi aveva tradito. E la cosa peggiore era che Mamma aveva avuto ragione su di lui. Lei aveva sempre ragione. Odiavo quella situazione. Mi dilaniava. Io l'avevo difeso. Avevo lottato per lui. Ma alla fine era stato tutto inutile. Mamma aveva vinto. Di nuovo.

Forse avrei dovuto ascoltarla di più. Perché mi ero messa contro di lei visto che in realtà lei non faceva altro che preoccuparsi per me?

Presi il telefono dalla tasca dei jeans. Desideravo parlarle. Era l'unica persona a non avermi mai deluso. Sentivo il bisogno che mi rassicurasse che tutto sarebbe andato bene.

Feci una pausa, il telefono era ancora nella mia mano, lo schermo ancora spento.

Con Mamma non ci sarebbero state delle rassicurazioni. Nessun sostegno o comprensione. Solo un «te l'avevo detto». Lei avrebbe preteso la cacciata di Adam e io non avrei più potuto rispondere alle sue chiamate. Il mio mondo si sarebbe ristretto all'istante. Saremmo state solo io e lei, come prima.

Ma non doveva andare per forza così. Posai il telefono accanto a me.

Potevo fare delle scelte. Avevo sempre avuto la possibilità di scegliere.

Potevo mettere Adam di fronte al fatto compiuto.
Avrebbe ammesso? Oppure si sarebbe dichiarato innocente, avrebbe negato l'evidenza e avrebbe cercato di trovare una spiegazione plausibile?
Cosa poteva essere peggio?
Potevo pedinarlo. E raccogliere più prove e conferme. Ma lo volevo sapere? E la certezza mi avrebbe fatto stare meglio?
Presi lo scontrino. Le mie mani tremavano nel tenerlo. Era strano pensare a quanto potere avesse quel minuscolo pezzo di carta. Poteva distruggere tutto, o...
Strappai lo scontrino a metà, poi ancora a metà e ancora, fino a quando tutti quei coriandoli di carta bianca non caddero sul bancone della cucina.
Avevo fatto la mia scelta.
Negare.
Probabilmente non era stata una decisione saggia. Certamente non era sensata. Ma ormai era fatta. Le prove erano state distrutte come se non fossero mai esistite. Solo che in realtà erano esistite, eccome. Le avevo viste e l'immagine era vivida nella mia memoria. Non sarebbe stato così facile rimuoverla da lì.
Ma ci avrei provato.
La pratica rende perfetti.
Il suo era stato uno sbaglio. Un momento di debolezza. Aveva commesso un errore, ma questo non voleva dire che tutto quello che avevamo io e lui dovesse per forza essere buttato via. Significava solo che dovevamo ricominciare da capo. Questa volta sarei stata migliore. Sarei stata più attenta, più utile, più... tutto. Così lui non avrebbe più dovuto cercare compagnia altrove. Potevo essere tutto ciò di cui lui aveva bisogno. Lo sarei diventata.
Potevo fare quello che avevo sempre fatto: recitare. La mia maschera era caduta quando l'avevo incontrato. Avevo abbassato la guardia. Mi ero confidata con lui. Gli avevo mostrato le mie paure, le mie insicurezze. Pensavo che avesse capito, che avesse persino apprezzato. Mi ero aperta con lui. Ero stata onesta su chi ero.
Non completamente.
Non potevo negarlo. Non gli avevo detto proprio tutto. Non ero stata totalmente onesta. C'era un limite di sicurezza, oltre al quale non ero andata. Tranne forse che qui non si trattava della

mia mancanza di onestà. Quanto, piuttosto, della mia mancanza di certezza.

Non avevo la certezza che lui non si sarebbe allontanato da me se avesse saputo tutta la mia storia. Non potevo contare su di lui. Non potevo contare su nessuno.

In un certo senso, era come se lo stessi mettendo alla prova. Se lui non fosse scappato di fronte a questioni di poca importanza, allora forse più avanti…

Scossi la testa. Chiaramente, lui non aveva superato il mio test.

33

Ora

Mi stavo allacciando la cintura di sicurezza a bordo della Ford di Mamma e sospirai profondamente.

Quella era diventata la nostra routine. Prima toccava alla polizia interrogarmi e poi a lei.

«Allora?» Mi stava fissando in attesa del rapporto dettagliato, parola per parola.

«Hanno esaminato la mia fedina penale».

Mamma inspirò rumorosamente. «Mi chiedevo proprio quando sarebbe saltato fuori».

Scrollai le spalle. «Non è un grosso problema. Non è che io sia mai stata accusata di qualcosa o cose del genere».

«Ma sei stata interrogata un paio di volte e una volta persino arrestata».

«Grazie per avermelo ricordato».

«Non possiamo far finta di niente, Jess. È una questione troppo seria. Dovremmo trovarti un avvocato».

«Non ho bisogno di un avvocato».

«È la seconda volta che ti chiamano per un interrogatorio. Ti serve un avvocato».

«Forse», ammisi a malincuore. Incrociai le braccia all'altezza del petto. «Ma ancora non ne voglio uno. Mi farebbe sembrare colpevole».

Mamma sospirò. «Sanno dello psicologo?»

«Probabilmente».

«Cos'hanno detto?»

«Niente. Per ora. Ma faceva parte dell'accordo con Mike, vero? Lui ritirava le accuse di stalking se accettavo di vedere uno psicologo. Probabilmente è riportato negli atti, da qualche parte».

Mamma si grattò la testa. «Oh, Jess, come fai a cacciarti in questi guai?».

Mi mordicchiai l'interno della guancia. «Vorrei saperlo. Vorrei davvero saperlo».

Mamma accese il motore e ci avviammo. «Cos'altro hanno chiesto?».

Mi agitai sul sedile.

«Jess?»

«Non è tanto quello che hanno chiesto...» Inspirai. Ero agitata. «È quello che hanno trovato».

«Cos'hanno trovato?» Per guardarmi in faccia, Mamma si voltò verso di me e fece sbandare l'auto.

«Segni di strisciate».

«Cosa?» Mamma diede un'occhiata alla strada e rallentò dato che ci stavamo avvicinando all'uscita.

«Nella ghiaia. Hanno detto...» Chiusi gli occhi. «Hanno detto che questo significa che il furgone di Adam non è precipitato dalla scogliera. È stato spinto giù».

Sobbalzai in avanti perché la macchina si era fermata di colpo.

«Dovresti tornare a casa almeno per cena», disse Mamma mentre parcheggiava davanti al mio palazzo.

«Ho delle cose da mangiare».

Mamma borbottò.

«Starò bene». Afferrai la maniglia della portiera, poi mi fermai. «Se la nonna e il nonno...» la mia voce si incrinò e io rivolsi uno sguardo nervoso in direzione di Mamma. Era rischioso parlarle dei suoi genitori. Non andava mai bene. Ma qualcosa mi costringeva comunque a pronunciare ad alta voce la domanda che mi stava tormentando da giorni. «Se non fossero morti come sono morti, o quando sono morti, noi non ci saremmo trasferiti a Bournemouth, vero?».

Gli occhi di Mamma divennero una fessura che mi fissava in silenzio.

«Avevamo la nostra casa, la nostra vita. Se non ci fossimo trasferiti qui...».

«Bournemouth non è colpevole per il fallimento delle tue relazioni, Jessica». Il tono di Mamma era tagliente, carico di disapprovazione.

Mi contorsi. «Lo so».

Chinai il capo. Il mio tentativo di incolpare Bournemouth, di incolpare i nonni era come un tradimento. Logicamente sapevo che niente di quanto successo era avvenuto per colpa loro. Ma una parte di me non era del tutto convinta. Se non ci fossimo trasferiti lì, io non avrei mai incontrato Adam. Non avrei mai incontrato nessuno degli uomini della mia vita.

«Grazie per il passaggio». Scesi dall'auto e arrancai verso l'edificio e poi su per le scale. C'era anche la possibilità che se non ci fossimo trasferiti a Bournemouth, allora forse Papà non ci avrebbe lasciato. Forse saremmo ancora una famiglia.

Girai la chiave nella porta del mio appartamento e la aprii. Sentii un bip provenire dal telefono che avevo in tasca, lo tirai fuori e sospirai notando la notifica che illuminava lo schermo.

Mi sfilai le scarpe e andai direttamente al bancone della cucina così, scalza. Cercai istintivamente il caricabatterie del telefono. Poi mi bloccai con la mano tesa. Non c'era. Guardai attentamente lungo tutto il bancone completamente vuoto, prima di fare un passo indietro e controllare per terra: forse era caduto. Mi accigliai. Non c'era nemmeno lì.

Girai su me stessa per passare in rassegna con lo sguardo sia la cucina che il soggiorno. Avevo cambiato posto al caricabatterie? Non ricordavo di averlo spostato. Era di Adam. Non avevo ancora spostato nulla di suo. Non ci ero riuscita.

Il caricabatterie era sempre stato sul bancone della cucina.

«È il posto perfetto».

Sentii la voce di Adam riecheggiare nella mia mente mentre ripensavo all'unica volta in cui avevo cercato di convincerlo a mettere il caricabatterie in un cassetto quando non serviva usarlo.

«Non ha senso metterlo via se tanto devo tirarlo fuori di nuovo domani».

Così era rimasto lì a disposizione.

Fino a quel momento.

Scossi la testa. Era sciocco preoccuparsi di qualcosa di così insignificante come un caricabatterie per il telefono, ne avevo un altro. Ma mi dava fastidio non trovarlo. Apparteneva a Adam. Mi sentivo lo stomaco attanagliato dall'angoscia. Mi sembrava un segno di trascuratezza perdere qualcosa di suo. Proprio come avevo perso lui.

E se stessi cominciando a dimenticarlo? A dimenticare noi?
Sai che la tua memoria non funziona bene.
Un conto era dimenticare i fatti brutti, ma con Adam non tutto era andato male. C'erano state anche cose belle. Cose che volevo ricordare. Cose che avevo bisogno di ricordare.

La suoneria del telefono interruppe il silenzio. Guardai sul monitor chi fosse a chiamare.
Karen.
Esitai.
Non avevo voglia di rispondere. Non avevo voglia di parlare. Con nessuno. E, nonostante questo, mi faceva piacere che lei mi volesse parlare. La prima telefonata poteva essere perché si sentiva in dovere, ma in realtà Karen aveva chiamato ogni giorno. Non era tenuta a farlo. Aveva già fatto la sua parte di collega preoccupata. Nonostante ciò, aveva continuato a chiamarmi lo stesso. Mi telefonava perché voleva farlo. Ci teneva.
Risposi.
«Ehi, Jess. Come stai?».
Era sempre la prima cosa che mi domandava e io non sapevo ancora come rispondere. Qual era la risposta corretta in questa situazione? Avevo fatto ricorso a un normale «bene, grazie» durante tutta la mia vita. Almeno finché non avevo incontrato Karen. Lei non se la beveva così facilmente. Non prima, e certamente non in questo momento.
«Sono...» Cercai le parole giuste. «Sono ancora qui».
La mia risposta era stata troppo onesta. Le avevo detto troppo. Stavo tenendo duro, andavo avanti, cercavo di campare, di sopravvivere ogni giorno.
«So che al momento non sembra così, ma le cose si appianeranno».
La voce di Karen mi sembrò rassicurante. Lei era sempre ottimista. Era certa che il domani sarebbe stato migliore.
Karen pensava che la mia risposta fosse legata a una condizione passeggera. Ma la verità era, se ci pensavo bene, che tutta la mia vita poteva essere riassunta da quell'unica frase: sono ancora qui. Non necessariamente per vivere. Solo per esistere.
Adam aveva avuto ragione su questo, dopo tutto.
«Ho delle buone notizie per te». Notai dell'entusiasmo nella voce di Karen.

Mi raddrizzai immediatamente. «Adam?» Lui era la mia risposta istintiva. Il mio primo pensiero. Anche se non aveva alcun senso. Perché Karen avrebbe dovuto avere notizie di Adam?

«Oh, Jess, mi dispiace. Non si tratta di Adam».

«No, certo che no». Scossi la testa e mi sforzai di non far trapelare la delusione dalla mia voce.

«Si tratta di lavoro». Karen era più esitante ora. Con una mia parola avevo cancellato tutto il suo entusiasmo. «Ma forse questo non è il momento giusto».

«No, va bene, dimmi». Il senso di colpa mi aveva fatto rivoltare lo stomaco. Lei stava cercando di tirarmi su di morale e io l'avevo mortificata.

«Be', la Direzione voleva che ti parlassi. Normalmente ti avrebbero chiamato loro direttamente, ma date le circostanze non volevano intromettersi».

«La Direzione vuole parlarmi?» Non riuscivo a capacitarmi. Come poteva essere una buona notizia quella? La Direzione mi parlava solo in caso di problemi. Avevo fatto qualcosa di sbagliato? Avevo preso troppi permessi? Era solo venerdì. Ero stata assente dall'ufficio tutta la settimana, ma comunque avevo ferie non utilizzate.

«Vogliono promuoverti».

Chiusi gli occhi. «Promuovermi?»

«Il colloquio che hai fatto la settimana scorsa».

«È vero». Rimproverai me stessa per la mia stupidità. «È passata solo una settimana? Sembra una vita fa».

«Non mi stupisco. Hai avuto molte cose da affrontare».

«Davvero vogliono me per quel ruolo?»

Karen scoppiò a ridere. «Non essere così sorpresa. Te l'avevo detto io che l'avresti ottenuto».

«Lo so, ma…».

«Tu non mi avevi creduto».

Mi commossi. «No».

Lei rise di nuovo, poi la sua voce divenne più seria. «Sono molto orgogliosa di te, Jess».

Sentii una fitta al petto.

Sono orgoglioso di te, Jessie.

Erano belle parole. Parole potenti.

Erano state tra le ultime parole che Papà mi aveva detto, mentre mi accompagnava a scuola quella mattina, prima di andarsene.

Socchiusi gli occhi cercando di ricostruire quel ricordo, ma era frammentato e sbiadito. Non riuscivo nemmeno a ricordare il motivo per cui mi aveva detto di essere orgoglioso di me. Probabilmente, in quel momento non mi era sembrato così importante il motivo. Aveva avuto importanza solo il fatto che era fiero di me.

«Anche tu dovresti essere orgogliosa di te stessa, Jess».

Alle parole di Karen, automaticamente annuii.

Ero orgogliosa di me stessa? Lo ero mai stata?

Oltre a Papà, nessun altro era mai stato orgoglioso di me prima di allora. Forse non avevo fatto nulla di cui qualcuno potesse essere fiero. O forse l'asticella era sempre troppo alta. Ci sarebbe dovuto essere un riconoscimento a ogni promozione. Invece, ogni volta che ottenevo qualche risultato, mi si chiedeva perché ci avessi impiegato così tanto tempo per riuscirci.

«Jess?»

«Hmm?» Mi riscossi dai miei pensieri.

«Pensi di accettare la promozione?»

«Io…». La mia mente si svuotò.

«Non devi decidere subito», si affrettò a dire Karen. «Non volevo metterti fretta. Ero solo curiosa. La Direzione sa che forse hai bisogno di un po' di tempo per pensarci su».

Annuii lentamente. Il tempo. Sì, avevo bisogno di tempo per pensare.

«Ma personalmente, spero che tu voglia accettare. Te lo meriti, Jess. Saresti molto brava in quel ruolo».

Sorrisi. Karen era stata la mia prima sostenitrice fin dall'inizio. Lei era la ragione per cui avevo presentato la domanda per quel lavoro.

«Craig ti ha detto che se ne va?», mi sussurrò Karen mentre camminavamo insieme verso la macchinetta del caffè accanto all'ufficio.

Annuii tristemente. «Sarà strano avere un nuovo capo».

Mi trovavo bene a lavorare con Craig. Non si intrometteva. Non mi tormentava. Mi lasciava fare il mio lavoro senza interruzioni. Mi piaceva quel sistema. Funzionava.

Qualcuno di nuovo avrebbe significato un cambiamento.

«Tra poco la posizione verrà aperta per le candidature interne».

Aggrottai la fronte. Era una buona cosa? Il vantaggio era che forse conoscevo già il mio nuovo capo, non avrei dovuto abituarmi a la-

vorare sotto un estraneo. Ma tra i vari candidati, c'era davvero qualcuno sotto cui mi sarebbe piaciuto lavorare? Qualcuno che non si sarebbe impicciato? Qualcuno che non avrebbe modificato l'attuale modo di operare?

«Dovresti proporti tu».

Guardai sbalordita Karen. «Hai appena detto…».

«Dovresti presentare domanda», ripeté Karen con un cenno del capo. «Saresti perfetta per quel ruolo. Sei quella che è qui da più tempo. Sai come funziona ogni cosa. Accidenti, praticamente stai già facendo tu quel lavoro, sappiamo tutti che Craig viene da te a chiederti aiuto quando non sa come fare».

«Ma…».

«Cosa?» Karen mi guardò con un'espressione di sfida.

«La Direzione non mi concederebbe la promozione».

«E perché no?»

«Perché», scrollai le spalle. «Sanno a malapena chi sono».

«Be', allora è ora di cambiare le cose. È ora che tu abbia un po' dei riconoscimenti che ti meriti»

«Ma mi piace come stanno le cose. Mi piace essere…».

Karen alzò il sopracciglio. «Anonima?».

Mi sentii male. Non potevo negare che avesse ragione, e non era certo il massimo che se ne fosse accorta. Mi piaceva stare sullo sfondo. Era più tranquillo stare lì. Sicuro.

Karen mi prese sottobraccio e continuammo a camminare. «Cogli l'occasione, Jess. Puoi farcela».

Avevo compilato il modulo per presentare la domanda, convinta che non mi avrebbero nemmeno chiamato per il colloquio, tantomeno che avrei ottenuto il lavoro. Agire in quel modo non mi era sembrato poi così spaventoso. Era solo un modulo. Un semplice modulo. Non sarebbe servito a nulla. Niente sarebbe cambiato.

E invece poi qualcosa era successo.

Forse doveva andare così. Forse era il momento che le cose cambiassero.

Karen aveva ragione? Potevo farcela? Ovviamente, la Direzione pensava che io fossi in grado. Forse era il momento di cominciare a credere anch'io in me stessa.

Forse non avevo bisogno di Adam al mio fianco per sentirmi brava nel fare le cose. Forse ero abbastanza brava da sempre.

«Sai, pensavo che la mia vita avesse cambiato rotta grazie a Adam. Quando lui era entrato nella mia cucina quel giorno, quello era stato il momento cruciale, il momento in cui la mia vita aveva preso un'altra direzione. La sua presenza mi aveva cambiato. "io" era diventato un "noi". Non ero più sola».

«Oh, Jess. Non riesco nemmeno a immaginare quanto debba mancarti. E per contro, eccomi qui a blaterare di lavoro e della promozione».

«Sono uscita. Ho socializzato. Ho vissuto». Avevo continuato a parlare senza prestare troppa attenzione alle parole di scuse di Karen. «Ma è stato davvero Adam a cambiarmi? Oppure avevo già iniziato a cambiare ancora prima di incontrarlo?».

Forse era questa la ragione per cui Adam mi aveva notato. La ragione per cui non mi aveva considerato alla stregua degli altri clienti. Il motivo per cui aveva visto qualcosa in me quel giorno che lo aveva interessato, qualcosa che prima non avrebbe nemmeno notato.

Ero stata single per due anni prima di incontrare Adam. Uscire con qualcuno era troppo difficile per me. Troppa pressione. Troppe delusioni. Eppure, avevo detto di sì quando lui mi aveva chiesto di uscire. Avrei accettato di vederci se avesse flirtato con me solo qualche settimana prima? Avrei sorriso e riso allo stesso modo incoraggiandolo così a chiedermi di uscire? E anche se l'avesse fatto comunque, io avrei accettato? Mi sarei presentata di venerdì sera in un pub affollato convinta che mi avrebbe dato buca e sarei rimasta ad aspettarlo lo stesso?

«Jess, non sono sicura di riuscire a seguirti».

«Tu mi hai trascinato fuori per quel caffè un sabato, qualche settimana prima, solo per avere qualcosa di cui parlare in ufficio. Mi hai dato una ragione per fare qualcosa. Un posto dove andare. Un motivo per esistere».

«Oh, Jess, io non ho fatto nulla».

«Sì, invece. Non hai lasciato che mi nascondessi», sospirai. «Non mi hai permesso di rimanere anonima».

34

Prima

Ero nel furgone di Adam, seduta accanto a lui con le mani unite adagiate sul grembo e lo sguardo bloccato sulla strada davanti a me.

Dimenticalo.

La voce nella mia testa era un misto tra un comando e una supplica disperata. Quella era la mia intenzione. La ricevuta non c'era più. Il momento per affrontare Adam era passato. Avevo preso la mia decisione. Eppure…

Lei chi era?

Da quanto tempo la stava frequentando?

Era una cosa seria?

Non potevo non pensarci. Avevo così tante domande che mi giravano nella testa che non riuscivo a distrarmi. Mi avevano tormentato tutta la notte. Erano implacabili. Ma peggio ancora, erano senza risposta.

Lui è qui con me.

Respirai profondamente. Quel pensiero era come una luce fioca nel buio che mi era sceso addosso dopo la scoperta. Adam mi aveva invitato ad andare con lui quel giorno. Non era costretto a farlo. Stava lavorando. Avrebbe potuto lasciarmi a casa e incontrarmi più tardi. Ma aveva insistito che andassi con lui perché voleva mostrarmi un posto che pensava mi sarebbe piaciuto: Anvil Point.

Forse stava cercando di farsi perdonare, una tacita richiesta di scuse per qualcosa di cui non avremmo mai parlato. Lui non sapeva che io sapevo, e io non glielo avrei mai detto. A cosa sarebbe servito? Qualunque cosa fosse stata, avrebbe preso vita. Parlarne lo avrebbe reso reale. Non più un contrattempo, ma un problema. Una persona che si era messa in mezzo alla nostra relazione.

Non avevo bisogno che lui confessasse. Non volevo che lui lo facesse. Non volevo sapere. Volevo lui e basta. Proprio come avevo sempre fatto.

Forse anche Adam se ne era accorto. Quella gita in giornata era il suo modo per risolvere. Forse era proprio quello di cui avevamo bisogno. Una pausa dalla nostra solita routine. Qualcosa di diverso. Qualcosa di nuovo.

«Non posso credere che tu non sia mai stata qui».

Avevo sbattuto le palpebre e lanciato un'occhiata a Adam accanto a me mentre percorreva con il furgone la strada a senso unico che costeggiava il parcheggio.

Ero così persa nei miei pensieri che non mi ero nemmeno accorta che eravamo già arrivati. Scrollai le spalle cercando di prendere tempo mentre mi sforzavo di far tornare normale la mia voce. «Papà diceva sempre che avremmo fatto molti viaggi dopo esserci trasferiti qui, ma...».

«Se n'è andato prima», concluse Adam per me.

Annuii. Adam si fermò davanti a un cancello di legno che chiudeva la strada. «C'è scritto "divieto di accesso"», dissi senza mezzi termini, contenta di poter cambiare argomento e, al tempo stesso, delusa dal fatto che la nostra avventura finisse lì.

«È per non fare entrare le persone comuni», disse Adam mentre si girava per farmi l'occhiolino. «Ma io sono speciale».

Il mio petto si gonfiò di orgoglio. Sì, lui era speciale. Ed era anche mio.

Ma non solo mio.

Deglutii e strinsi forte i denti. Non potevo permettere che pensieri del genere si insinuassero nella mia mente. Dovevo eliminarli.

Potevo farlo.

L'avevo già fatto in precedenza.

«Ti dispiace andare ad aprirmi il cancello?».

Diedi un'occhiata al cancello e non mi mossi.

«Nessun problema, te lo assicuro». Lui sorrise. «Sei con me».

Scoppiai a ridere e scesi dal furgone. Adam aveva ragione: io ero con lui. Chiunque fosse la persona con lui l'altra sera, non contava. Forse era stato un errore. Una svista momentanea. Lui non provava niente per lei. Non poteva provare qualcosa. Mi amava. Era stata solo attrazione. Un'attrazione fisica. Un momento di debolezza.

Ora si stava pentendo. Il senso di colpa lo tormentava. Io lo conoscevo. Sapevo come si sentiva. Vero?

Era tornato da me. Questo doveva per forza significare qualcosa. Ora con lui c'ero io, non lei. Tutto quello che dovevo fare era assicurarmi che le cose rimanessero così.

Mi diressi al cancello. Non c'era una serratura, solo un vecchio fermo in metallo. Lo sollevai e spinsi il cancello aprendolo leggermente. Mi guardai intorno, quasi aspettandomi che qualcuno apparisse chiedendomi cosa stessi facendo. Nonostante le rassicurazioni di Adam, quella mi sembrava comunque una cosa sbagliata.

Poi aprii completamente il cancello e aspettai che Adam passasse. Era incredibile. Ero così abituata a seguire le regole che l'idea di infrangerle mi faceva stare male fisicamente, anche quando effettivamente non facevo qualcosa di sbagliato.

Il furgone mi superò e si fermò poco oltre il cancello, che io richiusi rumorosamente. Risalii sul furgone e Adam lo avviò lentamente lungo una strada tortuosa e stretta, a una sola corsia.

«Wow!»

Adam, seduto accanto a me, si lasciò sfuggire una risatina. «Te l'avevo detto che ti sarebbe piaciuto».

Annuii, ero senza parole, incapace di distogliere lo sguardo dal panorama. Dolci colline verdi finivano a picco nell'oceano. Come a protezione di quel luogo, si stagliava un faro pitturato di bianco, mentre un basso muro di pietra grigia circondava dei lunghi edifici bassi.

Adam portò il furgone all'interno del cortile recintato e lo parcheggiò. «Probabilmente ci metterò un paio d'ore», disse mentre tirava il freno a mano.

Mi si gonfiò il cuore. C'era un accenno di scuse nel suo tono, o forse di dispiacere.

«Fai una passeggiata lungo il sentiero della scogliera se ti va, ti mando un messaggio quando finisco di lavorare nei cottage. Possiamo trovarci e pranzare insieme al caffè».

Sorrisi. «Perfetto». Mi chinai verso di lui, gli diedi un rapido bacio sulla guancia e mi affrettai a uscire dal furgone, impaziente di iniziare la camminata.

Mentre mi allontanavo, udii Adam prendere la borsa degli attrezzi dal furgone e ridacchiare. Non mi voltai indietro. Non era mia intenzione farlo.

Non volevo sapere chi avrebbe potuto esserci nei cottage ad aspettarlo. Un cliente... Una donna...

Scossi la testa, girai a sinistra fuori dal cortile e mi diressi lungo il sentiero sterrato fino a raggiungere il ciglio della scogliera. No, Adam stava lavorando. Era solo un lavoro, nient'altro. Non avrebbe rischiato di portarmi lì se si fosse trattato di qualcos'altro.

Mi sporsi in avanti sul bordo della scogliera e guardai le onde che si infrangevano sotto di me. Adam aveva ragione. Lì era perfetto.

E lui aveva portato me. Nessun altro, solo me.

Mi adagiai sul sedile e sentii il mio corpo rilassarsi. Era stata una giornata perfetta. Adam e io ci eravamo ritrovati per pranzare al caffè di Durlston Park così come programmato. Avevamo parlato. Avevamo riso. E poi eravamo tornati al furgone mano nella mano. Proprio come facevamo all'inizio.

Avevo preso la decisione giusta. Qualunque cosa avesse significato quella bottiglia di champagne, ormai faceva parte del passato. Adam era con me ora.

Aveva scelto me.

Finalmente ci eravamo riavvicinati, sembrava. Dopo che lui si era piano piano allontanato da me, era cambiato. Non era solo lo scontrino. Era iniziato ancora prima. Quella donna era stata la causa o la conseguenza?

Non importava. Alcune cose era meglio non saperle.

«A cosa stai pensando?».

Mi voltai, incontrai lo sguardo di Adam e sorrisi. «Niente di importante».

Lui ridacchiò continuando a guardare la strada davanti a sé.

Lessi il cartello stradale mentre ci passavamo accanto e cercai di capire quanto tempo mancava per arrivare a casa. Non vedevo l'ora di tornare. Secondo la solita routine del sabato pomeriggio, Adam avrebbe acceso la televisione e ci saremmo messi comodi sul divano, vicini. Lui mi avrebbe abbracciato e io mi sarei appoggiata contro la sua spalla.

Adam attivò la freccia e cambiò corsia. La testa mi sobbalzò in avanti. «Dove stiamo andando?».

«Da quanto tempo vivi a Bournemouth?», mi chiese Adam sorridendo. «Pensavo che ormai conoscessi le strade».

Sollevai gli occhi al cielo. «Be', ovviamente so che ci stiamo dirigendo verso il centro della città. Ma per quale motivo?»

«Ho un paio di cose da prendere», disse con un'alzata di spalle. «Non ci vorrà molto», e mi fece l'occhiolino.

«Okay». Annuii, ma mi sentii sconfortata. Il momento per stare abbracciati sul divano doveva essere posticipato ancora un po'.

Adam si fermò in un parcheggio all'aperto e scendemmo dal furgone. Lo raggiunsi dalla sua parte e poi ci avviammo mano nella mano verso i negozi. Forse non era così male. Non importava davvero dove eravamo, purché fossimo insieme.

«Ci rivediamo in piazza», disse Adam rallentando il passo e togliendo la sua mano dalla mia.

«Cosa? Perché?» Mi fermai e mi girai verso di lui.

«Devo prendere solo un paio di cose...».

Alzai le spalle. «Verrò con te».

Adam scosse la testa. «Ti annoierai».

«Ma...».

«Ti diverti di più se vai a comprarti delle scarpe».

«Non ho bisogno di scarpe nuove».

«Be', vestiti, allora», disse Adam con disinvoltura. «Quello che vuoi».

Lui si chinò in avanti per baciarmi leggermente sulle labbra e poi si girò, diede una rapida occhiata ai due lati della strada, schivò un autobus e corse dall'altra parte.

Rimasi a guardarlo di spalle mentre si confondeva tra la folla. Chiusi gli occhi. Cos'era appena successo? Doveva essere il nostro giorno insieme. Noi.

Sentii un pesante e improvviso peso allo stomaco. *E se non fossimo solo noi? E se andasse a vedersi con qualcuno?*

Era questo il motivo per cui era scappato così in fretta? Era per questo che era stato così categorico sul fatto che io non dovessi seguirlo?

Mossi un passo in avanti, fuori dal marciapiede, e un clacson mi strombazzò. Mi bloccai impietrita vedendo un taxi giallo sfrecciarmi proprio a fianco. Spaventata, mi portai la mano al petto. Non avevo nemmeno guardato. Che stupida.

Rivolsi lo sguardo nella direzione in cui avevo visto Adam l'ultima volta. Quanto disperata ero?

Mi morsi il labbro inferiore. Dovevo fidarmi di lui. Avevamo passato una bella giornata insieme. Era stato gentile, non voleva trascinarmi con sé perché sapeva che mi sarei annoiata. I miei erano solo sospetti. Dovevo fare come mi aveva suggerito e andare a fare shopping da sola.

Deglutii e guardai su e giù lungo la strada. Avrei dovuto, ma non volevo farlo.

La strada era libera, così attraversai rapidamente, ancora tremavo per il pericolo appena scampato. Mi avviai lungo la strada seguendo il percorso di Adam verso la piazza. Una volta lì, mi fermai per vedere se riuscivo a individuare la sua sagoma. Che strada poteva aver preso?

Mossi un passo avanti e andai contro un uomo che parlava al telefono. Lui mi guardò male e io gli borbottai delle scuse.

«Cosa stai facendo?». La mia domanda rimase senza risposta nel via vai delle persone impegnate nello shopping del sabato pomeriggio.

Era una follia. Non potevo rincorrere Adam. Che tipo di relazione avevamo se io non potevo fidarmi di lui?

Avevo preso la mia decisione la sera precedente, dovevo mantenerla e ignorare tutti i dubbi che mi si annidavano in fondo alla mente.

Annuii con fermezza.

Dovevo fare come mi aveva suggerito Adam. Mi sarei tenuta occupata per un'ora e poi l'avrei incontrato come previsto.

Girovagai lungo la strada dando un'occhiata alle vetrine, ma avevo lo sguardo assente. Il dubbio mi stava consumando. Se avessi saputo da che parte era andato Adam, avrei parlato di fiducia comunque? Osservai i volti nella folla che mi circondava. Se in quel momento lo avessi individuato, cosa avrei fatto?

Conoscevo la risposta senza nemmeno aver bisogno di pensarci. Lo avrei seguito in un batter d'occhio. Nonostante le mie migliori intenzioni, la fiducia che avevo riposto in lui ormai era svanita.

In quel momento la domanda da porsi era: cosa eravamo senza fiducia?

Seduta fuori da Costa mescolai quello che restava della mia tazza di cioccolata calda ormai divenuta fredda. Era un febbraio insolitamente mite, ma ancora non faceva abbastanza caldo per stare seduti fuori. Mi sollevai ancora di più il bavero del cappotto. Avrei dovuto prendere posto all'interno, al caldo.

Tuttavia, questo avrebbe voluto dire avere una vista peggiore sulla strada. Non avrei potuto scrutare i passanti così facilmente. I miei occhi non avrebbero potuto cercare Adam in ogni volto che passava.

Sospirai. Forse era proprio per questo che avrei dovuto sedermi all'interno. Sarebbe stato sicuramente meglio per la mia salute psichica.

Comunque, stare fuori non era servito a nulla. Non avevo individuato Adam. Era perché non era transitato lì di fronte, o perché aveva visto dove mi trovavo?

Scossi la testa. Dovevo smetterla.

Spinsi indietro la sedia e diedi un'occhiata all'orologio. Sospirai nervosamente. Ero stata così occupata a provare inutilmente a distrarmi che non mi ero neppure accorta dell'ora. Ero in ritardo.

Afferrai la borsa dal tavolo e corsi verso la piazza di Bournemouth. Imprecai sottovoce mentre schivavo una donna con un passeggino. Adam mi avrebbe aspettato.

Adam.

Lui non è Mamma.

Rallentai il passo e mi portai la mano al fianco cercando un modo per alleviare il dolore che provavo per il fatto che non ero abituata a fare esercizio fisico. Adam non se la sarebbe presa se fossi arrivata in ritardo di qualche minuto. Non si sarebbe preoccupato del fatto che mi ero distratta. Sarebbe stato solo felice di vedermi.

Lo era sempre.

Vero? Il dubbio mi assillava a ogni passo. Di recente, le cose tra noi erano cambiate. Sorrideva ancora quando mi vedeva arrivare. Mi baciava ogni volta. Mi parlava allo stesso modo e mi diceva che gli ero mancata. Ma il suo sguardo non si soffermava più su di me, andava direttamente al telefono che aveva in mano. Qualcosa stava catturando la sua attenzione. Qualcosa o…

Mi immobilizzai. Il mio sguardo era stato catturato da Adam, seduto sul muro al bordo della piazza. Stava sorridendo. Il suo viso era radioso, lo sguardo allegro. Ma non era rivolto a me.

Non era solo.

Una donna gli sedeva accanto. Aveva la testa piegata verso di lui. Si passò una mano tra i lunghi capelli biondi, li mosse sulle spalle e scoppiò a ridere.

I miei piedi ritrovarono immediatamente il loro slancio. Mi mossi verso di loro senza prestare attenzione a tutto ciò che mi circondava.

«È lei?».
Le loro teste si alzarono di scatto per guardarmi. Avevano la stessa espressione. Confusione. Sorpresa. Senso di colpa.
«Cosa?», chiese Adam.
«È lei?», ripetei.
«Di cosa stai parlando, Jess? Lei chi?».
La donna si alzò in piedi, aveva un'espressione impaurita e confusa. «Devo andare».
Annuii. «Sì, meglio che vai».
«Jess, ti stai rendendo ridicola».
L'accusa di Adam fu come benzina sul fuoco. Sentii esplodere dentro di me l'indignazione.
«Non sono una stupida». Le mie parole suonarono chiare, forti e taglienti. Non ero mai scattata in quel modo. Con nessuno. Tranne che con lui. Era strano come Adam avesse quell'effetto su di me.
Non è che non fossi abituata agli insulti o alle critiche. Ci ero abituata. Erano naturali per me come respirare. Ma con lui era diverso. Io ero diversa.
Quando uscivamo le prime volte, gli avevo confessato di essere una persona molto tranquilla e timida. Lui mi aveva guardato perplesso. «Davvero? Sembri così sicura di te».
Avevo riso. Ci era cascato. Avevo avuto tutta una vita per perfezionarmi.
«Voglio solo la verità, Adam».
«È una cliente».
I miei occhi divennero una fessura. «Come lo ero io?».
Adam si picchiò la fronte. «No, Jess. Solo una cliente. Una cliente importante. È la direttrice dell'hotel che mi ha appena affidato l'incarico di lavoro».
Guardai prima Adam e poi la donna.
Lei sembrava nervosa. Imbarazzata.
«Mi dispiace molto per tutto questo».
La mia rabbia si affievolì sentendo le parole di scuse di Adam e mi voltai nella sua direzione. Ma lui non stava guardando me.
Stava guardando lei.
Si stava scusando con lei.
A causa mia.
Oh, mio Dio. Cosa avevo fatto?
«Adam, io...».

«Smettila, Jess».

Mi voltai di nuovo verso la donna. «Avevo pensato…».

«Lo sa benissimo a che cosa avevi pensato. Tutti l'hanno capito».

Mi guardai intorno. La gente mi stava fissando. Persone che non conoscevo.

Mi strinsi nel cappotto. Avevo fatto una sceneggiata. Ero stata davvero una stupida. Avevo preso un abbaglio.

«Ti accompagno alla macchina».

Non mi serviva guardare questa volta. Sapevo che Adam non si stava rivolgendo a me. Stava cercando di tranquillizzare la sua nuova cliente. Per fare ammenda per il mio errore. La mia umiliazione.

«Non vuoi…?». Notai che lei mi aveva lanciato un'occhiata rivolgendosi a Adam.

«No, io e Jess non abbiamo niente da dirci in questo momento».

Mi appoggiai contro il muro dove si erano seduti poco prima e li osservai mentre si allontanavano fianco a fianco. Avevo commesso un terribile errore. Mi ero completamente sbagliata.

Non era lei.

Forse non c'era nessun'altra.

Mi sforzai di pensare. E se quel brindisi fosse stato una cosa così, innocua? Un accordo d'affari. Un brindisi per un nuovo e importante contratto? Forse avevo individuato la donna, ma le avevo dato il ruolo sbagliato.

35

Ora

Non era stata una decisione deliberata. Non l'avevo pianificato. O, a dire il vero, non ci avevo proprio pensato. Se ci avessi meditato sopra, allora mi sarei convinta di non farlo. Non sarei nemmeno salita in macchina. Il comune buon senso avrebbe prevalso.

Questa volta.

Il mio piede destro si sollevò leggermente dall'acceleratore. Potevo tornare indietro. Non era ancora troppo tardi. Potevo tornare a casa. La parte razionale di me poteva ancora riprendere il controllo.

Strinsi le mani sul volante e schiacciai il piede verso il basso. Non si trattava di essere ragionevoli, era un'imposizione. Qualcosa dentro di me aveva bisogno di farlo. Avevo bisogno di essere lì. Di vedere.

Rallentai in prossimità di una curva. Sentii salire un brivido inquietante nonostante il riscaldamento dell'auto fosse già al massimo.

Avanzai lentamente nella via a senso unico che portava al parcheggio. Mi spostai in avanti sul sedile e scrutai fuori dal parabrezza, il mio sguardo si spostò avanti e indietro. Mi sembrava sbagliato trovarmi lì. Come se potessero sorprendermi a fare qualcosa che non avrei dovuto fare.

Era una cosa stupida. Adam non c'era più. Tutto quello che stavo facendo era…

Mi accigliai e accostai in un parcheggio. Che cosa stavo facendo? Il mio bisogno di rivedere quel posto era qualcosa di morboso? Per rendermi conto che era reale? O forse solo per dire addio?

Afferrai il berretto di lana dal sedile del passeggero e scesi dall'auto. Mi sistemai il berretto tirandolo fino a coprire le orecchie e infilai le mani in tasca, poi mi avviai attraverso il parcheggio.

Mi fermai davanti al cancello di legno che impediva alle auto di proseguire.
Solo veicoli autorizzati.
Non aveva impedito l'accesso a Adam.
Sono speciale.
Mi tornò in mente la sua risata. Mi mancava quel suono. Sembrava più giovane quando rideva. Un ragazzone che non era cresciuto. Gioioso. Divertente. Spensierato.
Eppure, per qualche ragione, la sua storia si era conclusa lì.
La *nostra* storia finiva lì.
Inspirai profondamente, sprofondai le mani nelle tasche e presi a sinistra attraverso il passaggio pedonale accanto al cancello.
Una distesa a perdita d'occhio di dolci colline verdi, giù fino all'oceano. Era la stessa vista mozzafiato che avevo ammirato la prima volta. Solo che ora la sua bellezza celava un oscuro segreto.
Camminavo lungo la strada a una carreggiata che portava al faro. Il posto sembrava molto più distante a piedi rispetto a quando ci ero andata con Adam in furgone.
Sostai accanto al muro che circondava il faro e i cottage per le vacanze e rimasi a fissare il bordo della scogliera prima di avanzare e scrutare l'oceano sottostante.
Non so cosa mi aspettassi di trovare. Qualunque cosa fosse, non era lì. Il furgone di Adam era sparito.
Dove si trovava adesso? In un deposito di rottami da qualche parte? O in custodia presso la polizia per ulteriori accertamenti? Passai in rassegna le varie possibilità.
Non c'era alcun segno che qualcosa di significativo fosse effettivamente avvenuto. Il mondo stava andando avanti come se non fosse successo nulla. Ma per loro non era successo nulla. Non c'era stato alcun impatto sulla loro giornata, sulla loro vita.
In realtà, la cerchia delle persone coinvolte era ristretta e limitata.
La famiglia e gli amici di Adam avrebbero sentito il vuoto che aveva lasciato nelle loro vite.
I suoi clienti, sul momento, forse erano stati sconvolti e avevano provato dispiacere. Ma si era comunque trattato di una cosa passeggera. Poteva essere che fossero costretti a chiamare un altro idraulico, ma poi avrebbero continuato la loro giornata lo stesso.
Forse io e Adam avevamo più cose in comune di quanto avessi intuito. Eravamo entrambi sostituibili.

Non è così, Jess. Io ti amo. Ci sei solo tu.

Chiusi gli occhi e allontanai il suono della voce di Adam.

Gli riusciva facile mentire. Dalla bocca gli uscivano senza esitazione delle promesse e delle rassicurazioni. Ma le sue parole erano una trappola. Quella dolcezza nascondeva il male che mi faceva.

Con Papà era stato lo stesso.

Aveva promesso che tutto sarebbe andato bene.

Aveva mentito.

Adam aveva mai preso sul serio quello che mi diceva? Era stata tutta una menzogna? Oppure qualcosa di autentico c'era stato per davvero, anche se solo per un tempo breve?

Scossi la testa. Perché facevo così? Che importanza poteva avere capire se i suoi sentimenti erano stati reali, dato che lui non c'era più. Eppure, mi importava. Faceva la differenza saperlo. Avevo bisogno di sapere.

Avevo bisogno di sapere che una volta mi aveva amato. Che aveva visto qualcosa di valore in me.

E se, invece, lui mi avesse visto solo come una persona debole? Malleabile? Manovrabile?

L'aspetto inquietante era che, in quel caso, lui non avrebbe avuto del tutto torto. Io ero tutte quelle cose. Ma ero più di quello. Potevo essere anche forte. Solo che Adam non aveva visto quel lato di me. Non si era reso conto di quanta forza io avessi. Mi aveva sottovalutato e anch'io l'avevo fatto.

Ero stata così attenta a fare in modo che Adam fosse felice che non mi ero chiesta se io lo fossi davvero. Tutto ciò che importava era che lui rimanesse con me, che mi amasse. Mentre tutto quello che Adam voleva era... Respirai profondo. Un'altra.

Mi avvicinai di più al bordo. «Immagino che, a questo punto, nessuno di noi avrà quello che desideriamo, Adam».

Scrutai le onde che si infrangevano sulle rocce sottostanti. Lo sentii in quel momento. Il dolore. La sofferenza. La perdita. La solitudine. Come un virus, che si era fatto strada nel mio corpo, infettando ogni parte di me.

Non mi aspettavo di sentirlo così forte.

Ma sotto tutte quelle sensazioni, c'era anche dell'altro. La sensazione di libertà.

36

Prima

Mamma diede un'occhiata alla mia cucina e al soggiorno. Stava stringendo forte la sua borsetta che le pendeva dalla spalla. «Pensavo che questa cena servisse a noi tre per conoscerci meglio».

Sentii una stretta al petto. Sapevo cosa mi sarebbe toccato.

«Allora, lui dov'è?».

Mi dava fastidio che ogni volta Mamma dicesse «lui» per riferirsi a Adam. Era il suo modo di ricordarmi che non lo approvava, come se non fosse nemmeno degno che lei pronunciasse il suo nome.

«*Adam* sarà qui tra poco».

«Pensavo avessi detto che questa cena era importante per lui».

«Lo è. Ma Adam ha un importante lavoro ai cottage di Anvil Point».

«Anvil Point», Mamma ripeté lentamente.

«Sì, è dopo Swanage, al Durlston Country Park».

«Sì, mi ricordo». Annuì, ma aveva lo sguardo assente, come se il suo pensiero fosse altrove, da qualche parte oltre il mio appartamento.

«Ci sei stata?».

Mamma socchiuse gli occhi. «Molto tempo fa, con i miei genitori». Sorrise leggermente. «Sono anni che non penso più a quel posto».

«È bellissimo. È un peccato che non ci siamo mai andate quando ero piccola».

Lei annuì, ma mi parve assorta nei suoi pensieri e capii che stava a malapena ascoltando.

«Perché tu non ti siedi sul divano e io ti raggiungo tra un minuto? Devo solo mettere le verdure sul fuoco».

«Hmm?»

«Vai a sederti, Mamma». La spinsi in direzione del divano, e lei camminò sovrappensiero.

Versai le verdure miste congelate in una casseruola, la riempii d'acqua e la misi a scaldare sul fornello. Ero preoccupata. Quello non era affatto un buon segno. Volevo che la serata fosse perfetta. Volevo che Adam piacesse a Mamma, o che almeno lei gli desse una possibilità. Ma con lei in preda a uno dei suoi strani stati d'animo, tutto questo diventava sempre meno probabile. Mamma era di nuovo nel suo mondo e per quanto Adam fosse bravo a chiacchierare, dubitavo che persino lui potesse riuscire a comunicare con lei.

Raggiunsi il soggiorno. Forse distrarla e farla parlare di qualcos'altro sarebbe stata una buona idea. Distoglierla da quello che al momento la stava deprimendo.

Mamma era seduta e teneva la borsetta appoggiata sul divano accanto a lei e un quaderno aperto sulle ginocchia. Picchiettava la penna sul foglio fissando le parole che vi erano scritte.

Non riuscii a trattenermi. Il mio sguardo cadde sulla pagina.

Anvil Point???

«Stai pensando di andarci?».

Mamma sussultò. Chiuse il quaderno con una forza tale che, nel mio soggiorno mezzo vuoto, riecheggiò il tonfo.

«Scusa, non volevo spaventarti».

«Non mi hai spaventata», rispose Mamma.

La fissai. Perché pensava di doverlo negare, quando era così chiaro che l'avessi fatta sussultare?

Il mio sguardo si posò sul quaderno che aveva in grembo. Mi sentii sprofondare nel riconoscere la copertina blu rigida. Era *il* quaderno. Il quaderno di Mamma. Ogni volta, quel quaderno suscitava in me l'idea di premonizione.

Mamma scattò su e si affrettò a infilarlo nella borsetta come se non tollerasse l'idea di averlo addosso.

Scossi la testa. Era ridicolo da parte mia. Era solo un quaderno.

Vero?

Mi sentivo le gambe deboli così mi sedetti sul divano accanto a Mamma, il mio sguardo fisso sulla sua borsa, da dove sbucava un angolo di quel quaderno. In qualche modo, quell'oggetto sembrava essere presente in ogni evento significativo della mia vita. Quelli brutti, almeno. La partenza di Papà, ma anche quella di Matthew. Quando Paul si era scagliato contro di me, e poi Mike...

Chiusi gli occhi e cercai di cancellare i ricordi che il quaderno aveva suscitato. Brutti ricordi che era meglio lasciare nel passato ma che, in qualche modo, erano stati immortalati, e la cui esistenza era indissolubilmente legata a quel quaderno.

Eppure, era una cosa stupida. In fondo non era altro che un quaderno. Un modo per Mamma di affrontare le cose, di elaborare quanto stava vivendo in quel momento. Era normale che ci scrivesse di più nei momenti difficili, cioè quando ne aveva più bisogno. Non aveva Papà a cui rivolgersi, con cui parlare, con cui condividere i propri pensieri e le proprie paure. Aveva solo carta e penna per confidarsi.

Provai un improvviso e irrefrenabile bisogno di abbracciare Mamma e di stringerla forte, perciò mi sporsi in avanti e feci per sollevare le braccia. Ma poi mi fermai. Lei non era così. Noi non eravamo così.

Lasciai che le mie mani ricadessero in grembo. «Sai che sono sempre qui per te se hai bisogno di parlare, vero?».

Mamma sbatté le palpebre e mi fissò. «Parlare di cosa?»

«Qualsiasi cosa». Il mio sguardo cadde di nuovo sulla sua borsa. «Papà...».

Con la coda dell'occhio vidi il suo corpo irrigidirsi. «Noi non parliamo di lui».

«Lo so, ma...». Mi voltai e ci ritrovammo faccia a faccia. «Forse sarebbe d'aiuto».

«Non ha senso soffermarsi sul passato, Jessica. Se ne è andato, proprio come tuo padre».

C'era un'asprezza familiare nella sua voce. Era lo stesso tono di quando mi aveva detto che lui non sarebbe più tornato. Freddo, duro e incrollabile, ma questa volta forse c'era anche qualcosa in più. Una tristezza che non avevo mai sentito prima, o forse ero stata troppo giovane, o troppo consumata dal mio dolore, per notarla.

Allungai una mano per poggiarla su quella di Mamma. «Lo so, e noi stiamo bene senza di lui. Solo noi due».

Mi aspettavo che Mamma si ritraesse, o che mi respingesse con qualcuna delle sue risposte, ma non lo fece. Rimase seduta per un momento, con un'espressione imperscrutabile. Non era arrabbiata, ma nemmeno triste, qualcosa nel mezzo, forse.

Annuì lentamente. «Sì, solo noi *due*».
Il modo in cui aveva enfatizzato quella parola mi fece correre un brivido lungo la schiena. Sapevo cosa voleva dire. Solo noi: niente Papà e niente Adam.

Scrutai il cosciotto d'agnello attraverso la finestra screziata dello sportello del forno. Non potevamo più aspettare Adam, a meno che non volessi servire a mia madre un arrosto bruciato. Le diedi un'occhiata da sopra la spalla e rabbrividii. Non volevo farlo di certo.
La mia attenzione fu nuovamente catturata dal quaderno che teneva in grembo e mi accigliai. Aveva ripreso a scriverci.
Sospirai e tornai in soggiorno. «Bene, sembra che Adam non arriverà in tempo per la cena».
Le labbra di Mamma si contrassero all'insù in un sorriso. «Che peccato».
«Dovremmo continuare senza di lui», dissi, volendo ignorare il suo tono sarcastico. Era contenta che lui non ci fosse. Felice di non dover passare la serata a fingere di essere gentile. Ma soprattutto era felice che lui avesse mandato tutto all'aria. Che mi avesse deluso. Che avesse dimostrato che la sua teoria era fondata. Lui non era abbastanza bravo. Si dimostrava menefreghista e scortese. Non aveva nemmeno chiamato per scusarsi.
Lei annuì e rimise il quaderno nella borsa. «Vado un attimo in bagno prima di metterci a mangiare», disse Mamma alzandosi e andando verso il corridoio.
Feci un profondo sospiro, grata per la tregua dopo tutto il suo compiacimento. Ma era solo una cosa temporanea. C'era ancora un'intera cena per ritornare sull'argomento.
Stavo per tornare indietro verso la cucina, quando udii il rumore di una chiave che girava nella serratura della porta d'ingresso.
Fui sollevata vedendo Adam entrare in corridoio. «Grazie al cielo sei qui», sussurrai mentre mi affrettavo verso di lui.
Adam si accigliò. «Cos...» Si interruppe non appena il suo sguardo cadde sulla borsa di Mamma sul divano.
Si colpì la fronte con la mano. «Tua madre».
«Lo avevi dimenticato?»
«Stavo lavorando».
Mi pentii. Era stato intento a lavorare, non l'aveva fatto apposta.

Doveva lavorare. Io avevo la sicurezza di uno stipendio regolare, il suo invece aveva un andamento irregolare. Doveva andare quando e dove c'era richiesta. Era ingiusto da parte mia e di Mamma giudicarlo per questo.

«Non importa». Sorrisi. «Adesso sei qui, giusto in tempo per cenare con noi».

Adam trasalì. «Lei dov'è?».

Lei.

Quella parola mi diede fastidio. Mi sembrava irrispettosa. Sprezzante.

Erano entrambi cattivi allo stesso modo.

«Mamma è in bagno».

Entrambi guardammo lungo il corridoio verso la porta chiusa del bagno.

«Perfetto, allora non deve nemmeno sapere che sono qui».

Sussultai e lo guardai con occhi sgranati. «Aspetta. Cosa?»

«Sono sfinito, Jess».

Sentii una stretta allo stomaco.

«Di certo non posso occuparmi di tua madre in questo momento».

«Ma la cena...».

«Mangerò più tardi».

«Ma Mamma...».

Il suono dello sciacquone attirò la nostra attenzione e ci voltammo di nuovo a guardare in direzione del bagno.

«Devo andare». Adam si chinò verso di me e le sue labbra sfiorarono la mia guancia.

«Adam», sussurrai, ma lui si era già voltato per andare di soppiatto lungo il corridoio e scomparire in camera nostra. Non si era nemmeno voltato indietro.

Per la rabbia, il mio corpo si irrigidì. Era già abbastanza spiacevole che lui fosse arrivato in ritardo, ma ora non aveva nemmeno intenzione di cenare con noi. Mi stava abbandonando e io ero costretta ad affrontare da sola le conseguenze della sua assenza.

Sentendo il rumore della serratura della porta del bagno che girava sobbalzai e mi spostai subito. Mamma non doveva vedermi appostata davanti alla porta. Non potevo farle sapere che Adam la stava evitando. Che stava evitando entrambe. Corsi di nuovo in cucina. Non doveva sapere che aveva ragione: Adam non era proprio l'uomo che avevo pensato che fosse.

«Era delizioso, Jessica».

Sorrisi ai complimenti di Mamma mentre toglievo i piatti dalla tavola. «Sono contenta che ti sia piaciuto».

«Molto», continuò Mamma seguendomi in cucina con il suo bicchiere di vino vuoto in mano. «Mi manca la tua cucina. Ne è passato di tempo da quando ho mangiato un vero arrosto della domenica, non ha senso prepararlo se si cucina solo per sé…».

La sua voce restò sospesa in maniera malinconica.

Stavo appoggiando i piatti sul piano di lavoro in granito accanto al lavandino e le mie mani iniziarono a tremare. «Io…» Stavo per pronunciare delle scuse ma poi chiusi la bocca per impedire che uscissero.

Non ero dispiaciuta, o almeno non dovevo esserlo. Non ero la cuoca di Mamma, ero sua figlia. Il mio destino non prevedeva di vivere per sempre con Mamma perché così lei potesse mangiare bene.

«C'è altro vino in frigo, se ne vuoi un po'».

Mamma chiuse gli occhi e la sua testa fece uno scatto indietro. «Be', sì, in effetti mi riempirei un altro bicchiere».

Mi voltò le spalle per appoggiare il bicchiere sul bancone accanto al frigorifero e aprire lo sportello.

Sorrisi e mi voltai di nuovo verso il lavandino quando, all'improvviso, un movimento in soggiorno attirò la mia attenzione.

Adam.

Era tornato per stare con noi. Proprio così. Prima era solo stanco. Aveva bisogno di riposare, come aveva detto. Ma non voleva abbandonarmi. Non appena il suo sguardo incontrò il mio, lui si fermò. Sembrava impacciato e dolorante. Teneva la mano destra nascosta dietro la schiena.

Mi portai una mano al petto. Aveva qualche problema alla schiena? Stavo per aprire la bocca e chiederglielo, ma vidi il panico nei suoi occhi e non continuai.

Adam sollevò la mano sinistra e si portò un dito alle labbra, poi rivolse lo sguardo al di sopra della mia spalla. Mi girai automaticamente, anche se sapevo già cosa, o piuttosto chi, lui stesse guardando. Dietro di me Mamma si stava versando un bicchiere di vino e mi dava ancora le spalle. Per un verso o per l'altro, lei c'entrava sempre.

Mi girai di nuovo verso il soggiorno, ma Adam era sparito.
Chiusi gli occhi.
Me lo ero immaginato? Volevo così tanto che si unisse a noi che la mia mente aveva creato un'illusione?
Non sarebbe stata la prima volta.
«Vuoi anche tu un altro bicchiere di vino?». La voce di Mamma mi fece indietreggiare e rivolsi lo sguardo verso di lei.
Vidi che aveva in mano la bottiglia di vino. «No». Scossi la testa con fermezza. «Grazie, ma penso di averne già bevuto abbastanza».

Spinsi la maniglia e aprii la porta della camera da letto.
Chino sulla sua borsa da ginnastica appoggiata sul letto, Adam trasalì.
Scossi la testa. Da quando era diventato così nervoso? «Sono solo io. Mamma se n'è andata».
«Stavo preparando le mie cose per domani».
Scrollai le spalle. «Ho solo pensato che forse volevi saperlo».
Girai su me stessa e uscii di nuovo dalla stanza.
«Jess?».
Mi voltai sperando si volesse scusare.
«C'è qualcosa di cui vorrei parlarti».
Afferrai la maniglia della porta con forza. Era questo? Era questo il momento in cui avrebbe confessato?
«So che pensi che io sia ingiusto con tua madre».
Deglutii. Non avevo certo previsto che la conversazione avrebbe preso questa piega.
«Ma devi capire che è per il tuo bene. Ci tengo a te. Vedo come lei ti tiene in pugno, come le sue parole intaccano la fiducia in te stessa e questo mi fa arrabbiare. Mi fa male vederti combattere. Vederti soffrire».
«Non dico che è perfetta, Adam. Ma è pur sempre mia madre».
«Ma tu non la conosci».
«E tu sì?»
«Meglio di quanto pensi».
Sbuffai. «Senti, Adam, sono stanca, in questo momento non voglio davvero ricominciare di nuovo a discutere».
«Okay, okay, ma ho bisogno di mostrarti qualcosa». Adam prese a rovistare nella sua borsa da ginnastica.

«Adam, se hai intenzione di dirmi quanto sia negativa mia madre per me, non voglio sentirlo».

Adam si bloccò: «Perché le credi sempre? Anche quando lei ti umilia, perché continui a pensare che abbia ragione? A credere che lei sappia cosa è meglio per te?».

Mi appoggiai al telaio della porta. Perché le credevo? Le idee di Mamma erano spesso negative e dannose, ma io sceglievo comunque di ascoltarle. «Forse se credi a qualcosa abbastanza a lungo, poi diventa la verità».

Il mio sguardo incrociò quello di Adam e ci fissammo per un momento.

Adam sospirò e chiuse la borsa della palestra. «Allora credo di non aver nient'altro da dire».

37

Ora

«Hai raggiunto la tua destinazione», annunciò il navigatore satellitare, mentre procedevo a passo d'uomo lungo la stradina a senso unico fiancheggiata da auto parcheggiate.

Spinsi sul freno gradualmente e lanciai un'occhiata al numero civico sull'edificio alla mia sinistra.

116.

Avanzai lentamente.

118.

Mi fermai in uno slargo accanto al marciapiede e osservai la torre beige accanto a me. Mi sentivo piccola e insignificante nella sua ombra.

Il motore era ancora acceso. Le mie mani stavano ancora stringendo il volante.

Ero qui. Ma non ero sicura di volerci essere.

Non ti piacerebbe lì.

Adam aveva ragione. Non era il tipo di zona a cui ero abituata. Invece della portineria, c'erano sbarre alle finestre del piano terra. Il suo condominio era molto diverso dal mio palazzo.

Sollevai lo sguardo verso la sommità dell'edificio. A che piano si trovava il suo appartamento?

Fui travolta dal senso di colpa. Avrei dovuto conoscere la risposta a quella domanda. Avrei dovuto sapere dove viveva il mio ragazzo. Avrei dovuto sapere com'era la sua vita quando non era con me.

Ma non sapevo niente di tutto ciò.

Non conoscevo neppure l'indirizzo.

Helen mi aveva guardato sgomenta quando gliel'avevo chiesto. Pensava che lo sapessi.

Afferrai la maniglia della portiera dell'auto, spinta da un improvviso bisogno di varcare la soglia dell'edificio ed entrare nel mondo di Adam.

Ma mi fermai.

Non avevo nemmeno la chiave.

Ero chiusa fuori.

Mi morsi il labbro. Era questa l'intenzione di Adam? Tenermi sempre a distanza?

O io non ero mai stata abbastanza coinvolta per provare veramente a far parte del suo mondo?

38

Prima

Mi misi a sedere al bancone della cucina, con lo sguardo fisso sull'orologio alla parete. La lancetta dei secondi ticchettava forte. Adam era in ritardo. Di nuovo.

Ogni sera la stessa cosa. Entrava e si scusava per essere tornato tardi. Diceva che un lavoro era stato più difficile del previsto o dava la colpa al traffico. Le sue scuse erano tutte ragionevoli e perfettamente accettabili. C'era stato un tempo in cui gli avrei creduto senza metterlo in discussione. Ma non era più così. Ora c'era un dubbio costante che si era insediato nella mia mente. Continuo, fisso. Mi divorava, consumava tutto ciò in cui avevo creduto. Tutto quello in cui avevo sperato.

Dal bancone presi il caricabatterie del telefono di Adam e mi avvolsi il cavo intorno alle dita. Era con *lei*. Non sapevo chi fosse. Non sapevo che aspetto avesse o quale fosse il suo timbro di voce. Non conoscevo nemmeno il suo nome o la sua età. Non mi serviva avere tutte queste informazioni. La cosa più importante di lei già la conoscevo. Sapevo della sua esistenza.

La mia gaffe in centro a Bournemouth era stato uno stupido errore. Avevo lasciato trasparire la mia gelosia e la mia insicurezza. Era stata una debolezza. Deglutii. La mia accusa era stata persino infondata. In questo modo, tutto quello che avevo ottenuto era creare tensione tra noi due.

Mi morsi il labbro. Ma questo significava che avevo completamente torto? O solo che mi sbagliavo su quella particolare donna?

Non c'era più stata occasione per discutere della mia scenata. Non avevo mai fatto riferimento allo scontrino. Adam aveva detto che voleva lasciarsi la mia accusa infondata alle spalle e andare avanti. Ma era più facile a dirsi che a farsi.

Le sue assenze erano diventate più frequenti. Le sue scuse più deboli. Il mio scatto d'ira li aveva avvicinati? O aveva fatto in modo che ora lui non sentisse più il bisogno di tenere tutto nascosto? Forse, credeva che io tacessi perché accettavo la situazione. Ma in realtà dentro di me urlavo.

Ora sapevo la verità. Adam non era quello che desideravo. Non era ciò di cui avevo bisogno. Non era onesto. Digrignai i denti. Il guaio era che, nonostante tutto, lui c'era ancora. Era ancora mio, almeno in parte. Ma in che misura? E quanto, invece, era di quella donna? Adam viveva ancora nel mio appartamento e dormiva nel mio letto ogni notte, quindi voleva dire che continuavo a essere la sua preferita? Mentre con lei era stata solo una scappatella? Ero io quella destinata a durare?

Roteai le spalle nel tentativo di allentare un po' della tensione che avevo accumulato. C'era ancora la possibilità che mi sbagliassi. O che lui si rendesse conto del suo errore. Era possibile che, come coppia, funzionassimo ancora. Non importava nemmeno quanto fossero improbabili le possibilità. L'importante era che c'era ancora una possibilità per noi, per me.

Il rumore della porta d'ingresso che si apriva mi distolse bruscamente dai miei pensieri. Sussultai sentendo il pesante tonfo della sua borsa degli attrezzi gettata sul mio impeccabile pavimento a piastrelle color crema. Conoscevo quel suono a memoria.

Dei passi pesanti si avvicinarono dietro di me.

«Ehi, Jess». Le labbra di Adam sfiorarono appena la mia guancia, l'odore di deodorante stantio e sudore mi fece storcere il naso. «Scusa il ritardo, c'era un traffico da incubo».

Il cavo del telefono mi scivolò dalle dita e si srotolò sul bancone della cucina.

«Mi faccio una doccia prima di cena», disse Adam dirigendosi nuovamente verso il corridoio.

Non lo riconoscevo.

I passi di Adam si arrestarono. «Jess?».

Ruotai sullo sgabello e i nostri sguardi si incrociarono.

«Stavo pensando».

Aspettai che continuasse a parlare.

«Non saremo mai felici qui».

«Cosa?» La mia voce vacillò e il mio cuore prese a battere forte. Questo era il momento.

Adam stava per mettere la parola fine. Aveva fatto la sua scelta e non ero io.

«È questo posto».

Chiusi gli occhi e i pensieri iniziarono ad accavallarsi intanto che provavo a capire. «Questo posto?»

«Ci sono troppe cose che ci trattengono, che ci fanno impazzire. Non saremo mai veramente solo noi due se restiamo qui. Ci sarà sempre tua madre e...».

Di colpo smise di parlare e fissò il pavimento.

E chi? Avevo la domanda in punta di lingua, ma non ebbi il coraggio di pronunciarla. Davvero volevo sapere come l'avrebbe definita?

Mi venne vicino. «Dovremmo andarcene da qui. Solo noi due. Potremmo ricominciare da capo».

Noi due.

Lui voleva me. Solo me.

Il mio cuore ebbe un sussulto. Era quello che avevo voluto fin dal momento in cui ci eravamo incontrati.

Solo che...

Lanciai un'occhiata all'appartamento. «Ma casa mia è questa».

Adam sgranò gli occhi. «È solo un appartamento. Sei stata tu a dire che non ti sei mai sentita veramente a tuo agio qui. Riflette il gusto di tua madre, ha il suo influsso. Non è un posto per te. Non è per noi due».

Noi.

Di nuovo quella parola. Quella che mi faceva sentire parte di qualcosa. Ma questo non bastava. Non era reale. Non poteva esserlo.

Oppure sì?

«Potremmo trasferirci lontano. Una nuova città. Un nuovo appartamento. Una nuova vita». Adam fece un passo verso di me e mi prese la mano. «Io posso fare l'idraulico ovunque e tu puoi trovare un lavoro che ti piace davvero».

Dovresti fare qualcosa che ti piace.

Mi vennero in mente le parole che il padre di Adam aveva pronunciato in occasione del nostro primo incontro. Io avevo liquidato la sua affermazione come sbagliata. Dopotutto, il lavoro è lavoro. Non deve essere divertente. Ma forse ero stata troppo frettolosa. Forse c'era un'altra possibilità.

Adam mi strinse la mano. Il suo tocco era caldo e confortante. Eravamo in sintonia.

Forse aveva ragione lui. Forse avevamo bisogno di un nuovo inizio. Se ci fossimo trasferiti, saremmo stati di nuovo noi due, soli. La sua infedeltà, il suo comportamento sbagliato, sarebbero rimasti sepolti nel passato.

Deglutii e fissai Adam negli occhi cercando di leggere i suoi pensieri. Avevo voglia di credergli. Mi stava promettendo tutto quello che avevo sempre desiderato. Il quadro che aveva dipinto per il nostro futuro era così accattivante da sembrare quasi reale.

Quasi.

Mi mordicchiai il labbro inferiore mentre il dubbio si insinuava lentamente nei miei pensieri. E se non fossimo riusciti a lasciarci il passato alle spalle? E se non fosse stato possibile? Lui era tipo da tradimento, faceva parte del suo carattere, della sua natura. Ma era diventato anche parte di noi. Non potevamo sfuggirgli semplicemente trasferendoci in un posto nuovo. Ci avrebbe seguito. L'avremmo portato con noi negli scatoloni che avremmo imballato e nei ricordi che avremmo conservato. Il pensiero costante della sua infedeltà non sarebbe svanito. La dimostrazione che ancora una volta non ero stata abbastanza brava da trattenere ciò che amavo.

Se anche l'avesse lasciata, lui avrebbe potuto trovare altre donne in uno qualunque dei posti in cui saremmo andati. La tentazione sarebbe stata una costante. Adam avrebbe ceduto di nuovo? E se anche non mi avesse tradito, io gli avrei creduto?

Mi ero fatta una vita lì. Avevo un lavoro che non mi piaceva e un appartamento che probabilmente non mi sarebbe piaciuto mai, ma erano miei.

Dovevo davvero abbandonare tutto quanto per seguire qualcuno che mi aveva tradita?

L'espressione di Adam si indurì. Il suo sguardo speranzoso e implorante si trasformò in un cipiglio. Probabilmente io non ero in grado di leggere i suoi pensieri, ma lui riusciva benissimo a leggere i miei. «Sei proprio una codarda, Jess».

Le sue parole mi fecero irritare. «Non sono affatto una codarda. Sono solo più realista rispetto a te. Ho dei legami qui. Degli impegni».

«Tu hai una palla al piede».

Liberai la mia mano dalla sua. «Non è vero».

«Tu hai tantissima paura di liberarti, di rischiare, di fare qualcosa di diverso, di andare in un posto diverso».

Scivolai giù dallo sgabello del bancone e feci un passo avanti. «Dove dovremmo andare, Adam? Cosa dovremmo fare? Cosa dovrei farei io?»

«Quello che vuoi, è questo il punto».

«Io…».

«Argh». Adam emise un gemito strozzato. «Sei insopportabile. Ho un piano, Jess, e tu lo stai rovinando. Hai il terrore di lasciare la tua vita qui. È come se tu la considerassi come una specie di rete di sicurezza che ti protegge. Ma non ti rendi conto che non è una rete di sicurezza, Jess. È una gabbia. Tu sei in trappola e io sono in trappola insieme a te».

«Ti senti in trappola? Con me?».

«Dove saresti senza di me, Jess? Dovresti ricominciare di nuovo con qualcun altro. Lo vuoi davvero? Pensi di riuscire a trovare qualcun altro che ti accetti così come lo faccio io?».

Scossi la testa. Non c'era nessuno come lui. Nonostante i suoi difetti, nonostante il suo tradimento, lo volevo ancora. Avevo ancora bisogno di lui.

«Allora prendi una decisione, Jess. Per una volta nella tua vita, smetti di agire secondo quello che vuole tua madre e quello che ci si aspetta da te. Smetti di considerare ogni opportunità, ogni avventura, come un campanello d'allarme».

Gli diedi una sbirciata. C'era qualcosa nei suoi lineamenti che non avevo mai notato prima. Il modo in cui la sua espressione si contorceva mentre si prendeva gioco di me. Era un'espressione dura, così come lo erano le sue parole. Non era una presa in giro bonaria, ma sprezzante e offensiva, intesa a ferire.

«Perché quello sguardo?».

Abbassai le palpebre. «Qu… quale sguardo?»

«Sembri un animale ferito».

Mi ritrassi come se lui mi avesse colpito fisicamente. «Io…».

Adam scrollò le spalle sconsolato. «Non posso dirti niente altrimenti tu ti senti ferita e ti arrabbi».

«Ti senti in trappola con me. Come posso non sentirmi ferita?»

«Te l'ho detto». Adam aveva preso a camminare su e giù per il soggiorno. «È questo posto. È tutto. Mi sta facendo impazzire. Devo allontanarmi da tutto quanto».

Il sangue mi pulsava forte. Io ero quel posto. Ero parte di esso. Era parte di me. Ora Adam mi stava chiedendo di andare con lui, ma cosa sarebbe successo nel momento in cui lui si sarebbe reso conto di volermi abbandonare? Se avessi rinunciato a tutto per lui, io non avrei avuto più niente. Ero disposta a correre questo rischio per noi? Per lui?

Adam smise di camminare e mi guardò male. «Non so perché ho cercato di parlartene. Sapevo che non mi avresti ascoltato. Tu non ascolti me. Tu ascolti solo quella pazza di tua madre».

«Lei non è pazza». Quelle parole gliele urlai contro. Una cosa era attaccare me, un'altra era insultare mia madre.

Adam sbuffò. «Non hai idea, Jess. Non hai capito nulla. Quand'è che ti svegli? Tu non la conosci. Non nel modo che pensi tu».

«E questo che cosa significa?»

«Tua madre ha ragione. Hai una memoria selettiva. Tu scegli di dimenticare come lei ti tratta. Come ci tratta. Tu sceglierai sempre lei invece che noi, qualunque cosa accada».

Scosse la testa e uscì dal soggiorno. La porta d'ingresso sbatté dietro di lui. Fissai l'ingresso vuoto. Se n'era andato. Eravamo nel bel mezzo di una discussione e lui se n'era appena andato.

Appena le cose si erano fatte difficili, se n'era andato. Proprio come gli altri. Proprio come Papà.

Le mie spalle si afflosciarono e la mia forza scomparve. Ecco. Era finita. Lo sapevo da giorni, ma non volevo ammetterlo. Speravo ancora che le cose potessero cambiare. Che Adam sarebbe tornato e tutto si sarebbe sistemato, il mio Adam, quello di cui mi ero innamorata, non l'impostore che era diventato. Ma, naturalmente, non era così semplice.

Era una cosa stupida, davvero. Io, più di tutti, sapevo che era meglio non sperare. O almeno non avrei dovuto farlo. Ma la speranza era qualcosa di subdolo. Senza che io me ne accorgessi, si era insinuata in me, finché non era stato troppo tardi. E poi non avevo avuto più scampo. Era diventata parte della mia quotidianità e non c'era modo di cacciarla. E anche quando tutto mi si era rivoltato contro, la speranza era rimasta, tenendomi costantemente aggrappata all'impossibile. Non avevo ancora imparato.

Credo che per quanto avessi saputo la verità, non riuscivo comunque a smettere di fantasticare. Lui mi aveva visto. Per la prima volta qualcuno aveva visto attraverso la mia invisibilità e gli ero piaciuta per quello che ero. Ero abbastanza brava. Ero anche più che brava, per lui ero bella e mi desiderava. Almeno all'inizio.

Avevo fatto affidamento sul fatto che la versione di me che lui vedeva fosse quella reale. Ma l'unico modo che io avevo per continuare a crederci era che lui non smettesse di dire quelle cose meravigliose. Sembrava che la nostra relazione si stesse sgretolando e con essa anche l'illusione di quella versione di me.

E questo dove mi aveva portato?

Anche in quel momento, anche dopo che se n'era andato, dopo che mi aveva abbandonato, io stavo ancora aspettando, speravo ancora che in qualche modo avremmo potuto trovare una soluzione.

Era una cosa folle.

Io ero folle.

Stavo di nuovo riponendo le mie speranze in qualcun altro. In attesa che questo qualcuno mi facesse sentire apprezzabile. Che mi facesse sentire degna di qualcosa.

Il mio sguardo cadde sulla borsa degli attrezzi di Adam, abbandonata nel mezzo del corridoio. Non la riponeva mai al proprio posto. La lasciava lì a ostruire il passaggio. Non mi ero mai lamentata. Ci giravo semplicemente intorno. Non volevo fare storie.

Sentii qualcosa smuoversi dentro di me, come un improvviso cambio di marcia.

Dovevo essere più forte.

Aprii la porta d'ingresso, presi la sua borsa e la buttai fuori nel vano delle scale. Atterrò con un sonoro tonfo.

«Non puoi continuare a farmi questo, Adam. Non te lo permetterò!» urlai. Sentii i suoi passi fermarsi e poi riprendere a scendere le scale e uscire dall'edificio.

Annuii e chiusi la porta sbattendola.

Ero più forte.

La rabbia stava bruciando dentro di me. Come aveva osato urlarmi contro e insultarmi e poi andarsene via come se io non contassi nulla? Come aveva osato pensare di poter disporre della mia vita e non ascoltare le mie inquietudini?

Se Adam riteneva che non fossi abbastanza per lui, allora tanto meglio così. Forse nemmeno lui mi andava poi così bene.

Andai verso la camera da letto e aprii l'anta dell'armadio. Mi ero proprio sbagliata su Adam. Quella non sarebbe mai stata la relazione che avevo immaginato nella mia testa, nel mio cuore. Non poteva funzionare.

Presi i suoi vestiti, non ce n'erano molti, non aveva mai lasciato molte cose lì, solo un paio di camicie e un paio di jeans di ricambio. Li gettai ammucchiati sul pavimento.

Mi fermai. Avrei potuto cacciare Adam, ma poi cosa sarebbe accaduto? E se lui fosse finito con lei? Le avrei spianato la strada. L'avrei lasciato a sua disposizione.

Strinsi i pugni.

Così avrebbe vinto lei.

Le unghie mi stavano incidendo i palmi, ma non mi importava. Era una bella sensazione sentire qualcosa: dolore, rabbia, odio. Era rigenerante. Come una scarica elettrica che attraversava il mio corpo.

Diedi un calcio al mucchio di vestiti, che finirono sparpagliati sul pavimento della camera da letto. Ci doveva essere un altro modo. Un modo migliore. Non avrei perso. Non questa volta.

Ero in crisi, disperata, me ne rendevo conto. Sentivo che il merito per essere riuscita a trovare me stessa e imparare a divertirmi, a vivere, non solo a sopravvivere, era stato di Adam. Non volevo ritornare alla mia vita senza di lui. Ma la realtà, senza mezze misure, si stava abbattendo su di me. Era terrificante. Cosa ero disposta a fare per tenermi qualcuno che non mi piaceva nemmeno?

39

Ora

Mi sembrava strano. Sbagliato.

Quello era il nostro posto. Il posto mio e di Adam. Guardai la folla che si stava radunando sulla cima della scogliera mentre io mi trovavo un po' più avanti lungo il sentiero. Stavano invadendo il nostro spazio.

«Sono così felice che tu sia qui, Jess», disse Helen comparendomi accanto.

Chiusi gli occhi. Non mi ero neppure accorta che si era avvicinata.

Il suo sguardo si spostò sulla folla di persone che man mano diventava più numerosa. «Adam sarebbe stato contento».

Sentii forte il rimorso di coscienza. Aveva ragione. Lui sarebbe stato contento.

Quel giorno io non c'entravo. Non c'entravamo neppure io e Adam, tutto quello che avevamo avuto, o quello che avevamo perso. Riguardava lui. Solamente lui.

E Adam aveva sempre amato essere al centro dell'attenzione.

«Non sapevo cosa aspettarmi. Non ero nemmeno sicura che una veglia fosse la cosa giusta».

Mi sforzai di sorridere. Io non ero ancora convinta che lo fosse.

«Ma date le circostanze, dovevamo fare qualcosa, giusto?».

Annuii. «Certo. È stata una bella idea, Helen. Tutti possono partecipare per condividere...» esitai. Mi sembrava sbagliato dire «dolore». Al momento, Adam risultava ancora scomparso. C'era ancora una possibilità.

Helen si schiarì la voce. «Sono venuti in tanti».

«Adam era molto conosciuto». Mi vergognai per quel «era» che, senza volerlo, mi era uscito di bocca.

Helen sorrise. Non se n'era accorta. Era troppo preoccupata. Pensava che la mia osservazione fosse un complimento, che stessi lodando suo figlio per le sue capacità di socializzazione. Non era così. Odiavo quell'aspetto di lui.

All'inizio no.

Al principio, gli avevo invidiato la sua capacità di parlare con chiunque, di ridere e scherzare e di inserirsi in qualsiasi situazione con estrema facilità. Volevo imparare da lui, copiare quella sua abilità. Ci ero riuscita, fino a un certo punto. Adam mi aveva aiutato sotto questo aspetto. La sua sola presenza era stata sufficiente per farmi sentire parte del gruppo, o almeno non del tutto un'estranea.

Ma la sua cordialità era stata anche la nostra rovina. Lui era troppo socievole. In particolare, con qualcuno.

Qualcuno che non ero io.

«Dov'è la tua candela?».

La domanda di Helen mi scosse dai miei pensieri e mi guardai le mani vuote. «Io, ehm…».

«Ecco». Helen mi cacciò una candela di plastica nel palmo della mano. «Tieni la mia, io ne prenderò un'altra».

La fissai.

«Il reverendo dirà alcune parole, poi io leggerò una poesia e infine accenderemo le candele per la preghiera».

Guardai il sole ancora alto nel cielo.

Probabilmente Helen aveva notato il mio sguardo. «So che le candele sarebbero più d'effetto di notte, ma il parco chiude presto. Il sentiero sulla scogliera è troppo pericoloso al buio». Helen chiuse la bocca e si portò la mano al petto. Sbatteva le palpebre e nei suoi occhi vidi luccicare delle lacrime. «È troppo pericoloso a qualunque ora».

Annuii di nuovo. Sembrava essere l'unica cosa che riuscivo fare. Non c'erano parole adatte a questo tipo di occasione.

Guardai Helen che si allontanava in fretta. La veglia era una distrazione per lei. Un modo per sentirsi utile. Un modo per spezzare la monotonia dell'attesa di notizie. Non potevo biasimarla per sentirne il bisogno.

Sfortunatamente, io sentivo la necessità del contrario. Avevo bisogno di silenzio. Di solitudine. Avevo bisogno di essere ovunque, tranne che lì.

Ripresi a osservare la folla. Il mio sguardo passava da un volto all'altro. Li conoscevo tutti. Anche tutti loro mi conoscevano. Adam aveva fatto in modo che fosse così. Aveva voluto includermi nella sua vita sociale. Mi aveva tenuto per mano e portato in giro presentandomi a tutti quelli che conosceva. Era orgoglioso di me. Era come se la mia presenza lo facesse sentire in qualche modo più importante. Una parte di me era contenta di meritare di essere inclusa. Voluta. Ma un'altra parte, una parte piccola e irritante, si chiedeva se si trattasse davvero di me.

Ruotai il capo perché una figura sullo sfondo aveva attirato la mia attenzione. Restava appartata a pochi passi da tutti gli altri. Era già abbastanza strano il fatto che non la riconoscessi, ma fu il suo modo di fare a farmi venire la pelle d'oca.

Stava cercando in tutti i modi di non farsi notare, come se pensasse di riuscire a essere invisibile. Lanciai un'occhiata intorno: nessun altro sembrava averla notata. Forse solo io ero in grado di accorgermi di lei. Forse avevo riconosciuto quel disperato bisogno di nascondersi perché avevo passato una vita intera a sentirmi in quel modo. Finché non avevo incontrato Adam.

Le lacrime mi stavano spuntando agli angoli degli occhi e così li chiusi. Ogni giorno venivo sopraffatta da qualche nuovo ricordo, ripensavo a un ulteriore modo in cui lui aveva cambiato la mia vita, a qualcos'altro per cui sentivo la sua mancanza. E, tuttavia, a una cosa non potevo fare a meno di ripensare: lui aveva mentito.

Riaprii gli occhi e il mio sguardo incrociò quello della donna in disparte. La vidi arrossire nonostante l'aria fresca del pomeriggio e poi improvvisamente lei si voltò. Ma era troppo tardi. Quella frazione di secondo era bastata. Sapevo chi era. Non il suo nome. Non la sua identità. Ma sapevo chi era Adam per lei. Potevo comprenderlo dai suoi occhi lucidi e cerchiati di rosso dall'aria colpevole. Lei era la ragione per cui Adam non aveva mai potuto essere veramente mio.

Senza nemmeno rendermene conto, mi ero già avviata nella sua direzione. Lei sembrò intuire che mi stavo avvicinando e si voltò per scrutarmi, i suoi occhi erano spalancati per la paura. Fece un passo indietro e si guardò attorno come per cercare una via di fuga. Ma tutto ciò che ci circondava era la cima di una scogliera e le onde che si infrangevano al di sotto. Lì non c'era nessun posto dove nascondersi, non per i vivi.

Lei rantolò e si voltò verso di me. La sua schiena si irrigidì e la sua mascella si strinse, come se si stesse preparando per un impatto. Aveva paura. Di me.

Non appena me ne resi conto fui colpita dall'ironia di quella situazione. La donna che aveva avuto in pugno il mio destino aveva paura di me. Nessuno aveva mai avuto paura di me. Nessuno mi aveva mai badato. Ero insignificante. Senza importanza. O almeno fino a quel momento.

Mi fermai proprio davanti a lei. Ora che eravamo finalmente faccia a faccia, non sapevo cosa dirle. Nella mia testa infuriava uno scontro, ero combattuta tra il desiderio di rimuoverla fisicamente perché osava rovinare il mio addio all'uomo che amavo, e la pietà, perché la verità era che, guardandola, potevo vedere che probabilmente lei lo amava di più.

«Perché?» La mia voce era calma ma decisa.

Il suo viso pallido apparve confuso. «Io non...» Scosse la testa.

Non potevo biasimarla. C'erano mille «perché» a cui potevo riferirmi. Perché lei era qui? Perché si erano comportati così? Perché il tradimento? Perché lui non aveva lasciato me per lei? O lei per me? Perché lei aveva accettato di essere l'amante? Perché si era accontentata? Perché lui no?

«Perché è rimasto con me?».

Lei abbassò le palpebre. La mia domanda l'aveva sorpresa. Non era quello che si stava aspettando. Ma d'altra parte, non era nemmeno quello che io avevo intenzione di chiederle.

«Lo amavi, vero?».

Esitò. Mi resi conto che stava riflettendo su come rispondere. Probabilmente, il suo istinto le stava dicendo di negare, di mentire, ma c'era anche qualcos'altro. Il bisogno di esprimere le emozioni che stava provando, forse.

«Sì».

«E lui ti amava?».

Un'altra pausa.

«Sì», disse di nuovo, questa volta più timidamente.

Annuii. Ero contenta che avesse almeno la decenza di essere onesta.

«Allora perché non mi ha lasciato per te?».

Notai il suo sguardo e vidi che stava osservando la sua mano sinistra.

Il suo pollice toccava una banda d'oro all'anulare.
«Ah». Annuii di nuovo. «Sei sposata».
Non era una domanda, ma lei rispose comunque. «Sì».
«Potevi divorziare…».
Lei trasalì.
«Ma tu non volevi».
Lei scosse la testa. «So cosa starai pensando di me. So quanto possa sembrare brutto. Quanto sia brutto. Amo mio marito, ma Adam…».
«Era diverso», finii io la frase al posto suo.
«Proprio così».
I nostri sguardi si incrociarono e io provai uno strano e fugace momento di connessione. Adam era diverso. Aveva la capacità di vedere dentro di me e sapeva come mi sentivo e come parlarmi.
Sentii un peso dentro al petto. Avevo pensato che fosse stato il destino che me lo aveva fatto incontrare. Per quanto sembrasse una cosa sdolcinata, pensavo che io e lui fossimo anime gemelle. Ma avevo appena capito che questa impressione era stata dettata dal modo in cui lui era fatto. Intuitivo. Osservatore. Attento.
Non c'era nulla di unico in noi o nella nostra relazione. Non eravamo speciali. Io non ero speciale.
Lei si inumidì le labbra. «Devo andare».
Ma poi rimase immobile. Forse, in fondo, sperava che io la fermassi, che le dicessi che poteva restare, se lo desiderava, e che io le dessi l'opportunità di pregare per Adam così come faceva Helen, o forse, come me, per dare a Adam l'ultimo addio. Ma non dissi nulla di tutto ciò.
Non mi stava bene.
Si voltò e fece un passo verso il sentiero che portava al parcheggio.
«Da quanto tempo?».
La mia domanda la fece arrestare di nuovo. Lentamente girò il capo per guardarmi da sopra la spalla. «Quattro anni».
La sua confessione mi trafisse come una lama nel cuore e trasalii. «Ma noi ci siamo messi insieme sòlo a maggio». Mi girava la testa. Adam la frequentava già, ancora prima che io e lui ci conoscessimo. Sentii salire la bile fino alla gola. Non era lei l'impostore. Ero io.
Osservai la sua espressione. Non era sorpresa. E nemmeno delusa. «Tu lo sapevi?».

Lei annuì. «Mi ha lasciato per mettersi con te. Mi disse che aveva trovato una donna speciale e che voleva stare solo con lei».

L'aveva lasciata per me. Voleva che tra di noi andasse bene. Ci teneva. Mi amava. Solo che... «No, non ha senso. Lui non può averti lasciato. Stavate ancora insieme. Le telefonate a notte fonda. Gli appuntamenti cancellati».

«Sentivamo troppo la mancanza uno dell'altra per poterci lasciare del tutto».

«Quando...». Le parole mi si strozzarono in gola. Quando aveva deciso che io non gli bastavo più?

«Agosto».

Eccola, finalmente. La verità. Indietreggiai, combattendo l'impulso di urlare, di piangere, di vomitare, di fare qualcosa, qualsiasi cosa che mi avrebbe liberato dal dolore che stava lacerando ogni parte di me.

«Mi dispiace».

La guardai male. «Ma non ti dispiaceva abbastanza da non tradire tuo marito. Non abbastanza da lasciarmi l'unica cosa buona che avevo nella mia vita. Non abbastanza da non venire qui oggi».

«Io...» Sembrava stupita dal mio sfogo improvviso.

La calma che mi aveva accompagnato per tutto quel tempo era svanita, spazzata via dalla verità. Finalmente sapevo. Prima avevo solo un sospetto. Ora sapevo.

Adam non mi aveva amato. Non abbastanza. Aveva rinunciato a noi, a me, dopo appena tre mesi.

Lei era rimasta lì, dietro le quinte, per tutto il tempo. Io venivo paragonata a lei in continuazione. E non riuscivo mai a reggere il confronto.

Avrei dovuto andarmene. Lei non era più niente per me. Ma i miei piedi non si muovevano. C'era ancora qualcosa che dovevo sapere. Qualcosa che dovevo chiederle.

«Come ti chiami?».

Si accigliò. «Come mi chiamo?»

«Sei stata lì per tutto il tempo, un'ombra sulla nostra relazione, mi sembra il minimo sapere il tuo nome».

Si mordicchiò il labbro inferiore. «Natalie».

Annuii. Qualunque cosa io avessi sperato di ottenere dal conoscere il suo nome era privo di importanza. Non era cambiato nulla.

Si spostò una ciocca di capelli castani, lunghi fino alle spalle, e la fece passare dietro all'orecchio. I suoi lucidi occhi marroni mi stavano fissando.

Mi accigliai. C'era qualcosa di molto familiare in lei. La sua pettinatura, i suoi occhi, i suoi vestiti, persino la tonalità del suo ombretto.

Fu una vera doccia fredda per me. Era quasi come guardarsi in uno specchio.

Faticai a parlare. «Adam ti ha mai dato dei consigli su come vestirti? Ti ha mai aiutato a fare shopping?».

Un'espressione accigliata le corrugò la fronte. «No, perché?».

Scossi la testa. «Non importa».

Ma aveva importanza. Ora tutto aveva un senso. Cosa c'era in me che lo aveva attratto? Io avevo mai contato qualcosa per lui, o la sola cosa importante era la mia somiglianza con quella donna?

Lui aveva provato a modellarmi a immagine di lei. Per ricreare la donna che amava ma che non poteva avere completamente. Ma io non reggevo mai il confronto. Potevo essere solo una mera copia. L'originale sarebbe stato sempre meglio. Lei possedeva qualcosa che era fuori dalla mia portata. L'autenticità.

40

«Accomodati». Accolsi Karen nel mio appartamento.

«Ho portato del vino, come promesso», disse e mi porse una bottiglia di Zinfandel.

«Non dovevi disturbarti».

Lei alzò gli occhi al cielo e si sfilò il cappotto. «Volevo farlo».

Sorrisi e l'abbracciai.

La condussi in soggiorno.

«Hai un appartamento bellissimo».

«Grazie», risposi.

Presi un paio di calici mentre guardavo Karen che osservava la stanza con approvazione e mi sentii in colpa perché quella era la prima volta che la invitavo. Eravamo diventate più intime negli ultimi mesi, eppure avevo continuato a tenerla a distanza.

«Mi dispiace, avrei dovuto invitarti prima», dissi mentre appoggiavo i bicchieri sul tavolino e aprivo il vino.

«Hai avuto molto da fare. Avevi bisogno dei tuoi tempi. È naturale».

«No, non intendo solo ora. Avrei dovuto invitarti mesi fa».

«Oh», Karen si strinse nelle spalle. «Va bene così. Non dovevi...».

«Non so perché non l'ho fatto».

«Davvero, va b...».

«No», sbuffai. «In realtà, non è vero. Lo so». Era giunto il momento di smettere di fuggire dalla verità. «Avevo paura».

Karen sgranò gli occhi. «Paura? Di me?»

«No». Scossi la testa. Quella conversazione stava prendendo una piega sbagliata. «Non avrei dovuto dire nulla».

«Non puoi non dirmi più nulla. Ora sono preoccupata». Karen si avvicinò a me. «È stato qualcosa che ho detto?»

«No, certo che no».

«So che a volte sono un po' insistente».

«Kar...».

«Okay, molto insistente. Ma è solo perché ci tengo».

Sorrisi. «Lo so». Sembrava strano pensare che, all'inizio, l'invadenza di Karen era qualcosa che mi aveva intimidito, ma ora mi rendevo conto che era proprio ciò che la rendeva così speciale.

«Ma...».

«Non è per colpa tua. Sono io».

«Non capisco».

Versai del vino nel bicchiere e ne presi un grande sorso. «Io tengo le persone a distanza. Non lo faccio solo con te. Anche con Adam».

«Perché?»

«Perché ho paura di rovinare tutto di nuovo».

«Di nuovo?»

«Se tengo a distanza le persone che mi stanno a cuore, allora forse loro non si stancheranno di me. Forse non mi lasceranno».

Karen e io ci fissammo a vicenda.

Cosa avevo fatto? Mi ero sbottonata troppo. Avevo appena espresso ad alta voce delle cose che a malapena iniziavo ad ammettere a me stessa.

Presi un altro abbondante sorso di vino prima di riempire nuovamente il mio bicchiere e versarne in uno per Karen. Sembrava che anche lei ne avesse bisogno.

«Perché dovrei stancarmi di te?».

Mi morsi il labbro. Avevo già detto troppo. Dovevo fermarmi lì. Dirle che mi stavo comportando da stupida. Erano stati giorni difficili. Lei avrebbe capito.

Ma una parte di me non voleva lasciar cadere il discorso. Avevo bisogno di dire quello che mi passava per la testa. Avevo bisogno di un'amica con cui confidarmi.

«Sono troppo negativa. Troppo spaventata. Adam aveva cominciato a rendersene conto. Aveva iniziato ad allontanarsi da me...».

«No, Jess. Adam ti ama».

Ti ama.

Quel verbo mi squarciò in due. Ama, non amava. Era carico di speranza. Implicava un futuro. Forse Karen pensava che ci fosse ancora la possibilità che Adam stesse bene, dopo tutto. Una possibilità che sarebbe tornato da me.

Ma io sapevo più cose.
«Mi amava».
Gli occhi di Karen si sgranarono. «Vi siete lasciati?»
«No, stavamo ancora insieme. Lui viveva ancora qui, più o meno. Ma non era più la stessa cosa. Lui non era più lo stesso».
«Oh, Jess. Mi dispiace tanto».
«Penso di aver temuto che se tu fossi stata un po' qui con noi, lontano dalle distrazioni e dal rumore dei bar affollati, allora avresti visto le crepe».
«E cosa ci sarebbe stato di male? Io non ti avrei giudicato. In quel caso, se avessi avuto bisogno di confidarti con me, io ci sarei stata».
«Ma è esattamente questo. Non potevo parlarne. Non potevo nemmeno ammetterlo a me stessa. Ma se tu avessi intuito…».
«Allora non avresti più potuto continuare a negarlo».
«Sono pazza, vero?» Mi portai il bicchiere alle labbra.
Karen scosse la testa. «Non sei pazza. Semplicemente sola».
Esitai, il bicchiere di vino ancora premuto contro il mio labbro inferiore. Karen aveva ragione. Mi sentivo sola. Ero sola. Lo ero sempre stata.
Persino con Adam.
«È a questo che servono gli amici, sai. Qualcuno che ci sostiene nei momenti difficili. Qualcuno con cui parlare delle cose che non riusciamo ad affrontare da soli».
Amici.
Posai il bicchiere sul tavolino e mi lasciai sprofondare nel divano.
«È tantissimo che non ho più un'amica».
«Ora una ce l'hai».
«Davvero?» Mi vergognai perché la voce mi era uscita sorpresa e disperata. Negli ultimi giorni avevo iniziato a vedere Karen come un'amica. Ma in qualche modo non avevo mai pensato che si trattasse di una cosa reciproca.
«Non mi credi?»
«Non è che non ti credo». Sollevai il viso cercando le parole giuste. «Solo che non capisco davvero il motivo».
Chinai il capo e mi fissai il grembo. Quella frase mi era uscita male. Sembrava lamentosa e adulatrice. Ma non è che stessi cercando dei complimenti o delle attenzioni. Semplicemente non capivo perché qualcuno mi potesse volere come amica.

Ero una diversa. Un'esclusa. Adam mi aveva aiutato a inserirmi, o almeno a sembrare più simile a me stessa. Ma cos'ero io senza di lui? Lui e Mamma erano tutto ciò che avevo, e ora non potevo fare a meno di chiedermi se tutti e due fossero davvero un bene per me.

Karen si sedette sul divano accanto a me e appoggiò la mano sulla mia spalla. «Davvero non te ne accorgi, vero?».

La voce di Karen mi sembrò stupita.

«Jess, tu sei una donna bellissima, brillante, affettuosa e divertente».

Scossi la testa. «Io non sono così. Questa è solo l'illusione creata da Adam. Lui mi ha fatto sembrare migliore. Mi ha reso...» Scrollai le spalle. «Più di quella che effettivamente sono».

Mi uscì un lungo respiro affannoso. «A volte mi chiedo se sono davvero mai migliorata».

«Cosa intendi dire?».

Alzai la testa e guardai la stanza intorno. «Pensavo che le cose sarebbero state diverse trasferendomi qui. Volevo ripartire da capo. Ma tutto quello che invece ho fatto è stato cambiare l'indirizzo di casa. Tutto il resto è rimasto identico. Io sono rimasta lo stessa. Anche con Adam. Lui ha cambiato il mio aspetto esteriore. Ma sotto sotto, sono sempre la stessa persona». Mi sentivo sempre uguale. Mi comportavo ancora allo stesso modo. Ero ancora altrettanto sola.

E se questo aspetto non fosse stato destinato a modificarsi? Forse ero troppo debole per cambiare, troppo danneggiata.

Mamma aveva ragione. Quello che volevo non aveva davvero importanza. Non era realistico. Non era realizzabile. E la cosa più triste era che tutto quello che avevo sempre davvero voluto era solo che qualcuno mi amasse.

«Cosa c'è di sbagliato in come sei davvero?».

La fissai con gli occhi spalancati, sbalordita dal fatto stesso che lei avesse sentito il bisogno di farmi quella domanda. «Tutto». La mia voce si incrinò. Era la prima volta che lo esprimevo ad alta voce. La prima volta che raccontavo dei miei difetti a qualcuno. In parte, perché sapevo come mi avrebbe fatto sembrare debole e patetica, ma soprattutto perché, per quanto sapessi già la verità, esprimerla ad alta voce la faceva diventare in qualche modo più vera.

Finché non se ne parlava, le cose potevano essere ignorate. Era come un brutto mobile in un angolo della stanza. Tutti sapevano che quel mobile era lì, orribile, inguardabile. L'importante era non prestarvi attenzione, perché nel momento in cui lo si fosse guardato direttamente, nel momento in cui se ne fosse riconosciuta l'esistenza, allora non sarebbe più stato possibile continuare a ignorarlo. E per quante cose belle avesse avuto quella stanza tutt'intorno, improvvisamente sarebbero tutte passate inosservate, ormai incapaci di attirare lo sguardo.

Proprio come me.

«Non vado abbastanza bene».

«Chi è che lo dice?».

Abbassai le palpebre e poi scrutai Karen con occhi umidi. «Cosa?»

Karen si spostò in avanti sul divano. «Hai una visione così negativa di te stessa, Jess. E il fatto è che non credo nemmeno che la colpa sia tua».

Mi mossi inquieta. «Di chi altro potrebbe essere?». Temevo la risposta. Eppure, allo stesso tempo, avevo bisogno di sentirla.

«Dicevi di dover andare sempre da tua madre e Stacey sosteneva che era solo una scusa che tu ti inventavi per non stare con noi, ma si sbagliava, vero?».

Alzai le spalle. «Cosa c'entra questo con tutto il resto?». Stavo facendo l'evasiva di proposito. Era un modo per provare a evitare le sue domande. Avevo capito benissimo a cosa lei alludesse, ma non potevo aiutarla.

«Prima di Adam, lei era l'unica persona di cui parlavi. L'unica persona nella tua vita».

«C'erano altre persone. A volte».

«Ma lei è l'unica la cui opinione conta per te, no? Lei è quella a cui ti rivolgi quando ti colpevolizzi per qualcosa, giusto?».

La derisi. «È ridicolo». Ma stavo protestando solo perché non ero sincera. Qualcosa dentro di me mi urlava che non era affatto una cosa ridicola. Le domande di Karen non erano forse identiche a quelle che mi stavo facendo io stessa? Non era quello che Adam aveva cercato di dirmi più e più volte?

Ero io che creavo i dubbi e giudizi diventati voci nella mia testa o erano, invece, solo gli echi delle critiche di Mamma a crearli?

«Lo vedo quanto sei stressata le sere in cui vai a trovare tua madre dopo il lavoro. Ho sentito le frecciatine che, ogni tanto, Adam lanciava sul fatto che fai troppo per lei, su quanto lei sia una tiranna».

«N...».

«Jess, non preoccuparti. Non serve rispondermi. Pensa solo a quello che ti sto dicendo. Chiediti se è davvero tua la voce che è nella tua testa o invece è di qualcun altro. Se è la tua, allora dimentica quello che ti ho detto. Incolpa per questo un'amica sciocca, carica di buone intenzioni, ma che salta alle conclusioni sbagliate».

«E se invece hai ragione tu?».

Karen e io ci fissammo a vicenda, entrambe ugualmente sorprese dalla mia domanda.

«Allora dovremmo capire come fare per alzare il volume della *tua* voce».

«Dovremmo?»

Karen sorrise. «È a questo che servono gli amici».

41

Mi sentivo inquieta e camminavo avanti e indietro per il salotto di Mamma. Perché ci ero andata? Dopo aver parlato con Karen, la mia mente si era riempita di domande senza sosta. In precedenza, anche Adam aveva sollevato le stesse obiezioni, ma io l'avevo sempre ignorato. Ero rimasta leale a Mamma. Ma ora le domande non si arrestavano.

E nemmeno il senso di colpa.

Avevo sbagliato a pensare male di Mamma. Lei era mia madre. Aveva sempre agito per il mio bene. Aveva sempre fatto quello che lei credeva fosse meglio per me.

Aveva le migliori intenzioni. Chi ero io per criticarla per gli eventuali errori che aveva commesso? Io ero tutt'altro che perfetta. E nonostante questo, mi ero permessa di parlare male di lei. Avevo fatto credere a Karen che la colpevole di tutte le mie insicurezze fosse Mamma.

Mi stava salendo nuovamente la nausea, così inspirai profondamente. Mi sentivo molto colpevole. Ero una cattiva figlia anche solo per averle pensate, certe cose. Eppure, non potevo fare a meno di chiedermi se Karen non avesse ragione.

«Allora, come mai sei qui?», chiese Mamma entrando in salotto con un vassoio di tè.

«Avevo solo bisogno di vederti».

Mamma sorrise. «Sapevo che alla fine saresti tornata. Non sei abbastanza forte per stare in quell'appartamento tutta da sola».

Non sei abbastanza forte.

Deglutii. Non era praticamente quello che avevo detto a Karen, che non ero abbastanza brava? Aveva ragione Karen? Era possibile che un «tu non sei» si fosse trasformato in un «io non sono»? Forse le opinioni di Mamma erano diventate le mie opinioni?

E se sì, quand'era successo?

Perché non me ne ero accorta?
Perché non avevo fatto di tutto per evitarlo?
La mia attenzione fu attirata dalla foto dei miei nonni sulla mensola. La presi in mano e studiai i volti. Mi sforzai di ricordare com'erano le cose prima della loro morte, prima del nostro trasloco lì.
«Com'erano?», chiesi a Mamma senza staccare lo sguardo.
«Non ti ricordi?». Sembrava ferita dalla domanda. Erano i suoi genitori e io li avevo dimenticati.
«Non molto. Ero piccola quando sono morti. Ricordo che li amavo molto e adoravo venire qui a trovarli».
«Loro...» Mamma fece una pausa. «Si dedicavano anima e corpo a ciò in cui credevano».
Perplessa, piegai la testa di lato. «Questa potrebbe non essere esattamente una buona qualità». Almeno non nel modo in cui Mamma l'aveva detto.
«Erano brave persone. Solo un po' difficili da accontentare. Avevano grandi aspettative».
Mi sedetti sul bracciolo del divano. Perché non l'avevo capito prima? Mamma aveva sempre parlato dei suoi genitori con tanta ammirazione. Li idolatrava.
Vero?
«Eravate molto legati, o sbaglio?»
«Ci tenevo a loro. Avrei fatto qualsiasi cosa per accontentarli».
«Anche trasferirti nella loro casa per realizzare il loro sogno».
Mamma annuì e si chinò in avanti per versare il tè. «È la loro eredità. È tutto quello che mi è rimasto di loro».
«Ma sei contenta di averlo fatto?».
La testa di Mamma si alzò di scatto e mi fissò. «È la stessa domanda che mi fece tuo padre molto tempo fa».
La fissai. Aveva menzionato Papà. Non aveva mai parlato di lui. Eppure, per la seconda volta in quella settimana, l'aveva nominato in una conversazione.
Deglutii. «E cos'avevi risposto?».
Mamma si accigliò. «Non credo di avergli dato una risposta».
«Perché no?»
«Era una domanda priva di importanza».
«No, non lo è affatto. La tua felicità non dovrebbe mai essere un fatto privo di importanza. È fondamentale, eccome. Dovrebbe essere fondamentale anche per te».

Stavo respirando affannosamente. Avevo fatto un discorso carico di convinzione e passione. Ma non era solo Mamma che aveva bisogno di ascoltarlo, anch'io dovevo. Io non avevo forse fatto esattamente la stessa cosa che aveva fatto lei? Avevo anteposto la felicità di Mamma alla mia. Pensavo che così sarei stata una brava figlia. Una brava persona. Ma ero io che dovevo farmi carico della sua felicità?

Mamma stava ancora vivendo la sua vita come pensava di dover fare per accontentare i suoi genitori, anche se erano morti da ventiquattro anni. Quand'è che sarebbe bastato? Quand'è che poteva finire?

Io mi ero comportata nella stessa maniera. Avevo passato la mia vita a cercare di rendere Mamma felice, di essere la figlia di cui lei aveva bisogno, la compagnia, il sostegno, l'aiuto. Ma non era mai abbastanza. Non era mai quello che lei voleva davvero. Non importava cosa facessi, non sarei mai stata comunque in grado di renderla felice. Solo lei poteva decidere di esserlo.

Adam aveva cercato di dirmelo.

«Non importa quanto tu faccia, Jess, non le basterà mai».

«Non è vero. Fai sembrare Mamma esigente, come se lei pretendesse sempre di più da me».

«Non è colpa sua. Non del tutto. È solo che ti ha dato un compito impossibile, ma nessuna di voi due se ne rende conto».

«Quello che faccio ha delle conseguenze su Mamma. Siamo unite. Le mie parole e le mie azioni la influenzano. Posso renderla felice o renderla triste. Io ho questo tipo di responsabilità».

«No, non ce l'hai. Tu sei responsabile solo della tua felicità, Jess. Non di quella di qualcun altro, chiunque sia».

«Ma le mie azioni hanno delle ripercussioni».

«Non sto dicendo che dovresti ferirla apposta. Puoi continuare a prendertene cura lo stesso, ma alla fine è quello che realmente vuoi tu che dovrebbe stabilire quello che poi fai. Lei è la sola responsabile di come sceglie di voler vedere le cose. Sì, potresti deluderla se non vai a trovarla sempre. Ma sarà lei a decidere se vuole prendersela per questo o andare avanti. Sta a lei decidere se stare a casa da sola, in preda all'autocommiserazione, o prendere su la sua borsa e andare al cinema, o che so, a seguire un corso di cucina».

Rimasi a studiarlo in silenzio. Logicamente quello che stava dicen-

do aveva un senso, ma le cose non erano esattamente così semplici. Io e Mamma eravamo diverse. La nostra relazione era diversa.

«Non sei tu a decidere come lei deve reagire. Tu puoi decidere solo in merito alle tue reazioni».

Non avevo preso in considerazione le parole di Adam. Non avevo ascoltato. Non correttamente. Non avevo voluto ascoltare. Ma ora me ne stavo rendendo conto.

Volevo che Mamma fosse felice, ma forse i suoi bisogni non dovevano prevalere sui miei. Volerla felice non significava sacrificare la mia felicità.

Mi alzai e con mani tremanti rimisi la foto a posto sulla mensola.

Era stata Mamma a definire le convinzioni e i sentimenti che avevo su me stessa. Uscire con Adam era stata la prima occasione in cui mi ero messa contro di lei. Avevo finalmente fatto un piccolo passo per mettere al primo posto i miei desideri. Mi aveva fatto sentire meglio con me stessa. Bramavo l'incoraggiamento da parte di Adam. La sua approvazione. Ne ero dipendente. Non c'era più solo la voce di Mamma nella mia testa, c'era anche quella di Adam.

E non sarei mai stata all'altezza di nessuno dei due.

Adam aveva ragione, avevo cercato di ottenere qualcosa che era impossibile da realizzare. La mia autostima era dipesa dalla mia capacità di rendere felice qualcun altro. Mi ero sentita colpevole e inadeguata perché, qualunque cosa facessi, fallivo sempre. Ma la felicità di Mamma non era mai stata sotto il mio controllo. Comunque andasse, era impossibile ottenerla.

E nemmeno Mamma poteva riuscirci.

«Cosa faresti se non ti sentissi obbligata a vivere qui? Se, per un momento, ignorassi quello che desideravano i tuoi genitori e pensassi solo a quello che vuoi tu?»

«Non voglio rigettare quello che hanno voluto per me. Hanno lavorato duro per darmi tutto quello che potevano». Mamma sbuffò. «Tutto ciò che avevano».

«Ma la loro casa era davvero quello che desideravi da loro? Non era più importante il loro amore incondizionato, indipendentemente dal fatto che tu facessi o meno quello che ti chiedevano?».

«Mi amavano». Mamma aveva gli occhi vitrei mentre fissava la foto. «A modo loro».

«Ma non è il momento di pensare a quello che vuoi tu?».

Mamma mi fissò per un momento prima di allungare la mano verso di me. Feci un passo avanti e la presi nella mia.
«Ho già quello che voglio. Tu sei tutto il mio mondo».
Sentii un brivido freddo attraversarmi il corpo. Non si sarebbe mai liberata dall'influenza che i suoi genitori avevano su di lei.
E nemmeno io.

42

L'agente Davidson, nell'atrio in attesa che lo raggiungessi, arretrò di un passo. Giunta alla porta, esitai. La sua espressione di ghiaccio era tutt'altro che incoraggiante e non mi spronava certo a collaborare, ma apparentemente non avevo alternative. La mia presenza alla centrale di polizia non era stata solo richiesta; questa volta mi avevano prelevato per portarmici.

«Jessica, non dire nulla», aveva detto Mamma accanto a me mentre mi porgeva il cappotto.

Ero rimasta di stucco. Mamma credeva che ci fosse qualcosa da dire. Qualcosa che avrebbe dimostrato la mia colpevolezza.

Avevo guardato l'agente Davidson che mi stava studiando con attenzione.

«Non ho nulla da nascondere», gli avevo detto.

Lui aveva annuito, ma il suo scetticismo mi era balzato agli occhi. E, d'altronde, non potevo certo biasimarlo. Se mia madre era la prima a non credermi, allora perché avrebbe dovuto farlo lui?

Nessuno aveva parlato lungo tutto il tragitto fino alla centrale di polizia. In macchina, mi sentivo in obbligo di dire qualcosa per rompere la tensione, ma cosa? Se avessi chiacchierato del più e del meno sarei sembrata innocente e sincera, oppure mi avrebbe fatto apparire nervosa e più sospetta?

«Abbiamo già parlato in precedenza di come la sua gelosia ha condizionato le sue passate relazioni», disse l'agente Davidson una volta seduti nell'ormai troppo familiare stanza degli interrogatori, e dopo aver avviato la registrazione e ricordato i miei diritti.

«L'ho già spiegato. Non era come poteva sembrare».

«E con Adam?».

Chiusi gli occhi. «Con Adam?»

«Era gelosa, vero?»

«Io...» Non aggiunsi altro. Come potevo rispondere senza mostrarmi colpevole?

«Sospettava che lui avesse una relazione?», chiese l'agente Davidson sottovoce.

Sentii venirmi meno l'aria. Come l'aveva scoperto? Io non ne avevo mai parlato con nessuno.

«Era arrabbiata, vero? Furiosa, persino?»

«No».

«Abbiamo un testimone».

Quella parola mi trafisse l'anima. Un testimone di cosa? Cosa avevano visto?

Sai che la tua memoria non funziona bene.

Cosa avevo fatto?

Forse Mamma aveva ragione?

«Abbiamo parlato con alcuni clienti di Adam. Sappiamo che lei l'ha affrontato in strada e l'ha accusato di tradimento».

Non appena capii a chi si riferisse, mi sentii sollevata. «La donna in piazza».

Gli occhi dell'agente Davidson si strinsero. «Pensava che stessi parlando di qualcos'altro?»

«No».

Cercai di non arrossire. Avevo risposto troppo in fretta, l'avevo capito dal modo in cui Davidson aveva assunto una posizione più eretta sulla sedia. Avevo detto troppo. Lui sapeva che stavo mentendo. Forse non ero così brava come avevo creduto.

«Mi ero sbagliata. Era una cliente».

«Adam aveva una relazione, però, vero?».

Mi accorsi di arrossire. «Lui…».

«Cos'ha fatto per farsi scoprire?».

Tossii. Potevo negarlo. Lo scontrino era sparito. Per quanto ne sapevo, non c'era più alcuna prova.

«Uno scontrino».

Un guizzo di sorpresa passò sul volto dell'agente Davidson e mi resi conto che non si aspettava che io lo ammettessi. Ma, d'altra parte, nemmeno io credevo che l'avrei confessato.

«Era di un locale in cui avevamo programmato di andare per il nostro anniversario, ma…».

«Ci ha portato un'altra, invece».

Sollevai le spalle. «È possibile che non significhi nulla».

«Non ci crede davvero, però. Lei pensa che lui avesse una relazione».

«Non lo sapevo per certo. Non avevo la certezza». Formulai la mia risposta con attenzione. Non era una bugia. Davvero non lo sapevo. Non ancora.

«Dev'essere stato terribile scoprire di essere tradita». L'agente Davidson aveva ignorato le mie spiegazioni. Secondo lui non contava se avessi o meno delle prove. Dal momento che avevo creduto Adam capace di tradimento, questo bastava.

Aveva ragione, naturalmente. Il dubbio faceva comunque male.

Incurvai la schiena.

«La speranza è una cosa pericolosa. È potente. Rende forti, anche. Si possono ottenere cose straordinarie se si è guidati dalla speranza. Ti fa combattere contro le avversità. Ti fa andare avanti quando tutto il resto ti dice di arrenderti. Ti permette di immaginare un futuro migliore del presente. Un futuro che potrebbe essere tuo».

Mi lasciai andare contro lo schienale della sedia. «Il problema è che quando hai la speranza hai anche qualcosa da perdere». Sollevai un sopracciglio studiando l'espressione dell'agente Davidson. «Cosa succede quando quel futuro a cui ti aggrappavi con tutte le tue forze e che sognavi va in frantumi e muore?».

Lui piegò la testa di lato senza rispondere.

«Muori anche tu».

La sua fronte si contrasse leggermente. Forse pensava che fossi melodrammatica. Non poteva sapere come ci si sentiva. Nessuno poteva. A meno che non ci fosse passato. A meno che non avesse perso tutto.

«Non completamente. Mai completamente. Ma qualcosa dentro di te, la parte che ti ha fatto andare avanti, che ti ha reso forte, in parte appassisce. E ti lascia più debole, più pessimista e più scettico».

«È questo che è successo con Adam? Quando ha saputo della sua relazione, del suo tradimento, qualcosa in lei è "morto"?».

Annuii lentamente. «Ci ero già passata. Avevo giurato a me stessa che non mi sarebbe più capitato di nuovo. Ma poi ho incontrato Adam...» Feci un lungo respiro. «Lui ha fatto rinascere la speranza. Ma era una speranza mal riposta».

Non ero innamorata di lui. Non lo ero mai stata. Ora lo sapevo. Ero innamorata dell'idea di lui. Della vita che avrei potuto avere al suo fianco. Al fianco della mia versione di lui, comunque. La versione che credevo di conoscere, di cui credevo di conoscere il carattere, i gusti e le antipatie, le speranze e i sogni. Invece, tutto quello che avevo era una realtà in cui non sapevo affatto chi lui fosse.

«Tutto era completamente diverso da quello che avevo immaginato. Lui era diverso».

Anche se fosse stato ancora lì, ancora con me, tra noi non avrebbe funzionato. Ora lo sapevo. La verità e la fantasia erano troppo distanti perché potesse funzionare tra noi.

«Mi sforzo continuamente per riuscire a capire cosa ho fatto di sbagliato. Cosa faccio sempre di sbagliato. Mi tradiscono sempre. Se ne vanno sempre».

«Perché è così sicura che la colpa sia sua?».

Sollevai la testa di scatto e lo fissai. «Di chi altro potrebbe essere?».

L'agente Davidson fece una pausa mentre mi studiava. «Loro».

Chiusi gli occhi. Era una parola così semplice, eppure così decisiva. Mi poteva assolvere dal sentirmi responsabile, dalla colpa. Scossi la testa. Era sbagliato. Non intendevo negare i miei difetti o le mie responsabilità. Non mi sarei sottratta alla colpa che avevo in tutto quello.

Raddrizzai la schiena. «Sono io l'elemento che accomuna tutti gli eventi».

Lui scrollò le spalle. «Questo non prova nulla, se non che ha avuto sfortuna».

«Sfortuna?» Sbuffai. «Visto il tipo di lavoro che svolge, agente, non pensavo che credesse nella sfortuna».

L'agente Davidson ridacchiò. «Diciamo solo che questo caso mi ha fatto mettere in discussione molte delle cose di cui prima ero sicuro».

Aggrottai la fronte, incuriosita. Quali cose? Morivo dalla voglia di chiederglielo, ma scossi la testa. Non aveva importanza. Non avrebbe cambiato nulla. «Attribuire i miei fallimenti alla sfortuna è la via d'uscita più facile. Significa far finta che siamo in balìa di qualcosa di più grande di noi. Ma la verità è che siamo noi che decidiamo il nostro destino. Noi che decidiamo se darci da fare o non muovere un dito. Prendere decisioni giuste o decisioni sbagliate».

«E Adam era questo? Una decisione sbagliata?».

Inspirai profondo e poi lasciai uscire l'aria lentamente. «Sì».
L'eco della mia ammissione tardò a sparire. L'agente Davidson sembrava sorpreso. Era la notizia ad averlo stupito o il fatto che io l'avessi ammesso?
Ero disillusa. Non aveva importanza. Sembrava inutile fingere ancora. Adam era stato un errore. Ora lo sapevo. Lo sapevo da tempo.
«Inizialmente non era così, però», aggiunsi, perché, per qualche ragione, sentivo il bisogno di difendere ciò che io e Adam eravamo stati un tempo. «Quando ci siamo incontrati, Adam era…».
«Cosa?»
«Tutto quello di cui avevo bisogno».
«Invece, alla fine…?».
Mi stava invitando a elaborare, senza dubbio nella speranza che la mia improvvisa disponibilità a parlare portasse a una confessione. La mia confessione.
Ma non sarebbe andata così. Non poteva essere così. Volevo sapere cos'era successo a Adam tanto quanto la polizia, anzi di più. Il problema era che non avevo la soluzione di quel mistero. Proprio come per tutti gli strani avvenimenti che erano accaduti nel corso della mia vita, la verità era appena al di fuori della mia portata.
«Alla fine…» feci un altro respiro profondo. «Alla fine Adam non era chi pensavo che fosse».
«Per via del tradimento?».
Sorrisi tristemente. «No». Notai l'agente Davidson e il detective Fisher scambiarsi un'occhiata. Non mi credevano. «Il fatto che Adam avesse un'altra era un tradimento. Lo rendeva un traditore, ma…» Non continuai perché mi stavo sforzando di usare le parole giuste per spiegare.
«Lei lo amava lo stesso».
Iniziai ad annuire ma con esitazione. «Penso che sia più corretto dire che ho amato l'idea di lui».
«Tradimento compreso?».
Sbuffai. «Di quell'aspetto non ero contenta. Ma avrei potuto sorvolare e accettarlo, persino».
L'agente Davidson si passò una mano tra i corti capelli castani. Mi accorsi che aveva un'espressione confusa. Avevo distrutto la sua teoria. Non ero la fidanzata gelosa che aveva ucciso Adam in

un impeto di rabbia dopo aver scoperto il suo tradimento. Ero…

Mi morsi il labbro. Che cos'ero?

«Allora, cos'è cambiato?»

«Che Adam è morto».

Il detective Fisher si accigliò. «Sta dicendo che Adam non era quello che lei pensava che fosse perché è morto?».

Scoppiai a ridere. Era strano ridere. Era passato così tanto tempo da quando avevo riso l'ultima volta, da molto prima della scomparsa di Adam.

«No, la morte di Adam è ciò che mi ha fatto capire che lui non era chi io pensavo».

L'agente Davidson si spostò in avanti sulla sedia. «In che modo?»

«Natalie».

Il suo viso assunse un'espressione accigliata.

«L'ha incontrata, vero?».

Lui annuì. «Anche lei?»

«Sì, alla veglia».

«D'accordo, ma lei già sapeva della sua esistenza, quindi il fatto di averla incontrata che cosa ha cambiato?»

«Tutto. Non se n'è accorto?» Sorrisi perché lui sembrava confuso. «Le somiglianze tra noi? La stessa pettinatura? Lo stesso stile?».

L'agente Davidson alzò le spalle. «Sì, a Adam evidentemente piaceva un certo tipo di donna».

«No». Scossi la testa. «Era Natalie il tipo di Adam. Io ero solo un'imitazione. Qualcuno che lui ha cercato di rimodellare a immagine di lei».

I suoi occhi si spalancarono mentre un poco alla volta cominciava a comprendere. «I regali…».

«Sì, tutti i regali di Adam, i vestiti, il trucco, tutto era per rendermi un po' più simile a lei».

«Allora questo le ha dato un motivo in più per ucciderlo», disse il detective Fisher, con un sorriso compiaciuto sulle labbra. «Se non era già abbastanza brutto il fatto che lui la tradisse, deve essere stato umiliante rendersi conto che lui volesse farla assomigliare all'altra donna».

L'agente Davidson scosse la testa. «Ma se lei non avesse incontrato Natalie alla veglia…».

«Sarei rimasta con lui». Intrecciai le mani sul tavolo davanti a me. «Le cose non andavano bene tra noi, però lui era tutto quello che avevo. Non potevo perderlo, perché non avrei saputo come continuare a vivere senza di lui».

«Quindi non ha ucciso Adam?»

«No». Scossi la testa e mi appoggiai alla sedia. Sentii una strana calma scendere su di me. Avevo detto loro la verità. Per quanto fossi stata arrabbiata con Adam quella sera, non gli avrei mai fatto del male. Non potevo farglielo. Avevo troppo bisogno di lui.

«O forse semplicemente non se lo ricorda…».

Le parole dell'agente Davidson mi colpirono nel profondo. Le mie mani iniziarono a tremare e le nascosi sotto il tavolo, fuori dalla vista.

Lui sapeva.

43

«Ha avuto problemi di memoria in passato».

Fissai l'agente Davidson. Sembrava un'affermazione piuttosto che una domanda, ma lui si interruppe come per darmi il tempo di rispondere.

Cosa potevo dire? Se lo avessi negato sarei sembrata una bugiarda, ma dal mio punto di vista, la mia memoria funzionava bene. Erano le altre persone che ritenevano che avesse dei problemi.

Parlavano di cose che non erano successe. Cose che avevo fatto. Cose che avevo detto. Ma non era vero. Non poteva esserlo.

«Vedo dalla sua scheda che lei, per questo motivo, si è rivolta a uno specialista».

Un'altra dichiarazione.

Cambiai posizione sulla sedia.

«In questo momento, come va la sua memoria, Jessica?»

«Funziona bene», risposi a denti stretti.

E se…?

La domanda di Mamma aleggiava. E se l'avessi fatto davvero? E se l'avessi ucciso?

Avrei potuto dire tutto all'agente Davidson. Parlare delle mie relazioni complicate, rivelare i miei errori passati. Svelare la verità, la verità completa, e lasciare che lui investigasse. Avrebbe trovato lui le risposte. Lui avrebbe trovato la soluzione che mi interessava. Avrei finalmente saputo, in un modo o nell'altro.

«Signorina Harper?».

Chiusi gli occhi e sentii il mio viso arrossire.

«Sembrava che volesse dire qualcosa».

«Ho solo…» feci un respiro profondo. «Volevo solo ringraziarla per quello che sta facendo per Adam».

La frustrazione era come un enorme peso che mi premeva sullo stomaco. Ero una codarda.

«Scopriremo presto cosa gli è successo, glielo prometto». Il suo sguardo intercettò il mio e notai una certa ferocia. Le sue parole volevano rassicurarmi o innervosirmi?

Annuii lentamente. «Lo spero proprio».

Un'altra bugia.

Non volevo che lui scoprisse la verità. Non la volevo. Non ero sicura che sarei stata in grado di affrontarla. Alcune cose era meglio non saperle.

Dovevo essere fermata. Se avevo ucciso Adam, cosa poteva accadere dopo? *Chi* sarebbe stato il prossimo?

Tuttavia, c'era una vocina nella mia testa che mi urlava che non ero stata io. Non potevo essere stata io. Era la stessa voce che mi accompagnava da anni e che dichiarava costantemente la mia innocenza, non importava cosa fosse successo. Anche di fronte a delle prove schiaccianti che dimostravano la mia colpevolezza, quella voce aveva sempre resistito. Non mi aveva mai abbandonata. Non aveva mai esitato.

Quella voce si era già sbagliata in precedenza.

Lui sollevò un sopracciglio. «Com'era il rapporto tra sua madre e Adam?».

Trasalii per l'improvviso cambio di argomento.

«A sua madre Adam non piaceva, vero?».

Sbuffai. «Lo detestava».

«Non dev'essere stato facile».

Cercai di ignorare il suo commento, ma non ci riuscii. «Mi sarebbe piaciuto che lei lo vedesse come lo vedevo io».

«Ma non ci riusciva». Fece una pausa e batté la penna sul suo blocco per gli appunti. «O non voleva».

«No. Non gli ha mai dato una possibilità. Non ci ha mai dato una possibilità».

«Così, quando ha scoperto che Adam la stava tradendo...» Davidson fece un respiro profondo e scosse la testa. «Si è resa conto che sua madre aveva sempre avuto ragione riguardo a lui».

Strinsi i denti. «Sì». Mi dava fastidio ammetterlo. Era quasi peggio del tradimento di Adam, il fatto che Mamma avesse avuto ragione su di lui. Su di me.

«Deve essere stato terribile».

Mi stavo contorcendo. La sua intuizione era fin troppo precisa. Era snervante.

«È molto legata a sua madre, vero?»
«Certo. È mia madre».
«Siete solo voi due da molto tempo».
Annuii. «Avevo sette anni quando Papà ci lasciò».
«Mi dispiace».
Lo guardai di sbieco. Sembrava esserci una sincera compassione nella sua voce. Non me lo sarei aspettata. Non da lui.
«Le informazioni in merito a suo padre ci sono pervenute a seguito del nostro controllo su di lei».
Annuii. Ero curiosa di sapere cos'altro ci fosse in quella sua scheda. Abbandonata da piccola. Emotivamente segnata. Non desiderata. Non amata.
«Non posso nemmeno immaginare quanto sia stato difficile per lei affrontare una perdita del genere».
«Ho sentito tantissimo la sua mancanza». Sospirai. «Io avevo un posto speciale nel cuore di Papà. È stato difficile accettare che lui abbia potuto lasciarmi così». Sbattei le palpebre e mi asciugai le lacrime con il dorso della mano. A dire il vero, per me era difficile da accettare ancora adesso. Anche in quel preciso momento.
«Superare il lutto è difficile per chiunque, a maggior ragione per una bambina».
«Lutto?» Mi corrucciai. Non l'avevo mai considerato da quel punto di vista, ma… «Sì, credo proprio di sì». Mi mordicchiai il labbro. «Ma penso che la cosa più difficile sia stato sapere che quella era stata una sua scelta».
«Scusi?»
«Lui ha scelto di lasciarci. Di lasciarmi. Ha scelto di non tornare».

Mi appoggiai alla finestra, con il naso premuto contro il vetro freddo.
«Cosa stai facendo?».
Ero girata di spalle. Non volevo rispondere. Sapevo che Mammina avrebbe disapprovato. Mi stavo comportando da cattiva. No, anzi, non da cattiva. Ma da sciocca. Quello era persino peggio.
«Jessica?»
«Sto aspettando», mormorai a bassa voce, sperando che lei non mi sentisse.
«Cosa?».

Udii i suoi passi pesanti attraversare il soggiorno e fermarsi dietro di me. Mi girai e la scrutai con gli occhi annebbiati dalle lacrime. «Papà».

La sua bocca si contrasse e delle profonde pieghe le scavarono la fronte.

Mi schiacciai contro la finestra.

«Cosa ti ho detto di Papà?».

Chinai la testa e mi misi a fissare le mie pantofole di pelo rosa. «Che non tornerà mai più».

«Esatto. Perciò smettila di deprimerti e di cercarlo. Non tornerà».

Una lacrima scese lungo la mia guancia tracciando una striscia fredda e umida. «Ma…» feci una pausa cercando il coraggio per continuare. «È il mio compleanno». Sollevai lo sguardo verso Mamma e il suo sguardo incontrò il mio. «Lui tornerà per il mio compleanno».

Gli occhi di Mamma si strinsero e lei mi guardò rancorosa. L'avevo fatta arrabbiare. Tentai di fare un passo indietro ma andai a sbattere contro la finestra dietro di me.

Lei mi afferrò il braccio, mi tirò contro di sé e si chinò su di me. «Mai significa mai, Jessica. Non tornerà per il tuo compleanno, né per Natale, né per qualsiasi altra cosa. Se n'è andato, mi hai sentito?».

Le lacrime mi scorrevano sul viso. Annuii freneticamente.

La presa di Mamma si fece più stretta mentre mi scuoteva il braccio. «Smettila di piagnucolare».

Provavo a smettere di piangere, ma le lacrime scorrevano sempre di più.

«Vuoi sapere perché se n'è andato, eh? Perché mai vorrebbe stare qui con una bambina lagnosa come te?».

Un singhiozzo mi sfuggì dalle labbra.

«Ho detto basta!»

Io annuii e strinsi i pugni lottando per riprendere il controllo. Le mie unghie incisero i palmi delle mani. Soffrivo, ma era una bella sensazione. Calmante.

Mamma annuì leggermente e fece un respiro profondo.

«Hai me, Jess. Io sono ancora qui». La sua voce si era ammorbidita, pur rimanendo ancora tagliente. «O non sono abbastanza brava?».

Fui inghiottita dal senso di colpa e dalla paura, che andarono ad alimentare il mio dolore. Scossi la testa. «No, Mamma. Non dire così». Gettai le braccia intorno alla sua vita e mi aggrappai a lei.

Non poteva lasciarmi anche lei. «Sei molto brava. Te lo giuro, bravissima».

«Signorina Harper, cosa pensa che sia successo esattamente a suo padre?».

Lo fissai. Era una domanda strana. «Mi sembrava che lei avesse detto che l'informazione è riportata nei vostri registri?»

«Ce l'abbiamo, ma...». I due uomini si scambiarono un'occhiata. C'era qualcosa. Il modo in cui le loro sopracciglia si erano inarcate. Era quasi come se fossero confusi. Persino sconcertati.

«Se n'è andato».

«Andato, nel senso di...?». L'agente Davidson assunse un'espressione dubbiosa e si piegò in avanti sul tavolo.

«Andato nel senso che se n'è andato». Scrollai le spalle. Avrei potuto spiegarlo in modo più semplice di così? «Una mattina è andato a lavorare e non è più tornato a casa. Se n'è andato».

Si scambiarono lo stesso sguardo, di nuovo.

«Che succede? Perché tutte queste domande su mio padre?».

«Suo padre non se n'è semplicemente andato, signorina Harper». L'agente Davidson si schiarì la voce. «Mi dispiace, ma è morto».

44

Morto.

La parola continuava a ripetersi nella mia mente.

«C-cosa?» Faticai a parlare. Non vedevo mio padre da oltre ventitré anni. Non mi aspettavo di rivederlo, ma c'era ancora una parte di me che sperava... Ero come un bambino troppo cresciuto per credere a Babbo Natale, ma che comunque va a letto presto, resta a letto e non osa sbirciare, nel caso in cui Babbo Natale si manifestasse davvero. Sapevo che Papà non sarebbe tornato, ma c'era ancora una possibilità che potesse farlo.

«Quando? Come?». Non aveva importanza ormai, ma avevo bisogno di sapere. Per quanto tempo mi ero aggrappata a una vuota speranza?

L'agente Davidson tossicchiò.

«Perché nessuno ci ha contattato per dircelo?». Avevo mille domande che mi passavano per la mente.

Lui mi stava fissando. Il suo viso mi sembrò impallidire all'improvviso.

«Sua madre lo sapeva, signorina Harper».

Scossi la testa. «No, si sbaglia. Se Mamma l'avesse saputo me l'avrebbe detto».

Non è vero?

Ero seduta sulla grande sedia imbottita nel corridoio fuori dall'ufficio del preside e lasciavo dondolare le gambe. Stavo osservando i certificati sul muro. Sembravano importanti. Proprio come il signor Travis.

Lo stomaco mi si attorcigliò. Cambiai posizione e mi sedetti sulle mani. Non mi avevano mai mandato nel suo ufficio prima di allora. Solo i bambini che si comportavano male dovevano andarci. Io lo avevo visto raramente il signor Travis, giusto qualche mattina all'assemblea. E basta. Lui era grosso e alto, e parlava con una voce possente che poteva essere sentita da ogni angolo del corridoio della scuola. Rabbrividii. Non volevo entrare nel suo ufficio.

«Non ha bisogno di parlare con nessuno».

Sorrisi leggermente al suono della voce di Mammina. Almeno non avrei dovuto affrontarlo da solo. Mammina era già nel suo ufficio.

Sollevai il mento e mi sforzai di pensare a cosa avessi fatto di sbagliato. Doveva essere qualcosa di molto brutto perché anche Mammina fosse stata chiamata per parlare con il preside.

«Signora Harper, non posso immaginare quanto sia difficile per lei, ma deve pensare a sua figlia».

Mi appoggiai allo schienale e tesi le orecchie in attesa della risposta di Mammina.

«Penso a lei. Penso sempre a lei».

«L'insegnante di Jessica è preoccupata per lei e lo sono anch'io».

«Jessica sta bene».

«È nella fase della non accettazione».

«È il suo modo di affrontare la situazione».

«Non è sano, signora Harper. A un certo punto, lei realizzerà. Alla fine, Jessica si troverà ad affrontare quello che è successo veramente».

Aggrottai la fronte. Cosa avrei dovuto affrontare? Scivolai giù dalla sedia e mi avvicinai alla porta.

«No». La voce di Mammina era fredda come il ghiaccio. «Non si dovrà mai mettere mia figlia davanti all'evidenza».

Il signor Travis fece un brusco respiro. «Signora Harper, Jessica sa cos'è successo a suo padre, vero?»

«Certo che lo sa. Ma è solo una bambina. Come può una bambina capire una cosa del genere? Come può capirlo uno chiunque di noi?».

La porta si aprì e io feci un salto all'indietro.

Mammina mi fissò.

«Cos'è che non riesco a capire?».

Per un secondo lei sembrò preoccupata, ma poi scosse la testa e la sua espressione si rasserenò. «Prendi la tua borsa, Jess. Andiamo a casa».

«Ma ho la lezione di educazione fisica».

«Andiamo subito, Jess».

Mi girai e presi la mia borsa. «Ho fatto di nuovo qualcosa di sbagliato?».

«Di nuovo?» Il signor Travis mi scrutò da sopra la spalla di Mammina.

«No, Jess. Non hai fatto niente di male. Sei una brava bambina».

Le sorrisi. Ero brava. Mi piaceva essere brava.

«Ecco perché oggi vai a casa prima. È un premio».

I miei occhi si erano spalancati per la contentezza e stavo sorridendo. «Davvero? E Susan può andare a casa prima? Anche lei è una brava bambina».

Mammina scosse la testa. «No, solo tu, Jess». Lei appoggiò la mano sulla mia spalla e mi guidò lungo il corridoio.

«Signorina Harper, è stata sua madre a trovare suo padre».

Sbattei le palpebre. «L'ha trovato Mamma?» Scossi la testa. «Come può essere? Mamma non l'ha più visto dal momento in cui se n'è andato, quando io avevo sette anni».

«È accaduto all'incirca ventitré anni fa».

«Sì».

«No, Jess». L'agente Davidson scosse la testa. «Lui è morto ventitré anni fa».

Mi mancò il respiro. «Ecco perché non è mai più tornato». Tutto aveva un senso ora. O almeno più di prima. Papà non si era più fatto sentire perché non poteva, non perché non aveva voluto contattarmi.

«Ecco perché "se n'è andato"».

Mi accigliai e mi sforzai di pensare. «Non capisco».

«Suo padre non l'ha abbandonata, Jess. Quello è il giorno in cui è morto».

«Ma...». Chiusi gli occhi.

«Il fascicolo dice che è caduto dalle scale. Sua madre ha sentito e...». Le sue parole si interruppero.

«Ma questo significherebbe che Mamma lo sapeva?» Scossi la testa. «No, non è vero. Il suo fascicolo si sbaglia».

«Secondo la dichiarazione rilasciata da sua madre, suo padre era tornato a casa dopo aver accompagnato lei a scuola. Apparentemente aveva dimenticato qualcosa. Era in ritardo e andava di corsa».

Hai dimenticato la tua valigetta.

Mi portai la mano alla bocca. «Aveva dimenticato la sua valigetta. Era nella stanza degli ospiti al piano di sopra, quella che Papà usava come studio».

L'agente Davidson annuì. «Capisco».
«Sarei dovuta andare io a prenderla».
«Lei?»
«Sapevo che l'aveva lasciata lì. Glielo dissi. Ma lui voleva portarmi a scuola in tempo».
«Jess…».
«Sarei dovuta tornare indietro». Non smettevo di parlare. «Se fossi tornata indietro, allora…».
«Non poteva saperlo».
«No». Lo fissai. «Non lo sapevo. Non sapevo niente di tutto ciò». Mi asciugai le lacrime con il dorso della mano. «Avrei dovuto, però, non è vero?».
L'agente mi guardò impietrito.
«Perché non avrei dovuto saperlo?»
«Forse la sua memoria… il trauma…».
Certe cose è meglio dimenticarle.
Lo fissai. «La mia memoria». Era possibile? Era la mia memoria che non funzionava bene, dopo tutto? Già allora non funzionava? O quella era stata la causa scatenante?
«Penso che per oggi dovremmo interrompere qui l'interrogatorio».

45

Fissavo fuori dal finestrino e osservavo il traffico sfilarci accanto mentre l'agente Davidson mi riaccompagnava a casa. Un tempo mi avrebbe imbarazzato essere condotta dalla polizia e sedere nel sedile posteriore di una volante, ma in quel momento non sembrava avere importanza. Niente aveva importanza.

«È sicura di non voler andare a casa di sua madre?»

«Non voglio vederla».

Lui annuì. «Okay».

Il passato mi scorreva nella mente senza sosta. Forse mi ricordavo male? Mi era sfuggito qualcosa? Mamma me l'aveva detto? Ero nella fase della rimozione?

Ero piccola all'epoca. Forse non riuscivo a capire la morte di Papà. Forse non riuscivo ad accettarla. Avevo fatto finta che Papà ci avesse lasciato? Era stato più facile per me pensarla in quel modo? Mi avrebbe fatto comunque male, ma almeno potevo immaginarlo là fuori da qualche parte, ancora vivo, ancora felice.

L'auto si fermò, l'agente Davidson scese e mi aprì la portiera. Esitai per un momento. Non volevo andare a casa. Non volevo fare nulla. Non sapevo più cosa fosse reale. Non Adam, non la mia vita, nemmeno io. Tutto era contorto e distorto.

L'agente Davidson mi avrebbe arrestato se avesse potuto, non avevo dubbi su questo. Eppure, per qualche strana ragione, lui era il mio unico alleato. Era neutrale, imparziale.

«Ciascuno ha il proprio passato, il proprio modo di interpretare le vicende e raramente coincidono», disse mentre uscivo dalla macchina. «Forse dovrebbe parlare con sua madre».

Annuii. «Forse». Ma sapevo che non l'avrei fatto, non ancora. Era troppo presto.

Mi avviai in direzione del mio palazzo, quando il mio sguardo cadde sulla mia auto nel parcheggio e mi fermai. Forse c'era un posto dove potevo andare. Qualcuno che poteva aiutarmi. Qualcuno che avrebbe capito.

46

«Sei tornata!». Susan mi stava fissando sulla porta d'ingresso. «Non mi aspettavo proprio di rivederti, considerato il modo in cui te ne sei andata l'altra volta».

«Perché non me l'hai detto?». La rabbia mi ribolliva dentro e parlai scandendo bene ogni sillaba.

Lei trasalì per il mio tono. «Dirti cosa?».

«Lo sapevi, vero? Fin da quando eravamo bambine, lo sapevi».

Susan sospirò. «Jess, di cosa parli?». C'era dell'irritazione nel suo tono di voce, ma non mi importava. Lei mi aveva incolpato di averla tradita, ma era il contrario. Il suo tradimento era stato ben peggiore di quello di cui lei mi aveva accusato.

«Mio padre...». La mia voce si incrinò. «Mio padre è morto». Gli occhi mi si erano riempiti di lacrime e sbattevo le palpebre furiosamente. «Vero?».

Non so perché glielo chiesi. La polizia non poteva aver fatto un errore simile, non su questo. Ma una parte di me si rifiutava ancora di crederci. Dentro di me ero ancora la stessa bambina che aveva atteso ogni sera che lui facesse ritorno.

«Oh, Jess». Susan si premette una mano sul petto. «Tu lo sapevi».

La guardai male. «Mi hai aiutato a scrivergli un bigliettino per ogni Festa del papà, ogni compleanno, ogni Natale che lui non c'era, pensi che l'avrei fatto anche se l'avessi saputo?».

Susan si accigliò e i suoi occhi presero a correre avanti e indietro confusi. «Ma tua madre mi aveva detto...».

«Aveva detto cosa?». I miei occhi erano diventati una fessura e stavo aspettando le sue scuse. Anche se non sarebbero bastate. Non c'era nessuna giustificazione valida a cui lei poteva appigliarsi e che mi avrebbe fatto perdonare il suo tradimento. Lei era stata al gioco, mi aveva lasciato credere che lui sarebbe tornato, quando per tutto il tempo aveva saputo che io non l'avrei più rivisto. Perché lui non poteva tornare.

«Tua madre mi aveva detto che era il tuo modo di affrontare la situazione. Che era un gioco il tuo, una specie di messa in scena. Che sapevi che tuo padre non c'era più, ma fingere che un giorno sarebbe tornato a casa ti aiutava. Lei mi aveva detto che se ero tua amica, dovevo starti vicina. Dovevo tenerti il gioco. Non dovevo infrangere quella tua fantasia».

Sentii la terra sprofondare sotto i piedi e mi aggrappai al telaio della porta per non cadere.

«Oh, mio Dio!». Susan si piegò e poi si accasciò. «Tu davvero non lo sapevi».

Scossi la testa. «Se n'è andato».

«Oh, Jess». Susan mi gettò le braccia al collo, io mi aggrappai a lei e presi a singhiozzare sulla sua spalla. Mio padre se n'era andato. Per sempre.

La speranza sbiadita a cui mi ero aggrappata per ventitré anni alla fine si era spenta. Lui non sarebbe tornato per me. Non sarebbe tornato affatto.

«Vieni a sederti», disse Susan accompagnandomi dentro. Lei mi guidò inerme verso il soggiorno e io mi accasciai sul divano. Non potevo fare altro che obbedire. Non avevo la forza o la volontà di resistere.

Papà se n'era andato.

Susan si sedette accanto a me, con la sua mano stretta sulla mia. Fissai le nostre mani. Era la stessa cosa che Mamma aveva fatto quando avevo saputo dell'incidente di Adam. Eppure, quella stretta sembrava diversa. Ora, riuscivo a sentire il calore e la compassione che le mani di Susan emanavano mentre afferravano le mie, quasi che lei temesse di lasciarle andare. Mi stava offrendo un'ancora di salvezza. Dopo tutto quello che avevamo passato, e tutti gli anni che ci avevano separato, lei era ancora l'unica persona in grado di capirmi in quel momento. Era ancora la persona su cui potevo contare.

«Com'è possibile che tu non lo sapessi?». La voce di Susan era pacata, esitante. Scosse lentamente la testa. «È incredibile che tu abbia vissuto una tale rimozione».

Rimozione.

Quella parola circolava nel mio cervello. Rimuovere i fatti significava che pur sapendo cos'era successo, sceglievo di non ammetterlo. Mi sforzai di cercare nei miei ricordi… Era stata una scelta la mia? Magari inconsapevole? Oppure…

Deglutii.

Non tornerà mai più.

Chiusi gli occhi e lasciai che il passato mi sommergesse. Potevo vederlo molto chiaramente. Sentivo le lacrime, sentivo l'odore delle uova e del toast. Era così vivido. Così reale.

Riaprii gli occhi lentamente. «Non credo sia stata una rimozione».

«Cosa vuoi dire?»

«Credo di non averlo mai saputo». Anche mentre lo dicevo, mi sembrava assurdo. Sbagliato. Come potevo non averlo saputo?

«Per forza di cose dovevi esserne a conoscenza. Tua madre te l'avrà detto». I nostri sguardi si incrociarono e ci fissammo a vicenda in silenzio. «Possibile che lei non te l'abbia detto?».

La domanda continuava ad aleggiare sopra di noi. La figlia fedele che era in me voleva obiettare e istintivamente schierarsi in difesa di Mamma. Per forza di cose doveva avermene parlato. Non mi avrebbe tenuto all'oscuro su qualcosa di così importante. Non mi avrebbe mai lasciato pensare che lui avesse deciso di abbandonarmi di proposito.

E tuttavia non ci riuscivo. La voce di Susan suonava incerta. Non era affatto così scontato pensare che Mamma mi avesse raccontato quello che era successo. Il dubbio c'era. E non era solo mio, si capiva dal viso pallido e dall'espressione ansiosa che anche Susan la pensava allo stesso modo.

Un'ondata di freddo mi investì e mi tolse ogni energia.

«Non solo Mamma non me l'ha detto, ma mi ha persino mentito».

«Ma è tua madre…».

Scossi lentamente la testa. Era mia madre e per questo sembrava scontato che non potesse mai farmi del male, che non mi avrebbe mai ingannato. «Mamma mi diceva che se n'era andato».

«No, devi esserti sbagliata, Jess. Non ti avrebbe mai nascosto una cosa del genere. Non ti avrebbe mentito su questo».

«Eppure, l'ha fatto. Sono certa che l'ha fatto». Mamma non solo non mi aveva detto che Papà era morto, mi aveva anche mentito sui motivi della sua assenza.

Mi sentivo stordita. Nelle ultime ore, tutto ciò in cui avevo creduto si era disfatto.

Io e Mamma avevamo sempre avuto uno strano rapporto. Eravamo molto diverse. Papà era stato il collante che ci univa. In un certo senso, la sua partenza aveva rafforzato quel legame. Ci eravamo avvicinate nella nostra tristezza, nella nostra solitudine. Eravamo tutto quello che ci rimaneva l'una per l'altra.

Ciò nonostante, lei mi aveva ingannato.

«Per quale ragione avrebbe dovuto farlo?».

La domanda di Susan faceva eco a quella che continuava a ripetersi nella mia mente. Perché? Perché Mamma mi avrebbe mentito? Perché avrebbe dovuto nascondere la morte di Papà?

«A meno che non pensasse di proteggerti in qualche modo...».

In testa mi vorticavano delle immagini del passato.

Ti chiederanno cosa hai fatto di sbagliato.

Mi portai la mano alla bocca. Ansimavo. «È stata colpa mia».

«Cosa?».

«Ecco perché Mamma non me l'aveva detto, voleva proteggermi dalla verità». Aveva senso. Era l'unica spiegazione che avesse senso. Era esattamente come doveva essere: un genitore che protegge il proprio figlio. Una madre che proteggeva la figlia dal senso di colpa che avrebbe avuto sapendo di essere responsabile per la morte del suo adorato padre. Mamma mi aveva protetto allora, come aveva fatto poi in seguito, per tutta la mia vita. Il nostro rapporto era complesso e pur sempre speciale.

«No». Percepii lo sgomento nella voce di Susan, l'incredulità. «Eri solo una bambina, non potevi essere responsabile».

Mi alzai perché mi sentii improvvisamente a disagio. Non potevo sedermi accanto a Susan, tenere la sua mano sulla mia. Non meritavo la sua compassione. Qualcosa che avevo fatto aveva causato la morte di Papà.

Ma cosa?

Sapevo che lui aveva dimenticato la sua valigetta. Io sarei dovuta tornare a prenderla. Così gli avrei evitato la caduta dalle scale. Ma perché Mamma mi avrebbe mentito a questo riguardo? Si era trattato di un incidente, tragico e assurdo, ma non era comunque una ragione sufficiente per tenermi nascosta la morte di Papà. Lei avrebbe potuto omettere i dettagli. Non serviva che io sapessi che avrei potuto salvarlo.

Sentii una stretta allo stomaco. Mamma come avrebbe potuto sapere di dovermi proteggere da quel dettaglio? Quando io mi ero accorta che Papà aveva dimenticato la sua valigia, lei non c'era. Non poteva avermi sentito. Quindi come poteva sapere di non dovermene parlare?

Andavo avanti e indietro per il soggiorno mentre cercavo di afferrare i ricordi che mi sfuggivano. Da qualche parte nel mio passato c'erano le risposte. Doveva per forza esserci una ragione. «Mamma disse che era qualcosa che avevo fatto».

Ma l'incidente era avvenuto quando io ero a scuola. Io non ero presente.

O c'ero?

«Ti aveva detto questo?». Susan scosse la testa. «No, non può essere vero. Che razza di madre direbbe una cosa del genere alla propria figlia?».

Smisi un attimo di camminare e, disperata, la guardai. «Se n'è andato a causa mia, l'ho sempre saputo. Solo che se n'è andato...» chiusi gli occhi e intanto altre lacrime cadevano giù. «In maniera più definitiva di quanto avessi pensato».

«Tu eri tutto per lui, Jess». La voce di Susan si fece più vicina mentre parlava. Aprii gli occhi e la vidi avanzare verso di me.

Scossi la testa. «No, non lo ero, visto che mi ha lasciato».

«Jess...».

«Sono stata io a mandarlo via, Susan. E se avessi fatto qualcosa che...?». La mia voce si incrinò e deglutii di nuovo. «Deve essere stato così imperdonabile che...».

«Cosa potresti mai avere fatto? Avevi sette anni».

«Proprio tu, tra tutte le persone, me lo chiedi?». La mia espressione era provocatoria.

Lei sembrò confusa.

«Tu sai di cosa sono capace».

Susan fece un passo indietro. «Hai detto che non eri stata tu. Hai detto...».

«Tu hai detto che io non ricordo di averlo fatto, Susan. Come tante cose che sono successe nella mia vita, tante cose brutte... Tu, Paul, Adam...». Un'altra lacrima aveva lasciato una scia fredda e umida sulla mia guancia.

Adam.

Il suo nome mi tornava continuamente in mente.

L'avevo amato. Non avrei potuto fargli del male. Era impensabile. Eppure...

«Ma se...?». Deglutii, incapace di finire la domanda.

E se?

Quelle parole erano una tortura. Spalancavano le porte a un numero enorme di possibilità, e ad altrettanti dubbi. Potevo negarlo alla polizia, a Mamma, ma potevo davvero continuare a negarlo a me stessa?

Susan mi fissava. Volevo che lei parlasse, che dicesse qualcosa, qualsiasi cosa. Avevo bisogno di sentirle dire che quella era un'assurdità. Che non era possibile. Niente di tutto ciò poteva essere davvero causa mia. In nessun modo. Mai.

Susan non si mosse. Non disse nulla. Mi fissava e basta. Nemmeno lei riusciva a prendere le mie parti ora.

Ti chiederanno cosa hai fatto di sbagliato.

Si tornava sempre a quello. Avevo cercato di dichiarare la mia innocenza sostenendo di non sapere cosa avessi fatto, ma ero innocente?

Mamma mi aveva insegnato a non mentire. Era il principio su cui avevo basato la mia esistenza. Almeno credevo che lo fosse. Ma forse ero solo una bugiarda più abile di quanto potessi immaginare. Così brava che avevo persino ingannato me stessa.

Mi girai e corsi fuori dal soggiorno.

«Jess...?». La voce di Susan era esitante e bassa. Spaventata.

Passai di corsa attraverso l'ingresso di casa sua e lungo il viale fino alla mia macchina. Cosa potevo fare ora? Non potevo confessare qualcosa che non riuscivo a ricordare, vero? E se lo avessi fatto, cosa sarebbe successo? Mi avrebbero rinchiuso.

Per tutta la vita.

Ma l'alternativa era non fare nulla. Aspettare che l'agente Davidson trovasse da solo le prove che gli servivano per arrestarmi. Era solo una questione di tempo. Non ricordavo i miei crimini, ma non ero abile a coprire le prove, i fatti avvenuti in passato ne erano la dimostrazione. Avevo sempre sbagliato qualcosa. Avevo fatto un errore ogni volta. Mi avevano arrestata.

Mamma aveva risolto i problemi in passato. Lei mi aveva aiutato e anche con la morte di Papà aveva fatto lo stesso, ma quello che era successo con Adam era troppo grande anche per lei.

Si trattava di un omicidio.

Rabbrividii mentre salivo in macchina e sbattevo la portiera. Sembrava incredibile pensare che avrei potuto uccidere qualcuno, quando anche il solo pensiero mi faceva venire la nausea. Ma la verità era innegabile. E non era solo un qualcuno a caso. Era Adam.

Il mio Adam.

Se ero stata in grado di ucciderlo... Chiusi gli occhi. Se avevo potuto uccidere Adam, allora nessuno era davvero al sicuro con me. Ero un pericolo per chiunque mi si avvicinasse. Avrei punito ogni tradimento, non importa se reale o solo immaginato. Chi sarebbe stato il prossimo?

Infilai la chiave d'accensione e avviai il motore.

Adam era stato la mia via d'uscita, la mia fuga dalla trappola che avevo costruito per me stessa, ma nemmeno lui aveva potuto salvarmi. Nessuno poteva.

47

Le lacrime mi scorrevano sul viso mentre guidavo. C'erano così tante bugie, ora. Tante cose che non avevo detto. Mezze verità. Fatti ignorati. Pensavo fosse una novità, un atteggiamento che avevo imparato dopo la scomparsa di Adam, ma la realtà era che le bugie erano iniziate molto prima.

Avevo mentito a tutti per anni, soprattutto a me stessa. Fingendo di stare bene, persino di essere felice. Fingendo di sentirmi parte di qualcosa e di essere inserita. Fingendo di essere come tutti gli altri: normale. Le cose di cui non potevo parlare si erano accumulate dentro di me.

Ti chiederanno cosa hai fatto di sbagliato.

Mamma mi aveva protetto da me stessa. Mi aveva voluto vicino a lei, dove poteva sistemare le cose che mandavo in rovina. Lei copriva i miei errori e mi teneva al sicuro. Meritava qualcosa di meglio, non me. Meritava di più di una figlia che era solo un peso. E la cosa peggiore era che avevo dubitato di lei. Avevo messo in dubbio le sue motivazioni. Avevo permesso a Adam di influenzarmi negativamente su di lei.

Aveva sempre avuto ragione su Adam, su di me. Era tempo che io accettassi finalmente che la mia memoria non funzionava bene. Ma era stata una scelta premeditata quella di voler dimenticare? O era semplicemente un problema che avevo dentro, qualcosa di molto difettoso, così corrotto che l'unico modo in cui potevo vivere in pace con me stessa era quello di rimuovere dalla mia memoria le azioni che avevo compiuto?

Ma non c'erano lacune evidenti. Nessun lasso di tempo mancante. La teoria di Mamma sosteneva che non solo dimenticavo parti della mia vita, ma le riscrivevo.

In qualche modo non mi sembrava ancora vero, non mi sembrava possibile.

Eppure…

Come avrei mai potuto conoscere davvero Adam, quando in realtà non conoscevo nemmeno me stessa?

Ormai sapevo che strada prendere. Era strano come un posto di cui non avevo nemmeno mai sentito parlare fino a poche settimane prima, ora era diventato il centro del mio mondo. Tutto ruotava intorno ad esso.

Mi affascinava. Mi attirava, anche contro la mia volontà. Era un posto che mi aveva dato tanta felicità, e anche tanto dolore. Aveva deciso la fine. Sembrava un posto dove andare ora. L'unico posto dove andare.

Non potevo continuare così, non da sola. E non potevo nemmeno permettermi di stare con qualcun altro. Era troppo pericoloso starci. Io ero troppo pericolosa.

Chi poteva sapere cosa avrei fatto l'indomani? A chi altro avrei potuto far del male?

Entrai nel parcheggio e mi fermai.

E se il domani non fosse arrivato? Non c'era sempre un domani. Non per tutti. Non per Adam. Non ci sarebbe stato neanche per me.

Mi sfuggì un singhiozzo e di nuovo piansi un mare di lacrime. Rimasi seduta nel parcheggio deserto, mi cullai debolmente sul sedile mentre i miei errori pesavano come un macigno su di me. Non importava più se non riuscissi a ricordare che ruolo avessi avuto in quelle vicende. La verità era inconfutabile. La mia memoria non funzionava bene. Il fatto che non mi ricordassi non era una giustificazione. Ero colpevole di tutto, più di quanto avessi mai immaginato.

Mi colava il naso, così allungai la mano verso il vano portaoggetti. Aprii lo sportelletto e presi un fazzoletto dal pacchetto che tenevo lì dentro.

La mia mano sfiorò qualcosa di sconosciuto, mi corrucciai e, con gli occhi annebbiati e pieni di lacrime, guardai all'interno del vano.

Era un libro. O meglio, un quaderno. La cintura di sicurezza mi trattenne mentre mi spingevo ancora un po' in avanti per prenderlo. Lo appoggiai sulle ginocchia e feci scorrere le dita lungo la copertina. Sembrava il quaderno di Mamma. Il colore della copertina. Gli angoli consumati.

L'aveva cercato dappertutto. Cosa ci faceva lì dentro?

Alzai le spalle sconsolata. Probabilmente l'aveva lasciato l'ultima volta che era salita in macchina. Mi lasciai andare contro lo schienale, avevo la testa in subbuglio. Quando era accaduto? Erano settimane che non portavo Mamma da qualche parte, anzi mesi. O l'avevo fatto?

Dovevo averlo fatto. Mamma aveva perso il suo quaderno solo di recente.

Le spalle mi si curvarono sotto il peso della frustrazione. Un'altra cosa che non riuscivo a ricordare.

Dovevo chiamarla e farle sapere che l'avevo trovato, era stata così sconvolta per la scomparsa del suo quaderno.

Stavo per prendere il telefono dalla borsa, ma mi fermai. Sembrava una cosa così futile, così banale. Il mio sguardo si spostò sul sentiero che conduceva al faro. Che importanza poteva avere un vecchio quaderno quando io ero andata lì per…

Chiusi gli occhi. Se avessi chiamato Mamma, avrei perso il coraggio. La sua voce mi avrebbe fatto sentire in colpa. Avevo intenzione di abbandonarla, come aveva fatto Papà.

Il respiro mi si arrestò nel petto. No, era peggio. Papà non aveva scelto di lasciarla. Era stato un incidente. Qualcosa che io avrei potuto evitare.

Mamma era al corrente del mio ruolo. Sicuramente sapeva. Mi aveva tenuto nascosta la morte di Papà. Aveva cercato di proteggermi dal mio fallimento.

Era ora che tutto questo finisse. Non sarei più stata un peso per lei. Mi aveva già protetto abbastanza a lungo. C'era così tanto che io non sapevo, così tante cose che non riuscivo a ricordare. Solo Mamma sapeva la verità su di me, chi io fossi, di cosa fossi capace.

Abbassai lo sguardo sul quaderno appoggiato sulle mie ginocchia. Mamma non mi avrebbe mai raccontato quello che avevo fatto. Lei avrebbe continuato a proteggermi da me stessa. Ma forse c'era qualcuno, o meglio, qualcosa con cui si era confidata.

Mi balenarono nella mente i ricordi di Mamma che scriveva freneticamente. Quel quaderno era stato presente in ogni grande evento della mia vita. La partenza di Papà, un nuovo fidanzato, una relazione fallita, anche quando Susan mi aveva allontanato. Mamma non mi avrebbe mai detto i miei segreti, ma forse il suo quaderno sì.

Passai le dita lungo il bordo delle pagine. Mi sembrava sbagliato aprirlo. Non era mio. Mi mordicchiai il labbro. Mamma era stata sempre così difensiva nei confronti di quel quaderno. Così riservata. Poteva essere un diario, pieno di pensieri ed emozioni personali di Mamma.

Mi corrucciai. Ma come poteva aver avuto sempre lo stesso quaderno per tutti quegli anni? Chinai il capo e presi ad analizzarlo. Forse non era lo stesso. Forse era solo identico ad altri. Ma come avrebbe potuto trovare tanti quaderni uguali per ventitré anni di seguito?

C'era solo un modo per sapere con certezza cosa c'era dentro, un modo per conoscere i segreti che Mamma non mi avrebbe mai rivelato. Volevo delle risposte. Ne avevo bisogno.

Quello che vuoi tu non conta.

Scossi la testa. Forse questa volta contava davvero. Forse avrebbe sempre dovuto avere importanza.

Aprii il quaderno a una pagina a caso. Il mio sguardo cadde sul nome in alto.

Susan.

Mi accigliai. Conoscevo solo una Susan.

Se n'è andata. Finalmente.

Sgranai gli occhi e continuai a leggere. Il mio cuore prese a battere più veloce. Non poteva essere.

Con il senno di poi, avrei dovuto interrompere l'amicizia anni fa. Sembrava una cosa abbastanza innocua. Era l'unica persona che non avrei mai immaginato potesse cercare di portarmi via Jessica.

Avrei potuto accettare la loro amicizia, se solo Susan non avesse messo quelle idee folli nella testa di Jessica riguardo all'università a Londra.

Ora però quei progetti sono destinati a morire. Susan non perdonerà mai Jessica per il suo tradimento e Jessica si sentirà troppo persa senza la sua migliore amica per contemplare anche solo l'idea di partire da sola.

Resterà qui ora. Con me.

Lessi di nuovo quel passaggio.

Con il senno di poi, avrei dovuto interrompere l'amicizia anni fa.

Non riuscivo a distogliere lo sguardo da quelle parole. Mamma l'aveva fatta finire. Non avevo baciato Tim. Il mio ricordo di quella volta non era distorto o inesatto. Mamma aveva mentito a Susan. Mamma non si era intromessa con l'intenzione di aiutarmi, ma per sabotarmi.
Passai alla pagina successiva.

Paul.
Sta funzionando. Lei ora pensa che lui la tradisca. È solo una questione di tempo prima che lei voglia chiarirsi con lui.

Andai avanti e intanto la confusione nella mia testa aumentava.

Oggi ho comprato della vernice: oro. Mi sembrava un colore un po' più ricercato e più insolito. Sarà davvero difficile per Jessica dare delle spiegazioni quando Paul la troverà. Troppe coincidenze.

Fu una doccia fredda. Era stata Mamma a commettere l'atto di vandalismo sull'auto di Paul. Io ero stata arrestata e interrogata. Paul mi aveva incolpato del danno e la polizia gli aveva creduto. Avevo le prove nella mia auto. Avevo evitato la condanna solo perché Mamma aveva rimborsato i danni. Aveva convinto Paul a ritirare le accuse. Mi aveva salvato dalla trappola che lei stessa mi aveva teso.
Come aveva potuto farmi questo? Come aveva potuto allontanare le persone che amavo? Lei li aveva messi contro di me. Li aveva cacciati via. E aveva dato la colpa a me.
Mi portai una mano alla bocca. Se aveva fatto questo a Susan e a Paul, allora cosa poteva essere successo a...
Sfogliai freneticamente le pagine, anno dopo anno, fino a...
Adam.
Il mio sguardò sorvolò le righe fino a...

Anvil Point?
Jessica dice che Adam sta lavorando lì. Sarebbe il posto ideale. È tranquillo in inverno.

Avevo il cuore che batteva forte e mi veniva da vomitare. Sapevo che avrei dovuto smettere di leggere, ma non ci riuscivo. L'incredulità era più forte dell'orrore. Dovevo sapere subito. Non potevo mettere giù il quaderno.

Deve perdere i sensi. Un mix di alcol e sonniferi dovrebbe bastare. Potrei invitarlo a casa. Dire che voglio fare pace. Potremmo brindare alla nostra tregua con un bicchiere di buon whisky…

Potrei guidare il suo furgone fino ad Anvil Point. La scogliera è ripida. Sembrerebbe un suicidio. O un incidente. Proprio come in precedenza.

Le mie mani tremavano mentre appoggiavo il quaderno sulle ginocchia.

Adam.

Il mio Adam.

48

Fissai le parole scritte sulle pagine. «Non capisco». La mia voce suonava strana e vuota. Era il quaderno di Mamma. Era la sua calligrafia. Eppure, non poteva esserlo. Perché se era così, allora...

Una goccia d'acqua fredda mi era schizzata sulla mano che reggeva il quaderno. Tutto quello che avevo saputo, tutto ciò in cui avevo creduto era sprofondato nel caos.

Quel quaderno aveva cambiato tutto.

Il passato. Il presente.

Adam aveva cercato di avvertirmi. Avevamo avuto così tante discussioni su Mamma. Lui era certo che lei mi stesse facendo del male. Io non avevo voluto ascoltare. Non gli avevo mai dato retta. Non avevo voluto crederci.

Ma ora sapevo.

L'avevo letto con i miei occhi.

Avevo letto le parole che lei aveva scritto.

Aprii la portiera della macchina perché nel frattempo mi stava salendo un conato di vomito. Corsi verso i cespugli per vomitare e il quaderno mi cadde di mano.

«Signorina Harper?».

Chiusi gli occhi. Mi girava la testa. Non poteva essere vero. Niente di tutto quello poteva essere vero.

«Jessica?».

Sbattei le palpebre e girai la testa al suono di una voce familiare. L'agente Davidson corse verso di me e io vomitai.

Mi asciugai la bocca con il fazzoletto che ancora tenevo in mano e cercai di trovare la forza di alzarmi in piedi.

Lo fissai. «È qui?»

«L'ho seguita».

«Agente...». Scossi la testa. Non aveva importanza.

«Sta bene?».

Lo guardai con aria assente.

Tutto bene.

Quell'espressione mi sembrava così poco adatta. Niente nella mia vita andava bene da molto tempo. Peggio di quanto mi rendessi conto.

«Jessica, cosa ci fa qui?».

«Adam… Io…» Guardai in direzione del sentiero che conduceva alla scogliera.

«Cos'è successo a Adam, Jessica?».

Il mio sguardo incrociò il suo. Tremavo tutta. L'agente Davidson allungò la mano e mi prese delicatamente per il braccio per sostenermi.

«È meglio chiamare un dottore».

Scossi la testa. «Non ho bisogno di un dottore. Ho bisogno…». Non avevo più parole. Di cosa avevo bisogno?

Pensavo di volere delle risposte. Ora le avevo. Ma non erano quelle che mi aspettavo. Non erano nemmeno quelle che volevo.

«Non sono stata io».

La mia voce era bassa ed esitante. Per quanto mi fossi opposta, una parte di me aveva sempre temuto di essere colpevole. Non solo per Adam, ma per tutto. C'era sempre un dubbio che mi assillava in fondo alla mente. Una domanda che, per troppo tempo, avevo rifiutato di prendere in considerazione, anche solo come eventualità.

«Non ho ucciso Adam». La mia voce era più ferma questa volta. Più chiara. Più sicura.

Il mio corpo era in preda agli spasmi per l'enorme senso di sollievo, le mani mi tremavano e i palmi erano completamente sudati. Avevo davvero creduto di essere capace di uccidere l'uomo che un tempo avevo amato.

Quella paura mi aveva portato lì. Se non avessi trovato quel quaderno… Lanciai un'occhiata al sentiero. Stavo quasi per andare incontro allo stesso destino di Adam, e questa volta sarebbe stato per mano mia.

«Penso che dovremmo parlarne alla centrale».

Scossi la testa. «Non sono stata io».

«Jessica…».

«Non io». Afferrai il suo braccio con l'altra mano. «Ora lo so».

Gli occhi dell'agente Davidson divennero una fessura. «Non se lo ricordava proprio, vero?»

«Io...» Mi sforzai di dare un senso al groviglio di fatti nella mia testa. «Avevo paura di non ricordarlo».

Dubbioso, lui piegò il capo di lato.

«Ma non c'è mai stato nulla da ricordare. Non avevo dimenticato. Non ero mai stata lì. Non l'avevo fatto. Non ho fatto niente di tutto ciò».

«Allora chi è stato?».

Mi voltai verso la mia auto e il mio sguardo si posò sul quaderno aperto per terra. C'era solo una persona che poteva essere stata. Eppure, era anche l'unica persona che non avrebbe dovuto essere. L'unica persona che non avrebbe mai dovuto farmi del male. L'unica che era sempre stata al mio fianco. L'unica che mi aveva amato, a prescindere da tutto.

«Cos'è quello?». L'agente Davidson si liberò dalla mia presa e le mie mani caddero lungo i fianchi mentre lo guardavo camminare verso la mia macchina. Si accovacciò accanto al quaderno e studiò le pagine aperte.

Mi guardò di nuovo. «L'ha scritto lei?».

Scossi la testa senza muovere un passo.

Lui sfilò un paio di guanti dalla tasca, li indossò e sollevò il quaderno. Vidi da sopra la sua spalla che stava sfogliando le pagine. «Ci sono parecchie informazioni qui su Paul, i danni alla sua auto...».

«C'è tutto lì dentro. Tutti quelli che ho amato. Tutto quello che gli è successo».

Inarcò un sopracciglio. «Ma mi sta dicendo che non è suo?».

Scossi di nuovo la testa.

«Allora di chi è?»

«Di Mamma». Pronunciare quella parola mi sembrava un tradimento. La stavo accusando di qualcosa di inconcepibile. Era impensabile. Avevo torto. Ero cattiva anche solo a pensare una cosa del genere, a dubitare di lei.

L'agente Davidson diede un'occhiata al quaderno e poi di nuovo a me.

«Mamma li odiava. Li odiava tutti». In quel quaderno era menzionata ogni singola persona che, nel corso della mia vita, aveva significato qualcosa per me. Le loro colpe erano riportate su quelle pagine. La loro entrata in scena diventava oggetto del suo odio e la loro uscita ordita e assaporata.

«L'ha scritto sua madre?».

Annuii.

«Ma allora questo vuol dire che…».

Lo fissai, desideravo che mi spiegasse, che mi dicesse che il pensiero che si ripeteva nella mia testa era sbagliato, che mi dicesse che non era stata Mamma ad averlo fatto.

Ci guardammo: potevo quasi vedere i pezzi del puzzle combaciare nella sua mente. In quell'istante capii la verità. Era lei. Era sempre stata lei.

49

«Hai sentito di cosa mi accusano? È ridicolo». Mamma mi prese la mano, il suo volto angosciato era divenuto pallido sotto le luci dell'ospedale. «Pensano davvero che l'abbia ucciso io».

«Zitta, Mamma». Diedi un'occhiata all'agente di polizia accanto alla porta augurandomi che non chiamasse un'infermiera per sedare di nuovo Mamma. Avevo bisogno di risposte. Avevo bisogno di spiegazioni. E non avrei ottenuto niente da lei se avesse avuto di nuovo un attacco isterico.

Lei si sedette sul letto e prese a dondolarsi avanti e indietro. «Non sono stata io».

Qualcosa si contrasse nel mio petto. Volevo crederle.

Ma non potevo. Non ora. Né mai.

Il suo viso si contorse. «Non posso averlo farlo».

La sua mano strinse ancora più forte la mia e io trasalii. «Vogliono sottopormi a una valutazione psicologica. Riesci a crederci?».

Feci segno di no con la testa. Non riuscivo a crederci. Niente di tutto quanto mi sembrava possibile e, invece, in qualche modo, eravamo lì. «Ti aiuteranno, Mamma. Avrai le cure che ti servono».

«Non ho bisogno di cure. Non ho niente che non va».

Vederla lì, nel letto di un ospedale, contraddiceva le sue parole. Sembrava molto irrequieta e i suoi occhi erano spalancati e frenetici nonostante i sedativi.

Mi spezzava il cuore vederla così. Non era lei. Niente di tutto quello le si addiceva. Ci doveva essere un modo per raggiungerla. Per salvarla. Era mia madre. Aveva commesso degli sbagli. Degli errori terribili. Ma non era lei. Non la vera lei. Avevo solo bisogno di ritrovarla di nuovo. Per ricordarle chi era. Ricordarle come essere buona.

«Quel poliziotto si è presentato alla mia porta, blaterando che mi arrestava, ma per cosa?».

La fissai. L'aveva già dimenticato? «Per Adam».

Mamma scoppiò a ridere. «Non ne valeva mica la pena».
«Tu l'hai uc...». Non riuscivo a finire il discorso. Non potevo pronunciare a voce alta quell'accusa. «Hai opposto resistenza all'arresto».
«Certo che sì». Mi guardò male. «Non volevo mica farmi trascinare via da casa mia in quel modo».
«Hanno detto che eri in preda a una crisi isterica».
«Perché non l'ho fatto io. Non posso averlo fatto. Altrimenti me lo ricorderei».
«Non ti ricordi di averlo fatto?». La fissai. Sembrava una cosa assurda. Avevo proclamato la mia innocenza per anni, non ero mai stata in grado di ricordare di aver commesso nessuna delle cose di cui venivo accusata, e ora Mamma sosteneva la stessa cosa. Eccetto il fatto che io non riuscivo a ricordare perché non ero mai stata io a fare quelle cose. Era stata lei.
«Volevo farlo. L'avevo pianificato. Avevo pensato a tutto».
«Lo so. Ho letto il tuo quaderno».
«Hai tu il mio quaderno?». Mamma mi fulminò con lo sguardo e intanto le sue unghie si piantavano nella mia carne. «Ridammelo. Non è tuo. È mio».
Strinsi i denti per evitare di gridare. Non potevo rischiare che l'agente sentisse. Ci avrebbe interrotto e poi Mamma non mi avrebbe più raccontato quello che avevo bisogno di sapere.
Cercai di spostarle le dita con l'altra mano. «No, non ce l'ho più. L'ha preso la polizia».
La presa di Mamma si allentò completamente. «Ce l'hanno loro il mio quaderno?».
Annuii.
«Come l'hanno avuto? L'ho cercato per giorni».
Mi corrucciai. «Quando è stata l'ultima volta che sei salita nella mia macchina, Mamma?»
«Nella tua macchina?». Mi guardò con aria assente. «Perché mai avrei dovuto salire nella tua macchina?».
Era una domanda sensata. Di solito, era Mamma a guidare se andavamo da qualche parte insieme. Ma se lei non era stata nella mia macchina, come aveva fatto
il suo quaderno a finire nel vano portaoggetti?
«Hai scritto di Adam nel tuo quaderno, Mamma». Mi avvicinai di più al letto. «Hai scritto di tutti loro».

«Sono cose mie, private». Lei aveva ripreso a dondolarsi.

«Hai corrotto Matthew. Gli hai comprato una macchina per convincerlo a smettere di uscire con me. E anche le scritte sull'auto di Paul, anche quelle erano opera tua, vero?»

«Era per il tuo bene».

La fissai. Non poteva crederci veramente, o sì?

«Non andavano bene per te. Non avrebbe funzionato con nessuno di loro».

«Non puoi saperlo». La guardai male, in preda all'indignazione. «Tu non ci hai mai dato una possibilità. A *me*, non hai mai dato una possibilità».

«Ti stavo proteggendo. Sono tua madre. È il mio compito».

Le sue parole mi commossero e scalfirono la mia rabbia. Si era presa cura di me. Forse avrei dovuto ringraziarla almeno per quello. I suoi metodi erano sbagliati, ma le sue intenzioni erano buone. Lei mi amava. Voleva il meglio per me.

Era venuto fuori male, ma era pur sempre qualcosa. Al di sotto di tutta la sua follia e le azioni manipolatorie, sotto le bugie e l'odio, c'era pur sempre un barlume della donna che pensavo di aver conosciuto. Nonostante quello che aveva fatto, era comunque una madre che proteggeva la propria figlia. Era sempre mia madre. Forse aveva ragione. Forse nessuno dei ragazzi con cui ero uscita si era comportato bene. Erano tutti fuggiti. Tutti avevano ceduto di fronte alle macchinazioni e alle bugie di Mamma. Nessuno di loro aveva creduto in me abbastanza da metterla in discussione. Nessuno di loro aveva lottato per restare con me.

Ma non tutte le relazioni sono destinate a durare. Lei le aveva interrotte prima del tempo. Mi aveva privato dell'emozione di far parte di una coppia. Di vedermi con qualcuno. Di essere felice e godermi la vita. Mi aveva isolato, per tenermi al sicuro, ma Mamma mi aveva fatto più male di quanto chiunque altro avrebbe potuto farmi.

Misi la mia mano sulla sua. «Non puoi proteggermi dalla vita, Mamma. Non hai fatto altro che impedirmi di viverla».

Forse se fossi riuscita a raggiungerla, avrei potuto aiutarla a capire che quello che aveva fatto era sbagliato. Forse avrei potuto salvarla.

«Jess...». Si chinò in avanti, il suo sguardo incrociò il mio e vidi che aveva gli occhi lucidi. «Io...». Si inumidì le labbra per riuscire a parlare.

Mi venne un groppo in gola. Stava per scusarsi. Le strinsi la mano, invitandola a continuare a parlare e a dire le parole che volevo sentire, che avevo bisogno di sentire.

Non sarebbe cambiato nulla. Non avrebbe cancellato il passato. Ma se fosse stata capace di ammettere i suoi errori, allora forse, solo forse, col tempo avremmo trovato un modo per superarli. Insieme.

«Ho bisogno che tu mi prometta che non uscirai più con nessuno».

Allontanai bruscamente la mia mano dalla sua come se mi fossi ustionata toccandola. «Cosa?». Mi sforzai di comprendere. Come poteva chiedermi di fare questo? Rinunciare all'amore? Rinunciare alla vita?

«È meglio per te che tu stia da sola. Non ti ameranno mai. Nessuno di loro».

Le sue parole erano come schegge di ghiaccio che mi perforavano la pelle.

«Non è colpa tua, Jess. Non puoi farci niente. Tu sei nata così».

La guardai con disappunto. «Nata in che modo?». Avrei voluto mordermi la lingua. Sapevo di non doverlo chiedere. Avrei dovuto far finta di nulla e andarmene via. Ma non ci riuscivo.

«Impossibile da amare».

Mi mancò il respiro. «Tu pensi che sia impossibile amarmi?».

Lei scosse la testa. «Non per me, Jess. Io ti amo nonostante questo. Sono tua madre. È il mio compito amarti incondizionatamente. L'ho sempre fatto. Lo farò sempre».

Lei non credeva che i ragazzi con cui ero uscita non fossero giusti per me. Al contrario, pensava che io non andassi abbastanza bene per loro. Loro non avrebbero mai potuto amarmi.

«Ecco perché Papà se n'è andato». Lei scosse lentamente la testa. Semplicemente lui non riusciva ad amarti».

Non erano le scuse che mi aspettavo. Non era per niente dispiaciuta. Non lo sarebbe mai stata.

Aveva davvero avuto intenzione di tenermi al sicuro, o era solamente per farmi stare da sola? Come lei?

«Ma Papà non se n'è andato, vero?»

«Certo che sì, ci ha abbandonate».

«Litigavate spesso. Eri molto arrabbiata con lui».

«Lui voleva tornare nella vecchia casa. I miei genitori ci avevano lasciato tutto e lui voleva sbarazzarsi di qualunque cosa».

Proprio come in precedenza.

Quelle parole scritte sul quaderno continuavano a ripetersi nella mia testa.

«Cos'è successo a Papà, è stato davvero un incidente?».

Mamma mi fissò. «Papà se n'è andato».

«E Adam?»

«Lui...».

«Cosa Mamma? Lui cosa?».

Lei chiuse la bocca.

«Hai scritto di Anvil Point, Mamma. Hai scritto esattamente come poi è accaduto».

«Questo non vuol dire che...». Scosse la testa. «L'ho scritto, ma non avevo ancora trovato il tempo per farlo davvero. Non ci ero ancora riuscita». Si accigliò. «Almeno credo».

«Come "credi"?».

Mamma mi venne più vicina. «C'è un buco», sussurrò. «Nella mia testa. Manca una sequenza. Lui era vivo e in mezzo alla strada, e poi improvvisamente è sparito».

«Non ti ricordi di averlo spinto giù dalla scogliera?»

«Non ricordo affatto di essere andata ad Anvil Point. Perciò non posso averlo fatto, giusto? Me ne ricorderei, vero?».

Sussultai. Era come se mi stessi guardando allo specchio. Tutta l'angoscia e le domande che mi avevano tormentato per anni erano ora riflesse nel suo volto. Lei non si ricordava.

Forse, con Adam, lei aveva esagerato così tanto che ora non riusciva a capacitarsene. In passato, Mamma aveva pagato le persone per andarsene, o le aveva spaventate per tenerle lontano da me, ma con Adam le sue azioni erano state ben più gravi. Più definitive. Come era possibile riuscire a riprendersi dopo una cosa del genere? Dopo aver ucciso qualcuno?

Mi spostai indietro sulla sedia, lontano da lei. Non ero sicura del perché fossi andata lì. Forse avevo sperato in una spiegazione, una che avrebbe cambiato ciò che avevo letto in quel quaderno. Una che avrebbe smentito le conclusioni che ne avevo tratte. Una che avrebbe provato l'innocenza di Mamma.

Avevo trovato solo la certezza della sua colpa.

Ma Mamma aveva ragione su di me? Era impossibile amarmi? Avevo avuto bisogno della sua protezione? Al di là del modo in cui lei aveva agito, le mie scelte erano state così negative per me che mia madre aveva ritenuto di dover intervenire per porvi rimedio?

Una nausea sconosciuta salì alla bocca del mio stomaco. Non ero abituata a dubitare di qualcosa. Tutto nella mia vita era stato molto preciso, molto pianificato. Avevo sempre fatto ciò che era giusto. Tranne per un fatto. Non avevo preso decisioni. Non avevo messo in discussione le cose. Avevo semplicemente obbedito.

Anche con Adam. Avevo sostituito il percorso stabilito da Mamma con il suo. Per un po' era stato liberatorio. Mi sentivo come se fossi fuggita. Era diverso. Più eccitante. Ribelle.

Ma non mi stavo davvero ribellando, stavo comunque obbedendo a delle regole. Era solo cambiata la persona che le dettava.

Ma ora qualcosa sembrava essere mutato. Io mi sentivo diversa. Avevo la possibilità di scegliere. Potevo accettare le parole di Mamma e correggere la mia condotta. Potevo tornare a essere chi lei pensava che io fossi, o meglio, chi lei pensava che io avrei dovuto essere. Mamma era sempre stata il mio faro. Un indicatore per aiutarmi a tenere la rotta e non schiantarmi sulle rocce. Lei mi aveva aiutato. Proteggendomi.

Non è vero?

Era quello che avevo sempre creduto. Se avevo difficoltà nel seguire il percorso, la colpa era mia. Era perché io non ero abbastanza brava. Avevo bisogno di impegnarmi di più. Dovevo migliorare. Ma se non ero io il problema?

E se era il percorso? Il percorso che lei voleva? Era mai stato davvero il mio percorso?

Un brivido si insinuò nel mio corpo. Prima di Adam, avevo temuto che tutto quello che avrei conosciuto sarebbe stato l'amore di Mamma, e di nessun altro.

Ma ora mi rendevo conto che non avevo nemmeno quello. Non nel modo in cui avevo creduto. Non nel modo in cui ne avevo bisogno. Era un sistema manipolatorio e tossico. Mi stava soffocando. Mi ricordava le mie debolezze. Non mi permetteva mai di crescere, di essere me stessa.

Mi alzai in piedi. «Mamma, ora devo andare».

Lei non rispose. Si limitò a fissare il muro davanti a sé.

Afferrai la mia borsa e uscii dalla sua stanza. Non mi voltai a guardare indietro. Non desideravo farlo. Nel reparto risuonò il ticchettio dei tacchi dei miei stivali, l'unica interruzione nel silenzio del nostro addio.

Mi sembrava sbagliato odiarla. Aveva distrutto davvero tanto della mia vita, della mia felicità, ma era pur sempre mia madre. Nel profondo, sapevo che mi amava. Le sue azioni erano state indotte dalle sue stesse privazioni e dalle sue esperienze fallimentari. Aveva semplicemente fatto quello che pensava fosse meglio per proteggermi dal suo stesso destino.

Lei non mi aveva chiesto di tornare e io non le avevo promesso di farlo. Non ero sicura che ci avrebbe fatto bene. Entrambe avevamo bisogno di imparare a vivere le nostre vite.

Ora mi sentivo più sola. Non avevo perso solo Adam, avevo perso tutto. Mamma c'era ancora, ma era come se non ci fosse. Non nel modo in cui avevo creduto. Non la versione di lei che avevo conosciuto. Lei non era cambiata, ma la mia visione di lei sì.

Era come in una di quelle illusioni ottiche in cui per anni si guarda un'immagine e si distinguono solo due volti, finché un giorno qualcuno ti dice che in realtà è ritratta una coppa. Allora, strabuzzi gli occhi finché finalmente la vedi anche tu e poi improvvisamente non vedi che quella. L'immagine originale scompare e non importa quanto duramente ci riprovi, non riesci più a vedere solo i due volti iniziali.

Mamma era quell'immagine. Ora non riuscivo più a vederla allo stesso modo. Quella versione di lei non c'era più. Forse non era mai esistita. Oppure, la verità si trovava a metà tra le due versioni. Lei non era né l'una né l'altra, era entrambe.

50

Riaccesi il mio telefono, lo infilai nella tasca e uscii dall'ospedale.
«Jessica?».
Alzai lo sguardo sentendo una voce conosciuta.
Deglutii. «Agente Davidson». Annuii con circospezione mentre lui si allontanava dall'ingresso per dirigersi verso di me. «È qui per vedermi?».
Scosse la testa. «No, ero qui per un altro caso».
Lasciai uscire il respiro che avevo trattenuto.
«È andata a trovare sua madre?».
Annuii. «Ora aspetto che una mia amica mi dia un passaggio per andare a prendere la mia macchina ad Anvil Point».
«È sicura che non ci sia qualcun altro che possa ritirare la sua auto per lei?».
Sorrisi. «Forse sì, ma sento che è qualcosa che devo fare da sola».
«Pensa che sia una buona idea tornarci di nuovo?».
Feci un cenno con il capo. «Credo di doverci andare un'ultima volta».
«Un'ultima volta? Non è che va...». La sua voce si interruppe. «L'ultima volta che è stata lì era così angosciata che mi sono chiesto se non volesse...».
«Seguire lo stesso destino di Adam?».
Il suo cenno fu così leggero da essere a malapena visibile.
«Mi era passato per la mente». Mi accigliai. «Forse anche qualcosa di più. Avevo creduto di...».
«Pensava di aver ucciso Adam».
«C'erano talmente tante cose che non riuscivo a ricordare. Cose orribili».
«Perché non era lei la colpevole».
Annuii. «Ora lo so, ma in quel momento ero davvero angosciata. Avevo il terrore di quello che potevo aver fatto. Angosciata all'idea

che avrei potuto fare dell'altro. Non volevo essere così. Non volevo rischiare di fare del male ad altre persone».

«Ma non era stata lei».

«Lei mi credeva colpevole, però».

Le sue guance arrossirono. «Era una possibilità».

Alzai un sopracciglio perplessa.

«Okay, una possibilità concreta», ammise lui a malincuore. «Ma io non ero convinto».

«Perché no?».

Scosse la testa. «Chiamiamolo istinto, credo. C'era sempre qualcosa che non mi tornava».

Mi accigliai. «È per questo che mi ha seguito?».

Si schiarì la voce. «Dopo averla lasciata al suo appartamento, l'ho vista andare dritta verso la sua macchina». Scrollò le spalle. «Sembrava una cosa strana. Lei era davvero sconvolta. Ero preoccupato, volevo sapere dove sarebbe andata in quello stato».

Ridacchiai. «Credeva proprio nella mia innocenza, eh?».

Scrollò di nuovo le spalle. «Dovevo averne conferma, in un modo o nell'altro».

«Anch'io».

«Vuole che le faccia compagnia mentre aspetta la sua amica?».

Lo guardai e notai l'esitazione nei suoi occhi. Aveva paura che potessi ancora cercare di raggiungere Adam? Ora sapevo la verità, non ero colpevole per la sua morte, ma il mio mondo era crollato. Avevo perso tutto. Avevo perso tutti.

«Mi piacerebbe». La mia risposta sorprese anche me. Sicuramente il poliziotto che negli ultimi giorni aveva scavato nella mia vita era l'ultima persona che avrei scelto per passarci dell'altro tempo.

Lui fece un gesto in direzione di una panchina e ci avviammo per raggiungerla. «Grazie per il suo aiuto, per tutto, agente Davidson».

«Chiamami Simon». Gli lanciai un'occhiata e lui sorrise. «Non sei più una sospettata».

Annuii. Mi sentii sollevata nell'udire quelle parole. Era finita. Quasi.

«Ho bisogno di leggere ancora il quaderno».

Scosse la testa. «È una prova, Jessica».

«Devo controllare…». Eravamo giunti alla panchina e mi misi a sedere lentamente. «Mamma aveva iniziato a scrivere su quel quaderno dopo che Papà se n'era andato».

Morto.

Chiusi gli occhi e la parola corretta fece eco nella mia testa. Sapevo la verità, ora. Non se n'era semplicemente andato. Era morto. Ma c'era stato qualcosa in quel momento che aveva innescato un cambiamento in Mamma?

«Ho aperto il quaderno da metà. Non sono riuscita a leggerlo dall'inizio».

«Jessica, mi dispiace».

«Ma tu l'hai letto?». Se non poteva mostrarmelo, almeno poteva dirmi cosa c'era scritto.

«Sì».

«E?»

«Te l'ho detto, è una prova».

«È la mia vita».

«Jessica». C'era un tono di avvertimento nella sua voce.

Infilai le mani in tasca perché un vento freddo ci sferzava contro. Guardai il cielo spento. C'era una tempesta in arrivo.

«Ho bisogno di capire. Lei è mia madre. Mi ha ingannato». Inspirai. «Mia madre mi ha ingannato». Lo fissai negli occhi, supplicandolo di capirmi, di aiutarmi. «Se Mamma ha cacciato le persone dalla mia vita per proteggermi, per tenermi vicino a lei, perché allora avrebbe dovuto ingannarmi? Perché avrebbe voluto farmi credere che potevo aver fatto quelle cose?»

«Forse sperava che distruggendo la tua fiducia in te stessa saresti diventata dipendente da lei. Non avresti fatto nuove amicizie, non saresti uscita con qualcuno, per paura di ciò che sarebbe potuto accadere a chiunque fosse entrato nella tua vita».

«Vuoi dire che voleva che io avessi paura di quello che avrei potuto fare a loro».

«Mi piacerebbe poterti dire qualcosa che ti facesse meno male».

Inspirai profondamente l'aria fredda di febbraio. «E mio padre? Perché Mamma avrebbe dovuto mentirmi su quello che gli è successo?».

Simon scosse la testa. «Forse era traumatizzata. Forse non riusciva ad accettare la morte di tuo padre e aveva bisogno di credere che lui fosse ancora vivo, che c'era una possibilità che lui potesse tornare a casa. O può essere che volesse evitarti una dolorosa verità».

Mi mordicchiai il labbro inferiore. Le sue teorie erano plausibili, volevo prenderle per buone. Nondimeno, nella mia testa i dubbi si erano radicati troppo saldamente.

«Mamma però non mi proteggeva. Non aveva creato una favola in cui Papà era vivo e sarebbe tornato. Era irremovibile sul fatto che lui non sarebbe più tornato e che era tutta colpa mia. Voleva farmi credere che lui avesse fatto una scelta deliberata. Voleva farmi credere che io fossi la ragione per cui Papà ci aveva abbandonato. Mamma voleva punirmi».

«Il dolore può avere conseguenze strane sulle persone».

«O forse ha dato la colpa a me».

Simon si accigliò. «Per cosa?»

«La morte di Papà. Lui aveva fretta di portarmi a scuola in tempo. Se non avesse avuto fretta...».

«Non puoi saperlo, Jess. Non sai se è caduto perché era di fretta, o se è inciampato in cima alle scale, o se...» si interruppe bruscamente.

«O se...?».

Teneva lo sguardo fisso sull'edificio dell'ospedale.

Proprio come prima.

«O se non fosse stato un incidente?».

Era la domanda scolpita nella mia mente da quando avevo letto il quaderno di Mamma. Se lei era stata capace di uccidere Adam, allora chi altro poteva considerarsi al sicuro?

Simon inspirò profondamente. «Non ci sono prove che suggeriscano che sia stato qualcosa di diverso da un incidente».

«Ma il quaderno di Mamma?»

«In realtà non ci sono mai sue ammissioni riguardo ad alcun reato».

«Ma tu pensi che sia stata lei? Pensi che ne sia capace?»

«Difficile dirlo con certezza. Le prove contro di lei per la scomparsa di Adam sono per lo più di natura indiziaria, ma...».

Lo osservai attentamente. «Pensi che potrebbe averlo fatto, però?».

Simon abbassò lo sguardo a terra per evitare di incontrare i miei occhi.

«Mamma sarà accusata anche della morte di Papà?»

«È improbabile».

Mi fermai. «Ma indagherete?»

«Certo, Jessica. Ma è passato molto tempo. La sua morte fu dichiarata un incidente. Il suo corpo è stato cremato. A meno che tua madre non confessi…».

«Non ci sono prove».

Lui scosse la testa.

«La farà franca».

«Forse. Abbiamo abbastanza materiale per accusarla della scomparsa di Adam. Abbiamo trovato dei sonniferi a casa sua e una ricevuta per l'acquisto di una bottiglia di whisky. E quando recupereremo il corpo di Adam potremmo avere altre prove».

Annuii, ma in qualche modo non mi sembrava sufficiente.

«Cosa farai adesso?», chiese Simon.

Lo guardai con espressione assente. «Non lo so».

«Devi trovare un modo per lasciarti tutto alle spalle, Jess».

«Perché dovrei?», risposi contrariata, consapevole di passare così per una bambina impertinente. «Ho il diritto di essere indignata, no? Le persone che amavo di più mi hanno mentito e mi hanno tradito. Erano le due persone che avrebbero dovuto tenerci a me, amarmi, eppure…».

«Sì, hai il diritto di sentirti ferita ed essere arrabbiata, oltre che di provare ogni altra emozione che ti affligge in questo momento, ma a un certo punto devi lasciar andare».

Aprii la bocca, pronta a obiettare di nuovo, ma Simon mi aveva messo la sua mano sulla spalla. «Perché hanno rubato abbastanza della tua vita, del tuo tempo, del tuo affetto. Vuoi davvero permettere che si prendano ancora di più?».

Chiusi la bocca.

Era una domanda più che legittima. Naturalmente io non volevo che accadesse.

«Come potrai andare avanti, Jess, se non riuscirai a liberarti di questo peso?».

Aveva ragione. Dovevo trovare un modo per andare avanti. Non potevo tornare a come erano le cose prima, a come ero io prima. Lo sapevo. Troppe cose erano cambiate. Io ero cambiata. Ma cos'altro mi rimaneva? E se fosse stato troppo tardi per ricominciare? E se avessi ripetuto gli stessi errori? E se non fossi stata capace di essere diversa?

«Ho paura di…» feci una pausa. Come potevo spiegarlo? C'era qualcuno in grado di comprendere? A chiunque altro sarebbe sembrato qualcosa di strano e stupido. In apparenza sembrava estremamente semplice, persino facile, evitare lo stesso schema. Fai solo quello che vuoi. Sii ciò che vuoi. Vivi.

«Non so come si fa a vivere». La confessione mi uscì di bocca.

Mi accorsi che lui mi stava guardando. Mi stava studiando. Senza dubbio stava vagliando la mia sanità mentale. Solo poco tempo prima, questo mi avrebbe fatto desiderare di scomparire e nascondermi. Ma stranamente, in quel momento non mi dava fastidio. Lui aveva scoperto tutto quello che c'era da sapere su di me. Aveva visto le parti peggiori della mia vita. Aveva ritenuto che fossi capace di uccidere un uomo. Era difficile che la sua considerazione riguardo a me potesse essere peggiore di quanto non lo fosse già.

Ciò nonostante, era ancora lì, e attendeva con pazienza che io continuassi a spiegare.

«Non so come fare. Non esattamente. Non l'ho mai saputo. Mi sono ritrovata ai margini della vita senza che nessuno se ne accorgesse. Nemmeno io. Non all'inizio».

Ero stata tenuta lontano o avevo deciso io di starci? Forse non aveva importanza ora. Potevo solo sperare di scoprire chi incolpare per questo.

Sapevo su chi Adam facesse ricadere la colpa. Ma forse non era così semplice.

«Forse nessuno di noi sa veramente come si fa», disse Simon a voce bassa. «Penso che la maggior parte di noi lo scopra solo strada facendo. Anche per me è così».

Ora fui io a fissarlo.

«Davvero?». Stupita, aggrottai la fronte. «Ma se sembri così sicuro di te».

Lui ridacchiò. «Ho fiducia nelle mie capacità di poliziotto. Mi impegno molto. Faccio un buon lavoro. Ma questo non significa che io sappia tutto. Non smetto mai di imparare. E, al di là del lavoro...» Scrollò le spalle. «Be', si tratta solo di fare dei tentativi. Vedere posti nuovi. Incontrare persone nuove. Vedere cosa può funzionare».

«Ho paura lo stesso».

Lui annuì. «Sì, all'inizio non sarà facile. È da tutta la vita che provo a capire come gira il mondo e, a volte, mi capita ancora di essere colto alla sprovvista. Per te sarà tutto nuovo. Ma questo non significa che non vale la pena provarci».

«Non credo di sapere nemmeno da dove cominciare».

«Fai una lista di cose che vuoi fare. Inizia dalla prima e poi continua a scendere».

Io colpii il marciapiede con la punta del piede. «Ma se non so nemmeno cosa voglio fare».

Lui con il gomito mi diede un colpetto sul braccio. «In questo caso dovrai solo provare varie cose finché non lo capisci. Potrebbe essere divertente».

«Io...». La mia voce si incrinò. «Non sono sicura di essere abbastanza coraggiosa. Non senza Adam. Non da sola».

«Una cosa di cui sono certo è che sei più forte di quanto tu ti renda conto». Sorrise. Un sorriso esitante e incerto che lo faceva sembrare nervoso. «Ma forse non devi provarci da sola. Non perché non sei in grado di stare da sola, ma perché sarai tu a scegliere di non voler più essere sola».

51

Vidi la macchina di Karen fermarsi davanti all'ospedale. «La mia amica è arrivata», annunciai provando una leggera delusione per il fatto che fosse arrivata così presto.

Simon annuì.

Ci alzammo entrambi e ci avviammo verso l'ingresso dell'ospedale.

«Grazie», dissi, mentre raggiungevamo la macchina.

«Per aver indagato su di te?»

«Per aver compreso. Per aver cercato la verità e per non aver solo pensato ad arrestare qualcuno».

«È il mio lavoro».

Annuii. «Lo so, ma lo stesso...».

Aprii la portiera dell'auto e presi posto sul sedile del passeggero.

«Carino». Lo sguardo di Karen era fisso su Simon mentre lui alzava la mano per accennare un saluto prima di dirigersi verso la propria auto.

Alzai le sopracciglia e fissai Karen. «È il tizio che stava indagando su di me per l'omicidio di Adam».

Karen sorrise. «Ma non ti ha mica mai arrestato, no?»

«No, ma...».

«Quindi, ovviamente, lui non ha mai pensato che fossi stata tu».

«O forse potrebbe aver avuto un peso la mancanza di prove».

«Un semplice dettaglio tecnico». Karen scrollò le spalle con disinvoltura.

Spiazzata, sollevai gli occhi al cielo.

«Gli piaci, però», disse mentre avviava il motore e attivava i tergicristalli dato che iniziavano a cadere le prime gocce di pioggia.

«Cosa? Non essere ridicola», la rimproverai, ma non resistetti alla tentazione di lanciare un'occhiata alle mie spalle mentre uscivamo dal parcheggio.

«Ti ho visto, sai?».
«Io non ho fatto niente. Non c'è nemmeno più».
Karen si mise a ridere. «Lo stavi cercando con gli occhi, però».
Le diedi un leggero colpetto sul braccio. «Non ho niente da confessare».
«Ma seriamente, Jess», disse Karen fermandosi all'incrocio e voltandosi per guardarmi. «Penso che uno come lui sarebbe la persona giusta per te».
«Uno che vuole arrestarmi?»
«Uno che ti apprezza per quello che sei».
Sentii le mie guance arrossire. «Grazie, ma penso che in questo momento ho bisogno di passare un po' di tempo da sola. Credo di dover imparare ad accettare me stessa prima».
«Hai perfettamente ragione».
Sorrisi, grata per la sua comprensione.
«E comunque, mi preoccuperebbe se lui facesse una mossa troppo presto. Voglio dire… Fino a ieri eri una sospettata, dopo tutto».
Scoppiai a ridere. Era bello ridere di nuovo. Mi sentivo diversa ora, più leggera, più autentica.
«Be', non è che tra me e lui potrebbe mai succedere qualcosa, comunque. Probabilmente non lo rivedrò mai più. Ho intenzione di condurre una vita molto più tranquilla d'ora in poi, senza più frequentazioni delle sale per gli interrogatori della polizia».
«Sai che però ci sarà un processo, vero?», disse Karen a disagio.
Mi sentii male. «Non ci avevo nemmeno pensato». La vita di Mamma sarebbe diventata di dominio pubblico, e la mia con la sua.
«Ma almeno potrai rivedere il poliziotto carino». Karen mi fece l'occhiolino. «E quando il processo sarà finito…».
Sollevai di nuovo gli occhi al cielo, ma intanto all'angolo della mia bocca era spuntato un accenno di sorriso.

52

Mi strinsi contro la porta mentre cercavo la chiave in tasca. La pioggia batteva contro la mia schiena e le folate di vento mi stavano sferzando. Infilai la chiave nella serratura e spinsi la porta per aprirla. Entrai e la chiusi subito dietro di me.

Da Anvil Point sarebbe stato meglio andare direttamente al mio appartamento dopo aver ritirato l'auto. Ma non ci ero riuscita. Avevo bisogno di tornare lì. Avevo bisogno di rivedere il passato, ma questa volta con occhi nuovi.

Indugiai accanto alla porta. Ero entrata in quella casa innumerevoli volte nel corso degli anni. Ne conoscevo ogni centimetro, eppure oggi mi sembrava diversa. Aveva lo stesso aspetto, aveva anche l'odore di sempre, ma sembrava tutto diverso ora.

La vita che avevo vissuto lì, i ricordi che conservavo, era tutto appannato e deformato. Tutto quello che era accaduto era diverso da come sembrava. Mi girai verso la scala e il mio sguardo cadde sul pavimento di legno alla base del gradino più basso.

Riuscivo a immaginare Papà accasciato lì. Il suo corpo scomposto e senza vita. Lui non mi aveva abbandonato. Almeno non per sua scelta.

Avevo rinunciato a Papà troppo facilmente.

Avevo creduto che fosse capace di andarsene. Avevo creduto a Mamma. Avrei dovuto sapere che lui non poteva essere così. Era mio padre, il mio eroe, la mia forza. L'unica persona che credeva che io potessi fare qualsiasi cosa e che mi aveva incoraggiato a inseguire i miei sogni. L'unica persona che non aveva mai rinunciato a me.

Camminai in direzione delle scale. Le mie scarpe da ginnastica stridevano a ogni passo. Guardai indietro verso la scia di impronte fangose che avevo lasciato, e le gocce d'acqua che cadevano dal mio cappotto. Mamma mi avrebbe rimproverato se avesse visto cosa avevo fatto. Scrollai le spalle indifferente. Non aveva importanza. Non in quel momento.

Mi appoggiai alla scala. L'idea che Papà mi avesse lasciato non quadrava con tutto ciò in cui avevo creduto, con tutto ciò che sapevo, ma l'avevo comunque accettata come vera. Mi ero fidata di Mamma quando lei aveva detto che lui ci aveva lasciato. Le avevo creduto quando mi aveva incolpato per quello.

Forse aveva ragione. Forse se io fossi tornata indietro per prendere la sua valigetta lui sarebbe ancora con me. Non sarebbe corso a casa quel giorno. Non si sarebbe affrettato su per le scale fino al suo ufficio. Non sarebbe potuto cadere semplicemente perché non sarebbe stato lì.

Almeno, non allora. Non quel giorno. Non in quel momento.

Ma che dire di quello successivo?

Forse avrei potuto evitare un incidente, ma se ci fosse stato qualcosa di più, invece?

Era una domanda di cui probabilmente non avrei mai saputo la risposta.

Non con certezza.

Io e Mammina dobbiamo sistemare alcune cose prima.

Mi bloccai ripensando alle parole pronunciate da Papà quella mattina. Lui mi aveva fermato mentre correvo indietro per prendergli la valigetta. Non si era affrettato dopo avermi lasciato a scuola. Aveva proprio programmato di tornare a casa. Voleva parlare con Mamma.

«Oh, Papà». Mi gettai sul pavimento e iniziai a singhiozzare. Piangevo per lui, per il modo in cui era morto. Piangevo per noi e per gli anni che non avevamo potuto trascorrere insieme. Piangevo per me e per la vita che avrei potuto avere se lui ne avesse ancora fatto parte.

La sua morte aveva cambiato tutto. Aveva cambiato me. Aveva cambiato il modo in cui vedevo le persone, come tenevo le distanze, come costruivo muri per proteggermi.

La sua morte aveva cambiato la mia vita.

Poco alla volta smisi di singhiozzare. Non avevo più lacrime da piangere. Non me lo avrebbero riportato indietro. Non avrebbero cambiato il passato.

Mi sollevai dritta in piedi. Quello non era il modo in cui volevo ricordare mio padre.

Mi voltai e attraversai la cucina. Girai la chiave e aprii la porta del patio. Il vento ululò attraverso la porta, e io barcollai all'indietro. Curvai le spalle e mi spinsi in avanti. Avevo bisogno di tornare nel luogo dove eravamo stati più felici. Avevo bisogno di recuperare i ricordi a cui tenevo di più. Io e Papà e la nostra vista sull'oceano che avevo bisogno di ammirare un'ultima volta. Avevo bisogno di ricordarlo come era stato: felice e premuroso.

L'aria gelida mi pungeva la faccia, ma non mi importava. Infilai le mani in tasca e lottai contro il vento mentre la pioggia mi ostacolava la vista. Ma nemmeno quello mi avrebbe impedito di dire addio. Niente poteva opporsi.

Non questa volta.

Mi fermai in prossimità del bordo della scogliera. Era il nostro posto. Il posto dove ci sedevamo insieme a guardare le onde che si infrangevano contro la riva. Ma in quel momento le onde sembravano furiose. Si sollevavano e inghiottivano l'intera spiaggia. Mi spinsi a guardare in basso e vidi che persino la camminata lungo la spiaggia era stata sommersa dalle onde enormi che si schiantavano contro la base della scogliera.

Mi ritirai più indietro. Non avevo mai assistito a una cosa del genere.

Non era solo la mia vita a essere stravolta, anche il mondo lo era. Arrabbiato e impazzito. Il corso delle cose, il suo andamento, era stato sconvolto, era andato perso. Tutto era fuori sincrono. E non era rimasto che caos.

«Jess?».

Mi strinsi nelle spalle. Stavo perdendo la ragione. Mi era sembrato di udire nel vento la voce di Adam che mi chiamava.

«Jess?».

Mi voltai.

Sgranai gli occhi e mi portai una mano alla bocca. Istintivamente arretrai.

«No, Jess. La scogliera».

Stavo già barcollando all'indietro quando una mano mi afferrò e mi portò lontano dal bordo del precipizio.

«Adam?». La mia voce era un sussurro mozzato.

«Ehi, Jess». Mi sorrise. Quell'adorabile sorriso sbilenco che mi aveva sempre fatto sciogliere il cuore.

Scossi la testa e mi liberai dalla sua presa. Ero pazza come mia madre. Forse si trattava di una cosa ereditaria. Adam non era lì. Lui non era reale. Era morto.

Sbattei più volte le palpebre cercando con rabbia di schiarirmi la vista. Mi aspettavo che la sua immagine scomparisse. Era solo il dolore che distorceva la realtà.

Ma lui era ancora lì.

Adam mi stava fissando in silenzio, con i capelli incollati alla testa per via della pioggia battente, come se fosse appena uscito dalla doccia.

Al ricordo, il mio cuore fece un balzo. Mi mancavano quelle cose semplici. La sua presenza. La sua voce. Il suo tocco.

Strinsi la mano contro il braccio dove lui mi aveva afferrato. Per la sua potente presa, riuscivo ancora a sentire il sordo pulsare dei miei muscoli doloranti. Ma come era possibile? Se lui non era reale, nemmeno il dolore doveva esserlo.

Era quel posto. I ricordi. Mi stavano facendo perdere la ragione. Proprio come Mamma.

Gli passai accanto. Dovevo tornare a casa. Dovevo andarmene da lì. Via da quella casa. Da quella città.

«Jess, sono io».

Adam si piazzò davanti a me.

«No, sei morto. Ahhh!». Gemetti per la frustrazione. Stavo parlando con la mia illusione ora. Questo mi rendeva più o meno pazza?

Lui mi afferrò le braccia. «Non sono morto». Prese la mia mano e la premette contro il suo petto. Sentii il suo cuore battere contro il mio palmo. «Sono vivo, Jess».

53

Fissai la mia mano appoggiata sul suo petto. Le mie labbra si aprivano e si chiudevano mentre lottavo contro le raffiche. Il vento ululava intorno a me, ma non lo percepivo. Ero insensibile.

«Non puoi...». Le mie parole non erano altro che un sussurro che svaniva nel vento.

La mia mano tremava mentre la allontanavo da lui, ero incapace di sopportare più a lungo la sensazione di toccare qualcosa di impossibile.

Non importava quanto reale fosse toccarlo, non era possibile. Probabilmente si trattava di un'allucinazione. Lui era morto. Mamma lo aveva ucciso. «La scogliera. Il tuo furgone». Chiusi gli occhi allontanando i ricordi. «La polizia ha detto che non potevi sopravvivere a quella caduta».

«Non ero nel furgone, Jess».

«Cosa?». Aprii gli occhi e vidi quel suo viso familiare.

«Non mi sono nemmeno mai avvicinato alla scogliera».

«Ma Mamma...».

«Ho inscenato tutto».

Inscenato.

«No, è stata Mamma. Ha scritto...».

«L'ho incastrata, Jess».

«Tu? Ma...» Mi girava la testa. «Come? Perché?».

Niente aveva senso. Era pazzesco pensare che Mamma lo avesse ucciso, ma ora lui era lì e sosteneva che niente di tutto quello fosse reale. Lui non poteva aver simulato la sua morte. Non poteva averlo fatto. Non a me.

Deglutii. Ma d'altronde io non lo avevo neppure creduto capace di tradirmi.

Le mie ginocchia cedettero e sprofondai sull'erba fradicia.

«Dovremmo entrare».

Scossi la testa. Non riuscivo a muovermi. Non volevo. Non mi importava di inzupparmi di pioggia. Adam era vivo.

Lui si inginocchiò davanti a me. «Dovevo farlo. Era l'unico modo».

Lo choc che mi aveva paralizzato era definitivamente svanito. Non ero più insensibile. Il dolore stava penetrando nel mio corpo, proprio come la pioggia che infradiciava i miei vestiti. Adam mi aveva fatto credere di essere morto. Di averlo perso. Avevo persino creduto di poter essere io colpevole per la sua morte. Eppure, per tutto il tempo lui era vivo.

«Avevo letto il quaderno di tua madre».

«L'avevi trovato tu?»

«L'ho rubato. Se lo portava sempre dietro, ci scarabocchiava sempre e poi quando mi vedeva lo nascondeva. Volevo sapere cosa aveva scritto su di me. Su di noi».

«Come hai fatto a prenderlo?». Sembrava una domanda priva di senso, ma una parte di me aveva bisogno dei dettagli. Avevo bisogno di mettere tutto insieme. Di capire. Di renderlo plausibile, reale. Per rendere *lui* reale.

«La sera in cui era venuta a cena».

Socchiusi gli occhi ripensando a quel giorno. «Sei tornato a casa tardi e non hai voluto cenare insieme a noi».

«Ero troppo stanco per riuscire ad averci a che fare. Ma poi ho capito che la sua guardia si sarebbe abbassata. Lei non sapeva che io ero lì. La sua borsa sarebbe stata incustodita. Si fidava di te. Sapeva che non avresti mai preso la sua borsa e letto il suo quaderno. Ma io...».

«Ecco perché ti sei intrufolato in soggiorno mentre stavo sparecchiando».

Adam annuì.

«Hai inscenato tutto. Hai fatto in modo che sembrasse che lei stesse complottando contro di te...».

«No», mi interruppe Adam. «La storia del quaderno era vera. Tutta opera sua. Io l'ho solo letto. All'inizio è stato orribile rendermi conto che lei mi voleva morto. Voleva uccidermi, Jess. Ero così spaventato che volevo darmela a gambe».

«Stavi per lasciarmi?»

«Ma non l'ho fatto».

Lo guardai torva. «No, invece hai finto la tua morte». La mia voce era rabbiosa. Non mi aveva solo abbandonato. Mi aveva distrutto.

«Hai visto il suo quaderno, Jess. Ora sai di cosa è capace. Sai cos'ha fatto. Tua madre è pazza. Le cose che ha scritto...» rabbrividì. «Le cose che ha già fatto».

«Avresti potuto dirmelo». Adam aveva scelto di scappare da Mamma, invece di stare con me. Non aveva nemmeno provato a lottare per noi due.

«Non mi avresti mai creduto».

«Avresti potuto mostrarmi il quaderno». Aveva ragione, io non gli avrei creduto. Chi mai potrebbe credere una cosa del genere della propria madre? Ma il quaderno aveva cambiato ogni cosa. Era la sua confessione. Di fronte al quaderno, nemmeno io avrei potuto sostenere l'innocenza di Mamma.

«Ci avevo pensato. Ma una cosa che avevi detto mi era rimasta in testa. Mi avevi detto che se credi a qualcosa abbastanza a lungo, allora quella cosa diventa vera».

Il mio sguardo divenne una fessura. «E allora tu hai deciso di farci credere che eri morto».

Adam sorrise. «Non solo morto, assassinato».

Lo stomaco divenne pesante e appoggiai le mani a terra per riuscire a non vacillare.

«Avevo ancora il suo quaderno. L'ho riletto, questa volta con più attenzione. Avevo bisogno di qualcosa che andasse bene, qualcosa che non prevedesse un corpo. Il suo piano era perfetto. Tutto quello che ho dovuto fare è stato seguirlo alla lettera, prevedendo alcuni errori di distrazione per dimostrare che non si era trattato di un incidente».

«Volevi farle del male. Raggirarla».

«Sì».

«Ma non è stata una cosa che riguardava solo lei. C'ero anche io. Mi hai lasciato credere che tu fossi morto. Ho pianto per te. Sono venuta alla tua veglia».

«Ho dovuto farlo. Era l'unico modo per aiutarti. Dovevo salvarti da tua madre, da quella vita».

Lo fissai. Ero stata io a spingerlo a fare ciò. Il mio rifiuto di fare una scelta, di essere coraggiosa, di staccarmi da mia madre, lo aveva portato fino a quel punto. Lui aveva fatto tutto quello per me. Per salvarmi. Per stare con me. Il mio cavaliere coraggioso che aveva combattuto i demoni e affrontato la morte, tutto per salvare la ragazza che amava.

Era la fiaba che avevo sempre desiderato, ma era tutta sottosopra. Era priva di senso e, come tutte le favole, non era neppure completamente vera. Mi aveva salvato dal controllo di Mamma, ma non per salvare me, per eliminare la concorrenza. Una volta liberata, avrei avuto più tempo e più attenzioni da dedicare a lui. Non l'aveva fatto perché mi amava, ma perché era geloso.

«Ora possiamo stare insieme. Tu e io. Per sempre».

Insieme.

Voleva ancora stare con me. Era tornato per me. Lui non mi aveva abbandonato. Mi amava ancora. Era un tipo di amore perverso e morboso. Ma era comunque amore.

«Ma tu sei morto». Chiusi gli occhi e scossi la testa. «Cioè, tutti pensano che tu sia morto. Come farai a vivere la tua vita? Come fai a lavorare o…».

«Jess». Adam si mise a ridere. «Non ho bisogno di lavorare». Spalancò le braccia. «Abbiamo questo».

Mi rabbuiai.

«Tua madre ti ha fatto la procura. Con lei incapace…».

«Come fai a saperlo?»

«Ho trovato i documenti nel tuo schedario».

«Hai frugato tra le mie carte personali?». Non si era limitato a spiare solo Mamma, spiava anche me.

«Ora abbiamo il controllo di tutto. Questo sarà nostro».

Nostro.

Eravamo diventati di nuovo un «noi». Una coppia. Lui ora mi voleva. Aveva bisogno di me.

Lanciai un'occhiata alla costruzione che una volta era stata una casa per me. Ero così tanto desiderosa di vivere in una fiaba che mi sarei accontentata di un'illusione?

«No», dissi a bassa voce.

«Cosa?».

Mi girai verso di lui. «No». La mia voce era più ferma questa volta. Più sicura. Più decisa. «Non si è mai trattato veramente di me. Si trattava di quello che potevi ottenere da me». Scossi la testa. «Be', non otterrai proprio un bel *niente*». Gli sputai addosso quella parola. Io meritavo più di lui. Più delle sue bugie e dei suoi tradimenti.

Il suo viso divenne improvvisamente pallido. «Senti, Jess...».

«Ti odio». Lo fulminai con lo sguardo. La paura e il dolore che avevo tenuto disperatamente a freno dentro di me per mesi improvvisamente si tramutarono in rabbia. «Mi hai fatto passare le pene dell'inferno. La tua morte. La polizia. Le domande. Pensavano che a ucciderti fossi stata io. Lo sapevi? Continuavano a interrogarmi. Ero terrorizzata all'idea che mi avrebbero arrestato. Che avrei passato il resto della mia vita in prigione...».

«Non avrei mai permesso che ti accadesse. L'avrei impedito. Ho lasciato il quaderno apposta dove tu lo potevi trovare. Avevo organizzato di lasciare abbastanza prove per cui la polizia avrebbe sospettato di tua madre».

Annuii lentamente e mi ricomposi. «Sì, mia madre. La donna che è stata ricoverata in clinica a causa tua. L'hanno accusata del tuo omicidio e tu non sei nemmeno morto».

«Si merita tutto quello che ha avuto».

«Era innocente», urlai nella tempesta.

«Lo era?». Adam mi fissò. Aveva gli occhi sgranati per l'incredulità. «Voleva che me ne andassi, Jess. Avrebbe fatto di tutto per sbarazzarsi di me».

«Ma non ucciderti».

«Non possiamo saperlo». Si avvicinò ancora di più a me. «Lei lo stava pianificando».

Scossi la testa. «Ci aveva pensato». Mi sentii male. «Questo è orribile, ma non è la stessa cosa. Non l'avrebbe mai fatto per davvero».

«Sei sicura? Fino a questo momento avevi creduto che l'avesse fatto. Pensavi che fosse capace di farlo».

«Perché tu me lo avevi fatto credere. Mi hai fatto credere...». Chiusi gli occhi. «Mi hai fatto credere che mia madre fosse un'assassina». Aprii gli occhi e cercai sul suo viso un qualsiasi segno di rimorso. Non ce n'erano affatto. «L'hai fatto credere anche a lei. Questo l'ha distrutta. L'ha spinta oltre il punto di non ritorno. Ha rovinato lei, la sua vita, la sua sanità mentale».

Adam mi venne accanto e mi prese la mano. «Ha pianificato di uccidermi, Jess. È per questo motivo che è impazzita. Non per causa mia. Non per quello che ho fatto io. Il problema è che lei non può accettare se stessa, sapendo quello che aveva intenzione di fare».

Sbuffai. «No, probabilmente è perché lei pensa che tu sia davvero morto, questo la fa impazzire. Continuava a parlare di lasso di tempo mancante. Pensa di avere vuoti di memoria perché non ricorda di averti ucciso. In realtà, lei non ha perso nulla. Sei tu che te ne sei servito per metterla contro se stessa. Ti sei servito del suo odio nei tuoi confronti. Ti sei servito del suo bisogno di controllo».

Adam scoppiò a ridere. «Si è spinta più in là di quanto mi aspettassi. Sapevo che il suo bisogno di controllare le cose prevaleva su tutto il resto, ma non avevo previsto come avrebbe reagito una volta che le avessi tolto quel controllo. Quando ha capito di non poter controllare più niente, nemmeno le sue stesse azioni, si è autodistrutta».

Mi rialzai in piedi e presi il telefono dalla tasca. «Magari il fatto di sapere che sei vivo la aiuterà a riprendersi».

«Cosa stai facendo? Non puoi fare sul serio?».

Adam mi spinse via e mi strappò il telefono dalle mani.

Lo fulminai con lo sguardo. «Pensavi davvero che sarei stata d'accordo con questo tuo piano? Che avrei accettato tutto quello che hai fatto e lasciato che mia madre rimanesse rinchiusa in quel posto?».

«Lei sta meglio lì dov'è. Tu stai meglio se lei rimane lì. Tua madre è pazza, Jess. Anche prima di questa storia. Lei non era a posto. Il modo in cui ti trattava, il modo in cui ti faceva sentire». Allungò la mano e le sue dita mi sfiorarono la guancia. «Non andava bene così».

Lo spinsi per allontanarlo da me. «E pensi che il modo in cui mi tratti tu invece vada bene?».

Adam si irrigidì. «Cambierò».

Scossi la testa. «No, non lo farai. Continuerai a imbrogliare. Continuerai a mentire. Mi controllerai ancora. Proprio come stai cercando di fare ora». Mi voltai per tornare verso la casa.

«Dove vai?».

Non risposi, continuai a camminare.

«Non puoi andartene così». C'era una nota di disperazione nella sua voce, un qualcosa che non avevo mai notato prima. «Ho rinunciato a tutto per ottenere questo».

Mi fermai un attimo e guardai indietro mentre il silenzio ci separava.

«Per te».

Aveva impiegato troppo tempo per correggersi. Non era per me, io non avevo mai contato per davvero.

«La mia famiglia, i miei amici, tutti pensano che io sia morto».

Riflettei. Come si sarebbero sentiti quando avrebbero scoperto che Adam era vivo? Come mi sentivo io? Felici? Sollevati? Io avrei dovuto esserlo, o no? Sondai le emozioni che avevo dentro di me, cercando qualche piccolo spiraglio di luce. Ma tutto ciò che provavo era delusione e la sensazione di essere in trappola.

«Tu hai bisogno di me».

Fermai lo sguardo su di lui. La sua affermazione era così carica di incertezza che sembrava quasi una domanda.

Avevo bisogno di lui? Poco tempo prima avrei risposto di sì. Ma ora... le cose erano diverse. Io ero diversa. Negli ultimi giorni avevo dimostrato a me stessa quanto potevo valere, quanto valevo. Ero sempre stata forte. Ora me ne rendevo conto. Erano state altre persone a farmi sentire debole e incapace. E io li avevo lasciati fare. Avevo scelto di accettare la visione che loro avevano di me, invece di decidere per me stessa. Avevo accettato le loro critiche. Mi ero conformata alle loro richieste. Avevo accettato il loro controllo.

Ma ora non più.

«Ho sentito qualcuno dire che tutti noi abbiamo due vite». Adam parlò lentamente, come per impegnarsi a rendere la citazione perfetta. «Una per imparare e una per vivere».

Inclinai il capo. «Bella». Quell'idea era confortante. Faceva credere che gli anni che mi erano sfuggiti di mano non fossero andati sprecati. Avevo imparato la lezione. E ora...

Inspirai profondamente. Ora volevo vivere. Non ero ancora sicura di conoscere tutte le risposte. Nonostante tutti gli anni di «pratica», c'era ancora così tanto che non sapevo, soprattutto su me stessa. Ma avevo mosso il primo passo, un primo passo traballante e incerto.

Mi venne in mente il viso di Simon e gli angoli della mia bocca si sollevarono all'insù. Forse non sarebbe successo nulla con lui. Ma non aveva alcuna importanza. Non si trattava davvero di lui. Era la possibilità che Simon rappresentava. La possibilità che ci potesse essere qualcuno nel mio futuro. Non ancora, ma quando fossi stata pronta, avrei potuto ricominciare.

Avrei ricominciato da capo.

Nel frattempo, un movimento attirò la mia attenzione, Adam stava camminando lentamente verso di me e io chiusi gli occhi.

Dovrai ricominciare con qualcun altro. Tutto da capo. Da sola.

Mi tornarono in mente le parole di Adam. Era disperato perché non voleva che lo lasciassi. Così disperato che mi aveva fatto temere di perderlo. Non perché stavamo bene insieme. Non perché ero l'unica donna che lui desiderava. Ma perché voleva farmi credere che nessun altro avrebbe potuto sopportarmi. Senza di lui, sarei rimasta sola, non amata.

Adam aveva ragione. Senza di lui, avrei dovuto rifare tutto da capo. Ma forse non era una cosa poi così negativa. Era un'occasione per ripartire, non solo con una nuova relazione, sarebbe stato un nuovo inizio anche per me. Una possibilità di lasciarmi alle spalle gli errori del passato, errori da cui avevo imparato e che non avevo intenzione di ripetere di nuovo.

Non avevo più paura di stare da sola. Non avevo più bisogno di qualcun altro per sapere chi ero. Ero io. Con tutti i miei difetti e le mie insicurezze, stavo bene da sola, senza mia madre, senza Adam.

Ripresi a camminare verso la casa.

«No!». Adam corse davanti a me e mi impedì di proseguire.

Mi fermai di colpo. Sentii un tonfo allo stomaco. Lo choc per averlo rivisto e la mia indignazione per quello che aveva fatto mi avevano consentito di fare chiarezza su tanti aspetti della nostra relazione, ma avevo completamente trascurato un elemento importante: lui non mi avrebbe mai permesso di denunciarlo.

Lui aveva simulato la propria morte e incastrato mia madre per omicidio. Non sapevo quale pena rischiasse per questo, ma sicuramente non sarebbe stata lieve.

«Tu sei il mio futuro, Jess. Questa casa. Questo tenore di vita». Rideva. «Tua madre pensava che fosse l'unica cosa a interessarmi».

«Aveva ragione». La mia voce era fredda. Non sapevo decidere se a darmi più fastidio fosse il fatto che lui mi avesse deluso, o che Mamma avesse avuto ragione.

«All'inizio, no». Adam scosse la testa. «All'inizio ero interessato a te. Al tuo sorriso. Alla tua risata. Al tuo...» Mi guardò dalla testa ai piedi. «Tutto».

«All'inizio?».

Si strinse nelle spalle. «Tu mi piacevi. Io ti piacevo. Avevamo un legame. Ho provato qualcosa per te. Qualcosa di forte. Vedevo che stavi affrontando molti problemi. Volevo aiutarti».

«Hai provato pietà per me? Era così? Era questo il nostro legame?»

«No!». Adam scosse la testa. «Non pietà. Ammirazione».

Lo guardai perplessa. «Davvero?».

Adam avanzò di poco. «Non te ne sei ancora accorta, vero?». Scosse lentamente la testa. «Tu non ti rendi conto di quanto sei forte. Mi piaceva questo tuo aspetto. Quella forza interiore che ti faceva andare avanti indipendentemente da quanto brutte fossero le cose. Avevi sempre quel bellissimo sorriso, anche quando tutto ti pesava dentro».

«Allora, cosa è cambiato?». Mi pentii subito di avergli fatto quella domanda. Ma ero spinta da un desiderio morboso di esaminare i resti della nostra relazione e scoprire il momento in cui non aveva più funzionato. Quando io avevo sbagliato.

«Ho scoperto che non è possibile amare due persone. Non allo stesso modo».

Sentii lo stomaco contorcersi. Avevo voluto la verità. Ora ce l'avevo. Proprio quella che avevo pensato. Non ero mai stata all'altezza di *lei*. Avevo sempre occupato il secondo posto.

«Tua madre era così preoccupata che io ti stessi usando come mezzo per ottenere qualcosa».

«Aveva ragione, stavi facendo esattamente quello».

«No!». C'era del risentimento nella sua voce. Lui mi guardò con occhi lucidi, come un bambino ferito. Solo che la sua indignazione era totalmente fuori luogo.

«Lo dimostra tutto quello che hai fatto. Volevi i suoi soldi. Volevi questa casa». Agitai la mano verso l'edificio di fronte a me.

«No, ti sbagli su tutto. Non si tratta di soldi. Io volevo la libertà. Per te. Per me. La mia morte, questa casa, può darci quella libertà».

Lo guardai pensierosa. I nostri modi di vedere le cose non sarebbero mai coincisi. Lui vedeva se stesso come un eroe. Io ora lo vedevo solo come un bugiardo.

«Ci ho liberato dalle nostre vite. Dalle trappole che avevamo costruito per noi stessi. Tu con tua madre, io con...» Deglutì, come nel tentativo di sottolineare il suo senso di colpa. «Natalie».

Chiusi gli occhi e mi sforzai di riflettere provando a dare un senso al suo ragionamento.
«Tua madre non ti avrebbe mai permesso di essere te stessa. Avrebbe sempre sabotato la tua vita».
«Lei mi proteggeva», mi commossi pronunciando quelle parole. «A modo suo».
«Il suo modo era tossico».
Non risposi. Non potevo dissentire. Non ora. Non dopo tutte le cose che lei aveva fatto, dopo tutte le persone che avevo perso a causa sua.
Ma non avevo perso Adam.
Questo pensiero mi colpì senza preavviso. Avevo desiderato che Adam tornasse. Avevo pianto per lui. Per noi. Per il futuro che non potevamo più avere. E ora, eccolo lì…
Ma non era stato per la sua morte che avevo pianto, bensì per il suo tradimento. Lui mi aveva tradito. Amava un'altra.
«E ora sono anche libero da Natalie. Quello che avevamo è finito. Lei crede che io sia morto».
«Per ora».
«Pensi che tornerei da lei? Pensi che le direi che sono vivo?»
«Perché no? Con me l'hai fatto».
«Perché voglio una vita con te».
«Vuoi una vita con i soldi di mia madre».
Adam sospirò. «Hai davvero così poca considerazione di me?».
Sbuffai. «Di sicuro non hai dei buoni precedenti, no?»
«D'accordo, hai ragione. Ma sono cambiato. Punto e a capo. Ricominciamo tutto. Possiamo vendere questa casa e trasferirci. Ovunque tu voglia. Da qualche parte dove nessuno ci conosce. Un posto dove possiamo essere noi stessi. Solo noi. Nessuna distrazione. Niente più segreti e bugie».
Lo osservai. C'era della sincerità nella sua supplica. Sembrava volerlo davvero. Stare con me. Solo noi.
Ma ci avevo già ragionato prima.
«Non ero io ad avere segreti o a dire bugie».
«Non eri tu?».
Mi sentii male.
«Non mi hai mai parlato del tuo passato. Non hai mai menzionato cosa è successo con i tuoi precedenti ragazzi. Non hai mai parlato del tuo arresto».

«Perché non era vero. Non ero stata io a fare niente».

«Ma tu pensavi che lo fossi. Tua madre te l'aveva fatto credere. Ti ha fatto dubitare di te stessa e della tua sanità mentale. È per questo che non potevi dirmelo. Perché dirlo ad alta voce lo avrebbe...».

«Reso reale», finii la frase al posto suo, rendendomi finalmente conto del motivo per cui non avevo mai parlato del mio passato.

Mi vennero i brividi. Lui mi conosceva troppo bene. Riusciva a leggermi dentro meglio di quanto ci riuscissi io.

«Avevi dei segreti, Jess. Il tuo sorriso li nascondeva bene, ma erano comunque lì».

Adam fece scivolare la sua mano nella mia. Mi sembrava un gesto naturale e affettuoso. Potevo davvero perderlo di nuovo?

«Non hai più bisogno di nasconderti, Jess. Non da me. Nemmeno da te stessa. Possiamo stare insieme. Solo io e te. Tutto questo può essere nostro».

«Ma non saremmo solo io e te, vero? Ci sarà sempre Natalie».

«Voglio stare con te. Solo con te».

«Per quanto tempo? Tre mesi?».

Le sue sopracciglia si aggrottarono.

«Come l'ultima volta?».

Lui capì e la sua fronte si distese.

«Lo sai».

«So molto di più rispetto a prima». Feci un respiro profondo. «Su tante cose». La verità non era stata benevola con me, ma Mamma aveva ragione, era pur sempre meglio di una bugia.

«Ora è diverso, Jess. Io scelgo te. Voglio te. Solo te».

Sentii una stretta al cuore. Erano le parole che avrei voluto sentirgli dire da tanto tempo. Avevo desiderato che lui lasciasse Natalie per me. Avevo voluto essere la sua scelta, la sua priorità. Ora, finalmente, lo ero.

Mi aspettavo di sentire un'ondata di emozioni. Ero desiderata. Accettata.

Ma tutto quello che sentivo era il vuoto.

Avevo aspettato tutta la vita di essere accettata da qualcuno, da chiunque. E ora, quando finalmente lo ero, non serviva a nulla. La sua non era l'opinione che contava. Non lo era mai stata. Solo che non l'avevo capito fino a quel momento.

La mia opinione era tutto ciò che avrebbe dovuto contare.

Prima non era così.
Ma adesso sì.
Disillusa, scrollai le spalle. «Ma io non ti voglio».
Adam lasciò cadere la mia mano. «Sai una cosa? Non ho più bisogno di te».
Mi paralizzai. Il mio sguardo era fisso nel suo.
«So tutto di te. I tuoi conti. Le tue password. Anche la tua firma so fare».
«Cosa stai dicendo?». Gli feci la domanda anche se, dentro di me, sapevo già la risposta.
Ero superflua.

54

«Nessuno si sorprenderebbe se tu sparissi per un po'». Adam scosse lentamente la testa. «Tua madre ha ucciso il tuo ragazzo, tutti capirebbero se tu avessi bisogno di stare da sola per affrontare la cosa».

«Adam…». Sentii le gambe tremare mentre indietreggiavo lontano da lui. Quello era l'uomo che una volta avevo amato. L'uomo che era stato la mia vita. Sicuramente non mi avrebbe fatto del male. Non fisicamente.

Ma poi cominciai a realizzare che le persone sono capaci di qualsiasi cosa. Anche le persone che presumibilmente mi avevano amata.

«Gli invieresti una cartolina o due, solo per non farli preoccupare per te».

Non potevo restare lì, impotente. Avevo passato la mia vita a farlo. Ecco cosa avevo ottenuto.

Con la paura e la rabbia che mi scorrevano nelle vene mi misi a correre verso sinistra, ma Adam si parò davanti a me. Mi afferrò il braccio e mi tirò verso casa.

«Che fai? Dove mi porti?». Lottai contro di lui, girandomi e rigirandomi, cercando disperatamente di liberarmi dalla sua presa.

«In un posto dove non puoi dire a nessuno quello che sai».

«Vuoi rinchiudermi da qualche parte?». Sarei stata prigioniera più di quanto lo ero già stata. Avevo passato una vita intrappolata nell'ombra, timorosa di quello che avrei potuto fare, di chi avrei potuto essere. Ma non avevo mai interpretato il ruolo della protagonista cattiva.

«So che questo è molto difficile da affrontare. Hai solo bisogno di un po' di tempo per accettare l'idea».

«Mi vuoi rapire».

«Ti sto aiutando. È per il tuo bene».

Adam non mi aveva mai considerato una minaccia. Solo una vittima. Aveva voluto cambiarmi, aiutarmi. Rendermi più forte, rendermi sua.

Avevo smesso di essere la vittima della mia ingenuità. Avevo smesso di fidarmi degli altri più di quanto mi fidassi di me stessa.

Non avevo bisogno che lui mi salvasse. In verità, non ne avevo mai avuto bisogno. Mi serviva solo rendermi conto che c'era un altro modo, che avevo la possibilità di scegliere. Ero stata totalmente accecata dal passato, dal biasimo di Mamma, che avevo perso di vista chi ero e quanto forte potessi essere.

Non avevo mai combattuto per me stessa, perché non pensavo di valere. Mi avevano insegnato che non valevo niente, che quello che io volevo non contava.

Ma non era così.

Quello che io desideravo era l'unica cosa che contava davvero.

E io volevo più di questo. Più di lui.

Gli diedi un calcio negli stinchi, ma la sua presa si fece più stretta. «Non voglio farti del male, Jess».

Ficcai la mano in tasca e le mie dita trovarono la chiave di casa. Non era molto. Ma era tutto quello che avevo.

Estrassi la mano dalla tasca e mi scagliai contro di lui con la chiave. Gli sfregiai la guancia e lui lanciò un urlo. Allentò la presa, mi spinse via, e io barcollai all'indietro.

Mi fissò mentre una scia rossa e rabbiosa di sangue gli sgorgava dalla pelle. «Cosa credi di poter fare, Jess? Dove pensi di poter andare? Guardati attorno, l'unico modo per scappare è passare sopra al mio corpo».

I miei occhi presero a muoversi a destra e a sinistra, cercando una via di fuga. Ma Adam aveva ragione. La casa era alle sue spalle. Lui non mi avrebbe mai permesso di raggiungerla. Lanciai un'occhiata nervosa dietro di me.

Si può scendere direttamente alla spiaggia da qui?

Mi venne in mente la domanda che Adam aveva posto la prima volta che l'avevo portato lì per incontrare Mamma.

Mi avvicinai barcollando al bordo della scogliera. Non era un'idea saggia. La scogliera era ripida e instabile, e nel bel mezzo di una tempesta… rabbrividii. D'altronde, che scelta avevo?

Adam si avvicinò a me. «Tua madre aveva ragione, sai, dovresti stare attenta a dove metti i piedi». La sua voce sembrava nervosa.

Lo guardai male. «E secondo te io la bevo? Non penso che ti importi qualcosa di me».

«Mi importa, Jess. Non è troppo tardi. Puoi ancora stare con me». Allungò la mano.

Era allettante. Potevo prendere la sua mano. Avremmo camminato insieme lontano dalla scogliera. Lontano da quella follia. Sarei potuta stare al gioco. Aspettare il momento giusto. Avrei potuto trovare l'occasione per fuggire.

Ma se non si fosse presentata nessun'altra possibilità per darmi alla fuga? E se fosse stato quello il momento giusto per provarci?

Strinsi i denti. Ero stanca di fare quello che ci si aspettava da me. Di essere mite e obbediente. Ero stanca di essere prudente e di avere paura di rischiare.

Era la mia occasione.

Feci dietro front e corsi verso il bordo.

«Jess, no!».

Mossi un passo incerto sul ciglio.

Adam si precipitò verso di me. Mi afferrò il braccio e mi tirò di nuovo in cima. «Non posso lasciartelo fare. Cadrai giù».

Lottai contro di lui.

«Cosa te ne importa? Tanto mi ucciderai lo stesso».

«No, non voglio farti del male. Ho solo bisogno di tenerti buona».

«Ti amavo». La mia voce era a malapena un sussurro contro il vento.

Adam alzò le spalle e io sentii la sua presa allentarsi. «A volte non basta».

Scossi la testa. «Dovrebbe bastare. Deve poter bastare».

«Non questa volta, Jess».

Inspirai profondamente. «Sempre», dissi mentre con uno scatto saltavo a destra e mi gettavo a terra, liberandomi di nuovo dalla presa di Adam.

Lui si scagliò contro di me, ma io gli tirai un calcio. Barcollò all'indietro. Nel suo sguardo balenò il terrore mentre il suo piede perdeva terreno e scivolava. «Jess!».

«Adam!». Mi arrampicai fin sul bordo e lo vidi agitare le braccia.

Sparì dalla vista. Sbirciai lungo il ciglio della scogliera. Mi aspettavo quasi che si fosse aggrappato al pendio, pronto ad allungare la mano e a tirarmi giù. Ma lui non c'era più. L'unico segno di

Adam erano le increspature nelle onde là dove era sprofondato in acqua.

Mi coprii la bocca e guardai mentre a poco a poco scomparivano. Fino a quando non sembrò che lui non fosse mai stato lì.

Mi allontanai e tornai indietro verso il giardino. I miei occhi scrutarono nell'erba in cerca del telefono. Lo vidi e corsi a prenderlo. Caddi in ginocchio e digitai il mio codice di accesso. Spinsi l'icona verde del telefono e apparve la tastiera: 9… 9… Fissai il numero. Chiamare la polizia era la cosa giusta da fare. Si era trattato di autodifesa. Non avevo fatto nulla di male. Sicuramente l'avrebbero compreso. Ma che cosa sarebbe accaduto se non mi avessero creduto? E se avessero ritenuto che non si era trattato di un incidente?

Premetti il tasto di cancellazione e vidi i numeri scomparire.

Un estraneo avrebbe potuto non credermi, ma c'era una persona che invece lo avrebbe fatto.

Mi chiami se le viene in mente qualcosa.

Simon mi aveva dato il suo numero la prima volta che l'avevo incontrato. L'aveva usato anche per chiamarmi e dirmi di andare alla centrale. Avevo salvato il suo numero nella lista dei miei contatti. Cercai nella rubrica fino a che non mi comparve il suo nome.

Spinsi il tasto di chiamata e mi portai il telefono all'orecchio.

Squillò una volta…

Cosa sarebbe successo quando glielo avessi detto? Tutto sarebbe cambiato. Mamma sarebbe risultata innocente. L'avrebbero rilasciata? Lei sarebbe stata libera di tornare alla sua vita? Alla mia vita?

Mamma non aveva ucciso Adam, ma ci aveva pensato. L'aveva pianificato. Se lui non l'avesse battuta sul tempo, lei avrebbe portato a termine il suo piano?

Due volte…

Rabbrividii. La cosa spaventosa era che sapevo che poteva accadere. Considerato tutto quello che avevo scoperto su di lei, non potevo più permettermi di fidarmi di mia madre. Aveva spinto le persone a mettersi contro di me, aveva danneggiato le loro proprietà, tutto per il solo fatto che uscivano con me. Mi aveva fatto credere che il motivo per cui ero sola era che non ero abbastanza. Aveva sconvolto la mia vita, ma anche la mia testa. La mia innocenza non era più in discussione ora, ma questo non aveva cancellato i miei ricordi.

Lei aveva lasciato che la polizia mi arrestasse per quello che lei stessa aveva compiuto. Mi aveva mandato in analisi perché riuscissi a controllare il mio comportamento. Ma non ero mai stata io ad avere avuto davvero bisogno di supporto psicologico.

Tre volte...

E Papà?

Proprio come in precedenza.

Adam sarebbe diventata la sua prima vittima? O lo era stato Papà?

Diedi un'occhiata alle onde in lontananza da dietro la mia spalla. La mia libertà non era a rischio. Non per quanto riguardava la polizia, almeno. Ma mia madre...

Cosa mi sarebbe successo se lei fosse stata rilasciata? In un modo o nell'altro, sarebbe riuscita a intromettersi nella mia vita. A interferire. A controllare. Non sarei mai stata libera da lei. E la prossima volta forse avrebbe davvero ucciso qualcuno. Adam aveva ragione, ora sapevo che lei ne era capace.

Quattro volte...

Avevo passato una vita all'ombra, prima di Mamma, poi di Adam. Sarebbe stato possibile cambiare? Prendere tutto ciò che avevo conosciuto, tutto ciò che ero e diventare qualcosa di diverso? Qualcuno di diverso?

Non se Mamma fosse stata con me.

Con Mamma libera, io non lo sarei mai stata. Non sarebbe stato importante dove fossi andata, o con chi, avrei dovuto sempre guardarmi le spalle in attesa che lei mi trovasse. Attendendo che lei mi distruggesse. Ancora.

Ma senza di lei...

E se fosse stato troppo tardi? Se avessi perso la mia opportunità? Se avessi perso la possibilità di avere una vita mia? Una buona vita?

«Ciao, Jess. Va tutto bene?».

Tutto quello che dovevo fare era dirglielo. Potevo salvare Mamma come lei aveva sempre cercato di salvare me. Sarei stata libera dal senso di colpa. Libera da quel fardello. La verità sarebbe finalmente venuta a galla.

Solo che Mamma non mi aveva salvato. Non esattamente.

Non lo aveva mai fatto.

«Jess?».

Sentivo dalla sua voce che Simon era preoccupato.
Forse non era troppo tardi. Forse potevo ancora avere la vita che avevo sempre desiderato.
C'era solo un modo per scoprirlo.
«C'è qualche problema?».
Quella era la mia occasione di dire la verità.
Mentii.

Ringraziamenti

Grazie a mamma e papà per il vostro amore e sostegno e per essere sempre presenti. Mi avete insegnato a non mollare mai.

Un ringraziamento speciale alla mia straordinaria amica, Ellie Henshaw, per il brainstorming, l'editing, le chiacchierate motivazionali e le infinite cioccolate calde. Senza di te, il mio libro non sarebbe arrivato dov'è.

Grazie all'amica e tutor di scrittura, Alison May, per il suo incoraggiamento e la sua saggezza. E al mio mentore, Jonathan Eyers, per il suo tempo e il suo punto di vista.

Grazie a Katie Fforde per aver creduto in me. La sua borsa di studio mi ha fatto sperare che un giorno avrei potuto farcela.

Un enorme grazie a tutti i miei amici della RNA, che mi hanno insegnato che uno scrittore non è mai veramente solo. E ai miei cari amici Abhi, Vicky, Katie, Linda, Kath McGurl, Josie Boham e Diane Saxon per aver sopportato le mie infinite conversazioni sui personaggi.

E ad Ahl, il miglior compagno di bolle che una ragazza possa desiderare.

Grazie a Lucy per le passeggiate sulla spiaggia che mi hanno permesso di non uscire di testa durante i lockdown e oltre. E a tutti i miei meravigliosi colleghi per essere una fantastica squadra di cheerleader.

E infine, grazie al mio meraviglioso editore, Emily Ruston, per aver avuto fiducia nella mia scrittura e avermi sostenuto e incoraggiato per la stesura di questo romanzo. E a tutta la squadra della Boldwood Books per aver reso il mio sogno, apparentemente impossibile, una realtà.

Indice

Ross Greenwood

LA MORTE NON ASPETTA

Volume di 320 pagine, € 3,90

Una serie di morti all'apparenza scollegate tra loro tiene impegnato il detective Barton. Quando una prova incastra un sospettato, subito consegnato alla giustizia, sembra arrivato il momento di tirare un sospiro di sollievo. Ma gli omicidi, invece di fermarsi, continuano… E molti di essi sembrano ruotare intorno alla famiglia di una giovane donna, Claudia Birtwhistle, fidanzata con un detective della squadra di Barton. Una traccia comincia a delinearsi e pare condurre a un'ipotesi inquietante: un assassino spietato che crede di poter fare le veci di Dio e che non teme la morte. Riuscirà il detective Barton a fermarlo?

NEWTON COMPTON EDITORI

Diane Saxon

IL CADAVERE MANCANTE

Volume di 320 pagine, € 3,90

Un terribile incendio ha ucciso la famiglia Lawrence. Le fiamme hanno divorato la loro casa, devastando ogni cosa, ma nel corso delle indagini, condotte dalla detective Jenna Morgan, emerge un dettaglio inquietante: manca un corpo tra quelli ritrovati. Si fa spazio allora l'ipotesi di un superstite, seguita da una serie di interrogativi inquietanti: se c'è un sopravvissuto, dove e perché si sta nascondendo? Mentre cerca di seguire i pochi indizi a disposizione, la detective Morgan si convince sempre più che qualcuno abbia voluto eliminare la famiglia Lawrence, senza lasciarne traccia. Così quella che sembrava una tragedia senza colpevoli comincia a tramutarsi in una vera e propria caccia all'uomo, una corsa contro il tempo per portare alla luce verità che nessuna fiamma è in grado di cancellare.

NEWTON COMPTON EDITORI

Owen Mullen

IL GIOCO DEL KILLER

Volume di 352 pagine, € 9,90

Mentre si trova in spiaggia con i suoi genitori, la piccola Lily Hamilton, tredici mesi, scompare nel nulla. Tre giorni dopo, il padre, distrutto, si presenta nell'ufficio dell'investigatore privato Charlie Cameron. L'uomo è convinto di sapere chi abbia rapito sua figlia. E perché. Sebbene sia combattuto, Charlie decide di accettare il caso, pur sapendo che rischia di risvegliare ricordi dolorosi della sua infanzia. E quando la polizia rinviene dei cadaveri di bambini rimasti sepolti per anni, comincia a pensare che la scomparsa della piccola Lily non sia un caso isolato… Possibile che gli omicidi siano opera di un serial killer che è riuscito a rimanere nell'ombra per decenni?